데이워커

§ 데이워커 §

2014년 7월 25일 초판 1쇄 인쇄
2014년 7월 29일 초판 1쇄 발행

지은이 § 정 휘
발행인 § 곽중열
기획&편집디자인 § 신연제, 이윤아
발행처 § (주)조은세상

등록 § 2002-23호(1998년 01월 20일)
주소 § 경기도 연천군 미산면 청정로 1355
Tel § (02)587-2977
e-mail romance@comics21c.co.kr
블로그 http://goodworld24.blog.me

값 9,000원

ISBN 979-11-5512-573-1

데이 워커

DAY WALKER

GOOD WORLD ROMANCE NOVEL

정휘 장편소설

(주)조은세상

contents

프롤로그.

쿵쾅거리는 음악 소리를 들으며 클럽 계단을 내려가는 여자의 발걸음은 마치 공기 위를 걷듯 가벼웠지만 그녀의 얼굴은 무표정에 가까웠다. 시끄러운 음악 소리에 몸을 맡기고 가식적인 웃음으로 끼리끼리 모여 담소를 나누며 흥겨워 보이는 사람들을 바라보는 시선이 상당히 냉소적이었다. 잔뜩 꾸민 차림새와 달리 차가운 얼굴이 흥이 넘쳐나는 이곳과는 꽤나 이질적이었지만 몸의 굴곡이 그대로 드러난 까만색 원피스에 어깨에 웃옷을 걸치고 아찔한 높이의 스틸레토 힐을 신은 그녀가 클럽에 나타나자 갑자기 공기가 바뀐 듯 사람들이 그녀에게 집중하기 시작하며 술렁였다.

"드디어 떴다."

"거봐, 내가 오늘은 여기 올 거 같다고 했잖아."

"한 달에 한 번이라, 월례행사네. 생각보다 쉽잖아."

"미친놈아, 그렇게 예측하기 쉬우면 여기 모인 놈들이 목 빼고 저 여자의 등장만 기다리고 있겠냐? 한 달에 한 번이라도 어느 날이 될지 모르고 서울시내 그 많은 클럽 중 어디에 나타날지 모르니 그게 함정이다. 너 저 여자 별명이 뭔지 알아?"

"별명도 있냐?"

"빈정거릴 거 없다. 제대로 겪고 나면 너도 생각이 달라질 테니까. 다크엘프야, 다크엘프. 항상 검은 옷만 입는 것도 그렇지만 눈길 한 번, 손 짓 한 번만으로도 남자들의 정신을 쏙 빼놓는다고 붙은 별명이다. 아무리 가드 심한 놈들도 저 여자 앞에선 흐물흐물 해져버리지. 그리고 같은 남자를 두 번 안 만나는 걸로도 악명 높고."

"뭐야, 문란한 바람둥이네."

"언뜻 들으면 네 말이 맞기도 한 것 같지만…… 근데 특이하게 저 여자 만나고 온 놈들 중 욕하는 놈들이 없어. 그저 한 번만 더 만났으면 좋겠다고 통사정을 할 뿐이야. 저 여자를 만났던 내 친구 놈 말에 의하면 블랙홀 같다더라. 숨 쉬는 것도 잊어버릴 만큼 한순간 모든 걸 몰두시킨데."

"과장 아냐?"

"그럴 수도 있고, 더 재미있는 건 저 여자랑 같이 클럽을 나간 놈들은 한둘이 아니고 그런 놈들마다 그녀와의 잠자리가 환상이었다면서 자랑하는데 한 놈도 정확히 기억을 못 해. 분명 클럽을 같이 나갔고 호텔까지 들어갔는데 정신 차리고 보면 아침이라는 거야."

"그런데도 같이 잤다고 얘길 한다고?"

"일단 눈을 뜬 장소가 호텔이라는 것과 남들도 다들 그렇게 말하니 나도 당연히 그랬겠지, 하는 추측? 그리고 남자의 허세가 50프로라고 봐야지."

친구의 말을 남자가 작게 인상을 쓰며 제 앞에서 점점 멀어지고 있는 여자의 뒷모습을 봤다. 모르는 여자에게 가졌던 반감은 자신 앞을 지나쳐가는 찰나의 순간에 호감으로 바뀌어버렸다. 허리춤에서 찰랑대는 긴 생머리가 어서 다가오라고 유혹하는 여자의 손길 같아 절로 마른침이 넘어갔다. 여자에게서 눈을 떼지 못한 남자는 저 낭창한 허리에 팔을 감는 상상을 하며 머릿속 마지막 남은 질문을 했다.

"설마 약을 쓰는 건 아니겠지?"

"그랬다면 이미 매장됐겠지. 그리고 다시 한 번 만나고 싶다고 통사정을 하겠냐?"

"하긴, 저 정도 여자라면 약을 쓴다 해도 만나고 싶다."

수다를 떠는 내내 남자들의 시선은 희주에게 머물렀다. 오늘도 머리부터 발끝까지 올 블랙으로 차려입은 여자는 걷는 것만으로도 오금을 저릴 만큼 관능적이었다. 걸을 때마다 풍겨 나오는 향기조차 치명적인 독처럼 바라보는 사내들의 심장 박동을 거칠게 만들고 있었다. 제발 자신을 한 번 봐주었으면 하는 생각이 여자를 바라보는 남자들의 머릿속을 채우기 시작했다.

"오늘은 어떤 놈이 간택될지 기대된다."

여자들의 질시 어린 시선과 남자들의 욕정 가득한 시선이 한 번에 그녀에게 몰려들었지만 희주는 아무것도 느끼지 못하는 사람처럼 앞만 보고 목적지를 향해 걸었다. 다른 사람보다 오감이 유난히 발달한 희주는 이미 이곳에 들어오며 힐긋댄 것으로 모든 것을 파악해 버렸다. 아침부터 괜스레 설레던 마음이 이곳으로 그녀를 이끌었는데 아직은 그녀의 구미를 끄는 남자가 없었다.

"흐음, 오늘도 잔챙이들로 만족해야 하나."

누가 먼저 그녀에게 다가갈까 서로 눈치를 보고 있는 남자들을 비웃듯 슬쩍 주변을 훑으며 눈웃음을 흘린 희주는 다시 고개를 빳빳이 들고 곧장 바(Bar)로 걸어가 높은 스툴에 몸매가 돋보일 수 있도록 아슬아슬하게 걸터앉았다. 주변의 남자들이 그녀에게 도움의 손길을 핑계로 접근할 기회만 엿보고 있는 걸 아는지 모르는지 희주는 불안하게 앉은 그 자세를 유지했다. 희주가 자리에 앉자 바텐더 한 명이 다가와 반갑게 아는 척을 했다.

"오랜만에 오셨네요."

"응, 항상 마시던 거."

"네, 알겠습니다."

바텐더가 칵테일 만드는 동안 희주가 상체를 숙여 턱을 괴고 앉는 단순한 행위에도 주변 남자들은 마른침을 삼켜댔다.

감정이 드러나지 않은 얼굴과 대조적인 반쯤 풀어진 동공, 만사가 귀찮은 것 같은 나른한 행동, 보석이 뿌려진 것 같이 반짝이는 피부, 굴곡이 좋은 몸매와 몽롱한 목소리까지 희주의 모든 것이 마치 상대방의 반응을 끌어내려는 동물들의 페로몬과 같은 작용을 하고 있었다.

희주는 제 앞에 나온 까만색의 칵테일을 한 모금 마시며 비릿한 웃음을 숨겼다. 누구보다 예민하게 제 몸을 훑어 내리는 노골적인 남자들의 시선과 자신을 가지고 싶어 하는 그들의 욕망을 느끼는 희주였다. 번듯한 차림새에 숨겨지지 않는 원초적인 열망들이 사방에서 들끓고 있고 그녀의 작은 움직임에도 터질 듯 팽팽하게 부풀어 올랐다. 희주는 바보스러울 정도로 노골적인 성적 욕구를 드러내는 남자들에게 보란 듯 자세를 취했다. 스툴의 낮은 등받이에 기대며 가슴은 도드라지게 허리는 굽히지 않고 긴 다리를 꼬며 곡선을 예쁘게 그리고 마지막으로 남자들이 사족 못 쓰는 백치 같은 웃음을 띠었다.

그녀도 이제 슬슬 달아오르기 시작한 몸을 달래주고 싶었다. 희주는 마지막 쐐기를 박듯 긴 머리를 쓸어 올려 남자들이 사족 못 쓰는 목을 일부러 드러냈다. 1초, 2초, 3초, 덥다는 듯 살짝 손부채질을 하며 감질나게 길고 하얘 이빨을 박고 싶게 만든다는 목선을 보여주고 다시 긴 머리를 내려 가려버렸다. 더 이상 욕정을 참을 수 없는 남자들이 서서히 그녀에게 다가서기 시작했다.

"내가 술 한 잔 살까요?"

희주는 제법 근사한 목소리를 향해 고개를 돌렸다. 잘 차려입고 근사한 미소를 지으며 서 있는 남자는 꽤 반반한 얼굴이었다. 희주는 반가운 듯 그를 향해 웃음을 흘리며 그가 풍기는 향기에 집중했다. 희미하게 풍기는 달콤한 냄새, 간신히 목을 축이는 정도는 되겠지만 그 이상은 아닌 그저 그런 평범한 냄새, 다른 때 같으면 이 정도로 만족하고 상대했겠지만 오늘은 아니었다. 희주가 고혹적인 미소를 지으며 자리에서 일어나자 남자의 표정이 자신만만해졌지만 그녀는 그대로 돌아섰다. 갈증도 점점 심해지고 몸의 온도도 점점 높아지고 있었다. 며칠 전부터 자신을 들끓게 만들었던 그 예감을 찾아볼 시간이었다.

스테이지를 향해 한 걸음 옮길 때 희주의 눈이 순간적으로 번쩍였다. 첩첩이 서 있는 사람들의 무리를 뚫어버릴 듯한 강력한 시선이 딱 한곳을 향해 있었다.

"저기……."

"꺼져, 넌 아니야."

나른했던 지금까지와는 달리 날선 희주의 목소리에 남자가 뒤로 한 걸음 물러났고 희주는 자신에게 주목하는 있는 사람들을 헤치고 스테이지 쪽으로 걸음을 빨리했다.

지운은 인상을 잔뜩 쓴 채로 클럽 안으로 들어갔다. 직원들의 회식이라 어쩔 수 없이 따라오긴 했는데 어린애들이나 오는 클럽이라니, 이런 소란스러움은 반갑지 않았다. 바빠질 연말을 앞두고 직원들의 사기진작을 위해 마련된 자리라 자신이 불편하다고 거절할 수가 없었다. 직원들이 자리를 잡으면 대충 술 한 잔 걸치고 어서 집으로 돌아가 쉬어야겠다는 생각을 하고 있었다.

그가 전화를 받는 사이 직원들은 미리 예약해 놓은 방으로 들어갔고 안내해 주는 직원을 따라 그곳으로 가던 지운은 등골이 찌릿한 느낌에 발걸음을 멈췄다.

"왜 그러십니까?"

"아닙니다. 저희 직원들 있는 룸이 어디라고요?"

"이 복도 오른쪽 가장 끝 방입니다."

"알겠습니다. 그만 가보세요."

지운은 웨이터가 꾸벅 인사를 하고 떠나자 천천히 바(bar) 쪽으로 고개를 돌렸다. 무시할 수 없는 강렬함이 그를 강타했다. 실제로 전기에 감전된 것처럼 온몸이 찌릿하게 울리며 심장이 거칠게 뛰기 시작했다. 자신이 모르는 무슨 일이 생긴 게 아닌가 주변을 두리번거렸지만 사람들은 각자 제 흥에 빠져 즐기고 있었고 잠시 서 있던 지운은 그저 자신의 잘못된 느낌이라고 생각하며 막 발을 떼려고 할 때였다.

스테이지 한가운데서 희주의 발걸음이 천천히 멈췄다. 화려한 조명, 끊임없이 울리는 비트 강한 음악 소리, 주변을 감싼 사람들, 이런 혼잡함 속에서 희주의 시선은 명확하게 한곳을 향했고 한 남자와 눈이 맞는 순간 그녀의 심장에 벼락이 내려쳤다.

지운의 걸음이 목적지완 다른 방향을 향했다. 자의가 아니었다. 멀리 떨어진 여자와 눈이 마주친 순간 지운은 이곳에 왜 왔는지 그 이유 따위는 잊고 그 여자에게 집중했다. 사람들에 의해 잠시 잠깐 여자가 가려지는 그 짧은 찰나가 안달이 나 입이 말라갔다.

희주는 자리에 멈춰 서 남자가 다가오는 걸 바라보고 있었다. 딱 한 사람, 그 남자를 향해 치솟은 욕망과 욕구가 그녀의 온 신경과 핏줄을 내달리고 그 감정 그대로 유혹이 돼 그 남자를 향했다. 숨죽였던 모든 세포가 살아 날뛰고 간신히 억누르고 있던 근원적 갈망이 고개를 들어 당장이라도 저 사람을 가지지 못하면 죽을 거라고 숨통을 조여 왔다.

'미칠 것 같은 강렬함이지. 세상에 단 하나, 죽을 때까지 헐떡일 너의 갈증을 풀어줄 유일한 해결책이다. 단 한 번이라도 맛보게 되면 다시는 그 어떤 것으로도 만족할 수 없어. 내 손으로 죽인다는 걸 알면서도 포기 못하고 그것만 갈구하게 돼. 아주 짧은 기간 천상 같은 그 만족이 축복일까 아님 저주일까?'

비릿한 미소로 해주던 경고의 말을 들었고 지금까지 자신의 존재를 숨기고 조용한 삶에 만족하며 잘 살아왔음에도 그 대상을 만나자 다른 건 아무것도 생각할 수 없었다. 원초적 욕구에 이미 이성을 잃었고, 위안이 될지 족쇄가 될지 모를 남자를 가지기 위해 본능이 깨어난 희주는 자신에게 주어진 기회를 놓치지 않기 위해 그 어떤 때보다 아름다워졌다.

그녀의 몸매는 완벽했고 피부는 어두운 조명 속에서도 화려하게 빛났다. 그를 보는 눈동자는 별을 수십 개 박아놓은 것처럼 반짝거리면서도 몽롱했다. 가장 황홀한 것은 그를 향해 짓고 있는 부드러운 미소였다. 당장이라도 달려들어 빼앗아버리고 싶은 도톰하고 붉은 입술이 눈부신 곡선을 그리며 그를 홀리고 있었다. 드디어 세 걸음, 생과 사를 가르는 운명의 경계선. 그녀와의 거리, 제 심장 소리에 귀가 아프고 손끝까지 저릿저릿한 감각이 초조함을 더했다. 그리고 마침내 그녀가 자신의 품에 안겨 있었다.

두 사람이 들어서는 호텔 방문이 요란스럽게 열렸다. 시끄러운 소리를 내며 열린 문 안으로 한 덩어리로 쏟아져 들어온 두 사람은 서로를 못 잡아먹어 안달 난 것처럼 서로에게 사납게 달려들었다. 입술이 하나로 맞물리고 혀가 엉켜드는 와중에 지운의 손은 그녀의 짧은 원피스 안으로 파고들었고 희주는 단정히 매어진 그의 넥타이를 풀어 내렸다. 다급하고 초조한 손길이 오갈수록 두 사람의 숨은 벅차갔고 몸에서 느껴지는 열기도 높아만 갔다. 지운의 입술이 그녀의 목을 타고 흐르고 헐떡이는 신음을 내뱉은 희주는 목을 뒤로 제쳐 애무하기 편하도록 해주며 그의 셔츠를 벗겨 내려 애썼다.

"하아, 하아, 죽을 것 같아."

"너 같은 여자 처음이야. 당장이라도 네 안으로 들어갔으면 좋겠어."

희주는 제 턱을 잡아 눈을 맞추며 씹어 뱉듯 말하는 지운을 향해 눈웃음을 쳤다. 먹이를 앞에 둔 야생동물처럼 위협적이었지만 피만 더 뜨거워질 뿐이었다. 그가 자신에게 해를 입히지 않을 거라는 본능적 확신이 있었다. 그와의 행위에 만족도가 높아질수록 이곳에 온 목적은 그녀의 머릿속에서 점점 더 희미해져 갔다.

지운은 고혹적인 미소를 짓는 그녀에게 입술을 밀어붙였다. 여자와 잠자리를 해도 키스는 즐기지 않았는데 이 여자와의 키스는 그 무엇과 비교할 수 없을 정도로 뜨겁고 부드럽고 사랑스러웠다. 작은 혀를 낚아채 제 입 안에 굴리고 만족스러울 때까지 빨고 질겅질겅 씹으며 오감을 채웠다. 키스를 하며 그녀의 다리 사이로 굵은 허벅지를 밀어 넣어 은밀한 곳을 압박했더니 고양이 같은 신음을 토해내며 맨 등에 손톱을 세워 박는다.

"하으응, 조금 더."

노골적으로 유혹하며 몸을 붙여오는 여자가 천박하지 않았다. 그녀의 목에 붉은 자국을 만들며 한 손을 다리 사이로 밀어 넣어 허벅지를 쓰다듬었다. 지운의 움직임에 호흡이 가빠진 희주가 그의 맨 등을 사랑스럽다는 듯 쓰다듬어 말로 다하지 못한 재촉을 했다. 원피스 안에서 그녀의 통통한 엉덩이를 꽉 쥐었다가 놓으며 속옷 라인을 따라 손가락을 움직이다가 안으로 들어가 맨살을 쓰다듬으니 희주가 혼자만 즐기는 그를 벌주기라도 하듯이 그의 바지 앞춤을 쓰다듬었다.

이번엔 지운의 입에서 뜨거운 숨이 새어나왔다. 자신의 남자를 자극하는 한없이 느려터진 희주의 손짓에 지운이 더 다급해졌다. 지운은 희주를 독촉하는 대신 그녀가 입고 있는 탑 원피스의 상의를 허리까지 끌어내려 아슬아슬 레이스 속옷에 싸여 있는 분홍빛 유두를 입에 물었다. 다디단 과육을 베어 문 것 같은 느낌, 입 안을 채우는 찰진

감촉과 향기가 그를 미치게 했다. 그녀의 엉덩이를 당겨 제 몸에 바짝 붙이고 가슴을 욕심껏 흡입했다. 행동하나 하나에 민감하게 반응하는 그녀를 느끼며 밀착된 그곳을 문지르니 숨이 넘어갈 듯 갸르릉거린다.

"더 이상은…… 하윽, 못 참겠어."

"나도, 나도 마찬가지야."

지운이 엉덩이를 쥐었던 손을 앞으로 움직여 확인한 그녀의 꽃잎은 자신을 품을 수 있을 만큼 충분히 습윤했다. 지운은 희주의 한쪽 다리를 들어 제 허리에 감게 만들고 반쯤 풀어진 바지춤을 내렸다. 벗기지 못한 그녀의 속옷을 한쪽으로 밀어내고 참을성을 잃고 하늘 꼿꼿이 고개를 쳐든 제 분신을 뜨거운 그녀의 밀지에 비볐다.

"이제 넣어줘. 가지고 싶어."

"얼마든지."

지운은 희주와 눈을 맞춘 채 성이 날 대로 난 남성을 그녀의 안으로 서서히 밀어 넣었다. 그의 힘을 못 이겨 위로 밀려 올라가는 희주의 어깨를 잡고 단번에 그녀 안을 꿰뚫었다.

"아흑."

그 순간 지금까지 희열에 홀려 음탕한 신음을 쏟아내던 여자라는 걸 믿을 수 없을 만큼 희주의 몸이 뻣뻣하게 굳었고 이상함을 느낀 지운이 시선을 돌려 그녀를 내려다봤다.

"너, 설마 처음이야?"

입술을 깨물며 고통을 참고 있는 희주는 제대로 된 대답도 하지 못했지만 지운은 자신의 직감이 맞다는 걸 확신했다.

"젠장."

키스를 나누고 애무를 하는 내내 능숙한 그녀였기에 처음일 거라고는 생각하지 못했지만 자신의 실수가 맞았다. 당장이라도 날뛰고 싶은 본능을 간신히 누르고 그녀의 몸에서 빠져나오려고 할 때 뜨거운 그녀의 손이 그를 잡았다.

"그대로 있어요."

"이대로는 네가 다쳐."

그녀를 설득하려는 지운의 허리에 감긴 희주의 다리에 힘이 들어갔고 덕분에 조금 떨어졌던 두 사람의 속몸이 다시 하나로 깊게 합쳐졌다. 그가 주는 열기에 취해 지운을 가질 때 몸을 반으로 쪼개버릴 것 같은 고통을 겪어야 하는지 몰랐고 그를 품고 있는 지금도 온몸이 들쑤셔진 듯 아팠지만 그를 포기하고 싶지 않았다.

"으윽, 너 정말⋯⋯."

"하아, 이젠 괜찮아."

뜨거운 시선을 맞춘 채로 달뜬 신음을 내쉬며 입술을 부딪쳐 오는 희주를 지운도 더 이상 거부할 수 없었다. 그녀를 배려해 최대한 부드럽게 지운이 움직이기 시작하자 몸을 지배했던 고통이 서서히 희미해지며 아찔한 전율이 그 자리를 대신 차지해 나갔다. 정상적인 사람들보다 훨씬 더 예민한 감각을 가진 희주는 처음임에도 불구하고 그가 만들어낸 환락에 숨이 넘어갈 것만 같았다. 몸을 태워버릴 것 같은 감각의 환희에서 자신을 지켜줄 건 지운밖에 없었고 절박함에 그와 눈을 맞췄을 때 희주는 흠칫 놀라고 말았다.

'갈색 눈동자, 마치 성난 호랑이의 눈 같아.'

분명 평범한 한국인과 똑같았던 그의 검은 눈동자가 마치 들짐승처럼 밝은 갈색으로 번들거리며 반짝이고 있었다. 놀란 희주가 머리끝까지 치솟았던 희열도 잊고 잠시 눈을 감았다 뜸과 동시에 지운의 눈은 평상시와 똑같이 돌아와 있었고 동시에 더 이상 아무 생각할 수 없도록 그의 허리가 힘을 실어 빠르게 움직이기 시작했다.

"흐으읏."

지운은 이성을 잃고 욕정에 취해 허리를 흔들었다. 자신을 무섭게 조였다 풀어내는 희주 안에서 오직 한 가지에만 집중해 있는 그의 근육이 팽팽하게 당겨지고 쉬지 않고 움직이며 그들이 도달할 수 있는 하나의 고지를 향해 미친 듯 달렸다.

희주는 자신의 영혼까지 뒤흔들어 버리는 지운의 어깨에 매달리며 동물적인 신음을 쏟아냈다. 기민한 테크닉 따위 필요 없이 그의 작은 움직임만으로도 그녀의 모든 감각이 되살아나 끝을 향해 달렸다.

"하악, 그만, 그만……."

"조금만 더. 흐윽."

그녀의 힘겨움을 알면서도 지운은 움직임을 멈추지 못했고 희주는 머리카락까지 곤두서게 만드는 감각에 아찔한 신음을 내뱉으며 그의 머리를 강하게 감싸 안았다. 어디에라도 매달리지 않으면 제 몸이 산산조각 나 날아가버릴 것만 같았다.

"아앗!"

처음 오르가즘을 느껴보는 희주가 허리를 뒤틀며 그를 무섭게 조였고 그 역시 고통과 맞닿은 희열을 느끼며 자신을 풀어놓았다. 끝까지 조금이라도 더 이 느낌을 잡고 싶어 허리를 움직이던 지운이 드디어 그녀의 어깨로 무너졌다.

두 사람은 거친 신음이 잦아들 때까지 서로에게 기댄 채 움직이지 않고 있었다. 지운이 먼저 정신을 차렸고 여전히 자신을 품고 있는 희주의 뺨을 한 손으로 감쌌다. 붉어진 얼굴로 수줍게 자신을 보는 희주의 눈길에 부드럽게 그녀의 입술을 훔쳤다.

"도대체 넌 뭐지?"

"후후, 글쎄."

"난 이대로 끝내기 싫어. 거절도 받아들이지 않을 거야."

"거절할 생각 없는데."

지운은 수줍은 표정과 달리 도발적으로 말하는 희주를 번쩍 안아 침대 쪽으로 걸어갔고 가는 내내 두 사람의 입술은 계속해서 가볍게 부딪쳤다 떨어졌다.

그녀의 맨몸 위에 걸터앉은 지운은 아까의 성급함을 반성하듯 차근차근 눈으로, 손으로 느긋하게 그녀를 음미하며 흥분하게 만들었다. 그가 주는 열기에 취해갈수록 그녀는 점점 더 아름다워지는 것만 같았다.

그의 커다란 손이 열망에 가득 찬 눈으로 자신을 보는 희주의 얼굴에서 늘씬한 목으로 가는 쇄골로, 봉긋한 가슴과 납작한 배를 지나 풍만한 허벅지 사이로 파고들었다.

"괜찮아?"

그녀의 여자를 부드럽게 매만지며 던진 질문의 뜻을 이해한 희주가 예쁘게 웃어보였다.

"괜찮지 않다고 하면 멈출 수 있어?"

"죽을 만큼 힘들겠지만 노력은 해보지."

"그 노력, 지금은 필요 없어."

끊임없이 그녀를 탐하면서도 배려해 보겠다는 남자의 말에 희주는 여유롭게 그의 목을 끌어당겨 키스를 했다. 그녀를 배려하는 게 저절로 느껴지는 그의 손과 눈길이면 충분했다.

"너 예뻐."

희주는 뜻밖의 지운의 말에 웃음을 터트렸다. 방울 소리 같은 그녀의 웃음소리에 방금 전까지 흐르던 뜨거운 공기가 조금은 옅어졌고 빙긋이 웃은 지운은 살짝 벌어진 그녀의 다리 사이로 자신의 긴 손가락을 밀어 넣었다. 갑작스러운 공격에 웃음을 거둘 사이도 없이 희주는 드높은 신음을 토해냈다.

"하앗, 당신 너무 짓궂어."

"그게 내 매력이야."

한쪽 입꼬리만 올라가는 악동 같은 웃음을 지은 지운이 그녀를 괴롭히듯 그녀의 몸속에 밀어 넣은 긴 손가락을 유려하게 놀리기 시작했다. 방금 전까지 자신을 품었다고 믿을 수 없을 정도로 좁고 뜨거운 그곳을 부드럽게 긁어내리기도 하고 손가락 끝을 세워 그녀가 가장 민감하게 반응하는 곳을 지그시 누르기도 했다. 그럴 때마다 발가락 끝까지 힘을 준 그녀가 고개를 좌우로 흔들며 반항을 해봤지만 그의 괴롭힘은 조금도 줄어들지 않았다. 도리어 손가락 하나를 더 보태 도독하게 부풀어 오른 그녀의 가장 예민한 곳을 부드럽게 쓸었다.

"아하핫, 그, 그만. 당신 그만."

희주는 사정하듯 그의 굵은 팔을 잡고 온몸을 파르르 떨었다. 남들보다 예민한 몸이지만 웬만해선 반응하지 않는 그녀였다. 목적이 있어 남자들을 꼬이지만 잠자리를 같이 하지는 않았다. 키스만 해도 남자와의 섹스가 어떨지 짐작할 수 있었고 어느 순간부터는 남자라는 자체에 질려 키스를 하는 것조차 싫어졌다. 다만 생존 때문에 어쩔 수 없이 남자를 꼬이고 호텔에 오는 의미 없는 행위를 반복할 뿐이었는데 지운은 완전히 달랐다. 처음 볼 때부터 거부할 수 없는 강렬한 끌림이었고 처음으로 가지고 싶은 사람이었다. 남자에 대해 거부감이 있는 희주로 하여금 그를 받아들이게 만들었고 여자로서의 행복을 알게 해줬다.

어스름하게 느껴지는 오르가즘에 희주는 그의 굵은 목을 껴안았다. 겨우 손가락 따위를 품고 몸을 떠는 자신이 어이없었다. 이젠 함께 나누고 싶다고 생각했을 때 그의 손이 깔끔하게 떨어져 나가고 대신 아까보다 더 크게 발기한 그의 남성이 그녀의 여자를 짓누르며 들어왔다.

"역시, 이게 좋아."

그녀의 어깨를 한 손으로 잡고 상체를 세워 만족의 숨을 쉬던 지운은 말도 못 하고 얼굴만 붉히고 있는 희주를 봤다. 자신을 품고 황홀한 듯 조금은 괴로운 듯 표정을 짓고 있는 그녀는 더없이 아름다웠다. 열에 들뜬 몽롱한 눈동자로 자신을 보는 희주가 너무나 사랑스러워 입술을 밀어붙이며 그녀가 숨을 헐떡일 때까지 놔주지 않았다.

"하아, 하아, 만족이란 걸 모르는 사람이야."

"너 때문이잖아."

지운은 자신의 말에 샐쭉한 표정을 지은 희주와 눈을 맞추며 아주 천천히 움직였다. 이 순간, 지운은 처음으로 섹스가 아닌 사랑을 나눈다는 생각을 했던 것 같다. 육체적 감각에 감정을 더한 두 사람의 섹스는 고요했지만 그 안에 숨겨둔 관능적 욕망은 점점 더 커지기만 했다.

느긋한 지운의 움직임에 희주는 바짝바짝 침이 말랐다. 차라리 방금 전 나눈 섹스처럼 정신이 혼몽해질 만큼 강하고 짜릿하기만 하면 감당하기 훨씬 쉬울 것 같다. 지금처럼 세포 하나하나까지 다 느껴질 만큼 섬세하고 정교하고 감각적인 건 더 참기 힘들었다. 야하게 놀리는 하체와 달리 여유로운 표정으로 자신을 응시하는 지운이 얄미워 아랫배에 힘을 꽉 줬더니 깍지 낀 손에 힘이 들어가며 그의 얼굴 표정에도 금이 갔다.

"하앗, 도발인가?"

"그렇다면?"

"응해줘야지. 참는 거 나도 힘들거든."

"참으라고 한 적 없는데."

"후회하지 않았으면 좋겠군."

그 말을 끝으로 지운의 눈동자가 짓궂게 빛나는 동시에 그의 허리가 힘차게 움직이기 시작했다. 그녀의 한쪽 다리를 자신의 옆구리에 꼭 붙이고 상체를 세워 때로는 깊게 때로는 얕게 그녀의 약한 부분을 공격하며 그녀가 몰려드는 열기에 서서히 무너져 가는 모습을 즐기고 있었다.

그의 허리가 한 번 치고 올라올 때마다 희주는 열기로 가득한 신음을 내뱉으며 감당하기 힘든 열정을 온몸으로 표현했다. 그녀의 허리가 곡선을 그리며 휘면 지운이 꼭 잡은 손에 힘을 줘 그녀를 당기고 그렇게 또다시 눈을 맞추면 그의 허리가 더 야하게 춤을 췄다. 사람의 살이 부딪치는 소리에 두 사람의 뜨거운 호흡과 야한 신음이 섞이며 하나로 엉킨 두 사람은 점점 더 음란해졌다.

강하게 밀려들던 지운이 잠시 행위를 멈추고 누워 있는 그녀를 엎드리게 만들었다. 길지 않은 시간 자신을 빠져나간 그를 다시 품고 싶은 그녀가 스스로 그에게 엉덩이를 가까이 들이댔고 그 노골적 유혹에 쉽게 자신을 내어주는 지운이었다. 희주는 자궁까지 닿을 듯 강하게 뒤에서 파고드는 지운 때문에 저절로 상체를 숙여 머리를 베개에 묻었다. 너무 깊어서 고통이 느껴질 정도였지만 슬쩍 자신을 빠져나가는 그의 허벅지를 잡아 움직이지 못하게 했다.

"쉬, 천천히, 천천히."

지운은 그녀를 부드럽게 안아 손으로 가슴을 애무하며 그녀가 자신을 놓도록 만들었다. 자기 욕심에 그녀가 무리하거나 다치는 건 원하지 않았다. 그녀가 적응할 수 있도록 잠시 틈을 두자 희주가 그의 목을 잡아 고개를 돌려 키스하며 다시 깊게 그를 받아들였다. 입술만큼이나 강하게 그를 물고 늘어지는 그녀의 속몸에 지운이 허리를 튕기는 횟수가 많아지고 강해졌고 그럴수록 희주의 등이 수려하게 휘며 아름다운 가슴이 자극적으로 흔들렸다. 그 가슴을 제 손에 담아 손자국이 남을 정도로 꽉 쥐었다 놨다를 반복하면서도 그는 움직임을 멈추지 않았고 한계에 다다른 희주는 제 가슴을 애무하는 지운의 손에 손을 겹쳤다.

"나, 나 이제 더 이상은, 하윽…… 못 참겠어."

"가버려, 참지 말라고."

지운의 말을 끝으로 드디어 눈앞에 떠다니는 별을 잡은 듯 오르가즘을 느낀 희주가 온몸을 떨어댔다. 이러다 정신을 잃는 건 아닐까 걱정이 될 만큼 퍼들거리던 희주가 침대로 풀썩 쓰러졌고 자신의 모든 걸 토해낸 지운 역시 그녀 위로 겹쳐 누웠다. 두 사람은 거친 숨과 뜨거운 열기가 가라앉을 때까지 움직이지 못하고 꽤 긴 시간 그렇게 누워있었다.

지운은 제 팔에 안긴 희주의 맨 어깨를 엄지손가락으로 동그랗게 원을 그리며 만지고 있었다. 보석을 뿌려놓은 듯 반짝이는 피부는 보이는 만큼 부드러웠다. 어깨에 머리를 푹 기대고 있는 그녀의 이마에 키스를 하자 희주가 '풋' 하고 작게 웃었고 그게 귀여운 지운 역시 가벼운 웃음을 지었다. 다시 천장으로 고개를 돌린 지운이 무심한 듯 희주에게 질문을 던졌다.

"이름이 뭐야?"

"내가 거짓말해도 당신은 모를 텐데."

"신상공개는 안 하고 싶다는 건가?

"글쎄……."

"다시 만나는 것도 거절할 태세군."

"날 다시 만나고 싶어?"

지운은 의외라는 듯 되묻는 희주와 눈을 맞췄다.

"다른 남자들은 어땠는데?"

"풋, 신상명세도 모자라 과거까지? 진도 너무 나가는데?"

"그러게, 내가 왜 이럴까?"

희주의 말을 듣고 보니 지운 역시 스스로가 웃겼다. 클럽에서 만난 원나잇 상대에게 이런 걸 묻다니 그답지 않은 짓이었다.

"그러고 보니 이런 걸 물은 적이 없었네."

"이런 만남을 즐기나 봐?"

"즐긴다라…… 질투는 아니지? 관심이라면 기꺼이 대답할 용의가 있지만."

"질투? 푸하하하하, 당신 너무 웃겨."

웃음과는 달리 건조한 느낌이었다. 진한 섹스까지 나눈 사이라고 믿을 수 없을 정도로 파삭파삭한 느낌이 말투나 목소리에서 묻어났다. 석연치 않은 느낌이었지만 더 이상 묻지 않았다. 다만 그녀에 대해 조금이라도 더 알길 바랐다.

"나에 대해선 궁금한 거 없어?"

"눈에 보이는 것만으로도 충분해."

"역시, 쉬운 여자가 아니네."

"후훗, 쉬운 여자로 봤구나?"

"그런 생각할 겨를조차 없었지, 널 보자마자 망치로 한 대 얻어맞은 것처럼 멍했으니까. 넌 왜 나한테 잡혔지?"

"비밀."

희주는 순한 웃음으로 답을 회피했다. 이렇게 만나기 몇 주 전부터 어떤 예감으로 들떠 설레었다면 이 남자는 무슨 말을 할까? 그리고 그와 나눈 섹스에 반 미쳐 원래의 목적까지 잊어버렸다면 어떻게 반응할지도 궁금했다.

희주는 그에게 질문하는 대신 그의 가슴으로 파고들며 깊게 숨을 들이쉬었다. 그 순간 그의 체향과 함께 콧속으로 파고든 진한 혈향이 그녀의 본능을 자극했다. 이 남자와 이곳까지 온 이유, 아니 이 남자를 잡기 위해 클럽까지 간 가장 중요한 이유, 잠에 물린 듯 풀어졌던 그녀의 눈이 또렷해지며 붉은 기운을 띄었고 그런 그녀의 시선이 그의 목을 향했다.

그녀의 눈동자가 레이저처럼 그의 목을 훑었다. 힘을 줄 때마다 울컥대는 그의 목울대, 고개를 돌릴 때 도드라지는 핏줄, 그 핏줄에서 눈을 뗄 수 없는 희주가 손을 들어 그의 목을 쓰다듬었다.

"대화보단 섹스가 좋은 거야?"

"난 내가 원하는 것을 할 뿐이야."

희주가 그의 가슴 위로 올라가며 그의 목을 길게 핥았다. 그만의 독특한 혈향, 달콤하면서도 알싸한 머스크향에 점점 더 취해갔고 본능적 갈증에 당장이라도 그의 목에 이를 박고 싶어 안달이 났다.

희주가 단순한 애무를 한다고 생각한 지운은 목 뒤로 팔을 돌려 누워 그녀가 하는 양을 지켜봤다. 자신에 관한 건 물론 지운에 대해서도 알고 싶어 하지 않는 그녀, 오늘이 마지막일 거라고 행동하는 그녀가 마음에 드는 건 아니지만 지금 이 순간을 즐기기로 했다.

그녀의 부드러운 입술이 그의 목 근처를 한참 헤매더니 서서히 밑으로 내려가기 시작했다. 목 한가운데 오목하게 파인 곳을 혀로 핥고 그의 쇄골을 입술과 혀로 장난치듯 희롱하다 아플 만큼 흡입해 붉은 자국을 남겼다. 그가 움찔하는 게 느껴졌지만 희주는 전혀 상관 안 하고 제 원하는 것만 하기 바빴다.

작게 존재를 드러내고 있는 그의 갈색 유두를 잘근잘근 씹다가 혀로 길게 핥기도 하고 손가락으로 튕기다 꼬집기도 했다. 그가 손을 들어 자신의 유두를 희롱하는 그녀의 손을 잡았더니 불만이 가득한 얼굴로 그의 다른 쪽 가슴을 꽉 깨무는 희주였다. 지운이 가소롭다는 듯 킥킥거리며 웃자 희주는 새초롬한 얼굴로 손톱을 세워 그의 목부터 가슴, 배를 걸쳐 덥수룩한 털이 덮여 있는 아랫배까지 쭉 훑어 내려갔다. 딱 1센티만 더 내려가면 더한 자극을 줄 수 있겠지만 희주는 영리하게 슬슬 커지기 시작한 그의 분신을 피해 허벅지로 손을 옮겼다.

그녀의 심술에 그가 반응하기도 전에 지운과 눈을 맞춘 희주가 다시 그의 왼쪽가슴, 바로 심장 있는 그곳에 얼굴을 묻었다. 얇은 피부 밑으로 붉은 피를 뿜어내며 열심히 뛰고 있는 심장이 느껴졌다. 건강하고 힘차게, 싱싱한 활어처럼 그녀의 구미를 당기는 그의 심장과 그 곳을 걸쳐 온몸으로 흘러가는 붉은 피. 생명력이 짙게 밴 그 피에 자극받은 그녀의 눈동자가 붉게 빛나며 입맛을 다셨다.

'아직은 아니야. 조금 더 공을 들여야 해.'

간신히 자극을 참아낸 희주는 그의 목을 물어뜯는 대신 배에 얼굴을 묻고 손톱자국이 남은 자리를 혀로 핥아 내렸다. 지운의 몸에 하나, 둘 희주의 흔적이 남기 시작했고 태어나 처음으로 이런 애무도 괜찮다고 생각했다.

그녀의 부드럽지만 뜨거운 어루만짐에 지운이 상체를 일으켜 자세를 바꾸려 했지만 그의 허벅지 안쪽에 입술을 묻고 있던 희주가 고개를 들며 그의 배를 손으로 꾹 눌렀다. 고양이처럼 도도한 표정으로 희주는 자신의 뜻을 잘 전달하고 있었다.

'움직이지 말 것. 지금은 내가 원하는 대로.'

그녀의 뜻을 제대로 읽은 지운은 힘으로 충분히 이길 수 있었지만 다시 침대에 누우며 그녀에게 모든 걸 맡겨버렸고 얼마 지나지 않아 굵은 신음을 토해냈다.

"으윽, 젠장."

"즐겨, 흔하지 않은 기회야."

귀엽게 고개를 든 그의 남성을 손에 쥔 희주는 얄미울 정도로 자신만만한 표정으로 슬슬 손을 움직여 그를 더욱더 흥분하게 만들었다. 본성에 미쳐가는 희주는 제 목적을 위해 최선을 다해 지운을 자극했다.

얌전히 누워 있던 지운의 숨이 점점 더 거칠어졌다. 온몸에 열이 오르고 심장박동도 빨라지며 색다른 열락을 갈망했다. 지운은 제 하

체에 얼굴을 박고 있는 희주의 머리를 부드럽게 쓰다듬으며 이제 더
는 참을 수 없다는 생각을 했다. 강하게 빨아 당기는 따뜻하고 작은
입속도 좋았지만 사정없이 자신을 조이고 뜨겁게 품어주던 그녀의
몸이 훨씬 더 좋았다. 지운은 여전히 제 일에 몰두해 있는 희주의 어
깨를 들었다. 침으로 번들번들해진 입술을 한 희주가 이미 열에 들떠
몽롱해진 시선으로 그를 봤고 지운은 상체를 세워 탐스러운 그녀의
입술을 그대로 먹어버렸다. 방금 전까지 자신의 분신을 품었던 그녀
의 입속을 훑으며 허리를 감아 서서히 자신의 몸 위로 올라오게 했
다. 그리고 더 이상 부풀어 오를 수 없을 만큼 커진 자신의 남성을 그
녀의 손에 쥐게 했다.

"품어줘. 들어가고 싶어."

지운이 속삭인 후 귓바퀴를 살짝 깨물자 몸을 부르르 떨면서 희주
는 말 잘 듣는 꼬마처럼 그의 분신을 자신의 가장 뜨거운 곳에 비비
며 천천히 제 몸속으로 밀어 넣었다.

"하아아, 미치겠군."

"흐윽, 너무 커."

하나로 몸이 합쳐진 두 사람의 입에서 뜨거운 숨과 함께 탄성이
터져 나왔다. 지운은 관능에 취한 표정으로 가는 허리를 뒤로 휘는
희주를 뜨거운 눈으로 바라봤다. 사랑을 나눌 때마다 매번 다른 느낌
을 가지게 하는 희주는 그의 영혼까지 홀려버리는 듯했다.

지운은 가쁜 숨을 몰아쉬며 움직이지 못하는 희주의 어깨에 입을
맞추며 등을 부드럽게 쓰다듬고 그녀의 도드라진 가슴을 입에 물었
다. 색이 짙어진 그녀의 유두가 그의 입 안을 굴러다니고 한 손으로
는 그녀의 허리를 아찔하게 쓸었다. 지운의 입술과 손이 그녀를 한

껏 들뜨게 만들었고 희주가 더 큰 열락을 찾아 서서히 허리를 움직였다.

그의 어깨를 잡고 위아래로, 앞뒤로, 혹은 둥글게 허리와 엉덩이를 움직이며 마찰을 극대화했고 몸속의 그는 짓궂은 장난꾸러기처럼 그때마다 자극하는 곳을 달리했다.

머리부터 발끝까지 흥분이 내달렸다. 핏줄이 확장되고, 근육은 잔뜩 긴장하고, 온몸의 신경은 곤두서 그의 호흡 한 번에도 미친 듯이 반응했다. 어깨를 안고 있는 팔, 허리를 잡아 움직임을 도우는 손, 움직일 때마다 부딪치는 그의 허벅지, 흥건한 애액 속에서 하나로 합쳐져 있는 그와 자신의 가장 은밀한 곳이 독립된 개체마냥 희주를 먹어치웠다.

지운은 희주가 제 흥분에 마음껏 날뛰도록 내버려 뒀다. 희주는 뭔가에 쫓기고 있는 사람처럼 눈을 감고 지운 위에서 미친 듯 허리를 흔들고 있었고 지운은 그게 마음에 걸렸다. 조금이라도 남아 있던 그의 이성을 알았던 걸까? 희주가 사정없이 그를 조여 오며 그와 눈을 맞췄다. 흥분에 들떠 쉼 없이 뜨거운 신음을 내뱉었던 것과 달리 그녀의 눈동자는 또렷하기만 했고 약간 붉은 기운이 느껴지는 눈동자를 보는 순간 지운은 갑자기 온몸에 힘이 빠지는 것 같은 혼몽함에 빠져들었다.

"하아, 뭐지?"

"자, 이제 제대로 느껴봐."

희주는 자신의 최면에 걸려 기운이 빠진 지운의 가슴을 가볍게 밀어 눕게 만들고 얼굴을 숙여 긴 머리카락으로 그의 얼굴을 가렸다. 그녀의 머리카락으로 만들어진 검은 커튼 안 눈을 맞춘 두 사람,

희주는 허리의 움직임을 쉬지 않고 그를 끝으로 몰아갔다. 드디어 최고점, 고지에 다다른 지운이 인상을 쓰며 그녀의 허리를 있는 힘을 다해 잡았고 그 순간 희주의 혀가 길게 그의 목을 핥았다.

"하우욱, 너무 뜨거워."

"곧 끝날 거야."

그가 더 이상 참지 못하고 자신의 모든 걸 그녀의 몸 안으로 분사한 순간 붉은 눈동자를 가진 희주의 날카로운 이빨이 그의 목을 꿰뚫었다.

1장.

집으로 돌아온 희주는 힘없는 발걸음으로 욕실로 들어갔다. 그녀의 발걸음을 따라 소지품이 하나씩 떨어지며 집 안을 어지럽혔지만 희주는 그런 것 따위 신경 쓸 겨를이 없었다. 욕실로 들어온 희주는 닫힌 문에 기대 그대로 무너져 내렸다. 무사히 집으로 돌아온 게 신기할 정도로 다리는 후들거렸고 머릿속도 엉망이었다. 겨우 정신을 수습한 희주는 거울 앞으로 가 먼저 렌즈부터 뺐다.

"젠장, 정상이야. 정말 정상적인 눈동자로 돌아왔어."

자신의 눈동자 색을 확인한 희주는 두 손에 얼굴을 묻어버렸다. 하룻밤 사이 자신에게 일어난 일들이 쉽게 믿어지지 않았다. 한 달의 한 번 월중행사로 치러야만 하는 흡혈, 본능적으로 느껴버린 운명의 상대와 만남, 그리고 자신의 변화. 희주는 묻었던 얼굴을 들어 자신의 손을 바라봤다.

희주는 데이워커였다. 뱀파이어 아버지와 인간 어머니 사이에 태어난 인간, 몇 대를 걸쳤냐에 따라 뱀파이어의 특징이 강한지 인간의 특징이 더 강한지로 나눠지는데 겨우 2세대 데이워커인 그녀는 뱀파이어의 특징이 훨씬 더 강했다. 거기다 유럽인 뱀파이어 아버지 때문에 유달리 흰 피부와 투명한 갈색 눈동자는 자라는 내내 그녀의 콤플렉스였다.

사춘기 때 시작된 생리가 20살이 되며 갑자기 멈추며 몸이 들끓게 아팠다. 온몸을 조각조각 내는 것 같은 고열과 통증으로부터 그녀를 해방시켰던 건 바로 사람의 피였다. 잃었던 의식이 돌아왔을 땐 유일한 혈육인 엄마가 제 옆에 쓰러져 있는 걸 봤고 그렇게 만든 사람이 자신이라는 걸 알았고 그제야 비로소 자신이 다른 사람들과 달랐던 이유를 알게 됐다.

'그따위 칼로 손목을 긋는다고 해서 죽지 않는다. 죽으려면 더 독한 방법을 써야지. 네가 진심으로 원하는 게 죽음이라면 차라리 내가 해주마.'

'그렇게 해주세요. 날 죽이라고. 난 괴물이야!'

기억에서 희미해질 만큼 오랜만에 만난 남자는 악을 쓰는 희주의 따귀를 때렸고 그 힘에 벽까지 날아가 처박혔다. 그 남자는 벽에 기대 쓰러진 희주 앞에 무릎을 굽히고 앉아 그녀의 얼굴을 들어 올렸다. 그는 눈물을 흘리며 독기가 파랗게 올라 사납게 그를 쳐다보는 희주의 얼굴을 쓰다듬으며 그녀보다 훨씬 더 아픈 얼굴을 해보였다.

'네 엄마를 슬프게 하지 마라. 너 하나를 위해 자신의 사랑과 인생을 희생한 사람이야. 네가 내 딸이라고 해도 내 여자를 아프게 한다면 가만두지 않는다.'

그 사건으로 비로소 아버지가 어떤 존재인지 알았다. 연이어 하나 둘씩 알게 된 비밀들과 앞으로 일어날 일들. 뱀파이어의 피 때문에 한 달에 한 번씩 생리 대신 사람의 피를 원하게 될 거라는 저주 같은 말을 들었고 흡혈 주기가 되면 붉은색의 눈동자를 가지게 될 거라고 했었다.

믿기 힘든 이야기들은 희주를 큰 혼란에 빠트렸고 며칠이 지난 후 아버지인 크리스토퍼 말고 또 다른 뱀파이어인 죠세핀이 나타났다. 말은 그녀의 할머니라고 했지만 20대의 젊음을 그대로 간직한 죠세핀은 아주 흥미롭지만 증오하는 눈으로 희주와 그녀의 모친을 대했고 매번 이죽거리듯 그녀가 알고 싶지 않은 사실들까지 굉장히 즐거워하며 희주에게 던져줬다.

'네가 네 운명의 짝을 만나고 그 피를 취하게 되면 너도 인간의 눈동자를 가지게 될 거다. 그 횟수가 거듭될수록 네 눈동자는 점점 인간의 것과 닮아가겠지, 하지만 모든 일에는 얻는 게 있으면 잃는 게 있는 법. 네가 잃게 될 건 매번 그 피를 마시고 싶어져 발광하게 될 네 자신과 그 포악함과 광기 속에서 죽어갈 상대일 거다.'

'……죽는다고요?'

'너도 알잖니, 네가 인간에겐 얼마나 치명적인 존재인지. 너 때문에 네 엄마도 몇 날 며칠을 앓아누웠다면서.'

죠세핀의 얼굴에 떠오른 비웃음에 희주는 반격할 말을 찾을 수 없었다. 겨우 한 대구에는 전혀 힘이 없었다.

'참을 수 있어요, 그따위 갈증.'

'호호, 네 아버지의 꼴을 봐. 내 말 명심해라. 데이워커에게 운명의 상대란 피할 수 있는 게 아니란다. 그건 데이워커뿐만 아니라 우리도 마찬가지야. 네 아버지가 네 어머니에게 미쳐 있었던 것을 생각해보렴. 그건 본능이지. 만나는 순간 모든 이성은 날아가고 판단할 사이도 없이 넌 그 사람을 취하고 있을 거다. 그리고 결국 그 환희는 오래 가지 못해 끝나게 되겠지, 그 상대의 죽음으로 말이다.'

완전히 얼어붙은 희주를 보며 죠세핀은 처음으로 부드러운 웃음을 지어보였다. 그 누구라도 사랑하지 않을 수 없는 그런 아름다운 얼굴로 희주의 얼굴을 부드럽게 쓰다듬으며 아주 상냥하게 말을 이었다.

'온전한 뱀파이어가 되라. 그럼 인간이 가지는 연민, 배려, 미안함 따위의 감정적 족쇄는 전부 버릴 수 있단다. 거기다 누구도 따라오지 못할 아름다운 모습으로 영원히 살 수 있으니 너무 행복한 일 아니니? 우리 종족은 누구보다 강하고 아름답단다.'

'그래도 사랑은 버리지 못한 모양이네.'

'뭐?'

'감정적 족쇄 따위 다 버렸다면 당신이 사랑을 갈구하는 눈으로 내 아버지를 바라보지 않겠지. 차라리 지금 당장 죽이지 그래요?'

'괘씸한 것! 차라리 그때 죽여버렸어야 했어. 너와, 네 어미 모두.'

'그러게요, 그랬다면 나한텐 고맙다는 소리를 들었을 텐데.'

한 마디도 지지 않고 받아치는 희주를 못마땅하게 바라보던 죠세핀은 희주의 어깨를 부서져라 치며 그 자리를 떠나버렸다. 그 후로 몇 년 동안 나타나지 않아서 잊고 살았는데 그 여자의 경고대로 희주는 지난밤 그녀의 저주일지 행운일지 모를 딱 한 명의 운명의 상대를 만난 것이다.

희주는 욕실 바닥에 쭈그리고 앉아 동그랗게 세운 무릎 사이에 얼굴을 묻었다. 지금도 그녀의 머릿속엔 기절한 채 침대에 누워 있던 지운의 모습이 반복적으로 나타났다 사라졌다 하고 있었다.

"강지운, 강지운."

그를 생각하고 그의 이름을 입속으로 중얼거렸을 뿐인데 그의 피를 마시는 순간 느꼈던 희열이 다시 몸속을 채워왔다. 그의 피는 그녀가 원죄처럼 가지고 태어난 인간의 피에 대한 궁극적 갈증을 해결해줬다. 다른 인간의 피로는 절대 해결되지 않았던 그것, 항상 메말라 있던 입안에 침이 돌고 손가락 발가락 끝까지 촉촉해지는 느낌, 머릿속이 환해지며 지금까지 그녀를 가리고 있던 장막 하나가 벗겨지고 새로 태어나는 것 같은 환희였다.

온몸을 채우는 생생한 생명력, 그 느낌에 취해 마지막 이성이 날아간 희주는 그의 피를 마시는데 심취했고 그 환희의 끝 갑자기 느껴졌던 심장이 쪼개지는 고통이 아니었다면 흡혈을 멈추지 못했을 것이다. 숨 막히는 고통에 정신을 놓으면서도 희주는 입술 끝으로 흐르는 따뜻한 피 한 방울까지 전부 빨아먹었었다.

정신이 희미해지는 와중에 흐릿한 시야로 들어왔던 지운의 생기 없는 눈동자를 보고 난 후에야 자신이 그의 목숨을 위험하게 만들었다는 걸 자각했다. 소름끼치도록 끔찍하게 피를 탐닉하던 자신의 모습, 하얗게 질린 얼굴로 힘없이 눈꺼풀만 깜박이던 지운이 당장이라도 어떻게 될까 봐 잔뜩 겁을 먹은 상태에서 정신을 잃었었다.

'우리, 이제 어떻게 하지?'

그렇게 꽤 시간이 흐른 후 혼절했던 희주가 정신을 차렸고 가장 먼저 확인한 건 지운의 숨소리였다. 떨어져 있어도 그의 기척을 분명히 느낄 수 있는 뛰어난 오감을 가졌지만 희주는 건강하게 뛰고 있는 그의 심장박동을 귀로 들은 후에야 안도할 수 있었다.

"다행이다, 이 사람 죽지 않았어. 정말 다행이야."

그의 피를 마시며 그가 이 세상 유일한 그녀의 운명적 상대라는 걸 확신했고 만난 지 겨우 몇 시간이었지만 그를 잃는다는 건 차라리 자신이 죽는 게 더 낫다는 정도의 두려움이었다. 절대 이 사람을 잃고 싶지 않다는 태어나 처음으로 집착과 절박함을 느꼈었다.

'하지만 이 사람, 내 옆에 있으면 위험할 텐데.'

정신을 잃은 지운 옆에서 희주는 제 머리를 쥐어뜯었다. 이게 끝이 아니었다. 그의 피를 이미 한 번 맛봤다. 죠세핀의 말대로 피를 원하게 될 때마다 더 큰 갈증으로 인해 그를 찾아 흥분으로 날뛸 자신과 그런 자신 때문에 언젠간 죽음을 맞을 그였다. 희주에게 피를 빼앗기는 것도 지운에겐 힘든 일이겠지만 그녀의 존재 자체가 그에겐 독이 된다. 피를 취할 때마다 솟아나는 그녀의 송곳니엔 인간에겐 치명적인 독이 있고 그 독에 반복적으로 노출되다 보면 결국 죽음에 이르게 된다. 그게 희주가 똑같은 사람의 피를 두 번 취하지 않는 가장 중요한 이유였다.

거기다 이성을 잃은 희주는 언제 터질지 모르는 시한폭탄과 같았다. 오늘처럼 그의 생명에 위협이 될 정도로 많은 양의 피를 취할 수도 있고 만약 못 마시게 되면 폭력적으로 변한 그녀로 인해 지운이 큰 상처를 입을지도 모른다. 희주는 자신의 손 밑에 갈기갈기 찢겨 처참히 죽어 있는 지운의 모습을 떠올리며 잘게 몸을 떨었다.

더 두려운 건 이 끔찍한 상상이 언제든 현실로 나타날 수 있고 그럼에도 불구하고 희주가 지운에게 끌려가는 본능을 제어하지 못한다면 지운은 5번을 넘기지 못하고 죽고 말 것이라는 사실이다. 그리고 운명의 상대를 잃고 혼자 남은 희주의 삶 역시 비참할 게 뻔했다. 운명의 상대를 잃은 데이워커들이 그 공허함과 비참함을 이겨내지 못하고 성공률이 낮은 자살을 끊임없이 시도하는 이유였다. 생각에 생각을 거듭하던 희주는 제 머리를 쥐어뜯었다.

"미쳤어, 미친 거야, 서희주. 네가 그러면 안 되잖아. 지금까지 잘 참아왔잖아."

희주는 자리에서 벌떡 일어났다. 거울에 비친 자신을 보며 입술을 깨물었다. 자신을 잠재울 방법, 하루라도 빨리 그것을 생각해내야 했다.

"그래, 서희주 넌 할 수 있어. 어떻게 해서든 방법을 찾아. 반드시 찾아야만 해. 비상한 머리는 이럴 때 쓰라고 있는 거야."

이런저런 생각으로 혼자 몸부림치고 있을 때 그녀의 머릿속으로 어떤 생각이 스쳤다. 웬만해선 다치는 일 없고, 아픈 일도 없는 그녀가 의식을 잃을 정도로 고통을 느꼈던 것이다.

"그게 이 사람의 피…… 때문일까?"

다른 사람의 피를 취했을 땐 한 번도 경험해보지 못한 일이었다. 흡혈을 할 때 희주는 꽤나 엄격했는데 한 사람에 딱 한 번, 못 참을 갈증이 가실 정도로 최소량의 피만 취했었다. 그 덕분이었는지 흡혈을 하는 희주도 그 공여자인 상대도 지금까지 한 번의 사고도 없이 잘 지내왔었다. 그런데 지운은 달랐다. 흡혈을 그만두게 할 정도의 고통이 느껴진 것이다. 그것이 너무 많은 양의 피를 마셔서인지 아님 지운이 특별한 것인지 정확히 알 수 없었다. 여러 가지 생각으로 머리가 복잡한 희주는 큰 한숨을 내쉬며 옷을 훌훌 벗어버리고 샤워기 밑에 섰다. 가장 중요한 건 다시는 그를 만나지 않는 것이다.

그 시간 침대에 죽은 듯 누워 있던 지운이 갑자기 눈을 번쩍 떴다. 동공이 확장된 채 몸이 들썩일 정도로 큰 숨을 몇 번이나 들이쉬더니 주변을 살폈다. 지운은 제 목을 몇 번이나 쓸어내리며 일어나 앉아 협탁 위 물병을 낚아채 벌컥벌컥 들이켜기 시작했다. 순식간에 물 한 병을 다 비우고 나서야 숨 쉬는 것도 힘들 만큼 말라붙었던 목구멍이 좀 편해졌다.

"하아, 하아, 이게 뭐야."

숨을 거칠게 몰아 쉰 지운은 갑자기 딴 시간에서 현실로 돌아온 듯 이질감을 느꼈다. 지운은 띵하게 울리는 머리를 잡고 흐릿한 기억을 떠올리려 애썼다. 그의 머릿속으로 뜨겁게 나눴던 낯 뜨거운 정사 장면, 장면이 라이트처럼 팡 나타났다 사라지길 반복했다. 시간이 지날수록 머릿속 장면들은 길게 이어졌고 클럽에서 여자를 만났단 것까지 기억해냈는데 여자의 얼굴이 생각나지 않았다. 매 장면 베일에 가린 듯 여자의 얼굴은 그의 기억, 머릿속을 흐릿하게 피해갔다.

"젠장."

지운은 답답한 기억에 신경질적으로 머리를 헝클리고 털썩 침대에 누워버렸다. 언뜻 느껴지는 낯선 향에 베개에 얼굴을 박고 킁킁거렸다. 익숙하면서도 낯선 향, 지나치게 달콤한 꽃향기과 함께 상쾌한 바람과 새벽을 연상시키는 독특한 냄새, 이 향을 맡고 있자 이른 새벽안개 짙은 숲 속을 거니는 듯한 기분이 들었다. 그 숲속 길 끝에 어렴풋이 보이는 인영, 낯선 향기를 떠올리며 여자에게 집중하자 그의 머리가 아닌 마음이 반응했다. 침착했던 심장이 거칠게 뛰기 시작하며 갑작스레 찌릿한 통증이 그를 강타했고 그 아픔에 제 심장을 꾹 누르며 눈을 뜬 지운의 눈동자가 순간적으로 밝은 갈색으로 빛나다 정상으로 돌아왔다.

아무리 고심해도 더 이상 떠오르지 않는 여자의 얼굴에 지운은 향기를 깊숙이 들이키고 베개에서 얼굴을 들었다. 혼란스러웠던 방금 전과 달리 그의 표정은 담담했고 미련을 버리듯 베개를 던지고 자리에서 일어났다. 모든 준비를 마치고 호텔 방을 나서기 전 지운은 제가 누웠던 침대를 다시 한 번 돌아봤다. 격한 정사의 흔적이 고스란히 남은 자리, 그곳을 보며 빙그레 웃는 지운은 평상시와 같이 자신감이 넘쳤다.

"다시 만나게 될 거야, 꼭. 그땐 이렇게 맥없이 놓치지 않아."

호텔방을 나서는 지운은 결연한 표정을 짓고 있었다.

집을 나서기 전 희주는 현관 거울 앞에 서 자신의 차림새를 다시 한 번 점검했다. 촌스럽게 보이도록 빠글빠글 파마한 머리를 최대한 부풀리고 엄청난 크기의 검은 뿔테안경을 써 최대한 얼굴을 가렸다. 제 사이즈보다 두 치수는 큰 커다란 야상을 걸쳐 선이 가늘고 예쁜 몸매를 감추고 낡은 청바지에 편안한 워커를 신었다. 거울에 비친 그녀는 며칠 전 사람들의 혼을 쏙 빼놓을 만큼 아름다웠던 모습을 절대 상상할 수 없을 정도로 길거리에서 흔히 볼 수 있는 평범하디 평범한 모습을 하고 있었다.

타인의 이목을 끌 수 있는 매력을 털털하고 평범한 모습 뒤에 감춘 희주의 표정이 그리 밝지 못했다. 이젠 자신도 어느 것이 진짜 모습인지 헛갈리기 시작했다. 집은 나서기 전 하나의 의식처럼 행해지는 자신의 참 모습을 숨기기 위한 이 시간이 점점 더 그녀를 짜증나게 하고 자괴감을 느끼게 했다.

"하아, 그만하자. 아무렇지 않게 해왔던 일이잖아. 이게 거짓투성이 네 인생이야. 자꾸 생각하지 마."

지난 며칠 시소를 타듯 오르내리는 감정 기복을 겪어야 했고, 이 모든 게 지운과의 만남에서 비롯된 것이라 그게 더 힘들었다. 지금까지 아무렇지도 않게 생각하고 해왔던 모든 일들이 가시처럼 날카롭게 그녀의 신경을 긁어댔다. 한참 거울 앞에 서 있던 희주는 쫓기는 시간에 복잡한 얼굴로 집을 나섰다.

그녀의 길지 않은 삶 중에 지난 일주일만큼 힘든 시간이 있었을까. 마음 같아선 일이고 뭐고 다 집어치우고 집에만 틀어박혀 있거나 멀리 떠나고 싶었지만 책임지고 있는 일들이 그녀에겐 단 하루의 휴식도 제공하지 않았다. 그런데다 유일하게 그녀의 모든 것을 아는 친구의 부탁으로 새로운 일까지 떠맡게 됐다.

'미안하다, 나도 이런 부탁 안 하고 싶은데 임신한 누나가 하혈을 하고 쓰러졌다잖아. 매형부터 시작해 시댁에서 난리도 아닌가 봐, 거기다 우리 누나도 울기만 하고. 매사 딱딱거리고 똑 부러지던 사람이 저렇게 무너지니까 나도 어떻게 해야 할지 모르겠다. 그쪽에 말했는데 거기 편집장이 너 잘 안다고 좋다고 했다더라. 부탁 좀 하자.'

부탁한 사람이 희주가 외로움에 몸부림치고 끊어낼 수 없는 본능에 괴로워하며 방황했을 때 있는 그대로의 그녀를 받아준 유일한 사람이고, 엄마도 없는 그녀에게 유일하게 기댈 수 있는 종현이라 거절할 수가 없었다. 이보다 더한 부탁이라도 흔쾌히 들어줬을 것이다.

이런저런 생각에 정신을 빼앗긴 사이 회의 장소에 도착했다. 약속 시간 30분 전, 시간을 확인한 희주는 의자에 머리를 기대고 눈을 감았지만 계속 지운 생각뿐이었다. 그를 만난 후 이렇게 틈만 나면 지운이 스멀스멀 그녀의 일상으로 스며들었다. 어떤 것에도 미련을 가지지 않는 편인 그녀가 일주일간 한 대상만을 생각하고 고민했다는 게 괄목할 만한 일이긴 하지만 그마저도 긍정적으로 생각할 수 없었다.

"운명의 대상이라는데 이 정도 반응은 당연한 건가? 태어나 죽을 때까지 딱 하나밖에 없을지 모르는 상대라, 웃기는군."

희주의 말투가 꽤나 시니컬하면서도 허무했다. 그녀의 머릿속으로 다 죽어가면서도 아름다운 미소를 짓고 있던 한 여인이 떠올랐다.

'아가, 난 네 아빠를 만나고 사랑한 걸 후회하지 않아. 그 사람 덕분에 사랑받는 여자로, 한 아이의 엄마로 너무나 행복했어. 그러니 너도 네 존재를 부정하지 마라. 네가 불행하면 엄마는 그 배로 불행해. 제발 희주야, 네 운명의 상대를 찾아 행복해 져야 한다.'

'영원하지 않을 사랑에 내 생을 걸지는 않을 거예요.'

'아가, 사랑은 아름다운 거란다. 그 사랑이 짧고 아프더라도 인생을 걸만한 가치가 있지.'

'그건 나약한 인간들의 얘기죠.'

'너도 인간이란다, 희주야.'

병원에서 죽어가던 어머니가 유언처럼 그녀에게 해준 말이었다. 얼굴 한 번 쉽게 볼 수 없는 아버지를 죽을 때까지 사랑할 만큼 그녀의 어머니, 경선은 사랑 예찬론자였고 죽어가면서도 그녀에게 그 망할 사랑 타령을 했다. 그 말을 들을 때 지었던 차가운 표정의 희주를 경선은 안타까운 시선으로 보며 따뜻한 손으로 쓰다듬어 줬다.

그녀의 과거가 머릿속을 헤집고 있을 때 갑자기 전화벨이 울렸다. 놀란 희주가 휴대전화의 액정을 확인한 후 미소로 전화를 받았다.

"응."

[어디야?]

"약속 장소."

[일찍 갔네. 미안하다.]

"한 번만 더 그 말 하면 나 그냥 집에 간다."

[계집애 성질은. 끝나고 밥이나 먹자. 이제 그만 기운 차리고.]

"……알았어, 전화할게."

[오케이.]

무덤덤하게 인사말도 없이 끊긴 전화를 보며 희주는 피식 웃었다. 며칠동안 지운 때문에 우울해 하는 걸 눈치 챘나보다. 일일이 말하지 않고 목소리만 들어도 상대방의 감정을 알 수 있는 정도의 각별함, 이게 오랜 세월을 친구로 보낸 희주와 종현의 관계였다.

"그래, 나도 일이나 하러 가보자."

희주는 저 멀리서 뛰어오는 직원의 인기척을 느끼며 차에서 내려섰다. 남들보다 뛰어난 오감을 가졌다는 게 이럴 땐 참 편리하긴 했다.

"실장님, 저 늦은 거예요?"

"5분 남았다, 올라가자. 보낸 자료는 다 읽고 온 거지?"

"그럼요, 덕분에 늦잠 잤어요."

희주는 자신의 직원인 은주를 데리고 건물 안으로 들어갔다. 은주와는 회사를 개업하기 전 잡지사 어시스트부터 거의 4년 가까이 같이 일을 하고 있다. 은주는 잠이 많은 걸 빼면 단점이 별로 없는 아이였다. 남들이 '주' 자매라고 부를 만큼 시간이 흘렀고 그만큼 손발도 잘 맞았는데 은주는 여전히 희주 대하는 걸 좀 어려워했다. 아무리 감춘다고 해도 타고난 기운 탓인지 희주는 조용히 있어도 사람들이 어려워하는 경향이 있는데 은주도 예외는 아니었다. 특별히 사람들의 감정 따위에 신경쓰진 않았지만 같이 일하는 은주를 완전 무시할 수는 없었다. 은주가 동료로 적당한 만큼의 호감은 가지고 있어 다행이었다.

두 사람은 건물 5층에 있는 소회의실에서 그 백화점 매거진 발간을 책임지고 있는 편집장을 먼저 만났다. 희주와는 같은 잡지사 선후배 사이로 일을 인계받는 과정이 편했다.

"희주야, 어서 와."

"선배, 오랜만에 봬요."

"이제 서 실장이라고 불러야 하는데 잘 안 된다."

"저도 선배라고 하잖아요. 편집장님이라고 부를까요?"

"됐어, 생각만 해도 소름 돋는다. 내가 너 처음 봤을 때가 대학 졸업반 푸릇푸릇한 학생이었는데 어느새 자기 회사를 다 차리고 서희주 대단해."

"대단하긴요, 구멍가게 수준인데. 참, 인사 받으세요. 저희 회사 직원이에요."

"안녕하세요. 이은주라고 합니다. 잘 부탁드릴게요."

"반가워요. 좋은 상사를 뒀어요. 서 실장한테 배울 거 많을 거야."

세 사람은 백화점 직원들이 오기 전까지 커피를 마시며 약간의 담소를 나눴고 약 10분 후쯤 백화점 마케팅 직원 3명이 회의실로 들어왔다. 간단한 인사가 오가고 시간이 아까운 사람들인 만큼 바로 일이야기로 들어갔다.

"전임자에게 인수인계는 다 받으셨죠? 크게 변동사항은 없습니다만 12월 추가 촬영 일정이 잡혔어요. 나누어 드린 기획서 봐주시겠어요? 두 개의 콘셉트로 촬영이 진행되고 그 중 싱글파티 콘셉트를 차용해서 크리스마스이브부터 크리스마스 당일, 파티를 할 계획입니다. 촬영장소가 바로 그 파티장이 될 겁니다."

직원의 열성적인 설명에 희주는 작게 고개를 끄덕였다. 이맘때가되면 다들 크리스마스를 주제로 일을 진행하니 특별히 다를 게 없었다. 회의 자료를 보던 희주가 의아한 목소리로 질문을 던졌다.

"어라, 이거 별도 브로슈어 작업도 같이 해요? 그럼 편집장님이 진행하셔도 되잖아요?"

"그러려고 했는데 우리 쪽이 진행할 인력이 안 돼."

"그런데 연말에 이 정도 스타들을 한 번에 스케줄 맞춰 촬영할 수 있겠어요? 밤샘 작업이야 그렇다고 쳐도 시간이 될지, 저도 이미 잡혀 있는 다른 촬영들이 있어서 일정 조정이 좀 필요하고요."

"저희도 마지막 스케줄 확인 차 있습니다. 늦어도 이번 주 목요일까지는 일정 드릴 수 있을 거예요. 말씀하신 것처럼 한 번에 다 촬영할 수 없을지도 모르겠어요."

"그럼 단체 컷은 어떻게 하시려고요, 설마 합성?"

"한꺼번에 할 수 있으면 제일 좋기는 한데 정 안 되면 어쩔 수 없죠. 아시잖아요. 셀러브리티들, 그리고 연말."

특이사항이 없는 회의는 빠른 속도로 마무리되어가고 있었다. 희주가 셀러브리티들과의 이런 소란스러운 작업을 별로 좋아하지 않는다는 게 문제라면 문제랄까, 그래 봐야 일을 맡기로 한 이상 별다른 방법은 없지만 말이다. 이제 마지막 하나만 더 질문하면 회의를 마칠 참이었는데 갑자기 회의실 문이 열리며 불쑥 사람이 들어왔다.

"다들 수고하십니다."

"본부장님."

갑작스러운 본부장의 등장에 모든 직원들이 깜짝 놀라 자리에서 일어났고 출입문을 등지고 있던 희주도 엉거주춤 그들을 따라 일어났다. 생각지 않은 방문객은 그녀로 하여금 귀찮다는 생각을 하게 했고 그래도 인사는 해야 하기에 무표정한 얼굴로 뒤로 돌았다.

'저 남자!'

남자의 얼굴을 확인하는 순간 너무 놀란 희주의 동공이 사정없이 흔들렸다. 희주가 정신을 수습할 사이도 없이 지운이 그녀 앞으로 손을 불쑥 내밀었다.

"갑자기 방해해서 미안합니다. 담당자가 바뀌었다기에 인사는 해야겠다 싶어서 왔습니다."

"저희 일을 새로 맡게 된 서희주 실장입니다. 서희주 씨, 저희 백화점 고객전략 본부장님이십니다. 인사하세요."

직원의 소개에도 희주는 멍하니 서 있었다. 귀가 윙윙 울리고 심장이 당장이라도 튀어나올 듯 쿵쾅거리고 사람들이 무슨 말을 하는지 전혀 들리지 않았다. 희주가 지운의 손을 잡을 생각도 않고 가만히 서 있자 당황한 은주가 멋쩍은 웃음을 지으며 그녀의 등을 콕콕 찔렀다.

"실장님, 뭐 하세요. 인사하셔야죠."

은주 덕분에 정신을 차린 희주가 피가 날 정도로 입속 살을 깨물며 평정을 유지하려 애썼다. 당황하고 놀란 표정은 어찌어찌 숨겼는데 떨리는 목소리까지 어쩌지 못한 것 같았다.

"안녕하세요, 서희줍니다."

"강지운입니다."

희주는 제 앞에 내밀어진 지운의 손을 보며 잠시 망설이다 살짝 그의 손끝만 잡았다. 가까워지는 거리만큼 강렬하게 와 닿는 그의 향취, 촉감, 뜨거운 심장 소리, 그 모든 것들이 예민한 오감으로 밀려들며 그와 가졌던 뜨거운 밤이 저절로 생각나 버렸다. 제 목구멍을 적시던 그의 진하고 달콤했던 피를 떠올리자 희주의 마른 입 안으로 군침이 고이고 저절로 그의 심장 소리에 귀를 기울이게 됐다. 눈이 저절로 그의 목덜미로 향하고 침을 꿀꺽 삼켰을 때 희주가 정신을 차리며 얼른 그의 손을 놓으려고 했지만 지운이 더 강하게 잡아왔다.

지운은 집요하게 자신을 피하려는 희주와 눈을 맞추기 위해 노력했다. 그녀였다, 자신과 뜨겁게 몸을 나누고 도망가 버린 여자. 떠올리는 것만으로도 심장이 벌떡이고 피를 뜨겁게 만드는 바로 그 여자. 지금도 콧속으로 파고드는 그녀의 향기에 머리가 어찔했다.

'잡았다!'

지난 일주일은 그에게도 매우 힘들었다. 이름도 모르는 여자를 만나고 싶다는 열망이 너무 강한 나머지 회사 출근이고 뭐고 다 미뤄버리고 그녀만 찾아다니고 싶었다. 자신의 일이, 책임이 이렇게 귀찮고 족쇄처럼 느껴진 적은 처음이었다. 사람이라도 고용할까 했지만 이름도 모르고 희미한 생김새에 기억하는 거라곤 그녀의 독특한 향기뿐이고 옷더미에서 찾은 귀고리 한 짝이 유일한 위안이었지만 그걸로 할 수 있는 건 아무것도 없었다.

간신히 초조하고 어지러운 마음을 다스리고 일상 생활을 유지할 수 있었던 건 꼭 다시 만날 수 있을 것 같은 막연한 예감과 제 주머니 속에 들어 있는 붉은 루비가 박힌 박쥐 귀고리 한쪽 덕분이었다. 시간만 나면 꺼내보고, 주머니에 넣고 다니면서 주물거릴 수 있는 귀고리와 확실하게 기억하고 있는 그녀의 향기 덕분에 그 시간들을 견뎌냈다. 하지만 일주일이 한계였고 더 이상은 참을 수 없어 오늘 출근을 하면 미술 전공인 후배를 불러 대략적이나마 희주의 몽타주를 그리게 하고 사람을 고용해 그 몽타주로 희주를 찾을 생각이었다. 괜히 신바람 나는 출근길이 그 계획 때문이라고 여겼다.

콧노래를 부르며 들어선 사무실에서 그는 몸의 모든 신경을 곤두세우는 희주의 강한 향내에 한동안 그렇게 서 있기만 했었다. 그렇게 몇 분, 그 후엔 미친 듯이 사무실 안을 뒤졌다. 그녀가 이곳에 있을지도 모른다는 엉뚱한 생각으로 사무실 내 욕실과 책장 사이, 하다못해 책상 밑, 소파 밑까지 전부 확인했지만 그녀가 있을 리 없었다. 자신의 착각이라 여겼지만 시간이 지날수록 그녀의 향은 진해져만 갔다.

그렇게 정신없는 상태로 회의 하나를 끝내고 제 사무실로 돌아가는 길이었다. 뒤에 줄줄이 따라오는 직원들이 있는 것도 잊고 뭔가에 홀린 듯 이곳으로 발길을 하게 된 것이다. 두근거리는 마음으로 회의실 문을 열었고 그 안에 그의 열정이자, 두통거리였던 그녀가 있었다. 그녀의 얼굴을 확인한 순간 그동안 머릿속에 베일로 가려진 듯 희미하게 남아 있던 희주의 잔상이 확실해지며 그녀와 나눴던 뜨거웠던 시간이 선명하게 기억났다.

달콤하지만 도발적이었던 그녀의 입술, 뜨겁게 엉켜들었던 숨결, 하나로 합쳐져 쾌락 이상의 쾌락을 나눴던 두 사람의 육체, 몇 시간

동안 몇 번이나 지치지 않고 도달했던 열락의 끝자락. 그 시간을 회상하는 것만으로 지금도 그녀 안에 들어가 있는 것처럼 아찔한 자극을 받았다. 하지만 희주는 그저 반갑기만 한 그와 생각이 다른 것 같았다. 당황하고, 놀라고, 피하고 싶어 하는 그녀의 마음이 그대로 그에게 전달됐고 그런 희주 때문에 지운의 고약함이 슬쩍 고개를 들었다. 그녀의 작은 손을 놓아주기 전 그의 뜨거운 손가락이 잡고 있는 그녀의 손바닥을 은근히 쓰다듬었고 퍼뜩 놀란 희주가 미처 반응하기 전에 손을 놓아주고 직원들을 향해 돌아섰다.

"이제 곧 점심시간인데 제가 대접하고 싶습니다. 어떻습니까?"

"저희야 감사하죠. 서 실장님도 시간 되시죠?"

"죄송합니다. 저희가 다른 촬영이 잡혀 있어서 곧 그곳으로 이동해야 해서요."

"실장님, 저 모르는 스케줄 있어요?"

이럴 땐 정말 눈치가 없는 은주가 원망스럽다. 희주는 눈을 동그랗게 뜨고 되묻는 은주의 발을 지그시 밟으며 억지 미소를 지었다. 거짓말을 싫어하는 그녀였지만 지금 당장 지운을 벗어날 수만 있다면 못할 게 없었다. 이 사람이 자신을 기억할 리 없겠지만 길게 마주하고 있는 건 그에게도 또 그녀에게도 좋을 게 없었다. 시간이 길어지면 지워버린 지운의 기억이 돌아올 수도 있고 그의 혈향에 취해가는 자신이 미쳐버릴 수도 있었다.

"아침에 문자 보내놨는데 확인 안 했나보네."

은주는 이를 꽉 깨물고 말하는 희주를 보며 제 실수를 깨닫고 입을 꾹 다물었다. 이런 요령 같은 거 잘 안 부리는 사람인데, 다른 때 같지 않은 희주 때문에 은주도 헷갈렸다.

"그렇다면 어쩔 수 없죠. 다음 촬영 스케줄 있을 때 같이 합시다. 다들 수고하세요."

희주의 변명에 지운이 미련 없이 사무실을 나갔다. 그의 속마음은 당장이라도 희주 손목을 잡고 그곳을 나오고 싶었지만 그렇게 한다면 저 여자는 두 번 다시 그를 보려 하지 않을 것이다. 사무실을 나온 지운은 닫힌 문을 보며 야릇한 미소를 지어보였다.

"서희주라, 이걸로 끝이라고 생각하면 서운하지, 곧 보자고."

희주는 지운이 나간 후 회의가 끝날 때까지 그저 멍하니 정신줄을 놓고 앉아 있었다.

'다시는 만나면 안 돼. 다시 만나는 건 그와 나 둘 모두에게 불행이야. 잠깐 얼굴을 본 것만으로도 이렇게 흔들리고 있는데.'

회의가 끝날 때까지 희주는 계속 멍한 상태였고 덕분에 난감한 은주만 멋쩍은 웃음으로 상황을 넘겨야 했다. 그렇게 아슬아슬한 시간이 흘러 회의가 끝났고 희주와 은주는 직원들의 배웅을 받으며 회의실을 나섰다.

"은주야, 먼저 차에 가 있어. 나 화장실 좀 들렀다 갈게."

"네. 근데 실장님 지금 좀 이상하세요. 아프신 건 아니시죠?"

"아무렇지도 않아. 내려가 있어."

혼자 있을 시간이 필요한 희주는 은주에게 자동차 열쇠를 주고 화장실 쪽으로 걸었다. 느릿한 걸음과 달리 그녀의 머릿속은 무척 복잡했다. 오늘의 만남이 과연 우연일까 의심이 들었다. 일적으로는 웹매거진을 담당하는 희주가 백화점 전략기획 본부장인 지운과 만날 일은 없었다. 그렇다면 일부러 그녀를 만나러 왔다는 건데 그건 그것대로 말이 안 됐다. 그녀가 이곳에 있다는 걸 지운이 어떻게 알았단 말인가? 지운과 다시 만날 기회 자체를 없애려던 희주는 종현의 부탁 때문에 이 일을 접을 수도 없고 참 난감했다.

"아, 뭐야. 왜 이렇게 복잡해지는 거야?"

해답이 없는 문제에 짜증이 잔뜩 난 희주가 열을 식히기 위해 찬물로 열심히 세수를 했고 잔뜩 젖은 얼굴로 뚫어지게 거울을 바라봤다.

"괜찮을 거야. 다른 사람들보다 훨씬 더 강하게 최면을 걸었어. 그사람, 절대 날 기억하지 못할 거야."

말은 그렇게 했지만 확신이 없었다. 자신을 보던 그의 눈동자는 분명 그녀를 기억하고 있었다. 그리고 만약 그가 자신을 기억하는 게 확실하다면 어떻게 그럴 수 있는지 그것도 풀어야 할 의문이었다.

"아악! 이런 거 너무 싫어, 싫다고. 운명적 상대가 다 뭔데, 심장의 주원 따위가 뭔데. 그런 거 필요 없다고!"

한차례 발악을 한 희주가 간신히 마음을 수습하고 화장실을 나와 터덜터덜 복도를 걸어가는데 갑자기 팔을 잡아당기는 힘에 속수무책 끌려갔다. 웬만한 남자들은 상대가 안 될 정도로 강한 그녀인데 그 남자의 팔은 쉽게 풀어낼 수 없었다. 비상구 안으로 딸려 들어간 희주는 차가운 벽에 밀쳐지고 나서야 자신 앞에 서 있는 사람의 실체를 확인할 수 있었다. 화도 나고 정신도 없고 잔뜩 미간을 찡그린 채 고개를 들자 지운이 그녀의 얼굴 옆으로 양 팔을 집고 바로 코앞에 얼굴을 들이민 채로 빙글빙글 웃고 있었다.

"이, 이게 무슨 짓이에요?"

"이 정도는 예상할 줄 알았는데."

"비켜주시죠, 강 본부장님. 불쾌합니다."

"그날 모르고 넘어갔던 이름을 이렇게 알게 되네, 서희주."

"무, 무슨 말을 하는 거예요?"

"일주일 전, 하야트호텔 2513호, 너, 나 그리고 난잡할 정도로 뜨거웠던 시간."

희주는 제 귀에 속삭이는 지운의 목소리와 뜨거운 입김에 온몸에 소름이 돋았다.

'이 남자, 날 정확히 기억해. 그날 우리에게 있었던 일을 정확하게 기억하고 있어. 어떻게, 어떻게 그럴 수 있지? 난 분명 최면을 걸고 나왔는데. 이럴 리가 없어. 날 기억할 수 있을 리가 없다고. 설마 이것도…… 운명의 상대라서 그런 걸까?

그가 자신을 너무나 정확히 기억하는 것에 의구심이 피어올랐지만 그걸 되물을 수도 없었다. 그에게 최면을 건 건 그녀밖에 모르는 일이고 술 취한 상태도 아니었으니 그는 자신이 희주를 기억하는 게 당연하다고 생각할 것이다.

저 사실만으로도 혼란스러운데 복잡한 생각과는 달리 이성의 지배를 거부하는 몸이 자연스레 그에게 반응했다. 그의 입김이 닿은 것만으로도 온몸이 들끓어 올랐다. 그녀의 흡혈 주기는 한 달, 그와 밤을 보내고 피를 취한 지 겨우 일주일이 지났을 뿐인데 그녀의 본능은 다시 그를 품고 그의 달콤했던 피를 마시라고 충동질하고 있었다. 아랫배가 딱딱하게 뭉치며 다리 사이가 뜨거워지기 시작했다. 지운의 존재만으로도 당황스러운데 이런 신체적 반응은 그녀를 패닉 상태로 몰아갔다.

지운은 자신을 보며 잘게 흔들리는 희주의 동공에 희열을 느꼈다. 차갑게 그를 외면하고 사납게 굴던 여자가 자신으로 인해 흔들리는 게 흐뭇했다. 달아오르는 열기를 담기 시작한 눈동자, 말로는 거부하면서 그를 원하는 그녀의 표정은 처음 만났던 그날처럼 요염했다.

하얀 피부가 투명할 정도로 빛나며 입술은 점점 붉게 변해갔고 분홍색 혀가 살짝 벌어진 입술을 핥고 사라졌다. 그녀에게서 뿜어져 나오는 아찔한 암컷의 냄새에 지운도 취해갔다. 하지만 확실한 변화 앞에서도 그녀는 쉽게 본인의 마음을 인정하지 않으려는 모양이다. 흔들리던 동공이 순간적으로 단호함을 담고 지운을 향했다.

"그래서, 그게 뭐? 다 큰 성인들이 원나잇 정도 충분히 할 수 있는 거 아냐? 설마 지금 와서 책임져라 그런 말 할 건 아니잖아."

"아니, 그 말 하려고. 지난 일주일, 너 때문에 아무것도 못 했거든."

"미쳤구나? 같이 즐겼으면 그걸로 끝인 거야. 지저분하게 굴지 마."

"정말 단 한 번으로 만족할 수 있어?"

한껏 달아오른 목소리만큼 뜨거운 지운의 눈이 그녀의 얼굴을 지나 유려한 목, 도드라진 가슴을 훑고 다리로 내려갔다. 그녀의 중심에 조금 더 길게 시선이 머물렀고 애무하듯 뜨거운 그의 시선에 희주의 몸이 기대를 품고 진동했다.

지운의 얼굴이 점점 더 가까이 다가왔다. 당장이라도 키스를 할 것처럼 다가온 그의 얼굴을 외면하려 고개를 돌렸지만 지운은 그녀의 안경을 벗겨 냈고 당황한 희주가 안경을 빼앗으려 손을 뻗는 순간 그녀의 턱을 잡아 그대로 입술을 밀어붙였다.

"뭐하는……."

희주가 있는 힘껏 그의 어깨를 밀어냈지만 그의 기세만 더 거칠어질 뿐이었다. 입술이 찢어졌는지 입 안에 피 맛이 감돌았지만 지운은 그저 다급하고 거칠게 키스에 몰두할 뿐이었다. 몇 번이나 입술을 깨물고 혀를 잡아채고 숨도 쉬지 못할 만큼 자신을 따라오라고 그녀를 채근했다. 영혼까지 들쑤셔 놓는 것 같은 키스에 결국 희주가 그의 목에 팔을 두르는 것으로 백기를 들고 입을 잔뜩 벌려 그의 혀를 받아들였다.

자신을 받아들이는 희주를 느끼고 지운이 부드러워졌다. 키스를 나누는 입술은 부드러웠지만 그녀의 몸을 쓰다듬는 손은 매우 다급했다. 그녀의 두툼한 겉옷을 벌리고 손을 밀어 넣었지만 얼마나 껴입은 건지 그녀의 가녀린 몸은 쉽게 만져지지 않았다. 지운은 짜증스럽게 제 입속의 그녀 혀를 깨물며 그녀의 스웨터 속으로 손을 쑥 집어넣었다.

그녀의 체온보다 높은 온도를 유지하고 있는 그의 손이었다. 희주는 제 등을 부드럽게 쓸어내리는 그의 손길에 몸을 부르르 떨며 온몸을 그에게 기댔다. 그녀의 몸에서 두꺼운 점퍼가 떨어져 나가고 그녀의 다리 사이로 그의 두툼한 허벅지가 파고들었다. 그의 뜨거운 입술이 그녀의 목으로 내려가며 그의 손도 그녀의 바지 속으로 같이 움직였다. 토실토실한 엉덩이를 꽉 쥐며 바짝 당겨 안자 아찔하게 부딪치는 두 사람의 중심에 희주가 신음을 토해냈다.

"하아앗."

희주 못지않게 그의 매무시도 헝클어져 갔고 희주의 서늘한 손이 그의 셔츠 속으로 들어가 그의 가슴을 서슴없이 쓰다듬었다. 그렇게 옷을 입은 상태로 마치 섹스를 하는 것처럼 몸을 부딪치고 마찰하고 그를 품고 싶어 안달이 난 몸으로 그의 허벅지를 단단히 조이며 바지

속 그의 손이 엉큼하게 그녀의 가장 은밀한 곳으로 찾아왔다.

"뜨거워, 여기."

"하아앗. 그, 그만."

"더 느껴."

그의 굵은 손가락이 거침없이 그녀의 안으로 들어갔고 그렇게 몸으로 입술로 한참 서로를 희롱하던 두 사람의 입술이 간신히 떨어졌다. 두 사람은 이마를 맞댄 채로 거친 숨을 다스렸고 말을 할 때마다 지운의 입술이 간간이 그녀의 입술에 가볍게 닿았다 떨어지곤 했다.

"미치겠군. 당장이라도 네 안으로 들어가고 싶어 죽을 것 같아."

"하아, 하아, 이제 그만 놔줘요."

"이렇게 반응하면서 또 도망갈 생각이야?"

지운은 색정으로 물든 눈동자를 해서 자신을 피하려는 희주의 턱을 잡고 자신을 보게 만들었다. 그리고 여전히 그녀의 여성 안에 있는 손가락을 움직이자 희주가 다급하게 숨을 들이쉬며 그의 손목을 틀어잡았다. 그 반응에 만족한 지운은 슬쩍 손을 빼고 싱긋 웃으며 그녀의 이마에 입술을 부딪쳤다. 그래, 어쩌면 이런 키스가 먼저여야 했는지도 모른다.

"이런 것부터 하고 싶다면 이름을 알아가는 것부터 시작해. 당분간은 맞춰줄게. 하지만 날 피할 생각은 하지 않는 게 좋아."

"날 왜 만나고 싶은 건데요? 이 몸 때문에?"

"그것도 하나의 이유일 수 있겠지. 하지만 그게 전부가 아니니까 너한테 이렇게 매달리고 있는 거야. 지금 난 무모할 정도로 너한테 끌리고 있어. 내 스스로도 이해가 안 돼."

어떻게든 그를 피하려던 희주의 시선이 그의 눈에 오롯이 고정됐다. 죽는 그날까지 그녀의 실체를 모른 체 이용만 당할 운명도 모르고 자신의 감정을 솔직하게 말하는 남자에게 마음이 흔들렸다. 하지만 이 만남의 끝은 정해져 있는데, 자신의 본 모습을 알게 되면 이 사람도 도망가게 될 텐데, 차라리 그를 위해 자신의 정체를 솔직하게 말해버릴까 잠깐 생각했다.

지운은 여러 감정으로 물드는 그녀의 눈동자를 보고 있었다. 그를 향한 관심, 호의, 끌림, 그만큼 강한 걱정, 의문, 두려움, 미련, 혼란스러움 등등. 지운은 그런 희주의 뺨에 손을 올렸다. 하룻밤 상대로 생각했던 남자를 생각지도 못하게 재회하게 된 그녀의 당혹스러움을 알 것도 같았지만 그렇다고 순순히 물러날 순 없었다. 지운은 희주에게 자신에 대한 확신을 심어주고 싶었다.

"아무 생각도 말고 그냥 따라와. 너한테 해되는 짓 안 해."

"……내가 당신한테 해가 된다면 그땐 어떻게 할래요?"

"감수해보지 뭐, 그 상대가 너라면."

'저 말을 믿어.'

희주의 마음속 악마가 그렇게 속삭였다. 그녀를 향한 심지 깊은 그의 눈은 진심을 가득 담고 있었고 무시할 수 없는 그의 말 한마디가 폭탄의 뇌관을 건드린 것처럼 희주의 감정을 흘러넘치게 만들었다. 하지만 마지막 이성을 지킨 그녀가 할 수 있는 말은 이게 전부였다.

"시, 시간을 줘요. 생각할 시간이 필요해요."

"그래, 그럼. 넌 생각을 해. 난 행동을 할 테니까. 휴대전화 줘."

"내가 전화할게요."

"지금이라도 마케팅부 가서 연락처 받아 와?"

"폭군이군요."

"불도저란 말을 더 많이 듣지."

가방을 뒤지는 희주가 한숨을 쉬며 머뭇거리자 지운이 대신 그녀의 휴대전화를 꺼내 자신의 휴대전화로 전화를 걸었다. 이렇게 연락처는 확보했고 휴대전화를 가방에 넣어주며 그녀의 명함도 하나 꺼냈다.

"공적으로 사적으로 연락처는 모두 확보했고 전화하면 받아. 연락 안 돼서 내가 직접 찾아가게 만들면 뒷일은 알아서 책임져야 할 거야."

"재촉하지 말아요. 남녀 사이는 밀어붙여서 되는 게 아니잖아."

"안 해봐서 몰라. 하지만 내 방식은 있어."

"내가 어떤 사람인지도 모르면서 이러는 거 정상이 아니야."

"나도 알아, 나 정상 아닌 거. 지금은 네가 설산에 사는 예티라고 해도 상관없을 것 같으니까."

희주는 진심일까 의심되는 그 말을 정말 믿고 싶었다. 희주는 그의 눈을 똑바로 보며 다짐하듯 말을 했다.

"그 말 후회하지 말아요."

"후회는 내 전공이 아니라서."

"가봐야 해요. 직원이 밑에서 기다려요."

"조심해서 가. 나중에 연락할게. 먼저 전화 주면 더 좋고."

지운은 순순히 물러나 바닥에 떨어진 그녀의 겉옷을 입기 좋게 들고 섰다. 희주가 손을 내밀어 받아들려 했지만 지운도 만만한 성격은 아닌지라 그녀가 옷을 입을 때까지 버티고 서 있었다. 희주가 온 힘을 다해 신경질적으로 그에게서 옷을 빼앗고 대충 가방을 둘러맸더니 결국 지운이 옷을 다시 빼앗아버렸다.

"밖에 춥다. 괜한 고집에 감기 걸리지 마."

그녀에게 억지로 옷을 입힌 지운은 뾰족한 눈으로 그를 흘겨보는 희주의 입술을 가볍게 훔치고 성큼성큼 위층으로 걸어 올라가버렸다.

"나쁜 새끼."

희주는 신경질적으로 제 입술을 벅벅 문질러 닦으며 낮게 욕을 내뱉었다. 원래 성격대로라면 이렇게 허무하게 당할 희주가 아니었다. 자신의 처지 때문에 사람과 관계 맺는 것도 싫어하고 외인 기질도 있고, 일에 관여된 것 아니면 워낙 무심한 터라 일은 잘하지만 거리가 느껴진다는 얘기를 많이 들었다. 거기다 웬만한 남자들은 한 손으로 해치울 수 있을 만큼 힘도 세서 그녀의 의도와 상관없이 접근하고 치근덕대던 남자들을 손쉽게 처리했었다. 그런데 지운을 상대할 땐 몸에 힘이 들어가지 않았다. 그게 단순한 육체적 본능 때문인지 아니면 운명의 상대라는 거지같은 이유 때문인지는 모르겠지만 아무튼 그랬다. 지운과 맞물려 벌어지는 일들이 너무나 생소해서 희주 역시 어떻게 감당해야 할지 정말 알 수 없었다.

"이럴 때 물어볼 엄마라도 있었으면 좋겠다. 엄마 보고 싶네."

감정적 혼란에 경선을 떠올린 희주는 머리를 홰홰 젓고 정신을 수습했다. 이러고 있을 때가 아니다. 지운은 지운이고 일은 일이다. 일단은 산더미 같이 싸여 있는 일을 해야 한다. 희주는 사람이라고 믿을 수 없는 빠른 속도로 계단을 뛰어 내려가기 시작했다.

화보촬영 진행 중 일 때문에 이곳까지 일부러 찾아온 선배를 잠시 만나는 중이었다. 희주는 선배와 얘기를 하면서 끊임없이 울려대는 휴대전화를 주머니에서 꺼냈다.

-강지운-

액정 화면 위의 이름을 확인한 희주는 이마에 굵은 주름이 질 정도로 인상을 찡그렸다. 진짜 징그럽게 전화를 해대는 지운이었다. 밥한 끼 편하게 먹기가 힘들 정도로 바쁘다면서 어쩜 이렇게 쉴 새 없이 전화를 해대는지 이젠 핸드폰이 울리면 경기가 들릴 지경이었다. 거기다 전화를 받지 않으면 받을 때까지 반복해서 거는 집요함까지. 희주는 통화 거절을 하고 짧게 메시지를 보냈다.

-업무상 미팅중-

희주가 메시지를 보내고 전화기를 내려놓자 선배가 호기심 가득한 얼굴로 보고 있었다.

"누군데 그렇게 노골적으로 싫은 티를 내? 이런 모습 처음 보는거 같은데."

"거절한 일인데 자꾸 전화를 하네요. 거머리 같아요, 귀찮아."

"거머리? 풋, 너 많이 변했다. 인간다워 보이고 좋네. 근데 이 시간까지 일 전화야? 너 이러다 갑부 되겠다."

"우리 일 잘 아시면서 선배가 이런 말 하시면 안 되죠."

"하긴, 좋아하니까 버티지 완전 빛 좋은 개살구, 돈은 안 되면서 힘만 들고. 너도 골병들기 전에 알아서 일 좀 줄여. 아님 밑에 애들을 더 고용하던지."

잡지사 편집장으로 승진한 선배의 핀잔에 말갛게 웃어 보인 희주는 커피 잔을 만지작거리며 고민 끝에 정말 궁금한 것을 물었다.

"선배, 혹시 서울백화점 강지운 본부장 알아요?"

"알기야 하지. 근데 네가 사람에 대해 다 물어보고 별일이다?"

"이번에 그 백화점 웹매거진 맡았어요. 어쩌다 그렇게 됐는데 어떤 사람이에요?"

"흠, 강지운 본부장이라. 나이 34, 싱글, 대성그룹 외손자에 친가는 대대로 법조계와 관계가 깊지. 할아버지가 법무부장관 출신에 아버지는 현직 검찰총장이고 본인은 아이비리그 경영대, 대학원 출신. 빵빵한 배경 못지않게 본인 스펙이 차고 넘치는데다 봤으면 알겠지만 웬만한 모델 뺨치는 외모까지 소유. 한마디로 재수 없는 몰빵 캐릭터. 이런 캐릭터는 소설에나 나와야 하는 건데 말이야."

"프로필은 됐고, 성격이나 여자관계 뭐 그런 사적인 거 몰라요?"

"성격이라, 겉으로 보기엔 완벽한 신사인데 일할 땐 거침없고 엄청 냉정한가 봐. 여자 소문은 별로 없어. 실적이 좋아서 내년에 대표이사로 승진하거나 아님 아예 유통 쪽으로 갈 수도 있다데. 그렇게 되면 파격적인 승진인데 워낙 실력이 좋아서 뭐라고도 못 하나 봐."

"……그렇군요. 역시 선배 마당발은 따라갈 수가 없네요."

"왜 이래, 선수끼리. 워낙 좁은 바닥인데다 인맥이 힘이잖아. 잘 나간다는 여자 연예인들부터 이름만 대면 알만한 기업에 정치인까지 그 남자 잡으려고 침들을 질질 흘리더라. 근데 집안 어른들도 그렇고 본인 역시 철벽남이라 잘 나간다는 마담뚜까지 동원하는데 쉽지 않은가 봐. 정부라도 좋다고 덤비는 애들이 한둘이 아니야. 나도 자선파티 때 두어 번 봤는데 외모, 매너, 포스까지 정말 완벽하더라."

선배의 설명을 들으며 차를 마시는 척 고개를 숙인 희주는 비릿한 미소를 지었다. 그녀를 대할 때 차고 넘치던 자신감의 출처를 이제는 알 것 같았다.

'치, 그래도 한낱 인간인 주제에.'

희주는 퍼뜩 든 생각을 얼른 머릿속에서 지워버렸다. 이렇게 가끔 본인이 인간이란 사실을 부정하는 생각을 하게 될 때마다 조금씩 심장이 뱀파이어의 피로 채워지는 것 같았다.

"그쪽일 맡았다니까 하는 말인데 어지간하면 부딪치지 말고, 척지는 일은 생각도 말고. 하긴, 네가 그럴 리 없지."

걱정스런 선배의 말에 웃음으로 대충 얼버무렸지만 이 남자 뿌리치는 게 쉽지 않을 것 같단 불길한 생각에 침이 바짝바짝 말랐다.

대충 이야기를 끝낸 희주는 천천히 차로 걸어갔다. 머리는 온통 강지운이고 그의 생각만 하면 몸이 먼저 반응하고 목구멍이 따끔거릴 정도의 갈증이 생긴다. 파블로프의 개처럼 그의 이름에 따라오는 그녀의 신체적 반응이었다. 차라리 신체적 반응이 전부라면 좋겠는데 처음엔 강하게 부정하던 그녀의 감정이 점점 더 그를 향해 치닫고 있었다.

"젠장, 진짜 이민이라도 가야 하나. 지금이라도 간다고 하면 그 남자는 좋아하겠지."

희주는 갈색 머리의 잘생긴 외국 남자를 떠올렸다. 자신의 아버지라는 사람, 처음 봤을 때부터 지금까지 전혀 늙지 않는 홍안의 얼굴을 가진 남자, 그래서 아버지란 호칭이 나오지 않는 뱀파이어.

'네 곁에 있지 않아도 너에게 무슨 일이 생긴다면 나는 자동적으로 알게 될 거다. 네가 도움을 청하지 않아도 필요하다고 느낀다면 지체 없이 네 옆으로 달려오마. 잊지 마라, 넌 내가 사랑하는 여자의 딸이고 나의 유일한 핏줄이다.'

뱀파이어에게도 핏줄이 중요하냔 말을 하고 싶었지만 자신의 얼굴을 어루만지던 그 차가운 손이 그리고 제 얼굴에서 어머니를 찾던 그 눈이 너무 슬퍼 차마 아무 말도 할 수 없었다. 영국에 살고 있는 그는 가끔 한 번씩 연락을 해왔다. 안부를 묻는 짓 따위는 하지 않았고 그냥 그녀의 목소리만 듣고 있다가 끊고는 했다. 자라는 내내 위장신분이 필요했던 모녀에게 도움을 준 것도 그 사람이었고 지금이라도 고민거리를 얘기하면 당장 해결해줄 것이다. 어쩌면 그녀에게 도움이 필요하다는 걸 이미 알고 있는지도 모르지만 아직까지는 먼저 손 내밀 마음이 들지 않았다.

생각이 복잡한 희주는 주차해 놓은 차를 지나쳐 마냥 걷기 시작했다. 일반 사람들보다 예민한 청각 때문에 사람들의 소음이 너무 시끄러운 그녀는 이어폰을 꼈다. 청각뿐만 아니라 시각, 미각, 후각, 촉각 모든 감각이 사람들보다 훨씬 더 예민했는데 일에 많은 도움이 되기도 했지만 일상생활에 많은 불편을 가져오기도 했다. 지금도 그랬다. 조용히 걷고 싶었는데 술주정을 하는 사람들, 밀어를 속삭이는 다정한 연인들, 언성을 높여 싸우는 사람들의 소음이 뒤죽박죽 뒤섞여 그녀를 방해했다. 거기다 조금씩 다른 사람들의 피 냄새까지, 이제 그만 촬영장으로 돌아가야겠다고 마음먹었는데 일정한 속도로 자신에게 다가오는 발소리가 들렸다. 경계심이 생기기도 전에 바람에 섞여든 체취로 그 소리의 주인이 지운이라는 걸 안 희주가 길게 한숨을 내쉬었다. 희주는 정말 짜증난다는 표정으로 뒤를 돌아 자신에게 천천히 걸어오는 지운과 마주했다. 희주의 싸늘한 반응과 상관없이 그녀에게 다가오는 그는 보기 좋은 미소를 짓고 있었다.

"안녕, 서희주."

"나 여기 있는 거 어떻게 알았어요?"

의심이 잔뜩 어린 그녀의 뾰족한 말에도 지운의 미소는 가실 줄 몰랐다. 며칠 만에 다시 보는 그녀가 그저 반가울 뿐이었다.

"난 미행 같은 건 안 해."

"그러니까 어떻게 알았냐고요."

"운이 좋았지. 근처에서 미팅 있었어. 지나가다 당신이 레스토랑에서 나오는 걸 봤고."

희주는 속으로 운도 좋은 놈이라며 구시렁거리고 있는데 지운이 얼굴을 바짝 들이밀었다.

"뭐, 뭐 하는 거예요?"

"날 앞에 두고 무슨 생각을 하는 거야?"

"스스로에 대한 자신감이 도를 넘어 자만심이 됐네요."

"뭐, 대부분의 여자들이 나만 보면 정신을 못 차리더군."

"그 대부분의 영역에 나를 포함시키는 거예요?"

"그랬다면 이렇게 널 따라다닐 일도 없었어. 너 생각하는 거 방해 안 하고 조용히 따라왔잖아. 이 정도면 꽤 배려한 건데."

"시끄러워요. 말 많은 남자 딱 질색이야."

"그러게. 나도 싫은데 널 보면 자꾸 말이 하고 싶어져. 참 이상하지?"

희주의 신경질적인 반응에도 지운은 빙글빙글 웃으며 약을 바짝 올렸다가 또 마음이 싱숭생숭할 정도로 설레는 말을 했다가 아주 그녀를 들었다 놨다 했다. 희주가 그를 외면하고 다시 뒤돌아 걷기 시작하자 지운이 옆에서 나란히 걸었다. 꽤 차가운 바람을 맞으며 두 사람은 한동안 말없이 그저 걷기만 했다. 희주는 조용히 자신을 따라오는 그를 몇 번이나 힐긋거렸다. 지금쯤이면 벌써 몇 번이나 되지도 않는 말로 시비를 걸거나 시시껄렁한 농담을 해야 하는데 그러지 않는 게 더 수상했다.

"그렇지 보지 마."

"……왜 아무 말 안 해요?"

"네가 조용하니까. 내가 말을 하는 건 네 목소리를 듣고 싶어서야."

"……."

"이렇게 걷는 거 정말 오랜만이다. 좋네, 사회생활 시작하고 직급이 올라갈수록 이런 건 시간적 사치더라."

"날 왜 따라왔어요?"

"반가워서. 난 요즘 궤도를 따라 지구를 도는 달 같아. 당신 따라 뱅글뱅글, 사춘기도 아닌데 우습지. 하긴, 사춘기 때도 해본 적 없는 일이네."

지운의 이런 말에 화가 났다. 자신에 대해 잘 알지도 못하고 안지도 얼마 안 됐으면서 이렇게 쉽게 감정을 쏟아내는 게 정말 싫었다. 자신은 운명까지 논하게 되는 그의 무게가 너무 무거워 질식할 것만 같은데 지운의 태도나 말은 깃털처럼 가볍게만 느껴졌다. 희주는 뭔가 억울하단 생각이 들었고 그 마음이 날카로운 시선이 돼서 그를 향했다.

"도대체 나에 대해 뭘 얼마나 안다고 그따위 말을 지껄여? 당신은 마음이 그렇게 가벼워? 당신한텐 감정이 그렇게 쉬워? 아님, 만난 첫날부터 몸으로 들이댄 내가 쉬운 거야?"

지운은 사납게 쏘아붙이는 희주를 지긋이 바라만 봤다. 그녀의 가시 돋친 말들이 상처가 되긴 하지만 그래도 사랑스럽기만 했다. 앞으로 할 자신의 이 행동이 그녀의 화를 더 북돋을 테지만 참아지지 않았다. 성질을 내는 희주까지 예뻐 보일 정도로 자신은 정상이 아니었으니까, 지운은 사나움을 부리는 그녀의 코에 살짝 입맞춤을 하고 떨어졌다.

"뭐하는 짓이야!"

이번엔 그가 좋아하는 입술.

"강지운!"

그리고 좀 더 길게.

결국 머리꼭지까지 화가 난 희주가 그의 뺨을 올려붙였고 지운은 피하지 않고 기꺼이 그녀에게 자신의 뺨을 내주었다. 듣기에도 섬뜩한 소리를 내며 그녀의 손이 그의 뺨을 후려친 순간 맞은 지운보다 때린 희주가 더 놀랐다. 희주는 놀라고 겁에 질린 눈으로 자신에게 맞은 그의 얼굴과 제 손을 번갈아 보며 그 당황한 마음을 고스란히 내비쳤다.

"그런 얼굴 할 필요 없어. 내가 맞아준 거야. 내가 너한테 이렇게까지 하는 게 무슨 마음이냐고 물으면 당장은 대답할 수 없어. 그건 시간을 좀 더 줘. 이미 말했지만 난 당신한테 무한정 끌리는 중이고 당신이 보고 싶어서 안달이 나."

"하지만……."

"네 말대로 단순히 육체적인 끌림일 수도 있어. 하지만 그게 내가 당신을 가볍게 생각한단 뜻은 아니야. 널 가볍게 생각했다면 이렇게 쫓아다니는 대신 사람을 시켜 너를 부르고 금전적인 것으로 해결했겠지. 화나고 혼란스러운 건 알겠는데 네 자신도, 또 내 마음도 폄하하진 마. 그만 가봐야겠다. 더 이상 걷지 말고 택시 타. 춥다."

지운은 희주의 어깨를 쓰다듬고 뒤돌아섰다. 그녀를 혼자 두고 돌아서는 마음이 무척이나 무거웠지만 지금 당장은 그녀에게 생각할 시간을 좀 줘야 할 것 같았다.

한 걸음, 두 걸음 멀어지는 그의 뒷모습에 딱딱하게 굳었던 희주의 표정이 깨져갔다. 상처받아 슬퍼졌던 눈동자, 그녀의 손자국 그대로 벌겋게 달아오른 뺨, 그러면서도 웃어주던 얼굴, 한껏 처진 어깨까지 전부 다 눈에 거슬리고 가슴에 맺혔다. 그가 피할 줄 알고 있는 힘껏 팔을 휘둘렀는데 자신의 손길을 그대로 받아낼 줄 몰랐다. 때린 것에 대한 미안함, 속상함, 심장 한쪽이 찌그러지는 것 같은 아픔, 그러면서도 마지막까지 자신을 위로하는 그의 말에 설레기까지. 감정이란 것에 야박하게 살던 그녀여서 지금 마음속에 차곡차곡 들어차는 감정이 너무나 벅차고 힘겨웠다. 당장이라도 뛰어가 점점 멀어지는 그를 잡으라는 마음을 무시하고 억지로 뒤돌아서 그와 반대 방향으로 열심히 뛰기 시작했다.

희주는 종현의 동물병원 앞에 우두커니 서 있다가 간판이 꺼지는 걸 확인한 후 안으로 들어갔다. 그녀가 병원 안으로 들어가자 실내를 가득 채우던 동물들의 소리가 조용하게 잦아들었다.

"어서 오세요, 무슨 일로…… 어쩐 일이냐, 이 시간에?"

연락도 없이 찾아온 희주를 반갑게 맞이하던 종현은 당장이라도 울 것 같은 얼굴로 서 있는 그녀에게서 심상치 않음을 느끼고 품에 있던 강아지를 우리에 넣고 그녀 앞으로 다가갔다.

"너 무슨 일이야? 얼굴이 왜 이래?"

"종현아, 나 마음이 너무 아파."

"뭐?"

앞뒤 없이 가운데 토막만 내놓는 희주의 말이 무슨 뜻인지 몰라 종현은 멍하게 서 있는데 다급한 희주의 말은 계속됐다.

"마음 아픈 게 뭔지도 알겠고, 속상한 것도 알겠고, 설레는 것도 알겠어. 막 눈물도 날 것 같고 내 마음이, 딱딱하게 굳었던 내 마음이 막 쿵쿵 뛰어. 여기가 이상해."

처음 보는 절박한 표정의 희주는 손가락으로 자신의 심장을 가리켰고 그 행동에 종현의 심장이 쿵 떨어졌다.

희주, 좋은 친구고 예의 바른 사람이지만 따뜻한 인간은 아니다. 어릴 때 사정이 있어 몇 개월에 한 번씩 이사를 다녀야 했다고 했다. 청소년기가 된 후에야 한 곳에 정착할 수 있었다고 했는데 그때는 이미 희주가 마음을 열고 사람을 받아들이기엔 너무 늦어 있었다. 종현도 몇 년 동안 그녀 곁을 맴돌며 겨우 친구로 받아들여졌고 안정되어 간다 안심한 순간 그녀는 또 한 번 인생의 큰 폭풍을 겪어야 했다. 그 후 그녀는 세상에 대해, 사람에 대해 완전히 마음을 닫아버렸었다.

어머니의 부재 후 훨씬 더 그 증세가 심해졌는데 그럴 만하단 생각도 들었다. 희주는 자라면서 경선 말고는 마음 붙일 사람도 없었고, 사람들과 다르단 생각이 그녀를 괴롭혔었고 죽음을 앞둔 어머니의 사라짐은 그녀를 완전히 세상과 단절시켰다. 그녀가 다시는 정상적인 생활을 할 수 없을까 봐 무척이나 걱정하고 마음을 졸였는데 무슨 이유에선지 그녀는 다시 인간으로서의 삶을 되찾았다.

'난 인간이니까. 그러니까 이렇게 사는 게 맞아.'

이 말을 하며 지었던 희주의 서늘한 표정을 종현은 아직도 잊을 수 없었다. 그렇게 한 군데 결핍된 채로, 그녀를 사랑한다는 종현의 고백에도 이해할 수 없다는 표정으로 사과만 하던 그녀가 지금은 완전히 감정을 노출한 채 벌벌 떨고 있었다. 이 일을 어떻게 해석하고 받아들여야 하나, 이성적인 사고가 되지 않은 종현이었지만 그녀가 두서없이 쏟아내는 말에서 연상되는 단어 하나가 있었다. 종현의 얼굴이 경악으로 물들었다.

"너 설마, 그 운명의 상대지 뭔지 만난 거야? 그래?"

"그랬나 봐, 죽어라 피해 다녔는데 결국 그렇게 됐나봐. 나 어떡하지?"

종현은 자신의 양팔을 꼭 잡고 매달리는 희주를 가슴에 안고 어린 동생을 달래듯 부드럽게 등을 토닥여줬다. 그 운명의 상대를 만났다는 게 희주에겐 큰 사건임에 틀림이 없나 보다. 옆에서 사람이 죽어나가도 눈 하나 깜짝 안 할 것 같이 무덤덤하게 살던 희주가 이렇게 벌벌 떨고 있으니 말이다. 그녀를 사랑하는 남자로서는 무조건 도망가라고 하고 싶었지만 그의 이기심 때문에 그럴 수는 없었다. 그 빌어먹을 운명의 상대가 그녀에게 독이 될지 득이 될지 모르겠지만 어떤 의미에서는 그녀가 더 인간적으로 변할 계기가 될 것은 확실했다.

"이민 갈까? 영국으로 가면 그 사람이 날 받아줄 거야. 아니면 더 먼 아프리카로 갈까?"

"쉿, 희주야. 진정하자. 조금만 차분해져 봐."

"그럴 수 없단 말이야. 난 지금 엉망진창이야, 뒤죽박죽이라고!"

희주는 종현의 가슴에서 얼굴을 들고 그의 잘못인 양 목소리를 키워 소리쳤지만 종현은 여전히 부드러운 웃음으로 그녀를 상대했다.

"뒤죽박죽인 건 정리하면 돼. 시간을 들여 정리하다 보면 어느새 한눈에 들어올 정도로 깔끔해져 있을 거야. 응?"

"그 사람만 보면 이성적으로 생각이나 판단을 할 수가 없어. 머리가 아니라 심장이, 본능이 먼저 움직여. 자석에 끌려가는 쇠붙이처럼 속절없이 끌려가게 된다고. 난 그게 무서워."

"일단, 병원 문부터 닫고 차 한잔하자. 여기 앉아 있어."

종현은 원장실 소파에 희주를 앉혀 놓고 뒷정리를 했다. 병원 문을 잠그고 조명을 어둡게 하고 그녀에게 차분해질 시간을 좀 주기 위해 차를 만들었다. 종현은 찻물이 끓는 동안 책상에 기대 소파에 앉은 그녀를 지켜봤고 희주는 초조한 듯 손톱을 깨물며 앉아 있었다.

"저런 모습, 오랜만이네. 하긴, 나한테 자신의 정체를 들켰을 때도 담담했으니까."

청각이 예민한 그녀가 작게 중얼거리는 혼잣말에 토를 달만한데 어지간히 놀랐는지 반응이 없었다. 종현은 차가 담긴 컵을 들고 그녀 앞에 다가가 마주 앉으며 찻잔을 놓아주었다.

"마셔, 라벤더차야. 진정이 좀 될 거다. 너 이런 모습 오랜만이라 되게 신기해."

"나 무섭다. 무서워, 종현아."

"사람들은 다들 무서운 걸 몇 개씩 가지고 살아. 하나밖에 없는 네가 행운인 거야."

종현의 말에 희주는 긴 한숨을 토해냈다. 자신을 위로하려는 종현의 말이 오늘은 별 효과가 없었다. 희주는 뜨거운 컵을 만져도 그때뿐, 따뜻해지지 않은 제 손을 봤다. 다른 사람들보다 1~2도쯤 낮은 체온, 사람의 피를 취했을 때만 잠깐 올라갔다 이삼일 후면 다시 떨어진다. 사람들과의 차이를 하나 둘 깨달아 갈 때마다 마음의 벽을 하나씩 세우고, 가졌던 감정도 하나씩 버렸고 결국 옆에 남은 건 제 피붙이도 아닌 종현 하나였다.

희주가 멍하게 제 손만 보고 있자 종현이 그 손을 꼭 잡았고 그녀의 눈이 종현의 팔을 따라 얼굴로 올라갔다.

"엉뚱한 생각 마. 이제 나한테 자세히 설명을 좀 해봐. 그 운명의 상대를 만나면 정확히 어떤 일이 벌어지는 건지."

"조세핀이라는 여자가 그랬어. 행운일지 저주일지 겪어보라고. 그 말이 맞는 거 같아. 만나는 순간만큼은 행복할지 모르겠지만 길지 않을 거야. 그 사람, 결국 죽어."

"뭐? 그게 무슨 말도 안 되는……."

"너 내가 왜 한 사람의 피를 딱 한 번만 취하는지 알아? 내 자체가 사람들에겐 독이기 때문이야. 내가 흡혈을 하면 상대방은 기절하는데 그건 피를 잃어서이기 때문이기도 하지만 내 독 때문이기도 해. 자연치유가 되긴 하지만 시간도 오래 걸리고 한 번 정도는 괜찮지만 여러 번 반복되면 결국 죽게 돼."

"자연치유가 된다면…… 그 치유 기간만 지키면 되잖아."

"그렇게 간단하지 않아. 그 사람이 있으면 내가 자제력을 잃어. 다른 사람들의 피를 마실 땐 딱 필요한 양만큼만 상대방에게 피해가 가지 않도록 조절할 수 있었는데 이 사람은 달라. 양도, 주기도 다 소용없어. 처음 만났을 때도 그 사람 나 때문에 죽을 뻔했어."

이번엔 종현이 입을 다물었다. 희주는 자신의 흡혈 습관을 증오했다. 흡혈을 위해 아름답게 꾸미고 밤 외출하는 자신을 그 습관만큼 싫어했다. 가끔은 불법적인 방법으로 수혈팩을 구해 그 기간을 넘기기도 했는데 그것도 한계가 있었고, 신선하지 않은 수혈팩의 피는 희주에게 알레르기 반응을 일으키기도 했다. 너무 괴로워하는 희주가 딱해 자신의 피를 취해도 된다는 종현에게 그따위 말을 할 거면 다시는 눈앞에 나타나지 말라고 엄청 화를 낸 적도 있었다. 한 달에 한 번씩 다가오는 주기도 끔찍하다 했는데 보기만 하면 갈증에 시달리다니, 종현은 자신의 생각보다 사태가 훨씬 더 심각하단 걸 깨달았다.

"그 사람은 어때? 그 사람도 너한테 끌리는 거야?"

"나와 증세가 비슷해. 나한테 관심이 생겼다면서 무작정 끌린데. 근데 그거 그 사람 의지가 아닐 거야. 나한테 홀린 거겠지. 알잖아, 나란 사람 마음만 먹으면 누구든 꼬일 수 있는 거. 그게 살아남기 위한 우리의 능력인 거."

"그것도 네 짐작일 뿐이잖아. 그 사람도 진심으로 널 좋아하고 있는 건지 어떻게 알아? 확실하지 않은 것까지 전부 네 책임으로 돌리지 마. 그 사람이 책임질 부분은 그 사람이 책임지게 둬."

"그딴 건 하나도 중요하지 않아. 가장 중요한 건 결국 그 사람이 내 손에 의해 죽게 될 거라는 거지. 내 독에 취해 죽거나 아님 내 폭력에 의해 죽게 될 거야."

"너무 극단적 단정이야."

"고등학교 3학년 때, 내가 술 한 잔에 이성을 잃고 널 어떻게 했는지 기억 안 나? 그때는 겨우 술 한 잔이었지만 이 사람을 만나면 그때와는 비교할 수 없을 만큼 완전히 정신을 놔 버린단 말이야!"

"그만, 그만하자. 모든 건 다 추측일 뿐이야."

종현은 대화를 중단하고 안절부절못하는 그녀의 어깨를 안았다. 희주가 그를 의지하는 이상으로 종현에게 그녀는 특별했다. 희주는 그의 첫사랑이자 사랑하는 여자였다. 힘들어하는 희주에게 해

줄 수 있는 일이 고작 얘기나 들어주는 거라는 게 그를 좌절하게
했다.

"정말 힘들면 아버지 옆으로 갈래?"

"……나 정말 도망가도 될까?"

"그게 네가 행복할 수 있는 방법이라면 그렇게 해."

희주는 종현의 말에 비로소 웃었다. 완전한 해결 방법이 아니란
걸 알면서도 그녀의 마음을 편하게 해주기 위한 종현의 위로가, 그
마음이 너무 고마웠다. 희주는 종현의 허리를 껴안으며 그의 품으로
파고들었다.

"고마워, 네가 없었다면 더 힘들었을 거야."

"……친구니까."

친구라고 말하는 종현의 목소리에 짙은 슬픔과 자괴감이 묻어 나
왔지만 두 사람 모두 그것에 대해선 말하지 않았다.

"편하다."

"졸리면 자. 집까지 데려다 줄게. 참, 너 차는?"

"몰라, 어디 있겠지."

종현은 제 가슴에 있는 희주의 머리꼭지를 내려다보며 한숨을 길게
내쉬었다. 그래, 가끔은 아무도 못 말리게 막무가내고 대책 없이 마음
대로 하는 게 서희주다. 종현은 희주가 편히 잠들 때까지 그녀를 꼭
안고 있었다. 이렇게라도 그녀가 조금 쉴 수 있길 바랐다.

오늘도 희주는 정신없는 촬영장에 와 있었다. 종현의 누나 대신
맡은 웹매거진의 첫 촬영이라 긴장도 됐고 잘하고 싶은 욕심도 있었
다. 촬영 준비를 확인하는 희주의 목소리가 오늘따라 깐깐했다.

"모델 준비됐어?"

"네, 근데 여자 모델들은 전부 외국인이라 신발이 다 작아요. 어떻게 해요, 실장님?"

"매장에서 제일 큰 사이즈들 뽑아왔는데도 그래?"

"사이즈는 전부 250, 255예요. 이보다 더 큰 사이즈는 한국엔 없잖아요."

"같은 사이즈라도 큰 거 있으니까 골라 보고, 뒤축 없는 디자인이 조금 더 신기 편할 거야. 그리고 최대한 신발 착장 신은 줄여보자."

"알겠습니다."

희주의 말에 은주를 비롯한 어시들이 대답을 하고 재빨리 각자의 자리로 옮겨갔다. 누구는 스튜디오로 나가 신발이며 소품들 정리하며 마지막 작업을 했고 누구는 모델들이 옷 갈아입는 걸 도왔다. 희주는 메이크업 룸에서 또 다른 일로 전화를 걸며 전체적인 진행 사항을 파악하고 있었다.

"실장님, 나와서 사진 좀 확인해 주세요."

"알았어."

웬만한 건 혼자 진행할 수 있도록 훈련받은 은주였지만 가끔은 희주의 손길이 필요했다. 은주의 부름에 모니터 옆으로 가 포토그래퍼와 함께 사진을 확인하는 희주가 살짝 인상을 썼다. 착장만으로는 괜찮았는데 막상 사진을 찍어 보니 실제로 보는 것만큼 예쁘지 않았다.

"서 실장, 저 옷 생각보다 사진이 잘 안 나오는데?"

"그러네요. 코트를 짧은 것으로 바꾸는 게 좋겠어요. 그리고 바지 라인은 후 작업 좀 해야겠는데요? 너무 퍼져 보인다."

"후 작업은 나한테 맡기고 옷부터 갈아입읍시다."

희주는 모델을 불러 옷을 바꿔 입히고 다시 사진을 확인한 후 메이크업 실로 들어갔다. 이렇게 한 모델당 착장이 몇 번씩 바뀌고 사진을 찍고, 그다음 모델이 오면 똑같은 일을 반복하고, 그 사이 희주는 노트북을 켜놓고 다른 일들을 점검하고 진행했다. 저녁을 먹고 나선 촬영이 다 끝난 여자 모델들은 돌아가고 남자 모델들이 왔다. 새로 도착한 모델들을 제외하고 장시간 지하 촬영 스튜디오에서 작업한 사람들은 하나둘 지쳐갔다.

"실장님, 스튜디오는 왜 다 지하에 있을까요? 공기까지 답답하니까 더 죽겠어요. 너무 건조해서 얼굴 피부가 바짝바짝 갈라지는 것 같아요."

"나가서 바람 좀 쐬고 오든가. 이번 착장은 내가 볼게."

"에이, 실장님 지금까지 전화 붙잡고 일하신 거 다 알아요. 실장님도 쉬셔야죠."

은주의 예쁜 말에 희주가 피식 웃었다. 볼도 통통, 몸도 통통, 미소조차 통통해 보이는 은주는 하는 말 만큼이나 예쁜 아이였다. 저렇게 좋은 부모님 밑에서 사랑을 듬뿍 받고 자라 건강한 인성을 가진 은주가 요즘은 참 많이 부러웠다.

"부모님은 건강하시지?"

"네? 네."

자신의 질문에 어리둥절해 하는 은주를 보는 희주의 표정이 조금 씁쓸했다. 안부를 물을 수 있는 부모가 자신에게도 있으면 얼마나 좋을까? 괜히 감상적인 생각에 빠진 자신이 마음에 들지 않는 희주는 얼른 모델 쪽으로 걸어갔다. 옷을 다 입은 남자모델의 마지막 점검을 하는 희주의 손길이 멈칫했다.

"실장님 왜요? 옷 뭐 잘못됐어요?"

"아니야. 마무리 다 됐네요, 나가봐요."

모델을 메이크업 룸에서 내보낸 희주가 촉을 바짝 세워 외부에 집중했다. 멀리서 들리는 익숙한 발소리, 공기 중에 스며드는 익숙한 체향, 그것에 이끌려 둥둥거리기 시작하는 심장, 설마 하는 생각에 희주가 재빨리 메이크업 룸 입구를 바라봤다. 바짝 긴장해서 인상을 굳힌 희주에게로 은주가 구르듯 뛰어왔다.

"실장님, 실장님, 실장님."

"무슨 일인데?"

"잠깐만 나와……."

"서 실장님."

은주를 보던 희주는 그 뒤에서 갑자기 나타난 지운 때문에 깜짝 놀랐다. 설마가 역시가 되는 순간, 웃음이 만면한 지운이 작은 케이크 상자를 그녀의 눈앞에 흔들어 보이며 서 있었다. 저 사람이 어떻게 여길 온 건지, 저 작은 케이크 상자는 무엇인지, 너무 놀라서 아무말도 못하고 서 있는데 지운을 뒤따라온 운전사가 양손에 잔뜩 들고 온 커피며 간식을 메이크업 룸 테이블 위에 놓아주었고 지운은 안에 있는 사람들과 대충 눈인사를 나눴다.

"저녁은 먹었을 것 같고 커피 마시라고. 골고루 사왔으니까 당신 좋아하는 거 빼고 다들 나눠마셔. 그리고 이건 당신 거, 이 집 치즈케이크 정말 맛있거든."

지운이 자신의 손에 들린 박스를 보여주며 작게 희주의 귀에 속삭였다. 그 말을 끝내고 그녀의 귀 옆에 살짝 입을 맞추며 멀어졌고 그 작은 접촉에 희주가 잘게 몸을 떨었다.

"뭐 마실래? 라떼, 카푸치노, 캬라멜 마키아토, 아메리카노, 등등등."

지운이 손가락으로 자신이 사온 커피의 뚜껑을 일일이 하나하나 가르치며 말을 해도 희주는 뚱한 얼굴로 서 있을 뿐 대답이 없었다. 그러자 어깨를 슬쩍 올렸다 내린 지운이 은주에게로 시선을 옮겼다.

"우리 구면인 것 같은데, 서 실장 부하 직원 맞죠? 이름이?"

"이은주입니다."

"반가워요. 서 실장님, 무슨 커피 좋아해요?"

"카페라떼를 즐겨 드세요."

"의외네. 아메리카노 좋아하게 생겼는데. 자, 여기. 남은 것들은 다들 나눠 드세요. 은주 씨가 좀 나눠 드릴래요?"

"네, 네, 잘 마시겠습니다."

바짝 언 은주가 얼른 지운이 건네주는 커피를 들고 메이크업 룸을 나가자 지운을 흥미로운 눈으로 보고 있던 메이크업 팀도 나머지 커피와 간식거리를 들고 자리를 비켜줬다. 갑작스런 지운의 등장에 스튜디오에 있는 모든 사람들의 관심이 이쪽으로 쏠렸고 그중 몇 명은 지운을 알아보는 것 같기도 한데 그게 불편한 희주는 주변을 빠른 눈으로 살피며 그에게 다가섰다. 이곳까지 찾아와 사람들에게 흥밋거리를 제공한 그가 빨리 가줬으면 했지만 속마음은 많이 반가웠다. 그의 얼굴을 보는 순간, 그에게 끌리는 본능이 저절로 깨어나고 있었다. 말투는 퉁명스러웠지만 그를 바라보는 눈빛은 초롱초롱 빛이 났다.

"여기까지 웬일이에요?"

"보고 싶어서."

"안 바빠요?"

"집에 가는 길, 이 시간까지 일하는 거야?"

"오늘은 밤새야 해요."

대답을 하는 희주의 표정이 흐려졌다. 놀랐던 마음이 진정되니 지난번 만났을 때 자신이 저질렀던 만행이 생각났다. 그와의 감정싸움과 사납게 올려붙였던 따귀, 다음에 만나면 많이 불편하거나 어쩜 다시는 그녀를 만나려 하지 않을지도 모르겠다 생각했는데 눈앞의 지운은 아무 일도 없었던 듯 태연하고 반가운 표정이었다. 결국 그를 보던 시선을 떨군 희주가 어렵게 말문을 열었다.

"······얼굴, 괜찮아요? 다치지 않았어요?"

"얼굴? 아, 괜찮았어. 근데 무슨 여자 힘이 그렇게 세? 그 다음 날 멍들어서 고생 좀 했다. 여자들처럼 화장할 수도 없고 태어나 처음으로 비비크림이라는 거 발라봤어."

"멍, 들었어요?"

놀란 희주의 눈이 빠르게 지운의 얼굴을 훑었지만 지금은 다행히 아무런 흔적도 남아 있지 않았다. 그래도 희주의 얼굴에선 쉽게 미안함이 지워지지 않았다.

"오래 안 갔어. 지금은 괜찮다니까."

지운은 금세 걱정으로 물드는 희주의 눈을 보며 손을 들어 그녀의 뺨을 살짝 쓸었다. 마음은 약해 빠져서 금방이라도 울 것 같은 표정이나 지으며 말로만 땍땍거리니 그녀의 사나움이 그에겐 전혀 효과가 없었다. 거기다 자신만 보면 생기를 담고 반짝이는 눈동자와 환해지는 얼굴에 수줍은 표정, 역시 이 여자 보는 것만으로도 오금을 저리게 만든다. 잠깐이라도 들리길 잘했다. 지운 혼자 반가움에 흠뻑 젖어 있는데 희주가 질책이 담긴 말을 쏟아냈다.

"그런데 소문나면 어쩌려고 이런 델 드나들어요?"

"그럼 어떻게 해, 궁금하고 보고 싶은데."

"나오라고 전화를 하지."

"그동안 전화도 안 받은 게 누군데."

딱히 대답할 말이 없는 희주는 고개를 숙이고 그가 사온 커피를 마셨다. 그녀의 입맛에 딱 맞게 적당히 뜨겁고 적당히 달콤한 커피, 이 남자는 어떻게 이런 것까지 자신의 취향을 잘 아는지 모르겠다. 호로록 커피를 마시는 희주의 얼굴 앞에 케이크 조각을 콕 찍은 포크가 내밀어졌다.

"먹어, 이 집 케이크 정말 맛있어."

"배부른데."

"살 좀 쪄도 돼."

"다이어트 하는 거 아니에요."

"그러니까 먹으라고."

희주가 포크를 달라고 손을 내밀었지만 그는 그녀의 얼굴 앞으로 조금 더 가깝게 포크를 내밀 뿐이다. 지운이 말하는 바를 깨달은 희주가 미간의 주름을 잔뜩 잡아 인상을 썼더니 지운이 피식 웃으며 그녀의 손에 포크를 넘겨줬다.

"역시 만만치 않은 여자라니까. 이래서 내가 반했지."

희주는 그의 말을 못 들은 척 무시하고 케이크를 입에 쏙 넣었고 그와 동시에 지운이 그녀의 얼굴에서 안경을 벗겨 내며 그대로 입술을 밀어붙였다. 얇은 유리문 밖에 있는 사람들을 의식한 희주가 그의 어깨를 팡팡 때렸지만 지운은 그녀의 뒤통수를 잡아 도망가지 못하게 하고 그녀의 허리를 강하게 잡아당겼다.

희주의 입속에 든 케이크가 지운의 혀에 의해 뭉개지며 두 사람의 입속으로 케이크의 달콤함이 동시에 퍼졌다. 케이크를 먹는 건지 그의 혀를 먹는 건지 정신이 몽롱할 정도로 자기를 희롱하는 지운을 결국 희주도 꼭 끌어안았다. 사람들이 보든 말든, 소문이 나든 말든, 아무 생각이 안 들 정도로 희주도 그에게 집중했다. 희주가 반응을 하자 지운이 각도를 달리하며 그녀의 입속으로 더 깊이, 깊이 침범해들어갔다. 그녀의 입 안 구석구석, 치아 하나하나 빼놓은 것 없이 맛을 봤음에도 그는 만족하지 못하고 독촉하는 빚쟁이마냥 그녀를 몰아붙였다. 그의 힘에 밀린 희주가 소파에 걸려 넘어질 듯 휘청거리자 지운의 팔이 그녀의 허리를 더 단단하게 감으며 잠시 입술을 뗐다.

"하아, 하아, 이게 당신이 말한 가벼운 거예요?"

"너 때문이야. 너만 보면 안달이 나. 안고 싶어."

지운의 말에 희주가 눈을 꼭 감았다 떴다. 이보다 더 달콤함 유혹이 어디 있을까. 지금 당장이라도 그를 품고 싶었고, 그의 핏줄을 힘차게 달리는 피를 취하고 싶어 안달이 났다. 당장이라도 이 사람 손을 잡고 두 사람만이 있을 수 있는 곳으로 가고 싶었지만 그럴 수는 없었다. 희주는 여전히 제 귀를 지분거리며 자신의 열정을 표현하고 있는 지운 때문에 거칠어지는 숨결을 간신히 참았다. 그를 진정시키려는 희주가 슬쩍 그의 입술을 피했다.

"밤새야 한다니까."

"핑계가 좋네. 이번엔 봐준다. 대신 전화 안 받으면 어디가 됐건 이렇게 막 찾아온다."

"그러던가."

"원하는 게 이런 거였군. 얼마든지."

희주는 느물거리는 지운이 얄미워 흘겨보며 그의 가슴을 밀쳤고 이번에는 그도 쉽게 뒤로 물러나 줬다.

"언제쯤 한가해져?"

"연말이나 지나야 숨통이 트일까?"

"잡지들은 보통 월초에 작업 다 끝나잖아."

"내가 그것만 한다고 누가 그래요? 나 꽤 유능하고 바쁜 사람이라니까."

도도하게 고개를 치켜들고 새치름하게 반말을 하는 희주를 보던 지운이 눈을 가늘게 떴다. 지금까지 느긋하게 말하던 지운이 갑자기 얼굴을 굳히며 희주의 턱을 잡았다. 갑자기 진지해진 분위기에 희주가 좀 덜컥하는 기분이 됐다. 자신 앞에선 항상 농담하고 웃고 장난쳐서 몰랐는데 정색을 하니 분위기가 확 바뀌며 웬만하면 기죽는 법 없는 희주가 움츠러들 만큼 강한 포스가 뿜어져 나왔다.

지운은 심각한 표정과 어울리지 않는 부드러운 손길로 도톰하게 부푼 희주의 입술을 쓰다듬며 말문을 열었다. 그의 목소리가 방금 전과 달리 탁하고 섹시하게 가라앉아 있었다.

"반말 그거 위험한 건지 오늘 처음 알았다."

"무슨 뜬금없는⋯⋯⋯."

"너무 섹시하잖아. 이러면 참는 게 점점 더 힘들어져."

희주가 직설적인 그의 말에 어이없는 표정으로 그를 바라보자 지운이 그녀에게 살짝 입을 맞추고 뒤로 두어 걸음 물러났다.

"나 정말로 간다. 여기 더 있다간 장소 불문 너 안을 것 같아. 이렇게 가주는 대신 사람들 뒷감당은 혼자, 알아서, 잘 해봐. 참, 절대 나 없는 데에서 안경 벗지 마라."

지운은 희주에게 안경을 직접 씌어주고 다시 부드럽게 웃으며 휘휘 손을 흔들고 나가버렸다. 사나운 폭풍이 몰아친 듯 촬영장을 소란스럽게 만들었던 그가 나가자마자 잔뜩 궁금한 얼굴의 은주가 뛰어들었고 그 뒤에 메이크업 팀이 들어왔다.

"실장님, 강 본부…… 사진 확인하셔야겠어요."

은주는 궁금한 게 잔뜩 있는 얼굴이었지만 자신을 뒤따라 들어온 사람들 때문에 질문을 돌렸고 이럴 때야말로 같이 일한 세월의 감사함을 느꼈다. 눈치 빠른 은주의 말에 찡긋 웃은 희주가 사람들을 피해 메이크업 룸을 나갔고 다시 일에 집중한 사람들은 그녀에게 질문할 타이밍을 잡지 못하고 촬영이 끝나고 말았다.

2 장.

　하루 종일 안절부절 일에 집중도 못 하고 생전 하지 않던 실수까지 연속으로 한 희주는 집으로 돌아온 후에야 긴 안도의 한숨을 내쉴 수 있었다. 현관문에 기대 조금 숨을 돌린 희주는 얼른 현관문의 잠금장치를 잠갔다. 며칠 전 보조키로 단 것까지 모두 잠그고 확인까지 한 후에야 거실로 올라와 두꺼운 점퍼를 벗고 안경도 벗어 던져버렸다.

　"후우, 오늘만 넘기자. 제발 오늘만."

　희주는 주머니 안의 휴대전화와 집전화 모두 전원을 차단하고 베란다며 방방의 창문도 다 잠그고 두꺼운 커튼을 쳐 외부의 빛을 모두 차단했다. 어둠이 짙게 깔린 실내를 대충 돌아본 희주는 옷을 훌훌 벗고 욕실로 들어가 거울 앞에 섰다.

　거울 안에는 벌써부터 욕망에 겨워 초조함을 드러내는 여인이 있었다. 그녀가 피를 필요로 할 때마다 나타나는 증상, 눈동자 테두리로 붉은빛이 점점 더 진해지며 피부는 투명할 정도로 빛이 나고 표정에서는 요염함이 흘러넘친다. 아담한 가슴은 위로 바짝 올라붙고 연분홍빛 유두는 아무 자극 없이도 바짝 존재를 드러냈다. 잘록한 허리, 완벽한 비율의 골반과 풍만한 엉덩이, 길게 쭉 뻗은 두 다리와 그 가운데 남자를 유혹하는 짙은 검은 숲까지 한층 더 여성스러워진 완벽한 몸매는 남자들을 홀려 그녀의 재물로 만들기에 충분했다. 그런데다 지운의 등장 때문인지 이번엔 다른 때보다 스스로 일으키는 변화의 강도가 더 강했다.

희주는 이미 며칠 전부터 자신의 변화를 눈치채고 있었다. 그녀의 흡혈 주기는 한 달에 3일 정도인데 이번엔 훨씬 길게 나타나고 있었다. 오늘 밤으로 흡혈 당일에 접어들 것 같은데 벌써 사나흘 전부터 증세가 나타났고 앞으로 며칠이 더 유지될지도 모르겠다. 일이라도 집중할 수 있어야 좀 잊어버리기라도 할 텐데 이번엔 얼마나 예민한지 응급처방으로 이미 수혈팩 하나를 먹었음에도 소용이 없었다. 수혈팩 한두 개 정도면 한 달은 쉽게 버틸 수 있었는데 어설픈 흡혈은 손끝, 발끝에 퍼져 있는 모세혈관까지 촉촉하게 적셔주며 태어나 처음으로 만족감이라는 걸 선사해준 지운의 피를 더 갈구하게 만들었다.

지운의 피를 마시던 그 순간을 떠올리며 자신도 모르게 입술을 적시던 희주는 거울 속 몽롱한 얼굴로 입을 살짝 벌리고 선 자신의 음탕하고 난잡한 모습에 얼른 정신을 차렸다. 겨우겨우 실낱같은 이성을 유지하고 있는 희주는 자신의 머리를 몇 번이나 있는 힘껏 때리며 거울 속 자신을 향해 질책했다.

"이러지 마, 이러지 마. 너 그 사람 죽일 거야? 차라리 네가 죽어.

차라리 네가 죽으라고!"

희주는 있는 힘껏 자신을 비치고 있는 거울을 내리쳤다. 거울이
깨지며 그녀의 손등에 깊은 상처를 냈고 붉은 피가 뚝뚝 떨어져 내리
며 욕실 바닥을 더럽혔지만 그런 것 따위 상관없이 샤워기 밑으로 들
어가 찬물을 뒤집어썼다. 입술이 파래지고 온몸이 덜덜 떨려올 정도
로 오랜 시간이 지난 후에야 희주는 욕실을 나왔다. 다른 때와 달리
아물지 않은 손등의 상처를 무시하고 방으로 들어가 문을 잠그고 침
대에 누워 머리까지 이불을 뒤집어쓰고 자신에게 최면을 걸었다.

"이제 자면 돼. 벌써 3일이나 잠을 못 잤잖아. 그러니까 난 이제 피
곤함에 지쳐 쓰러져 자는 거야. 눈을 뜨면 난 괜찮아져 있을 거야."

희주는 점점 더 심하게 피어나는 지운에 대한 갈증을 느끼며 눈을
꼭 감았다. 참아야 했다. 지운을 위해, 그리고 그녀 스스로를 위해 참
아야 했다.

집으로 돌아온 지운은 내내 조용한 자신의 휴대전화를 다시 한 번
확인하고 신경질적으로 소파로 던져버렸다.

"설마 어디 아픈 건 아니겠지?"

짜증스러운 목소리에도 희주에 대한 걱정이 가득 담겨 있었다. 사
흘 전부터 희주가 연락이 되지 않았다. 나흘 전 바빠서 전화도 못 받
을 것 같다며 달랑 문자 하나 보내놓고는 지금까지 감감무소식이었
다. 이젠 아예 전화기까지 꺼져 있어 더 걱정스러웠다.

회사로 전화를 했더니 촬영 때문에 스튜디오에 나가 있다는 얘기
만 하고 대부분의 시간은 회사도 전화를 받지 않았다. 이럴 줄 알았
으면 그녀의 스케줄을 미리 받아 놓는 건데, 지난번 촬영은 본인 회

83

사 스케줄이라 알아내기 쉬웠지만 다른 일정은 그렇지 못했다. 마음 먹으면 못할 것도 없었지만 그런 것으로 희주를 자극하고 싶지 않았다. 그때 스튜디오에서 잠깐 만났던 은주를 떠올리며 연락처를 받아놓을 걸 후회를 했다. 하긴 희주의 핸드폰 번호를 제외한 사적인 건 아무것도 몰랐으니까, 사는 동네는 어디인지, 부모님은 계신지, 친하게 지내는 친구들은 어떤 사람들인지 취미는 뭐고 시간이 나면 뭘 하면서 보내는지 아무것도 알지 못했다. 희주에 정신이 빠져 그녀 외에 것들은 신경 쓰지도 못했다. 자신이 이렇게 무능하게 느껴진 적이 있었던가? 여자 하나 때문에 무능함을 들먹이는 자신이 무척이나 웃겼지만 이런 감정이 영 기분 나쁜 건 아니었다.

사춘기 때도 느껴보지 못한 감정의 사치, 한 사람에게 빠져 허우적대는 건 영화나 소설에서만 가능한 일인 줄 알았는데 막상 그런 일이 자신에게 일어나 보니 설레기도 했고 마음대로 되지 않아 답답하기도 했고 그래도 행복한 마음이 더 컸다. 처음엔 그냥 단순히 같이 즐겼던 잠자리가 좋아서 그녀를 못 잊는 거라고도 여겼지만 그녀와의 재회 후 어떤 이유에서가 아니라 희주 자체를 좋아하고 있는 자신의 마음을 알게 됐다. 서희주는 지운에게 처음으로 누군가를 좋아한다는 생각을 하게 만든 여자였다. 희주 생각에 30분을 못 참고 다시 전화기를 든 지운은 그 전화기가 희주라도 되는 듯 거기다 대고 소리쳤다.

"제발, 전화 좀 받으라고 이 야박한 여자야!"

지운은 전화기를 들고 투덜대는 목소리만큼이나 쿵쾅대는 발걸음으로 방 안으로 들어가버렸다. 잠이 올 것 같진 않지만 머리를 좀 비울 필요가 있었다.

시간이 얼마나 흘렀을까? 희주는 온몸을 내달리는 참을 수 없는 고통에 눈을 떴다. 벌겋게 달궈진 철판 위에 데굴데굴 굴려지는 것 같은 고통에 희주는 숨 쉬는 것조차 힘들었다. 간신히 몸을 일으켜 침대 옆에 가져다 놓은 물을 벌컥벌컥 들이마셨지만 몸속을 관통하는 뜨거움은 전혀 줄어들지 않았다. 이렇게 아픈 와중에도 그녀의 모든 것이 지운만을 떠올렸다.

"강지운, 강지운, 강지운!"

그의 이름을 되풀이하며 침대에서 일어난 희주의 눈은 거의 반 미친 사람의 것이었다. 초점이 잡히지 않은 눈의 붉은색은 훨씬 더 진해져 있었고 계속해서 뭐라고 혼자 중얼거리고 있었다. 이성이라고는 전혀 남아 있지 않은 희주는 스스로를 억제하지 못했고 휘청거리는 걸음으로 옷장으로 가면서 계속 지운의 이름만 중얼거렸다.

"그에게 가야 해. 그 사람만이 이 몸을 식혀줄 수 있어."

대충 옷을 꿰어 입고 거실로 나온 희주는 꺼져 있는 전화기를 켜 지운의 번호를 눌렀다. 시간이 몇 시인지, 그가 어떤 상황인지 따위는 전혀 문제 될 게 없었다. 몇 번의 벨이 울리고 드디어 지운의 목소리가 들렸다.

-서희주?

"당신 지금 어디예요?"

-새벽 3시에 내가 어디에 있을 것 같은데?

"어디냐고?"

잠기운이 가득한 목소리로 하는 장난스러운 지운의 대답에 희주의 언성이 높아졌다. 그녀의 목소리에 다급함이 섞이자 대꾸하는 지운의 목소리도 걱정스러워지는 건 마찬가지였다.

－무슨 일이야? 너 어딘데? 내가 갈게.

"보고 싶어. 당신 보고 싶다고! 그러니까 어디냐고?"

－한남동이야, 주소 문자로 찍어줄게. 얼마나 걸려?

희주는 더 이상 대답 없이 무심하게 전화를 끊고 자동차 키를 챙겨 집을 나섰다. 열이 높아 걷기도 힘들고 급박한 마음에 손이 자꾸 헛나가고 결국 짜증을 참지 못한 희주가 잘 풀리지 않는 잠금장치들을 뜯어내버렸다. 이성이 나가버린 희주는 9층에서 1층까지 엘리베이터보다 빠른 속도로 비상계단을 달려 내려갔고 지운이 보내준 주소로 차를 몰았다.

무슨 정신으로 운전을 했는지 보통 40분은 걸리는 거리를 희주는 20분도 되지 않아 도착했고 고급 빌라 앞엔 지운이 나와 그녀를 기다리고 있었다. 초조한 발걸음으로 주차장을 서성이던 지운은 빠른 속도로 다가오는 밝은 라이트를 보고 그쪽으로 다가갔고 운전석에서 휘청거리며 내리는 희주를 안다시피 부축했다. 품에 안은 그녀의 몸이 불덩이만큼이나 뜨거웠다. 느긋하면서도 초조한 표정이었던 그의 얼굴에 경악스러움이 끼어들었다.

"서희주, 너 이 몸으로 운전을 한 거야? 제정신이야? 차 키 내놔, 병원 갈 거야."

희주는 지운의 걱정도 귀에 들리지 않았다. 그의 품에 안기는 순간 몸의 모든 감각으로 파고드는 그의 모습, 향취, 촉감, 목소리가 그녀를 미치게 했다. 그녀는 무조건 지운의 목을 잡고 입술을 밀어붙였다.

지운은 갑자기 달려드는 희주 때문에 깜짝 놀라 눈만 껌벅였다. 정말 놀랄 일의 연속이었다. 새벽 3시의 갑작스런 전화부터 보고 싶다며 집으로 오겠다는 것도, 이렇게 뜨거운 몸도, 거기다 보자마자 키스라니, 지운은 무턱대고 달려드는 그녀의 양 어깨를 잡아 자신에게서 떼어내고 이마에 손을 올렸다.

"제정신이 아닌 게 확실해. 병원부터 가."

"난 당신이 필요해."

"서희주."

"당신이 아니면 다 소용없다고!"

지운은 다시 제 목에 팔을 걸어오는 희주의 힘을 이길 수 없었다. 여자라고는 믿을 수 없을 만큼 강한 힘으로 그를 당겨 무조건 입술부터 디밀며 온몸으로 기대오는 여자에게서 어떤 절박함이 느껴졌다. 결국 지운도 입을 열어 희주를 취했다. 그의 입속으로 밀고 들어오는 그녀의 숨결도, 하나로 얽히는 말캉한 혀도 목을 잡고 있는 그녀의 손도 모두 다 너무 뜨거웠다. 너무 뜨거워서 그의 몸, 심장, 모든 걸 다 태워버릴 것만 같았다.

깊게 얽혔던 입술이 떨어지고 숨을 몰아쉰 희주가 그의 가슴에 머리를 기댔다. 몸의 신경을 긁어먹을 듯 달려들던 열기가 한풀 꺾였지만 갈증이 충족된 건 아니었다. 아직 필요한 걸 취하지 못한 그녀는 여전히 심각한 금단증상에 시달리고 있었다.

"안아줘요."

자신의 의사를 분명히 밝히며 제 가슴에 매달린 희주를 지운은 가볍게 안아 들었다. 그녀를 안고 보안이 잘된 빌라 현관을 지나 5층의 집까지 올라가며 지운은 아무 말이 없었다. 그녀가 자신에게 안겼을 때부터, 아니 그녀의 전화를 받은 그 순간부터 그도 제정신은 아니었던 것 같다. 다만 이렇게 펄펄 끓고 있는 여자를 안아도 되는 건지 하는 고민은 그가 인간이기 때문에 가지는 마지막 양심이었다. 현관문 앞에 서서 비밀번호를 누르며 겨우 입을 열었다.

"봤지? 다음부턴 네 손으로 열고 들어와."

그녀의 신발을 벗겨 던진 지운은 그대로 침실로 들어가 그녀를 눕히고 제 겉옷부터 벗어 던졌다. 날씨에 비해 형편없이 얇게 입은 그녀를 보며 또 한 번 인상을 구긴 그가 그녀의 몸에서 얇은 카디건을 벗겨 내다 그녀의 손등 상처를 발견했다. 지운은 꽤 깊은 상처가 난 그녀의 손을 잡고 행동을 멈췄다. 그의 움직임이 멈추자 다급해진 희주가 미간을 찌푸렸고 그에게 잡혀 있는 손을 빼려 애를 썼지만 이번엔 지운도 쉽게 놔주지 않았다.

"너 도대체 뭐야? 펄펄 열이 나는 것도 모자라 이 손등의 상처는 뭔데?"

"이딴 건 아무것도 아니라니까."

지운은 이해되지 않는 이 상황이 점점 화가 나려고 했다. 희주가 자신에게 온 건 좋았다. 보고 싶다고 해주는 건 더 좋았다. 그런데 제 몸이 이렇게 엉망이면서 안아달라고만 하는 건 어떻게 받아들여야 하는 건지 혼란스러웠다. 그가 움직일 생각을 하지 않자 얌전히 누워 있던 희주가 몸을 일으켜 그의 얼굴을 두 손으로 감싸 눈을 맞췄다. 이 상처도, 몸의 열도 그만 있으면 다 해결될 일이지만 그를 말로 이해시키는 건 불가능, 희주는 애틋한 시선으로 간절히 그에게 말했다.

"내 마음 모르겠어요? 난 지금 당신이 필요해."

희주가 그와 입술을 맞댔다. 이 사람이 자신이 지금 얼마나 다급하고 그를 안고 싶어 하는 욕망이 얼마나 강한지 알아주길 원했다. 입술만 마주 대는 가벼운 키스였지만 그에 담긴 애정과 욕망, 갈구는 그 어느 때보다 강했다.

"제발, 안아줘."

입술을 맞댄 채 희주가 절박하게 하는 말에 지운도 더 이상 이성적으로 생각할 수 없었다. 오늘 희주는, 지금 희주는 말도 안 되게 진심으로 그만 필요한 것 같았다. 지운이 희주와 눈을 맞춘 채로 잡고 있던 그녀의 손을 들어 손등에 난 상처를 길게 핥았다. 그의 입술이 닿자마자 희주가 색기 가득한 미소를 지으며 길게 만족의 탄성을 뱉어냈다.

그 소리가 촉발제가 되어 지운도 열기에 휩싸이기 시작했다. 하나둘씩 옷을 벗겨 내며 점점 더 호흡이 가빠지는 그녀를 지켜보는 지운도 다급해졌다. 마지막 속옷만 입고 누운 그녀의 몸은 어두운 조명 아래서도 밝게 빛을 내고 있었다. 지운의 손가락이 그녀의 속옷 끈 주변을 부드럽게 쓰다듬으며 진전이 없자 희주가 그의 손등을 찰싹 소리가 날 정도로 때렸다.

"더 이상 사정하게 하지 마."

"차라리 인간이길 포기해야겠다."

그녀의 속옷을 내리는 동시에 그의 입술이 그녀의 목덜미에 가 닿았다. 아주 가벼운 터치만으로도 희주는 당장이라도 폭발할 듯 온몸을 떨어댔다. 아직 제대로 된 애무도 하지 못했는데 자신의 안으로 들어오라고 졸랐다.

"하아, 빨리, 빨리."

"아직 충분하지 않아. 너 다쳐."

지운의 설득에도 희주는 고개를 좌우로 강하게 흔들며 그의 허리에 다리를 둘러 자신 쪽으로 강하게 끌어당겼다. 약간의 물기만 느껴질 뿐 그를 품을 상태가 아님에도 희주는 말이 안 통하는 꼬맹이처럼 그에게 매달렸다. 그녀의 표정에서 뭔가 절박함을 느낀 지운은 희주에게 부드럽게 키스하며 조심스럽게 그녀 안으로 들어섰다. 그를 품은 희주의 눈이 순간적으로 붉은색으로 빛났고 희열에 겨운 신음이 키스를 하고 있는 그의 입속으로 터져 들었다. 고통 때문인지 희열 때문인지 구분되지 않는 그녀의 신음을 들으며 빡빡하게 자신을 조이는 그녀 안에서 지운 역시 색기 가득한 신음을 쏟아냈다. 다른 때보다 훨씬 더 뜨거운 그녀 안에 들어가자마자 금방이라도 터져버릴 듯 흥분을 느낀 지운은 슬쩍 몸을 뒤로 뺐지만 희주가 용납하지 않았다. 희주가 그의 엉덩이를 꼭 잡아 자신에게 더 가깝게 잡아당겼다. 이성과 판단력, 인간성을 잃고 뱀파이어에 가까운 데이워커의 본능만 남은 희주는 지운의 어깨를 길게 핥으며 제가 먼저 허리를 움직여 그를 흥분으로 몰아갔다.

그녀를 아프게 하면 안 된다는 생각과 사춘기 어린애처럼 실수할 수 없다는 생각에 잠시 숨을 고르던 지운은 희주의 도발에 넘어가고 말았다. 그녀의 가슴을 터트려 버릴 듯 쥐어 잡으며 그녀 안으로 더 힘있게 자맥질 해 들어갔다. 시작도 모르고, 끝도 모르고 두 사람은 본능에 미쳐 그들이 도달할 수 있는 가장 뜨겁고 황홀하고 매혹적인 열락을 향해 내달렸다.

지운이 힘차게 들어오면 희주는 온몸을 열어 그를 받아들였고 그가 몸을 빼면 온 힘을 다해 옥죄며 그를 잡았다. 그렇게 호흡을 맞추고, 움직임을 맞추고, 눈을 맞추고, 서로가 서로에게 미친 듯 빠져갈수록 전신을 뒤흔드는 전율이 머리끝부터 발끝까지 내달렸고 원초적인 만족에 두 사람은 부끄러운 줄 모르고 감정에 솔직한 허덕임을 토해냈다.

"하아앗, 조금 더, 조금만 더."

"으우웃, 날 봐, 날 보라고."

이제 한 걸음만 더 내딛으면 벼랑에서 추락하는 혹은, 하늘로 치솟는 것 같은 극강의 희열을 맛보게 될 것이다. 지운은 허리를 휘며 감당하기 힘든 환희를 온몸으로 표현하는 희주의 얼굴을 잡고 자신을 보게 만들었다. 지운은 그녀와 눈을 맞추는 게 좋았다. 희주의 눈을 보고 있으면 순간순간 그녀가 느끼는 감정이 그대로 전해졌다. 특히나 온몸을 도홧빛으로 물들이고 두 사람이 만든 열락에서 허우적대는 그녀는 위험할 정도로 아름다웠다. 몽롱하게 풀어진 눈 안에 자신을 담고 입을 살짝 벌려 감정에 겨운 허덕임을 토해내며 한 몸처럼 움직여 같은 곳을 향해 가는 그녀에게 홀려 지운은 더 이상 참지 못하고 입술을 물어뜯을 듯 거친 키스를 퍼부으며 마지막을 향해 내달렸다. 그녀가 자신에게 완전히 빠져 있다 생각된 순간, 그의 왼쪽 어깻죽지에 위치한 다섯 개의 붉은 점이 환하게 빛나며 그 빛이 순간적으로 그의 등을 감싸다 없어졌다.

드디어 마지막, 아무것도 없는 까만 우주 속으로 빨려 들어가듯 몸을 산산조각 내버릴 것 같은 환락의 전율에 두 사람은 숨 쉬는 것도 잊고 자신을 내맡겼다. 지운이 거침없이 그 환희의 부산물을 그녀의 몸속에 토해내고 있을 때 눈이 붉어진 희주의 이빨이 서슴없이 그의 목덜미를 물어뜯었다.

"으윽."

그의 신음과 동시에 희열 넘쳤던 그의 몸이 힘없이 그녀의 품으로 쓰러지며 지운은 그렇게 정신을 잃었다.

다소간의 시간이 흐르고 여전히 의식이 없는 지운 옆에 그의 셔츠를 걸친 희주가 오도카니 앉아 있었다. 붉은색으로 빛나던 그녀의 눈동자는 제 색으로 돌아와 있었고 줄줄 흘러넘치던 색기도 모두 사라졌으며 몸을 조각낼 듯 달려들었던 고열도, 그의 피를 마시며 느꼈던 심장이 뜯겨 나갈 것 같은 고통도, 손등 위의 상처도 모두 사라졌다. 몸은 좋아졌지만 그녀의 기분은 처참하기 그지없었다.

동그랗게 세운 무릎에 한참 동안 얼굴을 묻고 있던 희주는 겨우 용기를 내 얼굴을 들고 파리한 낯빛으로 누워 있는 지운을 살폈다. 겨우 한 달 만에 다시 그의 피를 취했다. 그의 피를 어느 정도 이상 마실 때 느껴지는 고통이 그녀의 폭주를 막아줬지만 그것이 위안이 되진 않았다. 여전히 그녀의 눈엔 그가 한없이 위태로워 보였다.

그녀의 치명적인 독에 그는 얼마나 중독된 것일까, 너무 많은 피를 빼앗은 건 아닐까, 이대로 다시는 못 일어나면 어떻게 하나, 마음속에 피어나는 여러 가지 걱정으로 미칠 것만 같았다. 희주는 조심스럽다 못해 소심해 보일 정도로 아주 천천히 손을 뻗어 그의 얼굴로 가져갔다. 약하게 떨리던 그녀의 손이 목적을 잃은 듯 그의 얼굴 위를 헤매다 겨우 용기 낸 손가락 하나가 그의 이마에 닿았다. 자신의 손가락을 타고 전해지는 그의 온기에 희주의 얼굴에 안도감이 퍼졌지만 눈에는 그렁그렁 눈물이 차올랐다.

눈물을 가득 담은 눈이 그녀의 손가락과 함께 지운의 얼굴을 살폈다. 반듯한 이마에서 짙고 선명한 눈썹을 지나 항상 자신을 따뜻하게 봐주던 눈과 유려한 콧대를 거쳐 방금 전까지 자신을 뜨겁게 달궜던 입술에 도달했다. 희주의 손이 남자치고는 꽤나 도톰하고 붉은 입술 근처를 오래 머물렀고 희미해져 가는 목의 상처에 눈길이 닿았을 때 결국 중력을 이기지 못한 눈물 한 방울이 툭 떨어져 내렸다.

"미안해요, 정말 미안해."

그녀의 작은 속삭임에는 말로 다 하지 못한 큰 감정이 담겨 있었다. 그를 향한 미안함, 본능을 이기지 못한 스스로에 대한 원망, 피할 수 없는 상황이 되어버린 처참한 현실에 대한 버거움, 결국 인정해버린 운명의 상대 그리고 그 모든 감정의 범벅으로 울고 있는 자신까지. 얼굴에 흐르는 눈물을 닦아내던 희주가 결국 벅차게 밀려드는 감정을 이기지 못하고 더 많은 눈물로 얼굴을 적시고 있을 때였다.

"뭐가 미안한데."

탁하게 잠긴 목소리가 희주의 감정을 깨뜨렸다. 갑작스럽게 들린 그의 목소리에 놀란 희주가 눈물을 다 닦을 사이도 없이 급하게 지운에게로 고개를 돌렸다.

"갑자기 들이닥쳐 밀어붙인 게…… 뭐야, 너 울어? 열이 더 나는 거야?"

"당신 괜찮아? 아무렇지도 않아? 아프거나 어지럽지 않아?"

"뭐야, 여자 한 번 안았다고 뻗어버릴 놈으로 안 거야? 날 너무 우습게 보는데."

가볍게 농담을 지껄인 지운은 자리에서 일어나 놀란 눈으로 자신을 보는 희주와 마주 앉았다. 왜 울고 있는지 자신에게 미안한 게 뭔지 묻고 싶은 건 많았지만 이를 악물고 입꼬리를 파들파들 떨며 울음을 참고 있는 희주에게 시간을 좀 주는 게 나을 듯싶었다. 흔들리는 눈동자로 자신을 보는 희주의 뺨을 감싸며 거슬리는 눈물을 닦아냈다. 몸이 좀 나른하긴 했지만 격하게 나눈 희주와의 사랑 때문이라 생각하니 이마저도 기분이 꽤 괜찮았다.

"울지 마. 나는 기분 좋은데 너 때문에 좋은 티도 못 내겠다. 열은 내린 거 같은데…… 혹시, 내가 너무 거칠어서 다친 거야?"

희주는 차마 말은 하지 못하고 고갯짓으로 아니라고 대답했다. 농담과 걱정을 번갈아 하는 지운을 보는 희주는 다행이라고 생각한 것도 잠시 좀 혼란스러웠다. 보통 사람들은 그녀에게 피를 빼앗기면 최소 12시간에서 하루 정도는 정신을 차리지 못한다. 본인들은 그걸 잠든 것으로 착각하지만 그건 그녀의 독에 의한 것이었다. 그런데 지운은 겨우 두어 시간이 지났을까, 바로 정신을 차리고 자리에서 일어나기까지 한 것이다.

그 믿을 수 없는 사실에 희주의 눈과 손이 그의 얼굴부터 몸을 훑어 내렸다. 외상은 전혀 보이지 않고, 목의 상처도 자세히 보지 않으면 모를 정도로 아물었고, 체온도 정상이고, 그의 심장도 건강하게 뛰고 있었다. 얼굴이 조금 창백하긴 하지만 이 정도면 완벽하다고 말할 수 있었다. 이게 어떻게 된 일인지 이해가 되지 않으면서도 안도감을 느꼈다.

'내가 그의 피를 마시면 고통을 느끼는 것과 이 사람의 이런 회복력이 상관있는 걸까? 다행이야, 이 사람 지금은 무사해.'

이해 안 되는 상황과 복잡한 감정에 희주가 아무 말 못하고 혼란스러운 눈으로 그만 살피고 있자 지운이 그녀를 안고 자리에 누웠다.

"잠깐만 당신 얼굴 좀……."

"나 걱정한 거잖아. 움직이지 말고 이러고 있자. 또 안아달라고 해도 아직은 그럴 힘없어."

"어디 아파요?"

"그냥 좀 나른해. 이런 기분 오랜만인데 나쁘지 않네. 너 때문 아니니까 그런 얼굴 하지 마. 이번 주에 일이 많아서 좀 무리했어. 연말이라 일은 쉴 새 없이 밀려드는데 넌 전화도 안 받지, 나 피곤하게 만든 건 네가 가장 크게 한몫했다."

말은 한없이 가벼웠지만 품에 안긴 희주를 확인이라도 하듯 꼭 안았다 놓는 힘은 그지없이 강했다. 희주는 심장이 있는 왼쪽 가슴을 쓰다듬으며 그의 얼굴을 향해 고개를 들었다.

"정말 아픈 데 없는 거야? 아무렇지도 않아?"

"이 여자 진짜 의심 많네. 다시 한 번 안아야 믿을 거야?"

"장난 아니란 말이야."

"까칠하기는. 정말 괜찮아. 내가 전치 1년의 교통사고에서도 3개월 만에 회복한 사람이라고. 어라 못 믿는 얼굴이네."

"믿을 말을 해요."

그의 말에 표정과 말투가 까칠해진 희주를 안고 지운이 낄낄거렸다. 그녀의 과도한 걱정에 농담 반 진담 반 나온 말이지만 그녀에게는 솔직하게 말해도 될 것 같았다.

"내가 재미있는 얘기해줄까?"

희주는 대답 없이 그의 가슴에 얼굴을 기댔고 천장을 보고 누운 지운은 한 손으로는 그녀의 맨 어깨를 만지며 다른 팔은 머리 뒤로 돌려 팔베개를 했다.

"고등학교 때 내가 나름 반항아였거든. 뭐가 불만이었는지 어머니가 하지 말라는 짓만 골라가면서 했어. 그중에 하나가 오토바이였는데, 폭주족까지는 아니었지만 틈만 나면 오토바이를 몰고 돌아다녔지."

"나름 어울렸겠네."

"고등학교 2학년 때 옆 학교 놈이랑 오토바이 시합을 했어. 라이벌 같은 놈이었는데 치기 어린 마음에 누가 더 잘났나 내기를 한 거지. 엄청나게 비가 많이 오는 토요일이었고 연기하라는 주위 권유에도 그 녀석이랑 나는 자존심 때문에 그냥 강행을 했어."

"어린 나이에도 자존심은 하늘이었나 보네."

"맞아, 근데 그게 얼마나 어리석은 일이었는지 나중에 알았지. 꽤 큰 교통사고였어. 엄청난 속도로 달리던 그 녀석 오토바이가 빗길에 미끄러지면서 내 오토바이를 쳤고 우리 둘 다 달려오던 덤프트럭 밑으로 빨려 들어갔어. 둘 다 생명이 위험할 정도의 중상을 입고 병원으로 옮겨졌지."

"……많이 다쳤어요?"

"갈비뼈 6대가 나가고 쇄골, 다리 하나, 팔 하나 골절에 간, 폐, 비장 등등 장기파열까지, 엄청났지. 부러진 갈비뼈 하나가 폐를 찔러서 출혈도 대단했고 수술도 못 해보고 죽을 뻔했다더군. 둘 다 1년 안에는 침대에서 못 일어날 거라고 했었어. 근데 나 3달 만에 일어났다. 같이 사고 난 녀석은 나보다 경상이었음에도 여전히 침대에 누워 정신이 오락가락하는데 난 물리치료를 시작할 수 있을 정도로 회복한 거지. 주위 사람들 모두 기적이라고 했고 병원에선 무슨 실험을 하자고 하더라고. 이건 사람의 회복력이 아니라나?"

그의 말에 희주의 눈이 이채를 띄었다. 그의 피를 마시면 느끼게 되는 고통, 인간답지 않은 뛰어난 회복력, 순간적으로 바뀌었던 눈동자의 색 등등이 그녀의 머릿속을 스쳐 지나갔다.

"그 상황에서 당황하지 않은 사람은 우리 할아버지뿐이었어. 우리 할아버지는 우리 가문 남자들의 피에 호랑이 기운이 흐른다고 믿으시거든."

"호랑이?"

"응, 원래부터 우리 가문은 호랑이의 비호를 받았다고 해. 할아버지 말씀에 의하면 아주 아주 오래전에 우리 가문 장자들은 성년이 되는 해 숲으로 보내져 일 년 동안 호랑이와 같이 지냈대. 그 의식에서 살아남아 집으로 돌아오면 가문을 이어받는 장자로 인정을 받았고 그렇지 못하면 다음 계승자가 그 일을 대신했다더군. 어느샌가 그 의식은 없어졌지만 여전히 호랑이를 숭상하는 풍습이 이어졌었다지. 우리 집 정원에는 아직 조상과 호랑이를 모시는 사당이 있어. 더 재미있는 얘기는 여기부터야. 우리 먼 조상 중에 꽤 유명한 장군이 있으셨는데 그분이 사냥을 갔다가 집채만 한 큰 백호와 마주쳤었데."

"살아남으셨어요?"

"들어봐. 그 조상님이 험한 산길을 돌아다니시다가 백호와 맞닥뜨리셨고 범상치 않은 기운에 피하려고 했지만 그 호랑이가 마치 그 조상님을 시험하는 것처럼 먼저 공격을 하셨다는군. 결국 호랑이를 상대로 생명을 건 싸움을 하게 됐고 할아버지는 물론 호랑이도 큰 부상을 당했다고 해. 단 한 번만 더 칼을 휘두르면 호랑이를 죽일 수 있었는데 살려 보내셨데. 숲으로 사라지는 호랑이는 신령의 모습을 하고 있었다더군. 그 싸움에서 입은 부상 때문에 집으로 돌아오신 조상님은 3일 밤낮 자리에서 일어나지를 못했고 이제 곧 돌아가시겠구나 다들 포기했는데 나흘째 되는 아침 어느 처자가 고기와 뼈를 가지고 찾아왔대."

점점 흥미진진해지는 지운의 얘기에 희주가 눈이 빤짝거리며 집중해 있었다. 전설의 고향이나 할머니, 할아버지에게서나 들을 수 있는 옛날이야기일 뿐이었지만 희주에게는 아주 흥미진진했다. 만약 이 이야기가 사실이라면, 그 호랑이 기운 때문에 지운이 강한 거라면, 하긴 자신의 아버지 같은 뱀파이어도 있고 자신과 같은 데이워커도 있는데 세상에 못 믿을 말이 뭐란 말인가.

"그 후에는요? 빨리 얘기해봐요."

"우리 조상님이 그 뼈 달인 물과 푹 삶은 고기를 드시고 자리를 툭툭 털고 일어나셨고 그 처자와 혼인까지 해서 아들을 보셨다는군. 그 후에 기력이 더 왕성해져 역사서에 이름을 올리는 장군이 되셨다지."

"겨우 그거 가지고 호랑이의 피가 흐른다고 하셨단 말이에요? 그건 좀 시시한데."

"그 조상님이 호랑이와 대결 중 왼쪽 어깨가 다 떨어져 나갈 만큼 물어뜯기셨는데 몸이 다 쾌차하고 나신 후 그 상처의 이빨 자국을 따라 붉은 점이 생겼고 그 팔의 힘은 큰 바위를 내리쳐도 뼈가 상하지 않을 정도로 강해지셨대. 그리고 뼈와 고기를 들고 찾아온 그 처자가 바로 호랑이였다는 말도 있어. 조상님이 돌아가시고 3일 밤낮 곡을 하던 부인이 매장하는 아침, 아들만 남겨놓고 사라지셨다지. 그 후 매년 그분의 제삿날마다 무덤에 호랑이가 왔었데."

"진짜 호랑이 담배 피우던 시절 얘기긴 한데…… 사실일까요?"

지운은 의외로 눈을 반짝이며 진지하게 되묻는 희주의 볼을 슬쩍 꼬집으며 옆으로 돌아누워 자신의 왼쪽 어깨 뒤를 보게 했다. 그의 어깻죽지 위에 반원형으로 붉은 점 다섯 개가 있었고 그 중 양쪽 맨 끝에 있는 두 개가 조금 더 크고 색이 진했다. 놀란 희주가 그의 점이 쓰다듬자 지운이 반듯이 누우며 그녀를 다시 가슴에 안았다.

"그 점 뭐예요?"

"우리 집 남자들의 상징이랄까? 우리 할아버지, 아버지, 나 그리고 내 동생 다 똑같은 자리에 그 붉은 점이 있어. 이 점이 우리 할아버지가 이 동화 같은 이야기를 철석같이 사실로 믿고 있는 증거이기도 해."

이 이야기가 사실일지도 모른다는 생각에 더 무게가 실렸다. 아니 사실이길 진심으로 바라고 있었다. 이 말이 사실이라면 그가 자신을 좀 더 오래 견뎌줄 거라고, 그녀의 옆에서 무능하게 목숨을 잃는 대신 이 모든 운명에서 벗어날 수 있을 거라고 생각했다.

"나도 완전히 믿는 건 아닌데 전부 거짓이라고도 생각하지 않아. 좀 석연치 않은 구석이 있긴 하거든."

"어떤?"

"이 점이 각 대의 딱 한 남자한테만 유전돼. 우리 작은아버지들도 이 점은 없거든. 근데 우리 대에는 내 동생과 나 둘 다 가지고 있어. 덕분에 나랑 내 동생은 2차 성징을 거칠 때까지 수영장도 못 갔어. 우리 할아버지가 상서로운 징조라고 다 클 때까지 다른 사람한테 보이면 안 된다고 조심시키셨지. 그런데다 어릴 때부터 나랑 내 동생은 크게 다친 적이 한 번도 없었어. 어디 한 군데 부러져도 이상할 게 없는 큰 사고를 당해도 마치 뭔가가 우릴 보호하는 것처럼 무사했어. 그리고 한 가지 더."

잠시 뜸을 들인 지운이 희주와 눈을 맞추며 말을 이었다. 계속 이야기를 이어나가는 그의 얼굴엔 웃음과 진지함이 공존하고 있었다.

"우리 집 남자들은 극도로 흥분하거나 위기에 처하면 눈동자 색이 바뀐데."

"눈동자 색? 어떻게?"

"순간적으로 눈동자가 호랑이 눈처럼 밝은 갈색으로 변한다더라고. 정작 당사자인 아버지는 그 말씀을 안 믿으셨는데 어머니는 할아버지 그 말씀을 부인 안 하시고 묵묵히 계시더라. 어머니가 보셨었나봐. 그 후에 우리 집 남자들에겐 호랑이 기운이 흐른다는 우리 할아버지 말에 아버지는 콧방귀를 뀌실망정 어머니는 부인 안 하시지. 어때, 재밌지?"

지운의 말에 희주는 아무 말도 하지 않았다. 첫날, 그와 첫 섹스를 나눌 때 자신에게 돌진하던 그의 눈동자가 순간적으로 호랑이 눈처럼 보였던 적이 있었다. 그때는 자신의 착각이지 하고 넘어갔는데 만약 이 말이 사실이라면…… 이 모든 게 가설이지만 희주에게 아주 작은 희망이 생긴 셈이었다.

지운은 심각한 얼굴로 생각에 빠진 희주를 보며 싱긋 웃었다. 할아버지한테 들은 이야기를 사춘기 지나며 다른 누구한테도 말한 적이 없었다. 어릴 때 멋모르고 가까운 친구들한테 얘기했다가 웃음거리가 된 후로는 그냥 옛날얘기 들은 셈치고 말았다. 희주가 과하게 자신의 건강을 걱정하는 게 싫어서 위안이나 삼으라고 한 얘긴데 이렇게 심각하게 받아들일 줄 몰랐다. 확실히 서희주라는 여자는 사람들과 다른 뭔가가 있다. 지운은 자신은 보지 않고 혼자 생각에 빠져 있는 희주의 코를 살짝 물었다. 그런 지운의 행동도 개념치 않은 희주가 다급하게 지운에게 질문을 던졌다.

"당신, 당신도 혹시 그 눈동자가 변하는 경험을 한 적 있어?"

"설마 그 얘기를 믿는 거야?"

"제발 대답부터 좀 해. 경험한 적 있냐고."

"내 기억엔 없어. 근데 그건 같이 있는 사람들이 봐줘야 하는 거지. 생각해봐, 눈동자가 변할 정도로 극도로 흥분한다는 건 내가 그만큼 위험하거나 행복하다는 건데 그걸 확인할 틈이 어디 있어."

"그건 그러네."

"그러니까 내 눈동자가 변하는 건 당신이 봤어야 해."

지운의 말에 희주가 찔끔 놀랐지만 그는 알아채지 못하고 그녀의 위로 몸을 올리며 놀리듯 빙글빙글 웃어댔다.

"너 처음 안았을 때, 너무 좋아서 머리가 터져버릴 정도로 흥분했었거든. 세상에 태어나 이대로 죽어도 좋다 생각한 건 처음이었어. 완전 이성을 잃어버렸으니까. 그때 내 눈동자 어땠는데?"

희주는 지운의 농담 반, 진담 반인 말에 그의 어깨를 때리며 뒤로 밀어버렸다. 그녀는 심각해 죽겠는데 되지도 않는 농담이나 하고, 그렇다고 사실대로 말할 수도 없고 그저 답답했다.

"비켜, 잘 거야."

"아니면 지금 확인해봐."

지운이 희주의 입술을 물었다. 그녀의 부드러운 몸을 품고 있자니 음심이 동해서 참을 수가 없었다. 몸이 나른했던 것도 잠시, 자신의 부딪히는 그녀의 실크 같은 피부에, 자신을 보는 예쁜 눈망울에, 부드러운 몸의 곡선에 자극받은 감각들이 서서히 고개를 들며 어서 그녀를 취하라고 성화였다.

다시 기운을 차린 그가 다행이라고 생각된 것도 잠시, 희주는 오늘 더 이상 그의 도발에 넘어갈 수 없었다. 눈동자 색 따위 확인하자고 간신히 잠재우고 있는 자신의 본능에 그를 노출시키는 건 너무 위험한 짓이었다. 그에게 안기고 싶고, 안고 싶은 마음은 그 못지않았지만 그를 말려야만 했다. 희주는 자신의 가슴으로 다가가는 지운의

101

얼굴을 잡아 자신을 보게 만들었다. 사람을 홀릴 수 있는 패시네이트
(fascinate: 사람을 매료시키는 초능력의 일종) 능력을 사용하는 건 정말 싫었지만
다른 방법이 없었다. 희주가 조용히 그의 눈동자를 응시했다. 그녀의
몽롱하고 달큰한 눈빛 앞에서 그가 흔들리는 게 느껴진다.

"오늘은 그만. 나 당신 옆에서 따뜻하게 자고 싶어. 응?"

애원과 애교가 섞인 희주의 목소리에 지운이 피식 웃어버렸다. 어
떤 남자가 이 여자의 이런 목소리와 표정에 넘어가지 않을 수 있을
까? 자신 역시 별수 없는 남자라는 사실을 절실히 느끼며 지운은 그
녀에게 가벼운 입맞춤을 한 후 그녀를 당겨 제 품에 안았다.

"여우네. 오늘은 알면서도 넘어가준다. 자자."

그의 품에 얼굴을 묻고 긴 안도의 한숨을 내쉬던 희주는 이어지는
그의 말에 다시 긴장했다. 지금 그의 말은 그녀의 능력에 넘어간 게
아니라 자신이 좋아하는 여자의 말을 들어주는 남자의 행동이었다.
자신의 능력이 먹히지 않는 지운 때문에 바짝 긴장해 있는데 그가 갑
자기 눈을 번쩍 뜨더니 조금은 무서운 얼굴로 엄격하게 말했다.

"근데 너, 다른 남자한테 그런 얼굴 보여주지 마라, 나 미쳐 날뛰
는 거 보고 싶지 않으면. 남자들은 다 늑대야."

희주는 다시 자신을 당겨 안는 지운에게 맥없이 안겨버렸다. 복잡
한 머리에 잠을 잘 수 없을 것 같았지만 토닥이는 손길, 따뜻하게 안
아주는 품에서 며칠 동안 그녀를 괴롭혔던 불면의 밤을 잊고 그렇게
안식을 취했다.

뿌듯한 미소를 지으며 습관적으로 희주의 맨 어깨를 만지고 있던
지운의 얼굴이 서서히 굳어갔다. 그녀의 이마와 목덜미에 손을 대본
후 천천히 그녀의 손을 들어 손등까지 확인한 지운의 경악으로 물든

눈동자가 잘게 흔들렸다. 겨우 몇 시간 전까지만 해도 그까지 잡아 먹을 듯 달려들던 높은 체온도 벌겋게 벌겋게 있던 손등의 상처도 이미 아물어 흔적도 없었다. 열은 그렇다고 해도 병원에 가서 봉합 을 해야 하는 것 아닌가 할 정도로 깊었던 상처가 마치 꿈처럼 흔적 도 없었다.

"이, 이게 뭐야. 어떻게 이럴 수 있지?"

여전히 곤히 잠들어 있는 희주, 이해되지 않는 지금의 상황, '당신 만 있으면 돼요.'라고 꺼질 듯한 목소리로 애원했던 그녀와 자신이 치료제라도 된 듯 완벽하게 나아 있는 지금. 모든 게 혼란스러운 지 운은 그녀를 깨우려 들었던 손을 다시 제자리로 돌리고 아무것도 못 본 척 눈을 감았다. 설명을 요구하면 이 여자는 도망가려 할 게 뻔했 고 아직은 그녀를 놓아주거나 헤어질 생각은 결코 없었다. 일단 그렇 게 생각을 갈무리한 지운은 자신의 품으로 파고드는 그녀를 더 단단 히 끌어안고 잠을 청했다. 그 밤, 혼란스러운 각자의 생각을 숨긴 두 사람은 또다시 평범한 일상으로 돌아갔다.

희주는 몸이 무척이나 무거웠다. 흡혈 주기가 아닐 땐 하루 종일 굶어도 배고픈 걸 모를 정도로 체력 하나는 끝내주는데 어제오늘 견 디기 힘들 만큼 몸이 축축 처지고 침대에서 일어나기 힘들 정도로 기 운이 하나도 없었다. 손가락, 발가락으로 기운이 솔솔 빠져나가는 것 같은 처음 느껴보는 힘겨움이 너무 싫었다. 책상에 앉아 머리를 집고 있으니 은주가 다가오며 조심스럽게 말을 시켰다.

"실장님, 오늘도 몸이 안 좋으세요?"

"기운이 없어."

"그동안 너무 과로하셨어요. 잘 버티신다 했는데 병나실 만하죠. 급한 일은 거의 다 마무리됐으니까 오늘은 일찍 들어가세요."

"그래야겠다. 부탁할게. 지난번처럼 물건 가격 잘못 넣어서 일치지 말고 기사 넘기기 전에 확인 꼼꼼하게 해. 참, 오타도."

"알겠습니다. 제가 마지막 점검 다 하고 메일로 보내놓을 테니까 내일은 그거 점검하시고 하루 댁에서 쉬세요."

평상시엔 자신이 했어야 할 일을 은주에게 부탁하고 집으로 돌아오자마자 침대로 기어들었다. 오한이 든 것처럼 덜덜 떨리고 누구한테 두드려 맞은 것처럼 온몸이 다 아팠다. 어릴 때부터 아프다는 느낌에 익숙하지 않은 희주라 이럴 때면 마음은 한없이 약해지곤 했다.

"끄응. 엄마."

희미한 잠결 엄마를 찾은 것 같기도 하지만 희주는 입을 꼭 다물었다. 경선의 병원복 입은 모습을 꿈에서도 본 것 같았다.

그렇게 몇 시간 잔 듯 안 잔 듯 침대에서 뒹굴거린 희주는 멍한 머리로 자리에서 일어났다. 잠이라도 좀 푹 자고 싶었는데 그것도 힘들었고, 따뜻한 차라도 한 잔 마시면 도움이 될까 자리에서 일어나려는데 뭔가 좀 찜찜했다. 이상한 느낌에 이불을 거둔 희주는 자신의 회색 레깅스 아랫도리를 붉게 물들이고 있는 피에 깜짝 놀랐다.

"이, 이게 뭐야?"

희주는 자신도 모르게 자면서 자해를 한 건 아닌가 하는 생각에 몸 구석구석 샅샅이 살폈지만 특별한 상처는 보이지 않았고 아픈 곳도 없었다. 어떻게 된 일인가 생각하던 그녀의 눈이 다시 레깅스로 향했고 한참 그렇게 앉아 있던 그녀의 얼굴이 경악으로 물들었다.

"서, 설마 생리를 다시 하는 거야?"

14살에 시작된 희주의 생리는 그녀가 20살 성인이 되면서 끝났었고 생리 대신 흡혈을 했다. 그때부터 정체된 그녀의 시간, 사람들은 그녀를 동안이라고 생각하지만 희주는 그때부터 모든 성장이, 노화가 중단됐었다.

그뿐만 아니라 태어나는 그 순간부터 그녀의 성장주기는 모친도 당황스러울 만큼 다른 사람들과 달랐다. 태어나서 생리를 하기 전까지 그녀의 성장 속도는 인간 아이들보다 2배쯤 빨랐다. 덕분에 한곳에 오래 살 수도 없었고 크리스토퍼의 도움으로 계속 신분을 바꿔가며 5살엔 8살로 학교에 입학했었다. 그 후에도 생리가 처음 시작된 14살 때까지는 빠른 성장이 계속 됐는데 학교 다니는 게 무의미할 정도로 학기 단위로 신분을 바꾸고 전학을 다니며 월반을 했어야 했다. 뛰어난 지적 능력과 육체적 능력은 빠른 성장을 따라가는 데 아무 문제 없었지만 정서적, 감정적 능력은 그러지 못했다. 편모슬하, 친구 하나 사귈 수 없는 상황, 누구에게도 말할 수 없는 비밀은 그녀를 모나게 만들었다. 결국 실제 나이 10살쯤, 호적 나이 14살에 생리가 시작된 후에야 보통 아이들과 같은 성장 속도를 거치게 됐고 그때 종현이를 처음 만났다. 이미 자신의 세상을 만들어 꼭꼭 숨어 있던 희주는 그 누구도 받아들이길 거부했지만 그녀만큼 고집이 센 종현도 쉽게 포기하지 않았다.

'꺼져버려.'

'너처럼 예쁜 아이는 말도 예쁘게 해야 하는 거야.'

'내가, 예뻐?'

'응, 하늘의 별처럼.'

그녀가 아무리 못된 말로 밀어내도 항상 웃는 얼굴로 1년 이상 쫓아다니며 친구가 되고 싶다던 종현이었다. 결국 그의 순수한 마음에 진 희주가 종현과 친구가 됐고 세상과 연결된 딱 하나의 통로를 가질 수 있었다.

그렇게 다른 사람들과 같은 평범한 일상에서 조금씩 행복을 찾아갈 때 그녀에게 또 한 번의 시련이 찾아왔다. 20살, 갑작스러운 생리의 멈춤 그리고 흡혈의 시작, 그건 희주를 거의 벼랑 끝으로 내몰았고 크리스토퍼가 오지 않았다면 그녀는 끔찍한 짓을 벌였을 것이다.

'엄마 때문이야. 내가 이런 괴물로 태어난 건 다 당신 때문이야!'

고열에 시달리던 희주는 이성을 잃고 경선에게 달려들었다. 경선은 반항 한 번 없이 희주의 폭력과 흡혈을 받아들였고 단 1초, 딱 한 번의 움직임으로 경선을 죽일 수 있었던 그 순간, 반쯤 미쳐 있던 그녀를 제압한 게 크리스토퍼였다. 그에게 얻어맞아 정신을 잃은 희주는 3일 만에 정신을 차렸고 크리스토퍼에게 모든 이야기를 다 들은 후 집을 떠났었다. 스스로를 받아들이고 부모를 이해하기 위해 혼자만의 시간이 필요했고 1년 동안 이곳저곳 돌아다니고 난 후에야 마음을 추슬러 집으로 돌아갈 수 있었다. 그때 경선은 이미 깊이 병들어 있었다.

'희주야, 내 딸.'

'어머니.'

'고맙고 미안해.'

'맞아, 당신은 미안해 해야 해. 나 같은 괴물은 낳는 게 아니었어.'

'난 지금 이 순간도 널 낳은 걸 후회하지 않아. 넌 나의 사랑스러운 딸이란다.'

차갑고 냉정한 희주의 눈빛과 사랑과 아픔이 넘쳐나던 경선의 눈빛은 오랫동안 공중에서 얽혀 서로에게서 떨어지지 않았다. 그때부터 경선의 요양원 생활은 시작됐고 희주는 자신에 대해, 자신의 데이워커로서의 삶에 대해 경선에게 한마디도 하지 않았다. 침묵 속에서 두 사람의 평화는 위태롭게 유지됐지만 희주의 마음속엔 모친에 대한 사랑만큼 큰 증오심이 있었다. 한 번도 내색하진 않았지만 아마도 경선은 희주의 눈빛에서 그 증오를 알았던 것 같았고 항상 슬픈 웃음으로 그녀를 사랑한다고 했었다.

'희주야, 사랑한다. 절대 네 자신을 증오하지 마라, 부탁이야.'

3년의 요양원 생활 내내 하루하루 어렵게 생명을 유지하던 경선은 그 말을 끝으로 병원에서 사라졌고 희주는 완벽하게 혼자 남게 된 것이다.

그날 이후, 희주는 여자로서의 삶은 포기했고 인간으로서의 삶에는 어떤 애착도 가지지 않았다. 자신이 데이워커라는 사실을 처음 안 날 시도한 자살은 아버지란 사람에 의해 성공하지 못했고 그다음에도 몇 번이나 시도를 했지만 믿을 수 없는 회복력은 그것조차 힘들게 했다. 죽는 것도 마음대로 할 수 없단 사실을 알게 된 후에는 그저 죽는 날이 빨리 왔으면 좋겠다는 생각만 있었다. 너무도 느린 시간이 빨리 지나가길 바라며 일에 자신의 모든 걸 걸었다. 그런데 그런 그녀에게 10년 만에 생리가 다시 찾아온 것이다.

'네가 사랑을 하게 되면, 즉 네 운명의 상대이자 심장의 주인을 만나게 되면 네 삶도, 네 여자로서 기능도 돌아올 거야. 그러니 희주야, 너 자신을 미워하지 말고 네 운명에서 도망치려 하지 마라.'

불현듯이 경선이 해주었던 말이 생각났다. 그녀가 좌절하고 절망해 있을 때 포기하지 말라고 해준 말이었지만 희주는 더 화만 냈었다. 그런데 정말 경선의 말대로 지운을 만나면서 여자로서의 기능을 되찾은 것이다. 정신 차릴 사이도 없이 몰아치는 현실에 모든 것이 너무나 혼란스러웠다. 이 모든 걸 혼자 감당해야 하는 게 너무 힘들었다. 맥 놓고 앉아있던 희주는 물컹 쏟아지는 느낌에 화장실로 뛰어들어갔다.

그러고 보니 어제오늘 기운이 없었던 것도 지금 아랫배가 바늘로 쿡쿡 쑤시는 것처럼 아픈 것도 허리를 제대로 펼 수 없을 정도로 당기는 것도 전부 생리 때문인 듯싶었다. 집에 생리대가 있을 리 없고 사오려면 꽤 먼 상가까지 가야 하는데 지금 이 상태로는 무리였다. 첫 생리인데 변기가 온통 붉은색일 정도로 양이 많았다.

"미치겠네, 어떻게 하지?"

변기에 앉아 고민하던 희주는 대충 수습하고 방으로 가 전화기를 찾았다. 핸드폰을 들고 한참을 고민했지만 지금 당장 도움을 청할 사람은 종현밖에 없었다. 그녀가 핸드폰을 들고 동동거리는 사이에도 생리는 계속 쏟아졌고 그녀는 어쩔 수 없이 전화를 걸었다.

—어이, 친구. 너 요즘 연락 자주 한다.

경쾌한 종현의 목소리에 희주가 입술을 깨물었다. 생리대 부탁도 부탁이지만 그녀의 말을 듣고 놀랄 종현을 생각하니 쉽사리 입이 열리지 않았다. 그녀가 오래 침묵을 지키자 종현의 목소리가 단박에 걱정을 담았다.

—희주야, 무슨 일이야?

"저기, 종현아."

—말해, 뭔데? 아, 빨리!

"나 생리해."

—…… 뭐라고?

"나 생리하는데 집에 아무것도 없어."

이번엔 종현의 침묵. 그가 깜짝 놀라 멍한 표정으로 서 있을 생각을 하며 희주가 다시 입술을 조물조물 깨물었다. 얼마나 놀라고 당황스러울까, 또 얼마나 걱정을 할까, 이럴 줄 알았으면 어떻게 해서라도 스스로 해결했어야 하는데.

"끊을게, 미안해."

—야, 야, 서희주! 끊지 마, 끊지 말고 기다려. 지금 당장 갈 테니까 기다리라고. 필요한 건 내가 알아서 사갈게. 나 이래 봬도 의사잖아, 수의사긴 하지만.

"응."

—희주야, 축하한다.

종현의 마지막 말에 희주의 눈에 눈물이 차올랐다. 그녀의 변화 하나하나를 다 자신의 일처럼 속상해하고, 아파하고, 축하해 주는 사람은 이 세상에 종현 하나였다. 그리고 생각나는 또 하나의 얼굴, 사실 지금 지운이 보고 싶은 것 같기도 했다.

약간의 시간이 흐르고 종현이 도착했다. 커다란 마트 박스에 케이크까지 들고 온 종현은 희주를 보자마자 꼭 안아줬다. 그녀의 마음을 다 아는 것처럼 따뜻하고 포근하게 위로하고 축하해주는 그런 포옹이었다. 종현은 다른 때와 달리 얌전히 안겨 있는 희주를 놓아주고 그녀의 얼굴을 들어 자신을 보게 했다. 약간의 슬프고 미안한 표정을 하고 있는 희주를 향해 종현은 부러 더 밝게 웃어 보였다.

"소감이 어때?"

"뭐가."

"희주야, 좋은 일이잖아. 기뻐해도 돼."

"잘 모르겠어."

"너 같은 행운아가 어딨냐, 나 같은 친구도 있는데."

"응."

"순순히 인정하니까 어째 더 불안하다. 자, 여기. 이 안에 필요한 거 다 있을 거야."

종현이 희주 앞에 놓아준 커다란 박스 안에는 온갖 종류의 생리대들을 비롯해 몸을 따뜻하게 해줄 수 있는 핫팩이나 진통제 등등 다른 물건들도 엄청나게 들어 있었다.

"마트라도 턴 거야? 뭐가 이렇게 많아?"

"필요한 대로 골라 쓰라고. 아무것도 없을 거 아니야. 생리통은? 허리가 아프지는 않아?"

"조금 아프고 불편해."

"얼른 화장실부터 갔다 와. 쓰는 방법은 알지?"

조금 쑥스러워진 희주는 부러 농담을 걸어오는 종현의 어깨를 툭 밀어버리고 그가 사온 생리대 중 하나를 숨겨서 욕실로 들어갔다. 자신의 기분을 풀어주기 위해 부러 너스레 떠는 종현의 마음을 잘 알았기에 그에게 더 미안했다. 희주가 종현에게 드는 여러 가지 감정들을 갈무리하고 욕실에서 나왔을 때 거실엔 촛불이 꼽힌 케이크가 놓여 있었다. 희주가 욕실 앞에서 쭈뼛거리고 서 있자 주방에서 나오던 종현이 그녀를 소파에 앉히고 아랫배에 수건으로 싼 찜질팩을 놓아주고 담요로 꼼꼼하게 덮어줬다.

"춥지 않은데."

"생리할 때는 몸이 따뜻해야 해. 너는 다른 사람보다 체온이 낮아서 더 힘들 수 있어. 이런, 초 다 녹겠다. 축하하고 케이크 먹자."

"케이크 맛있겠다."

희주는 얼른 촛불을 불어버리고 종현이 잘라주는 케이크를 한 입 크게 베어 물었다. 식탐도 별로 없고 여자들이 좋아한다는 달콤한 디저트를 좋아하지도 않는데 지금 먹는 케이크는 그 어느 때보다 맛있었다.

"다른 증상은 없어?"

"기운이 좀 없어."

희주는 종현에게 솔직하게 말했다. 자신 이상으로 마음이 복잡할 종현에게 그녀만의 미안함을 전달하는 방법이었다. 옆에 앉은 종현의 눈치도 보이고, 미안하고, 마음이 산란한 만큼 그녀가 케이크를 먹는 속도도 빨라졌고 종현이 잘라주는 케이크 한 조각을 더 받아들며 웃는 그녀를 종현이 부드럽고 다정한 미소로 바라봤다.

"천천히 먹어. 체하겠다."

그녀의 입가에 묻은 크림을 닦아주는 종현의 얼굴이 가깝게 다가왔다. 어느새 그는 미소를 지우고 한 여자를 원하는 남자의 표정을 하고 있었다. 종현이 남자의 눈으로 자신을 볼 때면 그의 마음을 받아줄 수 없는 미안함과 고통이 컸다. 종현이 그녀의 운명의 상대는 아니었지만 그것과는 다른 의미로 매우 중요하고 소중한, 그녀에겐 성역 같은 존재였다.

종현은 미안함으로 일그러지는 희주의 얼굴을 보면서도 뒤로 물러나지 않았다. 어쩔 수 없이 그녀에 대한 사랑은 접었지만 그녀는 여전히 사랑스러웠고 소유하고 싶은 유일한 여자였다. 희주가 자신을 오빠처럼, 아빠처럼 의지하고 싶어 한다는 걸 알지만 지금 이 순간만큼은 남자로 그녀를 가지고 싶었다.

바로 코앞, 1센티만 움직이면 입술이 마주 닿을 듯한 거리, 당장이라도 키스하고 싶은 표정으로 점점 더 가까이 다가오는 종현을 희주는 결국 고개를 돌려 외면했다. 옆으로 돌아가는 희주의 얼굴을 보며 종현이 눈을 질끈 감았다. 그렇게 가까운 거리에서 서로 다른 방향을 향해 있던 두 사람, 마음을 다잡은 종현이 뒤로 물러서며 희주의 머리를 콩 쥐어박았다.

"아야."

"엄살은. 저녁 안 먹었지? 먹을 것 좀 사다줄까?"

"아니야, 케이크면 충분해. 나 이렇게 맛있는 케이크 처음이야."

"생리할 때 음식이 많이 당기는데. 우리 누나는 주로 고기나 치즈처럼 기름진 거 많이 먹던데. 그런 건 안 먹고 싶어?"

"별로. 그리고 이 케이크도 네가 사다줘서 맛있는 거야."

오랜만인 희주의 애교에도 종현의 미소는 그저 아프기만 했다. 밝아지지 않는 종현의 표정에 희주는 무슨 말을 해야 할지 조심스러웠다. 희주가 속으로 긴 한숨을 내쉬고 있을 때 종현의 조심스러운 목소리가 들렸다.

"이 일도…… 그 사람 때문인 거야?"

"……아마도."

희주의 대답에 종현은 턱이 불거질 정도로 이를 악물었다. 그럴지도 모른다고 생각은 했지만 확인 사살 같은 대답이 그의 가슴에 큰 흉터를 하나 만들었다. 종현은 그 운명의 상대라는 사람 때문에 일어나는 희주의 변화가 참 마음 아팠다. 자신이 그녀의 상대이길 얼마나 바라고 바랐는데, 그렇게 숙원하던 역할이 다른 남자에게 넘어간 걸 보고 있어야만 하는 종현은 무척이나 비참했다. 결국 그는 그녀의 친구로 만족해야 하는 것인가, 그 생각으로 마음이 어지러운 종현은 더 이상 이곳에서 버틸 자신이 없어 자리에서 일어났다.

"그만 가볼게. 내일 아침 일찍 예약 환자가 있다."

"진작 말하지. 나가자, 바래다줄게."

"집에 있어."

"바람 좀 쐴래. 답답해."

"그럼 옷 든든하게 입어. 생리할 때 몸 차게 굴리면 더 아프다."

"아버지세요? 아무튼 잔소리는."

희주가 두툼한 외투의 앞깃을 여며주며 잔소리를 쏟아내는 종현의 어깨를 툭 치고 현관문을 열었다. 종현은 처음 만났을 때부터 이렇게 아빠처럼, 오빠처럼 잔소리를 해대곤 했다. 처음엔 그게 굉장히 낯설고 어색하고 웃기는 짓이다 했는데 지금은 이것만큼 다감한 행동도 없구나 하는 생각이 들었다. 두 사람은 방금 전의 무거웠던 분위기를 잊은 듯 투덕거리며 아파트 밑으로 내려왔고 천천히 주차장을 향했다.

"또 필요한 거 있으면 연락하고."

"진통제까지 챙겨다 줬잖아. 아버지 빙의 그만하고 가. 운전 조심해."

희주가 종현을 차 쪽으로 슬쩍 밀었고 종현이 그런 희주를 살짝 안았다. 아까와는 달리 바짝 긴장하는 그녀가 느껴져 종현의 마음이 편치 않아 이렇게 말할 수밖에 없었다.

"잘 자라, 친구."

"응, 고맙다. 친구."

가볍게 포옹한 두 사람이 떨어지자마자 희주 등 뒤에서 다가온 누군가 그녀의 허리를 낚아챘다. 너무 순식간의 일이라 희주는 그 힘을 순순히 따라갔고 깜짝 놀란 종현의 눈매가 사나워지며 당장이라도 덤벼들 듯 으르렁거렸다.

"당신 뭐야, 누구야!"

종현이 희주를 데려오려 했는데 자신을 안은 사람의 향기가 지운이란 걸 확신한 희주가 몸을 돌려 그의 얼굴을 먼저 확인했다.

"당신 어쩐 일이에요?"

"아픈 거 맞네. 얼굴 봐라."

지운은 여유롭게 희주의 얼굴을 쓰다듬으며 말하고 이내 종현을 향해 돌아섰다. 당황하고 황당하고 불쾌해 보이는 종현과 달리 희주를 허리를 단단히 안은 지운은 그저 사람 좋은 웃음을 지으며 그를 향해 손을 내밀었다. 대조적인 종현과 지운의 표정을 보던 희주가 얼른 이 상황을 수습하기 위해 먼저 나섰다.

"소개할게요, 이쪽은 내 친구, 김종현 그리고 이쪽은……."

"강지운입니다. 서희주 남자라고 말하고 싶은데 아직은 노력 중입니다."

"김종현입니다."

악수를 하는 두 남자의 기싸움이 팽팽했다. 아니, 불쾌한 종현이 혼자 열 내는 입장이었고 지운은 무슨 자신감인지 평온해 보였다. 종현은 지운을 보자마자 이 사람이 희주가 말한 운명의 상대라는 걸 알았고 확인을 받듯 희주와 눈을 마주쳤다. 희주의 작은 끄덕임에 종현은 질투와 박탈감 그리고 약간의 패배감을 느껴야 했다.

"배웅 중이었어?"

"네."

"올라가봐, 희주야. 나 간다."

종현은 지운의 손을 놓고 차에 올랐고 출발하기도 전에 지운의 품에 안겨 아파트 안으로 사라지는 희주를 봐야 했다.

"하아, 진짜 엿 같다."

눈을 질끈 감았다 뜬 종현이 신경질적으로 차를 출발시키며 주차장을 빠져나갔고 그 시간 엘리베이터 앞에 서 있는 두 사람의 분위기도 그리 썩 좋지는 않았다. 종현이 있을 때와는 달리 지운은 딱딱한 얼굴로 한마디도 하지 않았다. 지운이 기분 나쁜 이유가 종현 때문인 건 알겠지만 이유 없이 온 것도 아니고 갑작스러운 방문으로 이뤄진 뜻밖의 만남은 종현에게 지운의 존재를 알리고 싶지 않았던 희주에게도 부담이었다. 불편한 얼굴로 서 있는 지운을 힐긋거리며 희주가 먼저 말문을 열었다.

"나 아픈 거 어떻게 알았어요?"

"핸드폰 안 받아서 은주 씨한테 연락했지."

"언제 번호까지 주고받았는데?"

"아프다는 얘기 듣자마자 걱정돼서 열일 제쳐놓고 불이 나게 쫓아왔더니 다른 남자랑 있는 모습이나 보여주고, 나 상당히 불쾌해."

"연락 없이 찾아온 누구 탓이지 내 탓은 아니야."

"허, 현장을 들켜놓고도 당당한 거 봐라. 내가 이래서 반했지. 그나저나 어디가 아픈 거야?"

지금까진 아무렇지도 않게 서 있었는데 어디가 아프냐고 묻는 그의 말에 갑자기 아랫배가 당기며 아파지기 시작했다. 그녀가 아랫배를 짚으며 허리를 굽히자 지운이 얼른 그녀의 어깨를 잡아 막 도착한 엘리베이터에 올랐다.

"아프면 집에 있지 왜 나와서 돌아다녀?"

"근데 우리 집 가려고요? 여자 혼자 사는 집에 함부로 막 오는 거 아닌데."

"누구는 나 혼자 사는 집에 그것도 새벽에 찾아와서 막, 그냥 막……"

희주가 손을 들어 그의 입을 막았다. 부끄러운 얘기를 아무렇지도 않은 얼굴로 마구 해대는 그의 뻔뻔함에 희주의 얼굴이 벌겋게 달아 올랐다.

"그만해요. 집 엉망인데 오늘은 그냥 가만 안 되나?"

"손에 들린 걸 보고 말해. 이거 다 너 먹이려고 사온 거야."

"뭐가 이렇게 많아요?"

"문이나 열어."

현관문 앞에서 고민하던 희주가 결국 그를 집으로 들였다. 그냥 보내기엔 뭔가 아쉽기도 했고 그의 얼굴을 보자마자 마음도 편해지며 반가웠다.

"집 엉망이라고 내가 말했어요."

"무겁다니까."

희주는 손에 든 쇼핑백들을 들어 보이는 지운을 애교 담긴 눈길로 째려보고 문을 열었다. 한 발 앞서 들어가 생리대가 담긴 박스를 발로 밀어 거실 한쪽으로 치우고 현관에 서 있는 지운 앞에 슬리퍼를 놓아줬다.

"서희주 집은 이렇게 생겼구나? 생각보다 아기자기하네. 주방은 어디야?"

"저쪽."

희주는 지운이 꺼내놓는 음식들을 구경하고 있었다. 어찌나 이것 저것 다양하게도 사왔는지 마음 씀씀이가 새삼 고맙기도 했다.

"족발, 파스타, 샐러드, 샌드위치, 초밥, 한식 도시락, 스테이크? 이 집 스테이크도 테이크아웃 해줘요?"

"VVIP니까. 설마 이것들 중에 좋아하는 게 하나는 있지? 생각해 보니까 너랑 같이 밥 먹은 적이 한 번도 없더라. 좋아하는 음식이 뭔지 알 수가 있어야지. 얼른 먹어. 이건 좀 데워야 할 것 같은데."

"내가 할게요. 앉아요. 마실 거 줄까요?"

"물이면 돼."

희주는 지운에게 받은 음식을 전자레인지에 넣고 냉장고에서 물을 꺼냈다. 차가운 걸 만지니 오스스 소름이 돋으며 배가 더 아픈 것 같기도 했다. 어릴 때는 생리통이라는 게 없었던 것 같은데 오랜만이라서 그런지 몸이 유난히 예민하게 반응했다. 얼른 물을 따르고 넣어 버려야지 하는데 갑자기 그녀의 손에서 물통이 쑥 빠져나갔다. 그 물병을 따라 눈을 옮기니 지운이 물을 따르고 있었다.

"내가 할 건데."

"앉아, 차가운 거 안 되겠어."

표시 안 낸다고 했는데 그새 눈치를 챘나보다. 희주는 식탁에 앉으며 뺨을 살짝 긁었고 그런 그녀가 귀여워 또 피식 웃는 지운이었다. 숨기려는 희주의 노력이 무색하게 지운은 그녀가 치우는 생리대를 보고 말았다. 여자 형제는 없지만 어머니가 생리통이 심하신 편이라 그 기간이 되면 여자들이 얼마나 민감해지는지 조금은 안다. 생리전 증후군이라고 했던가, 심할 땐 그의 어머니는 하루 종일 침대에 누워 일어나지도 못하셨다. 이럴 줄 알았으면 초콜릿이라도 사올걸. 군것질 안 하시는 어머니도 생리 때면 종종 초콜릿 같은 걸 찾으시고는 했다. 그리고 종현이란 남자가 사왔을 게 확실한 거실 테이블 위에 먹다 남은 케이크가 무척이나 신경 쓰이고 기분 나빴다.

"먹자, 나도 같이 먹을 거야."

"얼마든지. 나 많이 안 먹어요."

"그러니까 많이 먹고 살 좀 찌자."

지운은 스테이크를 썰어 샐러드를 집어먹고 있는 희주에게 먹여주고 자신도 먹었다. 그렇게 희주가 세 번 먹을 동안 자신도 한 번 집어먹으며 유쾌한 식사시간을 보냈다.

"엄청 잘 먹네 서희주."

"그러게요. 나 원래 이렇게 많이 안 먹는데 오늘은 정말 맛있다."

"몸에서 필요한 거지. 원래 여자들 생리 때 많이 먹더라."

"켁, 켁. 어, 어떻게 알았어요?"

"박스 안의 생리대, 아랫배를 덮은 손, 꾸부정한 허리, 그리고 너한테만 예민한 내 눈치?"

희주가 한 손을 들어 얼굴을 가렸다. 웬만한 일에 반응하는 법 없어 뻔뻔하다는 얘기를 많이 듣는 희주였지만 얼굴을 맞대고 돌직구로 저런 얘기를 들으니 저절로 얼굴이 붉어졌다.

"모른 척 좀 해주지. 아, 창피해 진짜."

"어이고, 창피도 하세요? 안 어울려, 밥이나 먹어."

"이제 그만 먹을래."

희주가 젓가락을 놓자 지운이 주섬주섬 음식들을 치우기 시작했다. 생각보다 많은 양의 음식을 먹은 희주가 볼록하게 나온 배를 쓰다듬고 있는 사이 지운이 남은 음식들을 정리해 냉장고에 넣었는데 그 모습이 꽤 익숙해 보였다.

"집에서 주방일도 도와요? 익숙해 보이네."

"가족 중에 여자라곤 어머니밖에 안 계셔. 우리 어머니는 바쁘신 와중에도 시간이 나면 동생이랑 나를 데리고 요리하는 걸 즐기셨고 아버지가 애처가를 넘어서 공처가시거든. 동생이랑 나랑 어머니 많이 도와어. 지금도 집에 가면 가끔 설거지 정도는 해."

"화목한가 봐요."

"글쎄, 생각하기 나름이긴 한데…… 동생이나 나나 특별한 불만은 없지만 부모님은 딸이 없다고 많이 아쉬워하시지. 시커먼 사내놈만 둘이라 집 안도 우중충하고 잔재미도 없다고 항상 불만이셔. 지금이라도 늦둥이 하나 낳으시라고 했다가 한 대 얻어맞았다. 우리 아버지가 아들은 엄하고 거칠게 키워야 한다고 생각하시거든."

희주는 지운의 가족이야기가 부러웠다. 그녀는 태어나서 철이 들 때까지 어머니와 단둘이 살았고 아버지인 크리스토퍼는 몇 년에 한 번씩 손님처럼 그들을 방문했었다. 어릴 땐 그나마 그 방문 횟수가 잦았지만 클수록 뜸해졌고 그녀가 흡혈을 시작하기 전까지 손님처럼 왔다가는 그가 아버지라는 사실도 몰랐다. 경선이 사라진 후에는 딱 한 번, 빈 어머니의 묘지를 만들 때 만나고 그대로 끝이었다. 가끔 전화 연락으로 그녀의 생사를 확인하긴 하지만 가족이란 애정을 느끼기엔 충분하지 않았다. 그는 노력하는 편이었지만 희주 쪽에서 그를 거부하고 밀어내는 관계였다.

경선은 사랑은 많았지만 나약해서 희주가 보호자 노릇을 많이 했었다. 희주를 낳을 때 고생을 많이 한 탓에 몸까지 약해져 자리에 누워있는 시간이 길었다. 희주가 워낙에 강하고 독립적인 성격이어서 그런 상황에 많은 불만이 있었던 것은 아니었지만 가끔은 희주도 기대고 싶을 때가 있었다. 지운이 뭔가 상념에 잠긴 듯 멍하니 앉은 희주의 손을 잡았다.

"졸려 보인다, 들어가서 누워."

"당신, 집에 가야죠."

"잠드는 거 보고 갈 거야. 너 아프다고 해서 내가 얼마나 놀랐는지 알아? 가자."

지운은 침울해 보이는 희주가 걱정됐지만 그것에 대해 아무 말 없이 손목을 잡아 일으켜 방 안으로 들어갔다. 장식장 가득 아기자기한 소품이 진열되어 있는 거실만큼이나 침실도 여성스러움이 물씬 풍겼는데 생각지 못한 잔 꽃무늬 프린트의 분홍색 침구와 하늘거리는 레이스 커튼이 그를 놀라게 했다.

"흐음, 서희주도 여자는 여자구나?"

"무슨 뜻이에요?"

"무채색에 보이시한 옷만 입고 다녀서 침실도 그럴 줄 알았지. 분홍색 이불에 레이스 커튼, 침대 위 커다란 곰인형을 상상이나 했겠냐고. 이 퀼트 패드도 당신이 만든 거야?"

"내가 만든 거면 뭐요? 쳇, 괜히 시비야. 그럼 당신이 남자랑 자고 다녔을까 봐?"

지운의 지적에 쑥스러워진 희주가 입을 삐죽이며 이불 속으로 쏙 들어가버렸다. 겉으로 보이는 무심한 성격이나 꾸미지 않는 외모와 달리 희주는 작고 아기자기하고 예쁜 것들을 좋아했다. 혹시나 함부로 보여주면 상처를 입을까 봐 꼭꼭 싸매어 놓은 천성을 풀어놓듯 꾸며놓은 게 그녀의 집이었는데 자신의 여린 속내를 그에게 들킨 것 같아 무안했다.

지운은 이불 밖으로 삐죽이 나온 그녀의 정수리를 보며 씁쓸한 미소를 지었다. 이 작은 침실이 그녀의 본 모습이지 싶었다. 무슨 이유에서 자신의 모습을 꽁꽁 숨기고 사는지 모르겠지만 그 마음이 참 아프겠다 싶었다. 지운은 꼭 덮은 그녀의 이불 속으로 손을 넣어 아랫배에 손을 올렸다. 이렇게라도 자신이 옆에 있다는 걸 알려주고 싶었다. 갑작스러운 그의 손길에 희주가 움찔하며 뒤로 물러나는 게 느껴졌지만 지운도 순순히 물러나지 않았다.

"내 손 따뜻해. 따뜻한 게 좋다며."

"싫어. 불편해. 대신 손잡아 줘요."

지운은 잔뜩 찡그린 얼굴로 몸에 힘이 잔뜩 들어가 뻣뻣하게 누워 있는 걸 보다 그녀의 청대로 손을 잡고 조물조물 주물렀다.

"손 차가운 거 봐라. 몸이 차가워서 생리통도 심한가 보다."

"아, 좀!"

"알았어, 더 이상 말 안 할게."

희주는 자신의 손을 열심히 마사지하는 지운을 지긋이 바라봤다. 조금은 사내답고 날카로운 인상과는 달리 온화한 표정으로 자신을 보는 지운이 참 신기했다. 지운은 잠이 쏟아지는 순한 눈길로 자신을 보는 희주의 모습이 너무 예뻤다.

"왜?"

"나한테 왜 이렇게 잘해요?"

"알면 좀 가르쳐줘. 샐쭉할 거 없어, 나도 진짜 모르겠으니까. 그냥 사고를 당한 것 같아. 쾅 하고 부딪히고 정신을 차려보니 내 세상은 온통 너로 가득 차 있더라. 나도 이런 경험은 처음이라 신기하고 얼떨떨한데 좋아. 아주 기분 좋아."

"그러다 후회하면 어쩌려고. 내가 당신이 생각하는 그런 사람이 아닐 수 있잖아요."

"선입견 같은 거 없이 시작한 관계잖아. 실망이란 거 할 수도 있겠지만 나한테만 해당하는 말 아니니까. 그런 일 없겠지만 혹시나 실망을 한다고 해도 너 좋아하는 거 후회 안 할 자신 있어. 지난번에도 얘기했잖아, 네가 인간이 아닌 다른 존재라도 상관없을 것 같다고."

지운의 말에 희주의 눈이 흔들렸다. 그녀의 존재를 모르고 한 말이지만 그녀에겐 작은 위안도 되고 상처도 됐다. 희주는 더 이상 그가 보고 있기 힘들어 눈을 감았다.

지운은 자신을 향해 누운 희주의 머리를 부드럽게 쓰다듬었다. 그녀가 잠들 때까지 그의 부드러운 손길이 멈추지 않았고 그 손길에 희미하게 웃은 희주가 작게 중얼거리듯 말을 했다.

"훗, 엄마 생각난다."

"엄마?"

"어릴 때 내가 잠들 때까지 엄마가 이렇게 머리를 쓰다듬어 줬어요, 옛날 얘기도 해주고, 책도 읽어주면서. 우리 엄마 목소리가 아주 부드러웠는데 엄마 말소리는 마치 노래 같았어."

"좋았겠네."

"근데 남자 손도 이렇게 부드럽고 따뜻할 수 있구나. 난 아빠…… 없이 자라서……."

그녀의 목소리가 늘어지더니 결국 조용해지고 편안한 숨소리만 들렸다. 그녀가 잠이 들자 지운의 얼굴에서 웃음이 걷혔다. 처음 알게 된 그녀의 가족 이야기는 별로 유쾌하지 않았다. 아버지를 그리워하는 어린 희주의 모습은 상상 속에서도 슬펐다.

"진즉에 만났으면 아빠 찾으면서 울 때 안아줄 수 있었을 텐데. 푹 자라, 서희주."

지운은 지금 느끼는 안타까움과 안쓰러움을 담아 그녀의 손바닥에 부드러운 입맞춤을 남겼다. 지운의 손길이 꽤 오랫동안 그녀의 머리를 쓰다듬었고 희주는 정말 오랜만에 편안하고 깊은 잠을 잘 수 있었다. 그 다음 날 자리에서 일어났을 땐 지운 대신 단정한 그의 글씨가 적힌 메모가 놓여 있었다.

서희주, 다시는 아프지 마라.
너 자는 모습 너무 예뻐서 보고만 있는 거 힘들더라.
우리 이제 연인하자. 전화 받아.

-지운-

"연인은 무슨, 메모도 참 자기답네. 오만해."
피식 웃는 희주의 얼굴이 오랜만에 아주 환하게 밝고 예뻤다.

3장.

　지운은 업무상 미팅 때문에 사무실을 나서며 백화점으로 향했다. 겸사겸사 매장을 돌아볼 생각이었는데 갑작스러운 그의 결정에 바짝 긴장한 비서실장 뒤따랐다.

　"본부장님, 직원들 부를까요?"

　"그러지 마세요. 나 혼자 조용히 돌아봅시다."

　"그래도……."

　"비공식적으로 돌아보는 겁니다."

　"알겠습니다."

　자신을 쫓아오며 좋알대는 비서실장 입을 다물게 하고 지운이 다시 걷기 시작했다. 매장을 돌아보던 그의 인상이 점점 무표정으로 변했다. 그의 예상대로 매장은 사람들로 북적북적했고 관리는 만족스럽지 않았다. 실망스러운 결과에 인상을 쓰며 걷는데 신사복 계산대에 서 있던 중년 여자의 목소리가 그의 뒷덜미를 잡았다.

"어머, 내 지갑. 가방이 찢어졌어요. 여기 소매치기 있나 봐요. 어떻게 해. 내 지갑. 빨리 어떻게 좀 해봐요!"

계산대에 서 있던 아주머니의 외침에 주변 사람들이 각자 가방을 살펴보기 시작했고 여기저기서 지갑이 없어졌다며 웅성거리기 시작했다.

"나도 없어요."

"내 지갑도 없어졌어."

"어떻게 해. 거기 돈 많이 들었는데."

지운은 사람들의 웅성거림을 들으며 미간을 좁혔다. 연말이 되고 백화점에 사람들이 많아지면 소매치기 일당이 이 백화점, 저 백화점 순례하며 도둑질을 시도한다. 요즘엔 CCTV가 잘 설치되어 있어 색출하기가 예전보단 편해졌지만 이런 일이 한 번 생기면 백화점으론 타격이 컸고 그들을 잡는다고 해도 일당으로 움직여 도난당한 물건들을 되찾는 건 힘들었다.

지운은 날카로운 눈매로 소매치기 당한 사람들 사이를 살피다가 슬쩍 자리를 피하는 중년 여자를 발견했다. 언뜻 보기 차림새는 화려했지만 입고 있는 옷, 가방, 액세서리 모두 가짜였고 사방을 살피는 눈매나 장소를 빠져나가는 행동이 수상했다.

"본부장님 사무실로……."

"빨리 보안팀과 고객관리팀 불러서 여기 일 마무리하시고 피해를 보신 분들 모두 VVIP 휴게실로 안내해서 일이 해결될 때까지 편하게 계시도록 하세요. 보안실에 연락해서 이곳을 중심으로 백화점 전층 CCTV 확인하라고 하시고 경찰 불러 협조 구하세요, 어서요."

"네, 알겠습니다."

지운은 우왕좌왕하는 비서에게 지시를 내리고 시선 끝에 걸린 중년 여자를 따라갔다. 주변을 구경하며 태연하게 걷던 중년 여자의 발걸음이 사건 장소와 멀어지며 점점 빨라졌고 매장들 중간에서 너무나 자연스럽게 반대편에서 오던 남자와 어깨를 부딪쳤다.

"죄송합니다. 다치신 곳은 없습니까?"

"괜찮아요. 고마워요."

남자는 아주 자연스럽게 여자를 부축하는 척하며 그녀가 건네는 지갑 뭉치를 건네받았고 임무를 끝낸 두 사람은 순간적으로 눈을 맞춘 후 모르는 사람처럼 헤어져 각자의 길로 갔다. 짧은 순간이고 흔히 일어날 수 있는 일이라 사람들은 눈치채지 못했지만 기이할 정도로 지운의 눈에는 두 사람의 행동 하나하나가 분명하게 보였다. 지운은 홀 끝에 서 있는 보안요원에게 화장실 쪽으로 간 여자를 쫓아가라고 고갯짓을 해보이고 그는 물건을 건네받은 남자를 거리를 두고 쫓아갔다. 그 남자 역시 양복을 멀끔하게 차려입고 선물이라도 사러 온 것처럼 매장을 구경하며 점점 사람들이 없는 비상구 쪽으로 향했다.

'제 발로 호랑이 굴로 들어가는군.'

남자의 뒤를 쫓던 지운은 급하게 비상구로 빠져나가려는 남자의 앞을 막아섰다. 갑작스러운 지운의 등장에 남자는 꽤나 당황하는 듯 보였지만 이내 평정심을 찾았다.

"뭡니까?"

"잠시 저와 함께 가주셔야겠습니다."

"무슨 일이시죠? 누군데 함께 가자고 하는 겁니까?"

"저는 이 백화점의 전략기획 본부장입니다. 제가 고객님께 잠깐

볼일이 있어서 말입니다. 몇 가지 질문에 대답만 해주시면 됩니다."

"백화점 본부장이고 뭐고, 난 따라갈 이유 없습니다. 백화점에서 잘못한 것도 없는 고객을 이런 식으로 대하면 안 되지."

남자의 목소리가 커졌다. 사람들이 이목을 끌고 지운을 당황시킬 생각인 것 같았지만 그렇다고 물러날 지운이 아니었다. 사람들이 웅성거리며 모여들어도 지운이 전혀 당황하거나 겁먹는 기색이 없자 지금까지의 신사다운 모습을 버리고 본색을 드러냈다. 양복을 빼입은 지운을 머리부터 발끝까지 훑어 본 사내는 야비하게 웃으며 그를 비웃었다.

"꺼져, 새끼야. 네가 뭘 봤건 모르는 척하고 몸이나 온전히 보전하라고."

"내가 이 백화점을 내 몸만큼 아껴서 말이야."

"그럼 너도 당해봐, 새끼야."

남자가 주머니에서 칼을 꺼내 들었다. 짧은 칼날이 불빛에 위협적으로 반짝이며 지운의 복부를 향해 날아 들어왔다. 꽤나 빠르고 예리한 솜씨였지만 지운은 여유롭게 그 손을 쳐내며 중심을 잃은 남자의 등을 팔꿈치로 쳐 바닥으로 쓰러지게 만들었다. 반쯤 무릎을 꿇었던 남자가 놓치지 않은 칼을 이번엔 그의 다리를 향해 휘둘렀지만 역시 여유롭게 그 칼날을 피하며 남자의 턱을 향해 발을 날렸다.

"으악!"

턱이 깨지는 고통에 남자는 칼을 놓치고 턱을 감싸며 뒤로 벌렁 자빠졌고 지운이 남자를 제압하는 동안 달려온 보안요원들이 남자를 붙잡아 일으켜 끌고 갔다.

"본부장님, 괜찮으십니까?"

"네."

"걱정했습니다. 어떻게 저런 놈을 직접 상대하십니까? 칼이라도 맞으셨으면……."

"아무 일도 없었잖습니까? 약속 장소로 이동하기 전에 사무실로 올라가서 옷을 좀 갈아입어야겠습니다."

"근데 본부장님 무술 배우셨습니까? 놈을 제압하는 솜씨가 보통이 아니시던데요?"

"그 남자 솜씨가 별로였습니다."

"그럴 리가요, 칼 가지고 덤비는 솜씨가 무척 예리하던데요. 다른 사람들은 감히 끼어들 생각도 못 했습니다."

지운은 비서실장의 말을 들으며 자신의 손을 잠시 들여다봤다. 어릴 때부터 줄곧 운동을 해오긴 했다. 할아버지 강요에 여러 가지 무술을 배우긴 했지만 기본 동작도 생각이 안 날 만큼 오래전 일이었다.

"그런데 어떻게 그 남자의 동장은 하나하나 다 보였을까?"

자신을 공격하던 남자의 동작이 마치 슬로모션 또는 스톱모션처럼 느리고 세밀하게 다 보여서 막아내는데 아무런 어려움이 없었다. 남자를 칠 때도 생각보다 많은 힘이 실려 그에게 더 큰 타격을 줄 수 있었던 것 같았다. 아까는 남자에게만 신경이 쏠려 있어 이상하단 생각을 못 했는데 다시 떠올려보니 이해가 안 됐다.

"내가 눈이 이렇게 좋았던가?"

"본부장님 뭐라고 하셨습니까?"

"아닙니다. 경찰들에게 잡은 소매치기 넘기시고 그 일당까지 모두 잡아들일 수 있도록 최대한 도우라고 지시하세요."

"알겠습니다."

지운은 생각을 접고 사무실로 돌아가는 발걸음을 빨리했다. 지금 당장은 눈앞에 벌어진 일을 수습하는 게 먼저였다.

　일주일의 광고촬영 일정 중 3일이 지나갔다. 3일 촬영하는 내내 광고주 측 책임자 송 과장이 오락가락 롤러코스터를 타듯 심한 감정 기복을 보여 무척이나 피곤했고 어쩔 수 없이 중간 중간 희주가 나서야 부드럽게 일이 진행됐었다. 목까지 치미는 욕을 간신히 참아낸 사람들은 마지막 컷을 찍고 크게 환호까지 질렀었다.

　다들 마음이 가벼웠지만 아직 3일의 일정이 더 남은 희주는 그렇지 못했다. 모델 촬영이 오늘로 마무리되고 내일부터는 희주네 팀과 포토 팀만 고생하면 되는 누끼(물건) 촬영에 들어간다. 그건 그들 사정이고 같이 고생한 사람들은 그대로 헤어지기가 아쉽다고 간단하게 목이나 축이자며 근처 생맥줏집으로 우르르 몰려갔다가 어느 정도 술기운이 오르자 다들 클럽으로 자리를 옮겼다.

　희주는 대충 중간에 빠져나오려고 했지만 오랜만에 본 영준도 권하고 은주도 가고 싶어 손가락을 꼼물거리고 있는 게 보여 기분 좋게 동석했다. 이번 광고의 메인 모델로 송 과장의 억지에 치미는 화 꾹 참고 무척이나 고생을 많이 한 영준에게 정말 고마웠다. 술자리에 앉은 희주는 자신답지 않은 결정에 피식 웃었지만 신나하는 은주나 꼬맹이 어시들을 보니 잘했다 싶었다. 신난 은주를 보며 미소 짓고 있는데 눈앞에 맥주병이 등장하며 잘 모르는 신인 모델이 그녀에게 술을 권했다.

　"실장님도 한 잔 드세요."

　"나는……."

"희주 누나 술 못 드신다."

사적인 자리가 되자 바로 누나라고 부르는 영준이었다. 신인 모델과 잡지사 기자로 처음 만났던 두 사람의 인연은 그만큼 길고 오래됐다. 사람들과 가까이 지내는 걸 꺼리는 희주지만 영준은 그녀가 본 몇 안 되는 꽤 괜찮은 인간이었다. 처음 본 모델이 예의상 술을 권하자 희주를 잘 아는 영준이 그를 막아섰다. 대부분 영준의 후배들이라 그의 말에 별로 토를 달지는 않았지만 그래도 불만은 있어 보였다.

"서 실장님 술 조금이라도 드시면 그대로 혼절하시거든. 그러니까 술은 안 돼."

"그건 영준이 말이 맞다. 서 실장 참 특이해. 어떻게 술을 한 모금도 못 마시지?"

"알코올 해독 능력이 전혀 없대요."

희주는 그저 혼자 웃고 말았다. 술을 전혀 못하는 건 아니다. 다만, 술을 마시고 이성을 잃은 자신이 무슨 짓을 할지 몰라 극도로 조심하는 거였다. 예전 고등학교 3학년 때 종현이랑 둘이 수능 백일주를 마신 적이 있는데 그 다음 날 그녀에게 맞아 눈이 퍼렇게 멍들고 목덜미를 잔뜩 긁힌 종현을 보고 다시는 술을 입에 대지 않았다. 회사 입사한 후에 회식자리에서 맥주 한 잔 마시고 일부러 쓰러져 병원으로 실려가 사람들을 혼비백산하게 만들고 몇 번 그런 일을 반복했더니 그게 소문이 나 억지로 술을 권하는 사람이 없었다. 그녀의 거짓 연기에 속은 사람들에겐 조금 미안했지만 인간 세상에서 데이워커인 희주의 삶은 그렇게 거짓과 가면이 적절히 섞인 거짓투성이였다.

희주가 혼자 자신만의 감성에 빠져 있는데 방금 전 그녀에게 술을 권했던 모델이 다시 그녀에게 말을 걸어왔다. 촬영할 때도 튀고 싶어

하는 행동이 상당히 눈에 거슬렸는데 성공한 영준에 대한 질투인지 아님 성공하고 싶어 하는 욕구인지 모르겠지만 희주는 저런 종류의 인간이 별로 유쾌하지 않았다.

"실장님 덕분에 그나마 촬영 일찍 마무리된 것 같아요. 트집 많은 송 과장 어떻게 설득하신 거예요?"

"그런 거 없는데……."

"아닌데, 제가 봤는데. 하루 종일 사람 개고생 시키던 송 과장이서 실장님 몇 마디에 바로 OK 하시던데요? 두 분이 개인적인 친분이 있으세요? 곧 결혼하신다고 듣긴 했는데……."

희주는 물론 자리에 있는 모든 사람들의 시선이 그 말을 꺼낸 신인 모델에게 향했다. 장난스럽게 웃으면서 하는 말이었지만 개운치 않은 속뜻을 못 알아들을 사람들이 아니었다. 테이블에 두 팔을 올리고 안주로 나온 땅콩을 가지고 장난을 치던 희주가 굽혔던 몸을 펴 팔짱을 끼며 거만한 표정으로 앞에 신인 모델을 응시했다. 다른 때같으면 가볍게 무시해 치우겠지만 오늘은 그러고 싶지 않았다. 물론 자신이 송 과장에게 최면을 걸어 일이 무리 없이 잘 진행되도록 하긴 했지만 그렇다고 해서 저런 무례한 말을 감수해야 할 필요는 없었다. 불쾌한 자신의 감정을 그대로 드러낸 희주가 입은 여유롭게 웃으면서 눈빛은 당장이라도 사람을 벨 듯 한없이 싸늘한 얼굴을 해서 입을 열었다.

"영준아, 애 누구니? 이름도 모르는 애가 나한테 막 들이댄다? 부모님이 잡지 발행인이라도 되시나 아님 철딱서니가 없는 건가? 후배 교육 다시 시켜야겠다."

"죄송합니다, 실장님."

"저, 저기…… 저는 그냥 농담으로……."

"너는 네가 나한테 농담해도 되는 군번인 줄 알았구나. 얼굴도 제대로 모르는 신참 모델한테 우습게 보였으니 내 잘못이네."

웃으면서 한 말이지만 몸에 한기가 들 정도로 서늘한 분위기에 그 누구도 쉽게 나서서 희주를 말리지 못했다. 모델의 실수도 있었고 좋은 게 좋은 거다 속없이 넘어가던 희주의 처음 보는 낯선 모습이라 사람들 모두 할 말을 잃고 멀뚱히 구경만 하고 있는 판이었다. 말 한마디에 활동 여부가 결정되는 게 이 바닥이고, 모델들뿐만 아니라 성공하려는 모든 사람들이 철저하게 명심해야 할 것이 예의와 예절이다. 지금 있었던 일을 희주가 말하지 않아도 사람들의 입을 타고 소문날 것이고 그 후로 저 모델로서의 생명은 장담할 수 없다.

희주는 잔뜩 주눅 든 그 모델과 옆에서 난감해 하는 영준을 비롯한 사람들을 보며 퍼뜩 정신을 차렸다. 감정적으로 대처한 자신의 모습에 희주도 사람들만큼이나 놀랐다. 희주는 자신 때문에 가라앉은 분위기를 바꾸려고 부러 웃는 얼굴을 해보였고 다시 속없는 얼굴로 막 말을 꺼내려고 하는데 지금까지 가만히 있던 메이크업 이 실장이 슬며시 끼어들었다.

"어머, 희주 씨 군기 너무 잡는다. 자기 아랫사람도 아니고 잘 모르는 어린애가 웃자고 한 농담에 죽자고 덤비네."

"이 실장, 말이 좀 과하네."

"제가 틀린 말 했어요? 기분 풀자고 만든 자린데 오랜만에 왔으면 알아서 분위기 좀 맞추고 그러지 꼭 촌스럽게 티를 내. 너무 잘 안 나와서 분위기 타는 법을 잘 모르나? 하긴 워낙 고고해서 사람들이랑 어울리는 거 별로 안 좋아했지?"

희주는 자신을 향해 뾰족하게 구는 이 실장이 어이없었다. 원래 시샘과 욕심이 많은 여자였고 가지고 싶어 하는 것에 비해 실력도 노력도 부족한 사람이었다. 승승장구하는 희주의 성공이 배가 아픈 것인지 언제부턴가 같이 일을 할 기회가 되면 자꾸 이런 식으로 그녀를 불편하게 했었다. 희주는 참아야 한다고, 다른 날처럼 무시해야 한다고 생각하면서도 입은 벌써 나불나불 감정대로 지껄이고 있었다.

"그런가 봐요. 그럼 제대로 노는 방법 좀 알려주세요, 이 실장님이."

"여기 클럽이잖아. 술도 안 마시고, 춤도 안 추고, 앉아서 안주만 축내며 분위기까지 잡치고. 하긴 그 복장으로 나가서 춤추는 것도 좀 망신이긴 하겠다, 스타일리스트라는 사람이."

희주는 머리부터 발끝까지 자신을 훑어 내리는 이 실장의 눈길을 따라 자신의 복장을 살폈다. 커다란 야상에 주머니가 여러 개 달린 카고바지 거기에 편안한 운동화와 커다란 안경까지. 전혀 멋스럽지 못한 복장에 저런 말이 나올 만하지만 일을 하러 오는 대부분의 스타일리스트나 포토들의 복장은 희주의 그것과 별반 다를 게 없었다. 희주는 자신을 빈정거리는 이 실장의 눈을 피하지 않으며 그 말에 대꾸했다.

"그럼 오늘은 좀 놀아볼까요?"

예쁘게 웃은 희주가 커다란 야상과 그 위에 겹쳐 입었던 체크 남방을 벗자 몸에 딱 붙는 검은 라운드 티만 남았다. 군살 하나 없는 몸매를 그대로 드러낸 희주는 사람들의 시선이 자신에게 몰리는 걸 느끼며 단추 한 개를 풀었다. 자신의 행동에 흥분한 남자들의 높아지는 숨소리를 들으며 희주는 신발을 갈아 신었다. 편안한 운동화를 벗고 옆에 있던 쇼핑백에서 12센티 높이의 오픈 토우 검은색 가죽 워커를 꺼내 신고 대충 묶었던 머리를 풀어 컬을 부풀렸다. 마지막으로 안경을 벗고 붉은 립스틱을 짙게 발라 마무리를 하고 자리에서 일어나자 지금까지의 평범한 모습을 사라지고 잡지에서 뽑아낸 모델처럼 멋진 여자 하나가 그 자리에 서 있었다. 그냥 평범한 검은 티셔츠에 카키색 카고바지, 거기에 신발 하나를 갈아 신고 립스틱을 바른 것뿐인데 너무나 멋스러웠다.

"이 정도면 스타일리스트라고 말해도 되겠죠? 나랑 같이 춤출 사람?"

희주는 정신을 놓고 멍하니 앉은 좌중을 향해 발랄하게 말을 하고 방을 나갔다. 홀에는 많은 사람들이 삼삼오오 끼리끼리 모여 춤을 추고 있었고 희주가 끼어들자 홍해처럼 사람들이 갈라지며 그녀는 손쉽게 무대 중앙으로 갈 수 있었다.

음악에 맞춰 가볍게 몸을 흔들자 남자들이 그녀 곁으로 가깝게 다가오고 어떤 손이 그녀의 허리에 닿으려고 하는 순간 영준이 그녀의 뒤로 바짝 다가서며 그 사람의 손길을 밀어냈다. 영준은 희주를 향해 윙크를 하며 파이팅을 외쳤다.

"누나, 잘했어. 내 속이 다 시원하다. 이 실장 룸에서 죽상을 하고 앉아 있다. 그동안 누나가 너무 많이 참았어."

"내가 너무 유치했지 뭐. 잘못한 거야. 그래도 속은 좀 시원해."

"거봐, 그러니까 앞으로도 참지 말고 오늘처럼 해. 그 아줌마 웃겨 죽겠어. 왜 매번 누나한테 시비인지 몰라."

"내가 미운가봐."

"쯧쯧, 성공을 시기하지 말고 노력을 좀 하지. 성격만큼이나 메이크업도 유치해. 저 솜씨로 일을 따내는 게 신기할 정도야."

"그 사람 얘기 그만하고 이왕 이렇게 된 거 실컷 놀자."

"그래요, 실컷 놉시다."

그렇게 룸에서의 일을 털어버린 희주는 영준과 두 사람을 따라나온 다른 일행들과 어울렸다. 흡혈 주기가 아닐 때 이런 곳에 오는 것도 사람들과 어울려 노는 것도 생소하지만 오늘은 꽤나 즐거웠다.

신나게 놀던 희주는 자신을 둘러싸고 밝게 웃는 사람들을 봤다. 건강하게 거짓 없이 다른 사람들과 자연스럽게 어울리며 사는 사람들이 무척이나 행복해 보였다. 자신이 가지지 못한 행복, 그들이 무척이나 부러웠고 그걸 깨달은 순간 마음 한쪽 구석이 찌르르 아파오며 가벼웠던 기분이 한없이 우울해졌다.

그녀가 이런 자리에 자주 참여하지 않는 건 바쁜 일상 때문이기도 하지만 사람들과 다른 자신의 처지를 너무 확실하게 깨닫게 되기 때문이었다. 사람들 사이에 가깝게 있다 보면 평생 진실을 숨기며 변종으로 살아야 하는 자신의 인생이 너무나도 극명하게 다가왔고 소중하게 생각하는 사람들에게조차 밝힐 수 없는 자신의 존재가 무겁고 죄스러워 그걸 깨닫는 게 싫었다. '이방인' 사람들 사이에 낄 수 없는 또 다른 존재인 자신이 처량하게 느껴지기도 했다. 희주는 자신의 인생을 불쌍하게 여기고 싶진 않았다.

마음이 무거워진 희주는 슬며시 그 자리를 빠져나왔다. 그곳을 떠난 희주는 휘황찬란한 조명이 번쩍이는 거리를 천천히 걸었다. 하얀 입김이 길게 밤하늘을 수놓고 사람들은 삼삼오오 어깨를 맞대고 목적지를 찾아간다. 그들과 똑같이 걷고 있지만 자신은 그저 관찰자 같은 느낌이 들었다. 사람들을 바라보던 시선을 내리자 자신의 발이 보였다. 이런 추운 날씨에 노출된 발가락이 시릴 만도 한데 그녀는 조금 서늘하다 느끼는 게 전부였다. 희주는 자신의 발가락을 꼼지락거렸다.

"겨울이어서 그런가 쓸데없이 감상적이네."

희주는 유난히 감성적인 오늘 자신이 무척이나 마음에 들지 않았다. 철없는 모델을 꾸짖고 듣기 싫은 소리 몇 마디에 본때를 보여주듯 치장을 하고 춤이나 추고, 왜 그런 유치한 짓을 했을까 이해할 수 없을 정도로 감정적으로 굴었다. 거기다 행복해 보이는 사람들과 자신을 비교하며 한없이 우울해지기까지 갑자기 몰아닥치는 감정의 굴곡들이 감당하기 힘들었다.

"하아, 이것도 강지운 때문인가? 털어버리고 싶다, 이런 기분."

며칠 전 껄끄러운 일만 없었다면 종현을 불러내 수다라도 떨었겠지만 선뜻 연락하게 되지 않았다. 따뜻한 온기와 가벼운 위로의 말이 그리운 밤, 순간적으로 지운을 생각했지만 그를 털어낸 희주는 부러 찬 밤공기를 크게 들이쉬며 구부정했던 허리를 바짝 폈다. 더 도도한 표정으로 더 당당하게 보폭을 넓혀 건방져 보일 정도로 고개를 빳빳이 들고 그렇게 걸었다. 얼마나 걸었을까, 희주는 뒤에서 들리는 목소리에 피식 웃었다. 꽤 오래전부터 그의 발소리가 들렸는데 지금에야 하는 척하는 걸 보니 나름 그녀를 배려하는 건가 보다.

"어이, 앞에 가는 예쁜이."

자신을 부르는 지운의 목소리에 저절로 피어나는 예쁜 미소를 지으면서도 희주는 모르는 척 앞으로 계속 걸어가기만 했다.

"거기 긴 파마머리 예쁜이, 뒤 좀 보라니까?"

두 번째 부름에도 희주가 반응을 보이지 않자 지운이 뛰어와 그녀의 앞을 막아선 채로 주머니에 손을 넣고 부러 껄렁한 미소를 지으며 뒤로 걸었다.

"앞에서 보니까 더 예쁘네, 예쁜이."

"여긴 또 어떻게 알았어요?"

말투는 무뚝뚝했지만 그를 보는 희주의 표정은 부드러웠다. 그의 등장으로 방금 전까지 그녀를 괴롭혔던 생각이 모두 날아가 버렸다. 언제부턴가 희주는 지운이 운명의 상대라서 끌리는 것뿐만 아니라 감정적 위로까지 받고 있었다. 거부해야 한다는 것도 더 이상 가까워지는 건 안 된다는 걸 알면서도 쉽게 돌아서지지가 않았다. 그와 눈을 맞추며 이렇게 걷는 이 시간이 희주는 참 반갑고 좋았다.

"다 방법이 있지."

빙글빙글 웃으며 뒤로 걷던 지운이 갑자기 우뚝 멈춰 서더니 머리부터 발끝까지 희주를 살피며 슬쩍 인상을 썼다.

"오늘 과하게 예쁘다. 어디 갔다 와?"

"나 원래 예쁜데."

"발가락 안 시려? 신발을 신은 게 아니라 올라섰네. 발에도 안 좋고, 허리에도 치명적이고, 넘어지면 바로 골절인데 작은 키도 아니면서 이런 거 왜 신어?"

"잔소리쟁이."

그렇게 장난치듯 마음을 내뱉던 지운이 두 손으로 희주의 뺨을 폭 감쌌다. 갑작스레 다가온 체온에 놀랐지만 도망가지 않고 그렇게 지운의 온기를 느끼며 가만히 서 있었다.

"표정이 안 좋아. 감정 다치는 일 있었어?"

"아니."

희주는 담담하게 대답을 했지만 지운은 씁쓸한 미소로 따라오는 그녀의 우울한 기분이 손끝에 잡히는 듯했다. 사회생활을 하다 보면 감정 다치는 일은 비일비재하지만 희주가 그런 일을 당했다고 생각하니 마음이 안 좋았다. 더 물어보려던 지운은 입을 닫고 모르는 척 다른 얘기를 꺼냈다.

"걷는 거 좋아해?"

"좋아하죠."

"봄 되면 내가 실컷 질릴 때까지 같이 걸어줄 테니까 겨울엔 그만하자. 너 감기 걸리면 나도 큰일이거든."

"병시중 들어야 할까 봐?"

"아니, 키스 못 하게 할까 봐."

"이 남자가 진짜."

희주는 껄껄 웃으며 농담처럼 이야기하면서도 자신의 손을 잡아 입김을 호호 부는 지운을 보며 쓸쓸한 미소를 지었다. 남들보다 낮은 그녀의 체온이 추위 때문이라고 걱정하는 지운이 고마우면서도 그에게까지 진실을 말하지 못하는 자신이 참 서글펐다.

"신경 쓰여. 사무실에 앉아서도 네 걱정만 된다."

"쓸데없이, 조만간 쫓겨날라. 받는 만큼 일해요."

"아무튼 순순히 대답해주는 법이 없다. 차는?"

"촬영 스튜디오 앞에."

"이렇게 걸어 다닐 거면 차는 왜 가지고 다녀?"

"회식했어요."

"술 마셨어? 냄새 하나도 안 나는데?"

그녀의 얼굴 근처로 바짝 다가와 코를 킁킁거리던 지운이 그녀에게 가볍게 입술을 부딪치고 떨어졌다. 이젠 그의 이런 갑작스런 접촉에도 점점 익숙해져 가는지 화가 나지도 않았다.

"어, 성질 안 내내?"

"학습의 동물이랄까."

"역시, 똑똑하고 현명한 서희주."

"언젠 도도하다며."

"당연하지, 고개 딱 쳐들고 도도하게 걷는 모습에 한눈에 반했지, 내가."

인상과 어울리지 않는 눈웃음을 친 지운이 진득하게 그녀의 입술을 물고 늘어졌다. 아랫입술을 쪽 소리가 날 정도로 빨아들이며 그녀의 허리에 팔을 감아 자신의 품으로 끌어당겼다. 희주가 그의 허리를 마주 안자 그녀의 입술을 잘근대며 어서 자신을 반겨 달라고 자극했다. 희주가 톡톡 노크하듯 다가오는 그를 모를 척 외면하자 그가 한쪽 손을 들어 그녀의 뺨을 감싸며 고개의 각도를 꺾어 조금 더 강하게 그녀를 밀어붙였고 희주는 결국 못 이기는 척 입을 벌려 그를 받아들였다. 그녀의 허락에 그의 입술 끝에 미소가 걸린 게 느껴졌다.

잘난 척하고 땍땍거리고 무심한 듯 성난 고양이처럼 고약하게 굴어도 결국 희주는 그를 내치지 못하고 항상 받아들여 줬고 그런 희주가 너무 예뻤다. 다른 사람에겐 몰라도 지운에게만큼은 착하고 고운 사람이었다. 길거리 한복판이라는 것도 잊고 두 사람은 뜨겁게 서로를 받아들였다. 호흡이 엉키고, 혀가 엉키고, 조금 더 가까이 하나가 되기 위해 서로를 마음으로, 몸으로 품고 그렇게 차가운 겨울 밤 잠시나마 서로의 온기로 추위를 잊었다.

깊고 깊게 맞물렸던 두 입술이 가까스로 떨어졌다 다시 부딪치고 그렇게 반복되길 꽤 오래, 힘겹게 그녀의 입술을 놓아준 지운이 그녀를 가슴에 꼭 끌어안아 거친 숨을 내쉬는 희주의 등을 부드럽게 쓰다듬었다.

"오늘 같이 있어."

"지운 씨. 나 내일도 아침부터 촬영이야."

"나도 내일 조찬회의 있어. 내 집으로 갈래, 너희 집으로 갈까?"

단호한 그의 말에 희주에게 주어진 선택권은 딱 두 가지, 절대 그냥 보내주지 않겠다는 그의 강한 의지가 꼭 잡은 손에서도 느껴졌다.

"내 집으로 가요."

탁한 희주의 목소리에 진저리를 친 지운이 그녀의 손을 잡고 뛰다시피 자신의 차로 향했다.

방금 전까지 그녀를 안고 싶어 안달 내던 사람이라는 걸 믿을 수 없을 정도로 그녀의 집으로 가는 내내 지운은 정면만 보고 조수석에 앉은 희주를 무시했다. 갑작스럽게 딱딱하게 변한 지운의 행동에 희주는 좀 어리둥절했고 두 사람 사이를 떠도는 무거운 침묵이 버거운 희주가 그의 얼굴을 여러 차례 힐긋거리자 여전히 그녀를 외면하고 있는 지운이 조금 딱딱한 어투로 말문을 열었다.

"눈치 보지 마."

"왜 그래요?"

"지금 너 보면 집까지 못 가. 그래도 돼?"

그녀를 당장이라도 안고 싶다는 강한 욕구가 그대로 느껴지는 지운의 말에 얼굴이 발갛게 달아오른 희주가 얼른 창밖으로 시선을 돌렸다. 그를 외면하고 앉아 달아오른 얼굴에 손을 올렸다. 원래 이렇게 수줍어하는 성격이 아닌데 자신이 정말 인간 여자가 된 듯 지운에게만은 색다르게 반응하게 된다. 지운을 만나며 조금씩 변해가는 자신, 그런 자신이 반가우면서도 그가 없을 자신을 생각하면 많이 무서웠다. 차창에 비친 모습을 지운이 보는 것도 모르고 희주는 심각한 얼굴로 혼자만의 생각에 빠져 침묵을 지키며 앉아있었다.

주차장에 도착하자 지운은 이마에 한 팔을 올리고 의자에 깊숙이 기대앉았다. 그가 뱉어내는 깊은 한숨이 희주의 마음에 내려앉았다. 지운의 태도가 마음에 걸린 희주가 그의 팔에 손을 올렸지만 지운은 얼굴에 올린 팔만 내리고 계속 정면을 응시했다.

"왜요?"

"……내가 한심해서."

"날 찾아오는 게?"

"너만 보면 발정 난 개새끼 같아. 그저 보고 싶고 궁금해서 너한테 가는데 얼굴을 보면 못 참겠어. 너한테만 이래, 너한테만. 이런 나라도 싫어하지 마."

지운이 희주의 얼굴에 손을 올리며 마지막 말을 마쳤다. 희주는 그가 내비치는 죄책감에 배로 마음이 무거워졌다. 그의 본능적 반응은 그녀의 탓이 클 테지만 차마 사실대로 말할 수 없었다. 그에게 솔직할 수 없는 일이 하나둘씩 자꾸만 늘어난다. 희주는 대답 대신 자신의 뺨에 올린 지운의 손에 손을 겹치고 그 손에 얼굴을 기대는 것으로 마음을 대신했다.

"집으로 가요. 당신이랑 둘만 있고 싶어."

조금이라도 그의 마음을 가볍게 해주고 싶어 희주가 먼저 차에서 내려 그의 손을 잡아끌었다. 이렇게라도 자신의 미안함을 그가 알아주길 바랐다.

차에서 내린 지운은 그녀의 어깨에 손을 올려 제 품에 안았고 희주도 거부감 없이 제 어깨에 올린 그의 손에 깍지를 끼며 같이 걸었다. 다른 연인들처럼 이렇게 연애의 감정을 나누듯 하는 행동들은 무덤덤한 희주 역시 설레게 만들었다.

서로 눈을 맞추고 나누는 가벼운 미소에도 관능이 흘렀고 다급한 마음으로 아파트 앞에 도착했을 때 뜻밖이 손님이 그 두 사람을 기다리고 있었다.

"희주."

"……미스터 기욤."

"누구야?"

뜻밖의 손님에 당황하는 희주, 애틋한 시선의 외국인 남자, 그리고 희주를 지키듯 그녀의 어깨를 꼭 안고 긴장하고 선 지운, 세 사람은 한동안 말없이 그렇게 서 있었다.

"희주야, 서희주."

"아, 지운 씨. 소개할게요. 이분은 미스터 기욤…… 제 대부세요. 그리고 이 사람은…….."

"크리스토퍼 기욤입니다."

"강지운입니다. 희주의 남자친구입니다."

지운의 인사에 크리스토퍼의 눈썹이 잠시 산을 그리다 내려오며 그의 손을 잡았다. 키와 덩치가 비슷한 두 사람이 악수를 핑계로 기 싸움을 벌이고 있고 그 옆에서 희주는 안절부절 눈치를 보고 있었다.

지운은 진한 갈색의 크리스토퍼의 눈을 똑바로 바라보며 여유로움을 잊지 않기 위해 애썼다. 자신과 비슷한 눈높이에 약간은 호리호리한 체격, 진한 갈색의 부드러운 곱슬머리, 선이 분명한 잘생긴 얼굴을 한 남자가 친절한 표정과는 달리 어마어마한 아우라를 풍겨댔다. 옷 또한 멋들어지게 입은 남자는 러시아인이 아닐까 하는 생각이 들 정도로 하얀 피부를 하고 있었는데 외국인임에도 언뜻 희주와 조금은 닮은 듯 보이기도 했다. 종현은 그저 희주의 친한 친구라는 단순한 느낌이 전부였는데 이 사람은 희주와 훨씬 더 강한 유대감으로 연결된 것 같았다. 수려한 인물, 자신과 나이가 비슷해 보이는 젊은 남자임에도 대부라는 관계와 자신을 보고 있는 엄격한 눈길 때문에 마치 희주의 아버지와 마주한 느낌이었다. 지운의 긴장도가 서서히 높아지고 있는데 크리스토퍼가 그의 손을 놓고 지운은 제 옆에 난감한 얼굴로 서 있는 희주의 허리에 팔을 감았다.

"그런데 대부라면, 너 천주교 신자야? 한국분도 아니신 것 같고 나이도 나랑 비슷해 보이는데 어떤 관계로 대부까지 되신 거지?"

"……아버지와 가까운 사이셨어요."

[희주, 오늘은 너와 둘이 얘기를 하고 싶다.]

[알겠어요. 이 사람한테는 내가 얘기할게요.]

지운은 갑작스레 들리는 생소한 외국어에 인상을 썼다. 외국어라면 영어 외에도 꽤 자신 있었지만 두 사람이 쓰는 말은 처음 들었다. 알아들을 수 없는 두 사람의 대화에 바짝 긴장해 있는 지운을 느낀 희주가 그를 데리고 크리스토퍼와 떨어져 섰다.

"오늘은 그냥 가는 게 좋겠어요. 저분과 얘기를 좀 해야 해요."

"이 시간에 한집에 두 사람만 있겠다는 거야?"

"인상 쓰지 말아요. 저분은 나한테 아버지 같은 분이에요."

"아버지는 무슨, 내 또래로 보이는데."

"자세한 이야기는 나중에, 내일 전화할게요."

그가 꺼리는 게 뭔지 잘 알면서도 모든 걸 사실대로 말할 수 없는 희주는 크리스토퍼와 지운의 만남을 어서 정리하고 싶었다.

지운은 이 상황이 정말 마음에 들지 않았지만 곤란한 기색이 역력한 희주 때문에 더 머물겠다고 우길 수가 없었다. 한참 고민하던 지운은 자신들을 바라보고 있는 크리스토퍼를 의식하며 그녀의 입술에 뽀뽀를 했다. 좀 유치하긴 하지만 그에게 자신과 그녀의 사이가 절대 가볍지 않다는 걸, 낯선 이방인인 그가 끼어들 자리가 없다는 걸 보여주고 싶었다. 지운의 그런 마음을 충분히 이해한 희주는 그를 밀어내는 대신 꼭 안아준 후 다정하게 팔짱을 끼고 차까지 배웅했다.

"어서 가요. 운전 조심하고."

"언제든지 전화해."

지운은 차마 떨어지지 않는 발걸음을 돌렸다. 위험한 사람 같지는 않았지만 뭐랄까 말로 표현할 수 없는 꺼림칙함이 계속 그의 뒤통수를 당기는 느낌이었다. 희주가 크리스토퍼에게 가는 걸 보는 내내 지운은 주먹을 꾹 쥐고 딱딱하게 굳은 얼굴로 서 있었다. 그녀가 크리스토퍼와 아파트 안으로 들어가는 걸 보며 낮게 욕설을 읊조렸다.

"젠장, 기분 더럽군. 천천히 하려고 했는데 말이야."

집으로 돌아가는 내내 희주와의 미래를 생각하는 지운은 머리가 복잡했다.

아파트로 들어온 희주와 크리스토퍼도 분위기가 좋은 건 아니었다. 희주에게 크리스토퍼는 언제나 어색하고 불편한 존재였다. 자신과 몇 살 차이 나지 않는 얼굴로 몇백 년을 가볍게 살아온 남자, 어머니 앞이 아니면 하다못해 딸인 그녀에게도 웃음이 인색한 그런 사람

그리고 경선이 사라진 지금도 처음 그녀를 만난 그 나이로 잘 살아가는 그런 존재. 아버지는 언제나 마주하기 껄끄러웠고 몇 년 만에 마주하는 이 방문이 희주에겐 꽤 큰 부담이었다. 두 사람 사이엔 차라도 마시겠냐는 그런 형식적인 인사조차 없었다. 거실에 올라서자마자 희주를 마주한 크리스토퍼는 바로 핵심으로 들어갔다.

"아까 그 남자냐?"

"느끼셨을 거잖아요."

"근데 그 남자 사람 맞아?"

"무슨 뜻이에요?"

뜬금없는 크리스토퍼의 질문에 희주가 짜증스럽게 대꾸했다. 그러다 퍼뜩 생각나는 게 있는 희주의 표정이 흔들렸고 그걸 놓칠 크리스토퍼가 아니었다. 희주가 당황하는 걸 안 순간 크리스토퍼가 무섭게 그녀를 다그쳤다.

"뭐지?"

"아무것도 아니에요."

"희주!"

"강요하지 마세요. 당신, 그럴 자격 없어요."

"난 네 아버지야!"

"그럼 딸인 나에게 어머니의 생존을 대답해줄 의무가 있다는 것도 아시겠네요."

날카롭게 쏘아보는 희주의 말에 크리스토퍼의 얼굴이 무섭게 굳었다. 성질을 내며 날카롭게 구는 희주와 달리 크리스토퍼는 그저 많이 버거워하고 힘들어하는 표정이었다.

"당신은 내게 어머니의 생사조차 알려주지 않았어요. 이제는 알아야겠어요. 내 어머니를 당신과 같은 존재로 만든 건가요?"

"그렇다면 넌 우리를 이해할 수 있겠니?"

"애초에 이해 같은 건 가능하지 않아요. 내 존재 자체도 이해가 안 되는데 타인의 삶 따위 이해할 수 있겠어요?"

"타인이라니, 우린 네 부모다."

아픔이 가득 담긴 크리스토퍼의 말에 희주는 고개를 돌려 그를 외면하는 것으로 대답을 하고 말았다.

어머니가 아프고, 병상에서 몇 년, 그녀의 목숨이 얼마나 더 이어질 수 있을지 장담할 수 없다는 의사의 말에 희주가 잔뜩 절망하고 있을 때 갑자기 크리스토퍼가 나타났고 그나마 경선이 생기를 찾아 다행이다 생각한 것도 잠시였다.

'난 그러고 싶지 않아요. 희주, 많이 힘들 거예요.'

'난 희주보다 당신이 더 중요해. 당신이 이 세상에 없다는 생각만 해도 끔찍해. 이제부터 우리 둘 같이 있자.'

'당신에겐 많이 미안해요. 내 이기심으로 당신을 힘들게 했어요. 그래도 난 희주 엄마로 그냥 죽을래요. 희주에게 더 많은 짐을 지워 주고 싶지 않아요.'

자신과 같은 존재로 영원히 함께 하자는 아버지와 그걸 거부하던 어머니의 말다툼을 들었고 그로부터 3일 후, 간단한 메모만 남겨두고 두 사람은 한꺼번에 사라졌었다. 크리스토퍼가 어떻게 손을 썼는지 모르겠지만 서류상 경선은 이미 이 세상에 없는 고인故人이 되어 있었고 희주는 어머니의 생사와 행방도 모른 체 졸지에 빈 무덤만 가진 고아가 됐다. 그 일로 인해 크리스토퍼에 대한 반감은 더 강해졌고 사랑하는 어머니에 대한 배신감까지 가지게 됐다. 더 이상 이야기를 하고 싶지 않은 희주가 제 방으로 들어가려 하자 크리스토퍼가 다급하게 그녀를 불러 세웠다.

"희주."

그의 부름에도 희주는 뒤돌아서지 않고 문고리를 잡은 채 그대로 서 있었다.

"네 상대에 대해 더 이야기하고 싶다."

"지금까지 그래 왔듯 저 혼자 해결하게 두세요. 개입하신다고 달라질 건 없어요."

"네 엄마의 부탁 때문에라도 널 그냥 둘 수는 없다."

"그러니까요. 전 당신한테 의무일 뿐 사랑하는 딸이 아니잖아요. 여기까지 오신 거로 그 의무는 다하신 거예요."

"그 남자한테서 다른 기운을 읽었다. 너는 뭔가 알고 있지?"

희주는 그녀에게도 소중한 딸이라는 걸 이해시키고 싶었지만 지금 중요한 건 희주의 운명의 상대인 지운이었기에 그걸 먼저 물었다. 직설적으로 묻는 크리스토퍼의 말에 희주는 입을 꾹 다물었다. 지운이 옛날 얘기처럼 해준 말과 그녀가 착각이라고 생각했던 그의 눈동자 색을 번갈아 떠올린 그녀는 쉽게 입을 열 수 없었다. 그녀가 생각에 잠겨 시간을 지체한 사이 가까이 다가온 크리스토퍼가 그녀의 어깨에 손을 올렸다.

"희주야, 인간들과 같은 방법이 아니라고 해서 내가 널 사랑하지 않는 건 아니다. 나에겐 네 엄마가, 내가 몇백 년의 삶을 살며 가장 사랑했고 지금도 사랑하는 그 여자가 최우선일 뿐 널 단순한 의무라고 생각한 적은 없어. 넌 나에게도 아주 소중한 딸이란다."

크리스토퍼는 제 말에 대답 없는 희주의 눈을 바라봤다. 그 안엔 의지할 곳이 필요하고 사랑과 관심이 필요한 어린아이가 있었다. 어릴 때 가끔 한 번씩이라도 보게 되면 예쁘게 웃으며 자신에게 달려와 '아버지' 하고 매달리던 희주가 생각났다. 그 고운 웃음을 계속 지켜줄 수 있었으면 좋았으련만, 어쩔 수 없는 상황에 의한 일이었지만 어릴 때 그녀의 옆에 있어주지 못한 게 그에게도 큰 후회였다.

희주의 비정상적으로 빠른 성장 때문에 모녀는 몇 달에 한 번씩 삶의 터전을 옮겨야 했는데 그런 그들에게 한 번만 봐도 이목을 집중시키는 크리스토퍼의 존재는 안정적 삶의 방해물이었다. 아는 사람 없는 외국으로 나갈 준비도 했었지만 죠세핀의 훼방으로 그것도 무위로 돌아갔었다.

'그래, 서로의 운명의 상대는 건드릴 수 없지. 그게 우리들 사이에 불문율이야. 하지만 성년이 되지 않은 네 딸은 그 대상이 아니잖아.'

'그 아이의 머리끝 하나라도 건드린다면 네 목숨도 내놓아야 할 거다.'

'어머, 무서워라. 근데 말이야. 당신도 마찬가지겠지만 우리 중에 목숨에 연연하는 자들이 몇이나 있을까? 도리어 어떻게 하면 조금 더 극적으로 이 지루하고 질긴 목숨과 바이바이 할 수 있을까 고민할 텐데, 안 그래?'

눈을 서늘하게 반짝이며 말하던 죠세핀의 앞으로 무표정한 얼굴의 크리스토퍼가 한 걸음 다가갔다. 방금 전 소리치며 덤빌 때보다 오히려 지금이 오금이 저릴 정도로 무서웠다.

'필요하면 언제든지 말해. 내 손으로 당신이 원하는 극적인 끝을 만들어 줄 테니. 당신이 만든 창조물의 손으로 생을 마감하게 되는 거 이상 멋진 일이 어디 있겠어, 안 그래? 다시 한 번 말하지. 그 어떤 목적으로도 내 딸 이용할 생각 절대 하지 마. 그러는 순간 넌 그 어떤 때보다 비참한 최후를 맞이할 거야.'

'당신 손에 죽는 것도 좋겠지. 당신 가슴에 죄책감으로 남는 것도 나쁘지 않겠어.'

죠세핀은 크리스토퍼의 약점을 너무 잘 알고 있었고 그 말을 실천하려는 것처럼 경선과 희주의 주변을 맴돌았다. 크리스토퍼가 잠시 자리를 비운 사이 희주를 데리고 사라졌었고 그 일로 겁을 먹은 경선은 한동안 크리스토퍼와 만나길 거부했었다. 그의 경고에도 물러서지 않았던 죠세핀은 모녀의 집에 침입하는 등 여러 가지 문제들을 일으켰고 결국 사랑하는 두 여자의 안전을 위해 한 가족이 모여 같이 사는 건 포기할 수밖에 없었다.

그의 도움으로 물질적으로는 어렵지 않았지만 가족과 인연도 끊고 그 누구와도 비밀을 공유할 수 없는 모녀에게 심적으로 의지가 되어줄 수 있는 유일한 존재인 크리스토퍼까지 옆에 없다는 건 무척이나 힘든 일이었다. 그렇게 외롭고 쓸쓸한 시간을 보내면서 희주의 마음은 뒤틀리고 아주 딱딱하게 굳어버렸다.

크리스토퍼는 미안함과 안쓰러움을 담아 희주의 작은 어깨를 안았다. 어느새 처음 만났을 때의 경선보다 더 나이가 들어 있는 딸, 운명의 상대를 만난 딸아이는 한 살 한 살 나이를 먹어 어느샌가 자신보다 연장자가 되고 그는 그 늙어가는 삶을 지켜봐야겠지만 영원히 그의 마음속엔 아장아장한 걸음으로 자신에게 뛰어오던 그 아이로 남아 있을 것이다.

희주는 크리스토퍼의 품에서 눈을 감았다. 밀어내고, 말로는 싫다고 했지만 이렇게 안아주는 품이 필요했던 건지도 모르겠다. 특히나

요즘처럼 지운의 등장으로 자신의 인생이 혼란스러울 땐 모든 걸 이해받고 기댈 수 있는 상대가 절대적으로 필요했다. 같이 살진 않아도, 비록 사람들에게 아버지라 말할 수 없어도 그래도 자신의 피붙이가 세상에 있다는 건 표현할 수 없는 든든함이었다. 한동안 크리스토퍼의 어깨에 머리를 기대고 있던 희주가 아주 작은 목소리로 어렵게 말을 꺼냈다.

"와 주셔서 감사해요. 혼자 버티기 힘들었어요."

"늦어서 미안하다."

겨우 부녀지간다운 분위기를 찾은 두 사람은 무릎을 맞대고 소파에 앉아 있었다. 뜨거운 차가 담긴 컵을 만지작거리던 희주가 궁금함을 담은 크리스토퍼의 눈길에 입을 열었다.

"그냥 동화 같은 이야기긴 한데 그 사람 말에 의하면 그 집 남자들 피에는 호랑이 기운이 흐른대요. 먼 조상님 때부터 그랬다는데 사실인지 잘 모르겠어요. 그 사람 눈동자가 순간적으로 호안으로 변하는 걸 봤었던 것도 같고 등 뒤에 호랑이 이빨 자국이라는 붉은색의 특별한 점 다섯 개도 있긴 하지만…… 확실한 건 아무것도 없어요."

"호랑이라, 그래서 동물 냄새가 났군. 썩은 내 풍기는 라이칸들과는 조금 다르다 했더니 이번엔 고양이과 동물이야."

그녀의 이야기를 아무런 의심 없이 당연히 사실로 받아들이는 크리스토퍼의 말에 희주가 눈을 동그랗게 뜨며 되물었다.

"그 사람, 정말 호랑이의 기운을 타고난 거예요?"

"내가 느끼기에 그는 단순한 인간이 아니야. 분명 다른 기운을 느꼈어."

"요즘 세상에도 그런 동화 같은 존재가 있을 수 있어요?"

"풋, 늑대 인간도 있는데 다른 건 없을까? 요즘 세상을 비웃는 존재가 바로 네 눈앞에 버젓이 있잖니."

눈을 맞춘 부녀가 같이 웃음을 터트렸다. 하긴 뱀파이어와 그 혼혈인 데이워커가 존재하는 세상에 또 다른 변종이 있다는 걸 의심하다니 한심한 일이었다. 웃음에 허세를 더한 크리스토퍼가 말을 이었다.

"영국에 오면 안면 있는 라이칸을 소개하마. 하지만 그 녀석 만날 땐 각오하는 게 좋아. 뭘 먹는 지 항상 고약한 냄새를 풍기고 다니거든."

"기대할게요."

두 사람의 웃음이 조금 가라앉고 심상한 크리스토퍼의 목소리가 이어졌다. 말투는 담담했지만 그의 눈엔 숨길 수 없는 희주에 대한 걱정이 한가득이었다.

"호랑이 피가 흐르는 운명의 상대라, 어떻게 될지 짐작이 가지 않는구나. 나처럼 아예 뱀파이어인 것도 아니고 기운만 타고 태어난 거라면 우리와 다를 텐데 좀 알아봐야겠어."

"방법이 있겠어요?"

"걱정 마라. 내 주위엔 걸어 다니는 역사서 같은 존재들이 수없이 많으니까. 네 상대가 평범한 인간들과 다른 점은 못 느꼈니?"

"강했어요. 보통 인간들은 피를 빼앗기면 적어도 하루 동안은 기절해 있는데 그는 나에게 훨씬 더 많은 피를 빼앗겼는데도 겨우 두어 시간 만에 정신을 차리더라고요. 그리고…… 조금 아팠어요."

"정확하게 말을 해봐."

"그의 피를 일정량 이상 마시면 그때부터 조금씩 고통스러웠어요. 처음 만났을 때도 그랬는데 두 번째는 마실 수 있는 피의 양도 줄었고요."

"양이 줄었다고? 얼마만큼, 어디가 어떻게 아픈 거지?"

"양이 줄었다고 해도 다른 사람들보다 훨씬 많아요. 고통은……
뭐랄까, 그의 피가 날 밀어내는 느낌? 마치 그를 더 이상 아프게 하
지 못하도록 방어하는 것 같았어요."

희주의 말에 크리스토퍼가 심각해졌다. 운명의 상대의 피는 데이
워커에게 무엇보다 절대적이고 강력한 힘을 가진다. 중독성 강한 마
약 같은 것이라 스스로 흡혈을 절제하는 건 거의 불가능한데 그걸 가
능하게 한 고통이었다니 걱정하지 않을 수 없었다. 사람보다 훨씬 강
한 희주였다. 웬만한 사고를 당해도 상처 하나 나지 않고, 상처를 입
는다고 해도 느끼는 고통의 강도는 훨씬 덜 하다. 그런 희주가 조금
이라고 표현했지만 아팠다고 한다면 문제는 얼마든 심각해질 수 있
다. 순수한 사람의 피가 아니기 때문에 그녀에게 악영향을 끼치는 거
라면 생각만 해도 끔찍했다. 당분간이라도 그 사람의 피를 취하는 건
피하라고 말하고 싶었지만 그건 본인이 제어할 수 없는 문제라 말해
도 소용없을 것이다. 크리스토퍼가 잔뜩 인상을 쓰고 고민하는 얼굴
로 침묵하자 희주가 먼저 말을 꺼냈다.

"금세 괜찮아졌어요. 그렇게 걱정하지 않으셔도 돼요."

"동물의 피가 흐르는 것들이란."

자신을 안심시키려는 희주의 말에 거만한 크리스토퍼의 말이 이
어졌고 그 어투에 희주가 다시 까르르 웃음을 터트렸다. 평상시엔 사
람들이 눈치챌까 극히 조심하지만 크리스토퍼는 가끔 저렇게 인간
들을 깔보며 으스대며 말하는 버릇이 있는데 그게 참 재미있었다.

어린아이처럼 웃는 희주를 보는 크리스토퍼의 눈가가 촉촉이 젖

어들었다. 저렇게 해맑은 모습을 보면 자신의 아내가 왜 그렇게 이 아이를 귀하게 여겼는지 알 것도 같다. 경선이 이 아이를 위해 자신과 같이 하는 삶을 포기했을 땐 정말 이해하기 어려웠다. 그 옆에 있었으면 안락하고 편안하고 여자로서 최고의 것을 누릴 수 있었는데 엄마인 그녀는 자신의 행복을 위해 아이에게 불안정한 삶을 살게 할 수 없다고 했다.

'자신이 어떤 존재인지 아는 순간부터 희주는 자기 자신과 싸워야 해요. 그전까지는 편안하게 해주고 싶어요. 당신과 있으면 아이는 혼란스러울 거고 죠세핀도 신경 쓰여요. 난 저 아이에게 이미 큰 상처를 줬는데 더 이상의 위험은 원하지 않아요. 절대 안 돼요.'

'도대체 저 아이가 뭐라고 우리 사랑을, 당신 인생을 포기한다는 거야!'

'우리 아이니까, 내가 사랑한 당신의 아이니까요. 난 이미 지쳤어요. 당신을 사랑하긴 하지만 영원한 삶은 나한테 형벌이에요.'

그 말을 하며 슬프게 웃으며 울던 경선의 얼굴이 선명했다. 짧은 몇 년간의 사랑, 그리고 평생 짊어지고 가야 할 굴레, 저 아이가 아무 탈 없이 무사히 인간으로 늙어 생을 마치고 나서야 비로소 내려놓을 수 있을 것들. 희주에게 독이 된다면 그녀에게 목숨만큼이나 중요한 운명의 상대라고 해도 그냥 둘 순 없었다. 그녀를 지키기 위해 크리스토퍼는 무슨 일이든 할 생각이었다. 아득하게 웃던 크리스토퍼가 희주의 뺨에 손을 올렸다.

"점점 네 엄마를 닮아가는구나."

"차분하고 여성스러운 엄마의 성격까지 닮았다면 좋았을 거예요."

"고집 세고 당찬 지금의 성격이 더 마음에 든다."

"아버지를 닮아서요?"

희주는 제 뺨에 오른 크리스토퍼의 손에 제 손을 겹쳤다. 자신에게서 어머니의 모습을 찾는 그에게서 깊은 슬픔을 읽을 수 있었다.

"아버지, 어머니는 더 이상 이곳에 안 계신 거죠?"

"……아무리 노력해도 설득할 수 없었어. 그녀가 그러더구나. 나와의 사랑은 미안하지 않지만 그로 인해 너에게 줄 수밖에 없었던 많은 상처가 너무 미안하다고. 더 이상의 상처를 보태고 싶지 않다고. 내 여자로 살기보다 네 엄마로서 죽길 원했지."

"바보 같은 선택을 하셨네요."

"네 엄마는 그런 사람이었으니까. 널 낳은 걸 너무나 큰 축복으로 여겼지만 마음 한편엔 네가 받을 상처와 혼란 때문에 항상 죄책감을 가지고 있었다."

"제가 엄마를 사랑한다는 걸 아셨으면 다른 선택을 하셨을까요?"

"네 엄마는 이미 그 사실을 알고 있었다. 그래서 자신이 줄 수 있는 최고의 사랑을 너에게 준 거다. 그리고 영원한 삶이 버겁다고 했어. 그 말에 더 이상은 설득할 수가 없더구나."

희주는 눈물이 나올 것 같아 입술을 깨물었다. 병원에서 어머니가 사라졌을 때, 그리고 그 일이 아버지의 소행이란 걸 알았을 때 어머니의 걱정보다 배신감이 더 컸다. 아버지란 사람은 예전부터 경선을 자신과 같은 존재로 만들고 싶어 했었고 매번 거절하는 그녀를 설득해 달라고 희주에게 부탁한 적도 있었다. 그때는 아버지도 모자라 어머니까지 괴물이어야 하냐며 마음 아픈 소리로 두 번 생각도 안 하고 거절했는데 지금은 그게 후회도 됐다.

"제가 잘못한 걸까요? 만약 제가 설득했다면 엄마는 다른 선택을 하셨을까요?"

"아마 그러진 않았을 거야. 그렇게 따지면 내가 네 엄마를 사랑한 게 가장 큰 죄지. 내가 가장 용서 못 할 죄인이고."

"아버지."

"잘잘못 같은 거 생각하지 말자. 나와 네 엄마는 그때 그 순간을 최선을 다해 살아낸 것뿐이고 너 역시 네 감정에 충실했던 거다."

크리스토퍼의 말에 지운을 떠올린 희주가 힘겹게 입을 열었다. 그를 거부할 수 있는 마음의 상태가 아니란 걸 아는 희주는 경선을 잃은 아버지의 모습 위에 제 모습이 겹쳤다. 언젠가 제 운명의 상대인 지운을 잃고 아버지처럼 공허한 눈을 가진 채 평생을 살게 될 자신, 그때 자신은 무엇으로 어떻게 견뎌야 할까?

"아버지, 어머니가 없는 외로움은 어떻게 견디셨어요?"

"외로움 따위로 표현할 수 있는 감정이 아니지. 내 엄마가 없다는 건 내 세상이 끝났다는 것과 마찬가지니까. 이런 말 너한텐 미안하지만 네 엄마가 죽는 날 나 역시 이 질기게 이어온 목숨을 끊으려고 했다."

"아버지……."

"그런데 내 엄마는 끝까지 나한테 고약했어. 내 마지막 희망이었던 그것도 못하게 만들었으니까."

크리스토퍼가 그 말끝에 그녀의 손을 꼭 잡았고 희주는 슬픔이 짙게 깔린 그의 표정에서 그 말의 의미를 깨달았다.

"저 때문이군요. 제가 아버지껜 걸림돌이네요."

"이렇게 예쁜 걸림돌은 얼마든지 환영이다."

두 사람은 겨우 다시 웃음을 되찾았지만 그 웃음엔 수많은 감정이 섞여 있었다. 지금은 세상에 없는 사람에 대한 그리움, 미련, 죄책감, 안타까움 그리고 사랑.

"좀 한가해지면 내가 있는 곳으로 놀러 와라. 집 정원에 네 엄마의…… 무덤을 만들었어. 네가 오면 좋아할 거다."

희주는 목이 메이는 느낌에 고개만 끄덕였다. 막연하게 생각은 했지만 막상 경선의 죽음을 사실로 확인받고 나니 감정이 몰아쳤다. 당장이라도 경선이 보고 싶었다. 희주의 마음을 이해한 크리스토퍼가 그녀의 머리를 쓰다듬었고 같은 슬픔을 가진 두 사람은 눈을 맞추고 잔잔하게 미소 지었다. 한없이 감성적으로 빠져들려는 크리스토퍼는 마음을 다잡았다.

"아버지, 정말 운명의 상대는 피할 수 없는 건가요?"

크리스토퍼는 간절하게 물어오는 희주의 손을 잡았다. 운명의 상대를 만남으로 가지게 되는 혼란과 두려움이 희주에게서 고스란히 느껴졌다.

"네가 원하면 도와주마. 그 무슨 일이 됐든 다 해줄 거다. 끊어내려고 노력하는 거냐?"

"가능할까요? 뭐든 방법만 있다면 피하고 싶어요, 정말이에요."

"그 사람을 위해서?"

"절 위해서이기도 해요. 난 지금도 죄책감에 시달려요. 나는 내 운명이니까 그렇다고 쳐도 그 사람은 자기감정도 모르고 나한테 홀려 지옥불로 뛰어드는 거잖아요. 그런 사람한테 난 아무것도 솔직하게 말할 수 없어요."

희주의 말에 크리스토퍼가 고개를 끄덕였다. 크리스토퍼는 사랑하는 경선을 취하는데 망설임 같은 건 없었다. 자신과 같은 존재로 만들어서라도 같이 있으면 된다는 생각뿐이었지만 인간의 피가 섞인 희주는 훨씬 더 인간답게 복잡하고 이타적으로 생각하고 있었다.

하지만 상대방을 위해 생에 가장 행복할 수 있는 그 순간을 놓치라고 할 순 없었다. 거기다 존재하는 운명의 상대를 외면하며 지내야 하는 고통이 얼마나 큰지 잘 아는 그는 절대 희주가 그 고통을 겪게 하고 싶지 않았다. 차라리 죽는 게 낫다고 생각되는 고통, 그 절실함을 겪어 봐야 왜 운명의 상대를 심장의 주인이라고 부르는지 비로소 깨닫게 될 것이다. 그리고 거부당한 운명의 상대 역시 거부한 데이워커 이상의 고통을 느끼게 되고 그 고통은 일상생활이 불가능할 정도로 사람을 망가트린다.

"네가 상대를 외면한다고 해서 모든 게 해결되는 건 아니다. 거부당한 상대가 받을 고통 역시 만만치 않아."

"너무 가혹하군요."

"모두 네 잘못이라고 생각할 거 없다. 처음엔 그저 내 기운에 홀려 제 감정이 아닐 수 있지만 시간이 지날수록 상대방 역시 각성하는 마음이 달라져. 너 역시 그 상대에게 유일무이한 사랑이 되는 거지. 다만 그 사람도 진심이 아니라면 너한테서 벗어날 가능성은 있다."

"정말요? 그게 가능해요?"

"물론, 인간이 얼마나 강하고 예측불허의 존재인지 너도 알잖니. 난 네 엄마를 보며 그 사실을 똑똑히 깨달았어."

"엄마가요?"

"처음엔 무조건 나에게 달려오더니 어느 순간 날 피하기 시작하더군. 네 엄마가 사라지고 한 달쯤인가 내가 미쳐 날뛰기 직전 나한테 다시 돌아왔지. 그러면서 내가 자신에게 얼마나 절실한 존재인지 스스로 깨달을 필요가 있었다고 하더라. 그 후에 네 엄마는 날 한 번도 떠난 적이 없었어. 인간이란 바로 그런 존재란다."

"그럼 그 사람이 나한테서 돌아설 수도 있단 말이군요."

"그렇지."

그가 떠난다, 그 생각만으로 희주의 심장이 찢어질 듯 고통을 호소했지만 그를 살릴 수 있다는 희망이 되기도 했다. 자신이 느껴야 할 고통이 아무리 크더라도 목숨을 잃어야 하는 사람에 비하면 아무것도 아닐 것이다. 고통은 여전했지만 다소간 안심을 한 후에야 희주는 좀 마음 편히 웃을 수 있었다.

웃는 희주를 보는 크리스토퍼의 마음은 살짝 무거웠다. 사실, 뱀파이어나 데이워커에게 홀린 인간들은 그들에게서 벗어나는 게 거의 불가능하다. 경선과 자신의 상황이 완전 거짓말은 아니었지만 희주를 안심시키기 위해 좀 과장되게 말을 했다. 그리고 또 하나 아주 중요한 얘기가 남아 있었다. 운명의 상대와 보낼 수 있는 시간을 조금 더 오래 연장할 수 있는 방법, 영원할 수 없다면 그것이라도 도와주고 싶었고 데이워커로서의 상식이 거의 없는 희주가 반드시 알아야 일이기도 했다.

"명심해야 할 것이 있다."

"뭔데요?"

"그 사람을 살리고 싶다면 임신하지 않도록 조심해."

"네?"

크리스토퍼의 단도직입적인 말에 당황했던 희주의 얼굴이 발갛게 달아올랐다. 이미 그녀의 상태를 다 아는 그니까 이런 말을 할 수 있다는 건 아는데 아버지가 하는 그 말의 무게는 좀 달랐다. 조금은 부끄럽고 당황스러워 시선을 피하자 그 모습이 귀여운 크리스토퍼가 피식 웃었다.

"부끄러워할 필요 없다. 운명의 상대라는 게 어떤 존재인지는 내가 더 잘 아니까. 데이워커가 운명의 상대를 만나면 멈췄던 생리를 다시 시작하고, 상대는 왜 결국 죽어야 할까?"

"생각 못 해봤어요."

크리스토퍼의 질문에 희주가 멍한 상태로 대답했다. 운명의 상대는 자신의 조용한 삶에 파장을 일으키는 커다란 걸림돌이라고만 생각했지 그 이유는 생각해본 적 없었다. 그저 한 인간의 목숨에 대한 무게가 무거워 도망치려고 할 뿐이었다.

"데이워커는 단순히 흡혈을 위해 운명의 상대를 만나는 게 아니야. 본능적으로 자신의 분신을 가지고 싶어 하는 거야."

"분신? 아기를 말하는 거예요?"

"맞아. 아기를 갖기 위해 남자를 원하는 주기도 달라지고 그 기간만큼은 임신에 집중해야 하니 흡혈에도 집착하지 않지."

"만약 임신을 하게 되면 어떻게 되는데요?"

크리스토퍼는 잠시 말을 멈췄다. 임신 후 자신에게 일어날 변화를 알게 된다면 지금보다 더 도망가려 할지도 모르겠지만 희주도 알아야 할 문제였다.

"데이워커가 임신을 하면 흡혈량이 배로 늘어. 뱃속 아이는 인간 아이와는 비교할 수 없을 정도로 빠른 속도로 자라고 능력은 반감되니 흡혈할 상대를 찾는 것도 쉽지 않은데 피는 더 많이 필요하지. 결국 운명의 상대는 피는 너무 많이 빼앗겨 죽고 마는 거야."

크리스토퍼의 자세한 설명에 희주는 입술을 벌린 채 멍하니 있었다. 거미의 어미가 새끼들을 살리기 위해 제 몸을 마지막 제물로 내놓는다고 했던가? 결국 데이워커에게 운명의 상대란 종족보존을 위한 매개체일 뿐인데 그게 무슨 운명의 상대란 말인가. 모든 설명을 들은 희주는 허탈하고 또 허탈했다. 크리스토퍼는 희주의 표정으로 무슨 생각을 하고 있는 것인지 대충 짐작이 갔다. 그녀가 엉뚱한 생각을 하지 못하도록 할 심산으로 그녀의 손을 잡아 자신을 보게 만들었다.

"희주야, 운명의 상대는 네가 영혼과 마음과 육체를 나누며 휴식할 수 있는 유일한 상대다. 다만 그 시간이 짧아 아쉬울 수 있지만 그 시간과 두 사람이 나누는 모든 것들의 무게를 가볍게 생각하지 마라. 평생 다른 상대는 볼 수 없을 정도로 둘이 나누는 깊은 교감은 인간이 말하는 사랑을 능가하는 것이다. 그렇기 때문에 아이를 원하는 거야. 제발 모든 게 잘못됐다고 생각하지 말고 이해하려고 노력해봐. 지금은 그게 네가 할 일이다."

크리스토퍼는 별다른 대답이 없는 희주를 보며 초조한 시간이 지나가고 있었다. 혹시나 자신의 말에 섣부른 판단을 해버릴까 봐 걱정이었다. 멍했던 희주의 눈에 초점이 돌아오고 있었다. 크리스토퍼가 해준 말과 죠세핀이 해준 말은 비슷하긴 하지만 아주 조금씩 초점이 달랐다. 희주가 운명의 상대를 만나는 것에 대해 가지게 된 모든 부정적 생각은 죠세핀의 말에 의해 만들어졌다. 그렇다면 죠세핀은 이런 희주의 감정적 혼란을 생각하고 그런 말들을 해준 것일까? 하지만 운명의 상대가 자신으로 인해 목숨의 위험하다는 건 사실인데, 제 아버지를 뱀파이어로 만들었다는 그 여자의 말을 믿어야 하는 걸까? 희주는 다시 한 번 확인할 필요가 있었다.

"변하지 않는 사실은 그 운명의 상대가 목숨을 내놓아야 한다는 거잖아요."

"어차피 인간은 유한한 존재다."

약간의 오만과 부러움이 깃든 크리스토퍼의 말에 희주가 허탈한 미소를 지어보였다. 지금은 모든 게 혼란스럽다. 만약 살아생전 경선이 해주려 했던 자신의 존재와 삶에 대한 이야기를 잘 들어두었다면 이런 부정적인 생각은 바뀔 수 있었을까? 엄마를 떠올린 희주의 미소가 많이 외로워졌고 그 표정에서 경선의 생전 모습을 떠올린 크리스토퍼 역시 마음이 무거워졌다.

'희주의 웃음을 지켜줄 수만 있다면 난 못할 게 없어요. 내가 없어도 그 웃음, 당신이 꼭 지켜줘야 해요.'

자신의 삶을 포기하면서까지 딸아이를 걱정하던 경선을 그 당시에는 이해할 수 없었는데 아내만큼 나이가 든 딸아이를 보면서 그 마음도 이해가 됐다.

'하나밖에 없는 내 성역, 널 지키기 위해서라면 난 어떤 일이든 할 거다.'

크리스토퍼는 완전히 우울해진 희주의 손을 잡았다.

"호랑이의 기운이 흐른다는 변수도 있으니 무조건 피할 생각은 하지 마라. 아까도 말했지만 타의에 의해 너를 만나지 못하게 된다면 그 역시 정상적인 삶을 살 수 없을 거다."

"그런가요?"

"사랑하는 사람을 보지 못하는 고통은 세상의 모든 만물에 다 똑같은 거 아니겠니? 섣부른 결정으로 너도 또 그도 괴로움에 빠트리지 마라."

크리스토퍼는 잡고 있는 희주의 손등을 토닥이며 분위기를 바꿨다.

"그건 그렇고 영국으로 돌아가기 전에 그 사람을 다시 한 번 보고 싶은데."

"좋은 생각인지…… 잘 모르겠어요."

"내 딸의 운명의 상대라는데 얼굴은 제대로 한 번 봐야지. 언뜻 보기엔 그다지 인물이 좋은 것 같지 않았어."

만남을 피하고 싶어 하는 희주의 마음을 읽은 크리스토퍼는 부러 그녀를 자극하는 말을 했다. 아니나 다를까, 장난기 섞인 그의 말에 발끈한 희주가 톡하니 대답을 했다.

"아니에요. 남자답고 잘생겼어요."

"흐음, 어디가 가장 마음에 드는데?"

"깊은 눈매요. 무표정할 땐 꽤나 날카로운데 날 보면서 웃을 땐 너무 예뻐요. 그 사람 눈동자에 비친 내 모습이 너무 좋아요. 또 그 사람이랑 있으면 춥지 않아요. 따뜻한 손으로 내 손을 잡아주……."

신나서 떠들던 희주가 크리스토퍼의 재미있어하는 표정에 입을 다물었다.

"단단히 빠졌구나. 그러면서 도망가겠다고?"

크리스토퍼의 농담에 희주의 볼이 발갛게 달아올랐다. 크리스토퍼는 데이워커가 운명의 상대를 만난다는 게 어떤 의미인지 잘 알면서도 딸아이를 가진 아버지로서 괜한 심통이 났다. 비록 아버지라고 당당하게 말할 순 없겠지만 지운을 만나면 희주에게 잘하라고 단단히 일러둘 참이다.

"며칠 더 머무를 거다. 그러니 자리 한 번 만들어봐. 내가 직접 연락할 수도 있다."

"기다려 주세요. 이번 주는 제가 바빠요."

"너무 기다리게 하지는 마라. 몇백 년을 살아도 인내심은 좀처럼 길러지지 않아."

"알겠어요."

크리스토퍼가 그녀의 대답을 듣고야 만족한다는 듯 미소를 지은 후 자리에서 일어나자 희주가 의아한 얼굴로 쫓아 일어났다.

"난 이만 가보마."

"어딜요?"

"호텔 잡아 놨다."

"……이미 새벽이에요. 오늘은 여기서 주무세요. 저쪽 방에서 주무시면 돼요."

희주가 그를 손님방으로 안내했고 그녀가 열어주는 방 안으로 들어서며 크리스토퍼는 코끝이 찡해지는 감정을 느꼈던 것도 같다.

"안녕히 주무세요."

"잘 자라, 내 딸."

그렇게 인사를 나누고 각자의 방으로 헤어진 부녀는 참으로 오랜만에 핏줄의 정을 느끼며 한지붕 밑에서 가족이란 이름으로 밤을 보냈다.

위스키 한 잔을 따라 거실 창 앞에선 지운은 무심하게 창밖으로 펼쳐진 한강의 야경에 시선을 던지고 있었다. 편안한 니트와 바지를 입고 적당하게 다리를 벌리고 서서 홀짝홀짝 술을 마시는 그는 여유로워 보였지만 머릿속은 무척이나 복잡했다.

'결혼이라.'

30대로 접어들며 결혼 재촉을 받아오긴 했다. 금년도 그냥 넘기면 내년엔 선 시장에 내놓겠다는 부모님의 협박 아닌 협박을 받았지만 웃고 넘어갔었다. 자신 대신 이미 열애 중인 쌍둥이 동생이 먼저 결혼해도 상관없었는데 희주를 만나고 나서는 생각이 좀 바뀌었다.

희주를 만나기 전까지 결혼하고 싶은 여자는 없었다. 짧게는 며칠, 길게는 몇 달, 어느 정도 만나면 모든 여자들이 지겨워졌다. 자신의 지위, 집안, 재산 때문에 과하게 잘하는 여자도 싫었고 자기 잘난 맛에 사는 공주병 환자도 싫었다. 연예인부터 대단한 집안의 영예까지 만나봤지만 그의 마음은 딱딱하게 굳어버린 것처럼 반응하지 않았다. 그래서 가끔은 자신에게 문제가 있는 게 아닐까 하는 걱정도 했었다.

끌리지도 않는 여자들을 만나는 대신 일에만 매진하며 지낸 시간이었다. 그런 그의 평탄한 일상에 희주가 뛰어들며 많은 게 바뀌었다. 평생 일보다 중요한 건 없을 줄 알았는데 희주가 우선이 됐고 몇 달도 안 된 만남에 사랑이라는 감정은 물론 결혼까지 생각하게 됐다.

사실, 결혼을 중요하게 생각했던 건 아니다. 그의 가장 큰 바람은 희주와 같이 있는 것뿐이었다. 같이만 있을 수 있다면 어떤 관계이건 상관없었는데 희주의 집 앞에서 크리스토퍼를 만난 후 그 생각이 흔들렸다. 겨우 할 수 있었던 남자친구라는 말이 자신의 마음과 비교해 너무 하찮아서 신경질이 났다. 누군가에게 희주를 소개하고, 또 그가 소개를 받고, 희주의 주변 그 누구보다 그녀에 관해 더 많은 권리와 영역을 차지하기 위해선 공식적인 관계가 필요하다고 생각이 됐고 그 결론이 바로 결혼이었다. 누구를 소유하겠다는 거, 동물적이고 너무 원초적이라고 비난해왔지만 희주가 끼면서 그런 오만한 생각은 할 수 없게 돼버렸다. 겨우 여자 하나에 우선권을 차지하자고 결혼을 하겠다고 하면 대부분의 사람들이 미친놈이라고 하겠지만 지금 지운은 희주에게만은 미친놈이 맞았다.

"서희주와의 결혼이라, 나쁘지 않아. 아니, 환상적이겠지. 평생 오직 하나뿐인 사람일지도 모르잖아."

마음을 어느 정도 정리한 지운은 개운한 표정으로 손에 든 술잔을 단숨에 비워냈다. 결론은 결혼, 그렇게 하려면 지금도 도망가려 그와의 관계에 발 하나를 빼고 있는 희주를 온전히 잡아 제 옆에 두는 게 먼저였다.

말이 없는 두 남자 사이에서 희주는 불편해 죽을 것 같았다. 저녁을 하자고 만난 자리에서 각자 통성명을 한 후 식사를 시작한 지금까지 두 사람 다 한마디도 하지 않고 있었다. 주도권 싸움을 하는 야생동물처럼 상대방이 먼저 말을 꺼내길 기다리며 별것도 아닌 것으로 기싸움을 하는데 정말 유치해서 봐줄 수가 없었다.

"이거 먹어. 너 좋아하잖아."

"그런 풀보다는 고기가 좋겠지."

지운이 과시라도 하듯 그녀의 접시에 희주가 좋아하는 샐러드를 놓아주자 크리스토퍼가 자신의 스테이크를 반 잘라 희주의 접시에 놓아주며 하는 말에 다시 테이블의 긴장도가 확 올라갔다. 더 이상 참을 수 없는 희주가 양손에 들었던 식기를 탕 소리가 나게 놔버렸다.

"두 사람 다 그만하죠."

"우리가 뭘?"

"밥 잘 먹고 있는데."

희주의 질책 어린 말에 두 사람은 방금까지 치열했던 기싸움을 모르는 듯 뻔뻔한 얼굴로 변명해댔다. 둘의 행동에 희주의 눈초리가 더 사나워졌고 두 남자는 동시에 눈을 돌리며 식사에 전념하는 척했다.

"두 사람이 만나고 싶다고 한 거지 내가 억지로 만든 자리 아니에요."

"누가 뭐랬어?"

"우리 아무 말……."

"그러니까 두 사람 다 유치한 기싸움은 그쯤에서 접으라고요. 밥이 입으로 들어가는지 코로 들어가는지 모르겠네."

희주의 투덜거리는 말에 슬쩍 눈길을 교환한 두 사람은 얼른 식사하는 척했다. 원래 사람의 음식을 싫어하는 크리스토퍼는 썰 때마다 피가 배어나는 레어 스테이크를 잘게 난도질만 할 뿐이고 지운도 낯선 사내에 대한 경계 때문인지 제대로 된 식사를 하지 않고 있었다.

크리스토퍼는 온몸의 감각을 예민하게 만들어 지운에 대해 느끼고 있었다. 지난번엔 스치듯 만나 잘 몰랐는데 마주앉은 지금 지운 속에 자리하고 있는 또 하나의 기운이 강하게 다가왔다. 지금까지 만났던 그 어떤 존재와도 달랐는데 처음 느끼는 기운이라 그도 정확히 잘 알 수 없었다. 희주에게 들은 대로 그것이 호랑이의 기운인지는 잘 모르겠지만 그의 단전에 뭉쳐져 있는 기는 꽤나 단단했으며 공격적인 기운보다는 방어적인 기운이 훨씬 강했다.

'너의 정체가 점점 더 궁금해지는군.'

지운이 평범한 인간이 아니라는 확신이 들면서 크리스토퍼가 가졌던 막연한 안도와 걱정이 구체화되고 있었다. 이 정도 강한 기운이라면 다른 인간보다 훨씬 더 오래 희주를 견딜 수 있겠지만 그게 전부가 아니었다. 그가 가진 기운의 기본은 방어였지만 때론 그 방어가 가장 강력한 공격이자 무기가 될 수 있었다. 어쩌면 지운에게 내재되어 있는 저 기운이 지운의 피를 취한 희주를 가해자로 정의하고 공격을 했기 때문에 희주가 고통을 느꼈을 수 있다.

'만약 그런 거라면 이 두 사람이 계속해서 만나는 게 좋은 일일까?'

이런저런 고심으로 이마에 내 천자를 그리고 있던 크리스토퍼가 테이블 위의 침묵을 깨고 먼저 입을 열었다. 가장 알고 싶은 호랑이 기운에 대한 것 대신 지극히 인간적인 질문밖에 할 수 없어 좀 답답했지만 이것이라도 알아야 했다.

"하시는 일이……."

"백화점 고객전략 기획 본부장입니다. 그러시는 그쪽은……."

"영국에서 사학과 교수로 재직 중입니다. 그럼 가족관계는……."

"부모님과 남동생이 한 명 있습니다. 그런데 결혼은 하신 건지……."

"했습니다."

"부인 되시는 분은 어떤 분이신지 궁금하군요."

결혼했다는 말에 다소간 부드러워진 지운의 태도에 빙긋 웃은 크리스토퍼의 눈이 희주를 향했다. 지운은 결혼을 했다는 그의 말에 안도한 것도 잠시 눈을 맞추고 웃는 두 사람의 모습에 불쾌한 듯 미간에 주름을 잡았다.

"딱 희주 같은 여자죠. 내 아내도 한국 사람입니다."

"그래서 한국말을 잘하시는군요. 희주 같은 여자 흔치 않은데, 한번 뵙고 싶습니다."

"지운 씨, 그분 돌아가셨어요."

"죄송합니다."

"괜찮습니다. 비록 몸은 여기 없지만 그 사람은 항상 내 안에 있으니까요. 수많은 사람들 중 마음을 주고받으며 평생을 같이하고 싶은 상대를 만나는 건 하늘의 별 따기만큼 힘든 일인데 저한텐 벌써 그 행운이 찾아온 거니까."

그 말에 전적으로 동의한 지운과 경선을 떠올린 크리스토퍼가 동시에 희주에게 바라봤고 무심코 고깃덩어리를 입에 넣던 희주가 동작을 멈추고 눈동자를 굴리며 두 사내를 번갈아 쳐다봤다. 지운은 사랑하는 여자로, 크리스토퍼는 사랑하는 딸로, 자신을 보는 두 남자의 시선에 희주만 뻘쭘해졌다.

"뭐요? 날 왜 그렇게 보는데요?"

"아니야, 많이 먹어라."

"너무 맛있게 먹어서."

과한 두 사람의 관심이 부담스러운 희주는 헛기침을 하고 음식 접시에 코를 박았고 그런 희주가 귀여운 두 남자는 부드러운 미소를 지었다.

지운은 크리스토퍼의 정체가 궁금했다. 대부라며 아버지처럼 대우해 달라고 부탁하던 희주의 말에서 크리스토퍼가 그녀에게 꽤나 중요한 사람이라는 것을 느낄 수 있었지만 영 개운치 않았다. 길거리에 지나가면 한 번쯤 뒤돌아볼 만큼 잘생긴 외국 남자, 결혼은 했다지만 부인은 죽고, 희주의 부친과 친분이 깊다는 사내, 크리스토퍼의 존재가 영 거슬리는 지운이 이번엔 먼저 질문을 꺼냈다.

"실례지만 나이가……."

"그건 너무 사적인 질문인데, 그러는 그쪽은……."

"영국분이 어떻게 한국 아내를 만나신 건지……."

"영국에 살지만 영국 사람은 아닌데……."

어느새 말의 뒤 꽁지는 떼어먹고 반말 비슷하게 대화를 나누는 두 사람이었다. 그러거나 말거나 희주는 아예 포기하고 둘이 무슨 말을 하든 못 들은 척 밥만 먹었다. 희주가 막 고기 한 점을 입으로 넣으려고 하는데 난데없는 크리스토퍼의 질문이 지운을 향해 날아갔다.

"단도직입적으로 물읍시다. 우리 희주와 결혼까지 생각하는 겁니까?"

크리스토퍼의 질문에 지운보단 희주가 더 당황했고 눈을 동그랗게 뜬 그녀가 먼저 말문을 열었지만 팔을 잡아오는 지운에 의해 저지당하고 말았다.

"무, 무슨 말을……."

"같이 있을 방법이 그거라면 할 겁니다, 결혼."

"미스터 기욤, 지운 씨. 잠깐만요. 두 사람 다……."

"가만히 있어."

"그쪽 집안에 대해 대충 들었습니다. 희주는…… 고아나 다름없는데 집안 반대는 없겠습니까? 물론 결혼을 한다면 내가 물질적인 부분에선 아쉬운 거 없이 전부 다 해주겠지만 한국은 조건을 많이 따지는 나라라고 들었습니다."

"전 제 부모님을 믿습니다. 그리고 나는 좋아하는 여자한테 상처를 줄 만큼 나약하지 않습니다."

지운은 많이 당황한 희주를 보며 자신 있게 말했다. 지금까지 살면서 그의 부모님이나 할아버지는 타당성 없이 그의 뜻을 반대하신

적이 없었다. 평상시에도 결혼은 사랑하는 사람과 하는 거라고, 그 사람을 지킬 힘은 네가 키우는 거라고 항상 말씀해 오셨고 그 말을 따르기 위해 더 열심히 살아왔다. 희주의 존재를 아시게 된다면 지금이라도 당장 결혼하라고 서두르실지도 모른다. 크리스토퍼는 지운의 말에서 그저 허풍이 아닌 확신을 느낄 수 있었고 그 당당한 태도에 나름 만족했지만 가운데 앉은 희주만 혼란의 중심으로 빠져들고 있었다.

"잠깐, 잠깐만요. 무슨 말을 하는 거예요, 결혼이라니. 난 생각도 없는……."

"네 나이가 몇 살인데 결혼 생각도 안 하고 남자를 만나는 거냐?"

"뭐가 생각도 없다는 거야?"

동시에 따지고 드는 두 남자 때문에 희주는 입을 다물 수밖에 없었다. 희주에게 있어 지운은 선택 따위 허락되지 않는 절대적인 상대지만 두 사람의 한계적 상황과 데이워커라는 자신의 신분 때문에 결혼이라는 미래는 생각해본 적 없었다. 그런 사실을 너무나 잘 알고 있는 크리스토퍼가 결혼이란 말을 먼저 꺼냈다는 것도 어이없었지만 결혼까지 생각하고 있다는 지운 역시 충격이었다. 그저 가벼운 연애까지만 생각하는 줄 알았는데 갑자기 무겁게 다가오는 그의 감정에 그녀의 마음이 한없이 가라앉았다.

"당신의 감정이 사랑이라고 확신합니까?"

"사랑이라…… 살면서 지금껏 누구와도 사랑해 보지 않아 난 사랑이란 감정을 잘 모릅니다. 하지만 지금 확실하게 말할 수 있는 건 희주는 특별하다는 겁니다. 살면서 희주만큼 원한 사람은 없었어요. 나는 희주와 항상 같이 있고 싶고 그녀를 내 연인이라고 당당하고 말하고 싶고 내 여자로 소유하고 싶습니다. 이 여자가 아플 때 손 잡아주고, 속상해서 울 때 따뜻하게 안아주고 행복할 땐 같이 웃고 싶습니다."

"지금 그 감정, 언제든 바뀔 수 있지 않겠습니까?"

"그럴 수 있겠지요. 나도 인간이고, 인간의 감정은 호르몬 장난이라고들 하니까. 그런데 난 이 여자에 관한 건 자신이 있거든요. 지금 당장은 영원이라는 말도 충분하지 않을 만큼. 아까 말씀하셨죠? 모든 걸 나누고 싶은 상대를 만나는 건 쉽지 않은 일이라고, 나 역시 그 행운을 찾았으니 이제 잡아야죠."

희주에게 윙크하는 지운의 태도는 한없이 가벼워 보였지만 그 안에 담긴 감정은 그렇지 않았다. 그녀에게 부담을 주지 않기 위해 장난처럼 행동하지만 테이블 밑으로 잡아 오는 손이 축축이 젖어 있는 걸 보면 그도 꽤나 긴장하고 있다는 걸 알 수 있었다. 자신에게 거절 당할까 조바심치는 이 남자의 마음을 오롯이 받아들여 행복할 수 있다면 얼마나 좋을까, 희주는 평범한 사람들과 다른 자신의 존재가 지금 이 순간 너무나 원망스러웠다.

대답 없이 서서히 굳어가는 그녀의 표정을 보며 지운 역시 얼굴에서 장난스러운 표정을 지웠다. 표정만으로도 그를 받아들이지 못하는 희주를 느낄 수 있었다. 뭐가 불안한지 두 사람의 관계에 대한 이야기만 나오면 한없이 흔들리는 그녀였다. 지운은 그녀에게서 눈을 떼지 않은 상태로 계속 말을 이었다.

"희주에게 말 좀 해주세요. 남자가 인생을 같이 할 마음을 먹었다는 게 어떤 의미인지."

지운의 말에 크리스토퍼는 만족의 미소를 지었다. 두 사람의 한계적 상황을 알면서도 결혼 이야기를 꺼낸 건 희주를 향한 지운의 마음을 알고 싶어서였다. 그저 희주에게 홀려 제 마음도 모르고 끌려다니는 건 아닌가 했는데 그런 면에선 안심해도 좋을 것 같았다. 저 정도확신을 가진 남자라면 꼭 운명의 상대가 아니더라도 희주를 맡길 수있을 것 같았다. 가지고 있는 기운을 넘어서는 희주를 향한 숨길 수없는 애정과 강한 마음이 그 무엇보다 마음에 들었다. 거기다 한계적이긴 하겠지만 희주에게 지운의 부인이라는 공식적인 자리를 가질수 있게 해주고 싶었다. 일생의 딱 한번뿐인 사랑인데 아무 흔적 없이 지나가버리게 하고 싶지 않았다. 가능하다면 두 사람이 결혼하는모습을 보고 싶었다.

그 후로는 무난한 식사가 이어졌다. 여전히 두 남자의 말투는 삐딱하고 가끔 날 세우는 대화가 오갔지만 그래도 처음보단 훨씬 더 서로를 이해하는 분위기였다. 말이 많아진 두 사람에 비해 희주가 입을꾹 다물었고 지운이 가끔 그런 그녀의 손을 잡으며 눈 맞춤을 시도했지만 그녀는 그를 제대로 바라보지 않았다.

식사가 다 끝나고 세 사람이 헤어지기 전 인사를 나누기 위해 레스토랑 앞에 서 있었다.

"어디로 가십니까? 제가 모셔다 드리죠."

"근처 호텔에 묵고 있습니다. 대신 희주 부탁합니다."

"미스터 기욤."

"내일도 바쁘다면서 가서 쉬어라."

뭔가 아쉬움이 담긴 희주와 시선을 맞추며 크리스토퍼는 넉넉하게 웃었다. 남자와 같이 서 있는 희주에게서 언제 이렇게 컸나 하는생각이 들 만큼 격세지감을 느꼈다. 돌아서려는 그의 소매를 희주가 잡아챘다.

[아버지.]

[떠나기 전에 다시 만나자.]

[꼭 다시 봐요. 응?]

[걱정하지 마라, 절대 연락 없이 사라지지 않으마.]

크리스토퍼가 부드럽게 웃으며 불안해하는 희주의 머리를 두어 번 쓰다듬고 그녀를 지운 옆으로 슬쩍 밀었다. 생소한 언어로 나누는 두 사람의 대화가 궁금했지만 뭔가 절박해 보이는 희주 때문에 그 사이에 끼어들 수가 없었다. 다시 제 옆으로 온 그녀의 손을 꼭 잡고 크리스토퍼에게 가볍게 묵례를 했다. 지운의 손을 잡고 차로 걸어가며 희주가 몇 번인가 뒤를 돌아봤고 크리스토퍼는 그 모습에 세상을 떠나버린 아내를 떠올렸다.

"당신, 보고 있지? 우리 딸이 저렇게 예쁘게 컸다. 저 아이가 계속 웃을 수 있게 당신이 지켜줘. 그거 하려고 당신 먼저 간 거잖아."

두 사람이 탄 차가 주차장을 떠난 후에야 크리스토퍼도 자리를 떠났다. 자신이 시시콜콜 말하지 않아도 저 두 사람은 그들의 앞날을 잘 헤쳐 갈 것 같았다. 크리스토퍼는 희주가 자신이 준 상처를 꿋꿋이 견뎌내고 행복해질 수 있길 정말 간절히 빌었다.

희주는 지운의 차에 올라 집으로 향하고 있었다. 얼른 집에 가서 이 피곤한 하루를 마무리하고 싶었다. 지운 역시 무슨 생각을 하는지 침묵을 지키고 있었는데 무슨 말이 나올지 몰라 희주는 부러 말을 시키지 않았다. 거의 집에 도착해 갈 때쯤 지운이 입을 열었다.

"아까 미스터 기욤과 얘기할 때 어느 나라 말을 쓴 거야?"

"아, 루마니아어예요. 예전에 배웠어요."

"루마니아? 영국 분 아니셨어?"

"……원래는 루마니아 분이세요."

"그렇군."

그 질문을 끝으로 다시 입을 닫았고 골똘히 생각에 몰두하던 지운이 갑자기 운전대를 꺾어 방향을 달리했다.

"뭐예요, 어디 가려고?"

"내 집으로 가."

"집으로 데려다 줘요."

"얘기 좀 해."

"꼭 오늘 얘기해야 해요? 다음날…….."

"말 나온 김에 해. 내 집이 싫으면 다른 장소를 골라. 호텔로 가? 아님, 네 집? 조용한 장소가 필요해."

"……지운 씨 집으로 가요."

그가 무슨 말을 할지 대충 짐작이 가는 희주는 오늘만큼은 그와 있는 걸 피하고 싶었지만 지운은 포기할 줄 몰랐다. 그의 강요에 가까운 청에 어쩔 수 없이 승낙했지만 마음은 무척이나 불편했다. 그렇게 희주가 침묵에 빠져 있는 사이 차는 어느새 그의 빌라에 도착했고 집 안으로 그녀를 안내한 지운은 겉옷을 벗어 소파 한쪽에 던졌다.

"거실에 앉아 있어. 마실 거 줄까? 난 위스키 한잔할 건데."

"나는 됐어요."

지운은 주방으로 들어가고 희주는 거실을 휘휘 돌아봤다. 두 번째 오는 거지만 처음 왔을 땐 제정신이 아니어서 기억나는 게 하나도 없었다. 군더더기 하나 없이 딱 필요한 것만 있는 그의 집은 한마디로 심플했다. 거대한 창을 향해 놓인 검은색 가죽 소파 세트, 구석에 있는 커다란 스탠드, 오디오 세트가 거실에 있는 가구의 전부였다. 흔한 그림이나 그 외 다른 장식품도 전혀 없었다.

"서서 뭐해? 앉아."

"무슨 말이 하고 싶은데요?"

지운은 어정쩡하게 서 있는 희주의 손을 잡아 소파로 데려가 앉히고 그도 옆에 앉았다. 무릎이 닿을 듯 가까운 거리, 희주가 뒤로 물러나려 했지만 그녀의 손목을 잡은 지운이 놔주지 않았다.

"너무 가까워서 불편해요."

"그냥 안아버린다."

희주는 팔을 활짝 벌리고 당장이라도 안아버릴 것처럼 다가오는 그를 살짝 흘겨보며 뒤로 밀어버렸다. 생긴 것답지 않게 장난꾸러기처럼 구는 것도 귀여우니 눈에 콩깍지가 씐 게 확실했다. 살짝 풀어졌던 분위기가 뜬금없는 지운의 고백으로 다시 심각해졌다.

"희주야, 서희주. 나는 네가 참 좋아."

"……."

"처음엔 그냥 끌리는 정도였고 같이 있을 수만 있으면 무슨 관계라도 상관없었어. 근데 지금은 생각이 달라졌어. 난 이제 공식적인 자리를 원해."

"당신 미스터 기욤 만나기 전까지 그런 생각 안 했죠?"

"그 사람이 기폭제가 된 건 맞아. 지금이라도 깨달아서 무척이나 다행이라고 생각해. 난 너에 대한 소유권을 누구 앞에서든 당당하게 주장하고 싶어."

"난 누구의 소유물이 아니에요."

"불쾌해 하지 마. 결혼하면 나에 대한 소유권도 전부 너한테 있어."

희주는 갑자기 결혼 이야기로 발전하는 두 사람의 관계가 혼란스럽고 너무 벅찼다. 그녀를 둘러싼 환경과, 이미 결론이 나있다고 생각한 두 사람의 관계 때문에 그를 만나기 전에도 만난 후에도 희주의 인생에 결혼은 없었다. 그런데 난데없이 결혼이라니, 어떻게 해야 할지 알 수 없는 희주는 일단 박자를 좀 늦추기로 했다.

"자, 잠깐만요. 좋아하는 건 당신 마음이지 난 아니잖아요. 당신은 좋아한단 감정만으로 결혼할 수 있어요? 만난 지 얼마나 됐다고 결혼 이야기를 해요?"

"태어나서 처음으로 좋아한 여자니까 결혼까지 생각하는 거야. 만난 기간? 우리 사이에 그런 게 중요해? 처음 만났을 때부터 다르게 시작한 관계잖아. 그딴 기준에 맞추지 마. 말만 안 했을 뿐 너도 나한테 끌리잖아. 좋아하고 있다는 거 인정해."

"지운 씨 말 전부 부정하진 않아요. 끌리고 있다는 말 맞지만 우리 관계가 결혼을 얘기할 만큼 진지한지 모르겠어요. 거기다 난 사랑을 믿지 않고 결혼 자체에 거부감이 있어요. 어떤 사랑은 상대방에게 독이 되기도 하니까."

지운은 그녀에게 잡힌 손을 빼내 많이 슬퍼 보이는 희주의 뺨을 감쌌다. 눈물은 없었지만 마치 울고 있는 것 같았다.

"그런 생각하는 거 부모님 때문이야?"

"……일부분은요. 당신에게 하지 못한 많은 이야기들이 있어요."

"지금이라도 솔직하게 다 말해줄 순 없나?"

"……."

"당신이 생각을 바꿀 수 있는 시간을 줄 테니까 지금은 연인으로 지내. 남자친구, 여자친구라는 말에 움찔움찔 놀라지도 말고 사람들한테 당당하게 소개도 하고. 그러다 당신이 조금 더 이런 감정에 익숙해지고 날 사랑하는 마음이 커지면 그때 부부가 되자."

"당신은 나에 대해 모르는 게 너무 많아요."

"너 역시 마찬가지야. 조건 맞춰 선본 사람들도 아니고 모르는 게 당연하지. 연인으로 지내면서 서로에 대해 알아 가면 돼. 아는 만큼 사랑이 깊어지는 건 아니라고 생각해."

"하지만……."

"너 지금 이 순간부터 다시는 나 안 볼 자신 있어?"

뜬금없는 말에 희주가 입을 꾹 다물었다. 저 말엔 자신 있게 대답할 수 없었다. 흡혈 주기 때는 물론 이제는 평범한 일상생활 중에도 그가 생각나고 보고 싶었다. 그녀의 머뭇거림에 그가 자신만만한 웃음을 지으며 희주의 볼을 슬쩍 잡았다 놨다.

"자꾸 도망갈 생각하지 말고 너도 네 마음 잘 들여다봐. 나는 시간을 양보했으니까 너는 미래를 양보해 보는 게 어때? 같이 있자, 우리."

그의 말에서 더 이상 물러서지 않을 단호함이 느껴졌다. 미래라는 말에 여러 가지를 생각하게 되는 희주였지만 섣불리 말을 할 수 없었다. 여기서 그를 거부해 다시는 그를 못 만나게 되는 것도 무서웠지만 결혼을 거절하는 걸로 더 이상 상처 주고 싶지 않았다. 거기다 티 내지는 않았지만 결혼하자는 말에 희주도 설레기는 했다. 하루 24시간 그와 함께 있고 두 사람을 닮은 아이를 낳아 키우고 두 사람의 결혼을 상상하던 희주가 길게 한숨을 토해냈다.

지운이 우울해 보이는 그녀의 턱을 살짝 들고 그대로 입을 맞췄다. '쪽' 소리와 함께 입술을 떼자 눈을 감고 있는 희주가 보였다. 이렇게 다소곳한 표정의 그녀는 얼마나 예쁜지 그녀가 눈을 뜨기 전 또 한 번 입을 맞춘 그가 앉아 있는 그녀를 그대로 안아 들었다.

　"뭐, 뭐예요?"

　"자자."

　"내려놔요, 집에 갈래."

　"나 술 마셨어. 너 못 데려다 줘."

　"택시 타고……."

　"말 되는 소리를 해. 처음도 아니고 내외해?"

　"나 쉬운 여자 아니라니까."

　"너 그 말 한 번만 더 해."

　방문 앞에서 우뚝 멈춰선 지운이 정말 화가 난 듯 잔뜩 인상을 쓰고 희주를 내려다봤다. 희주가 미안한 얼굴로 불쾌한 듯 미간을 찌푸린 채 움직일 줄 모르고 서 있는 그에게 꼭 매달리자 그제야 무거운 한숨을 내쉬며 지운이 다시 움직였다. 희주는 자신을 침대에 내려놓으려고 하는 지운을 더 꼭 끌어안았다.

　"미안해요, 다시는 안 그럴게."

　"쉬어, 내일 일찍부터 촬영 있다며."

　"화 풀어주지, 응? 화 풀어줘요."

　희주가 어색한 표정으로 되지도 않는 애교를 부리자 결국 지운이 피식하며 웃음을 터트렸다.

　"어, 웃었다."

　"노력이 가상해서 넘어가는데, 그 말 정말 듣기 싫어. 가만, 네가 날 쉬운 남자로 보는 거 아냐?"

"떠넘기지 마요, 그건 절대 아냐."

"알게 뭐야."

"이제 내가 화내요?"

"됐어, 안 넘어가."

그렇게 몇 마디 서로 너스레를 떤 후에 그의 기분이 풀린 걸 확인한 희주가 버둥거렸고 지운은 그녀를 조심스럽게 침대에 내려줬다. 침대에 앉고 나니 긴 하루의 피로가 갑자기 몰려와 몸이 축 처지는 것 같았다. 손가락 하나 움직이기 귀찮은 희주는 안경과 겉옷도 벗지 않은 채 그대로 누워버렸다.

"샤워하고 와. 욕실은 방에도 있고 거실에도 있어."

"아, 귀찮다. 그냥 자고 싶다."

베개에 얼굴을 비비며 투정을 부린 희주가 맹한 얼굴로 지운을 올려봤다.

"나 집에 있으면 잘 닦지도 않고 청소도 안 하고 요리도 못 하고 막 게으른데 그래도 결혼한다고?"

"까분다. 얼른 가서 닦어."

"아, 몰라. 몰라. 싫어."

희주는 완전히 늘어져 베개에 얼굴을 묻어버렸고 그런 희주가 마냥 귀여운 지운이 그녀의 겉옷을 벗겨 내며 대화를 이었다.

"언제쯤 쉴 수 있어?"

"이번 주 지나면 12월 스케줄은 대충 마무리. 런칭 파티랑, 연말 파티 등등 초대받은 거 있는데 은주한테 밀고 빠져볼까 생각 중."

"쉴 때 데이트하자. 영화도 보고, 쇼핑도 가고, 맛있는 것도 먹으러 가고 그러자."

희주는 대답 대신 가물가물 감기던 눈을 떠 지운을 봤다. 데이트 라, 클럽에 가서 남자를 꼬여보긴 했지만 정식 데이트를 해본 적은 한 번도 없었다. 별것도 아닌 데이트라는 말에, 그 말을 하는 지운에 게 가슴이 콩닥콩닥 뛰었다.

"웃는 건 좋다는 거지?"

"내가 웃었어요?"

"그것도 아주 예쁘게."

"그럼 좋다는 뜻인가 보네."

"여우, 쉬운 게 하나도 없지. 그나저나 정말 안 닦을 거야?"

"너무 피곤해. 오늘 당신이랑 크리스토퍼 때문에 완전 긴장해서 기운이 하나도 없어."

"완전 게으름뱅이네. 내가 닦아줘? 같이 샤워할래?"

"샤워만 할 자신 있으면."

"흐음, 그건 자신 없다."

지운은 다시 눈을 감아버린 희주에게 대충 이불을 덮어주고 욕실 로 들어가 물수건 몇 개를 만들어 왔다. 벌써 잠이 든 것인지 미동도 없는 그녀의 옆에 앉아 조심스럽게 얼굴부터 닦아내기 시작했다. 얼 굴이 작은 건지, 타월이 큰 건지 제 한 손 안에 다 들어오는 크기의 얼굴이 신기해 닦고 또 닦았고 그의 조심스러운 손길에 희주가 따뜻 한 미소를 지었다.

"서비스 좋다."

"화장 안 했어? 묻어나오는 게 없다."

"나 평상시에도 화장 잘 안 하는데."

"피부 좋다고 자랑하는 거야?"

지운은 물수건으로 닦아낸 그녀의 볼에 쪽 하고 뽀뽀를 하고 그다음엔 손을, 그다음엔 발까지 닦아낸 후 옷을 벗겨 내 이불 속으로 쏙 밀어 넣었다. 그가 해주는 대로 가만히 누워 있는 희주를 보고 욕실로 들어간 지운은 금세 샤워를 하고 나와 그녀 옆으로 들어갔다. 그새 잠이 들었는지 숨소리도 예쁜 희주를 품에 안고 편안하게 긴 숨을 토해내며 눈을 감았다. 누군가와 침대를 나눠 쓰는 일 생각해본 적도 없는데, 희주는 마치 처음부터 제 옆자리에 있었던 사람처럼 익숙하기만 했다. 지운이 그녀의 어깨를 쓱쓱 쓰다듬자 잠결에도 희주가 그의 품으로 더 깊게 파고들었다. 지운은 조금 서늘하게 느껴지는 그녀의 몸을 꼭 끌어안고 그대로 잠이 들었다.

4장.

희주는 거울 앞에 서서 자신의 모습을 비춰보고 있었다. 곱게 화장을 한 얼굴에 안경도 벗고 빠글빠글 파마했던 머리도 신경 써서 생머리로 풀었다. 매일 입던 보이시한 옷도 벗어버리고 하얀색 캐시미어 가오리핏 원피스를 입고 긴 흑진주 목걸이를 해 센스를 더했다. 옷이 좋아 사긴 했지만 언제 입을까 자신이 없었는데 그녀의 고운 몸매를 드러낸 원피스는 세련되게 그녀에게 잘 어울렸다. 꾸미지 않은 듯 근사한 제 모습을 보며 데이트라는 말에 괜히 들떠 너무 과하게 꾸민 건 아닌가 하는 생각이 점점 더 강해지고 있었다.

"지금이라도 다시 갈아입을까? 너무 과한 거 아냐?"

거울을 보며 이리저리 망설이던 희주는 시간을 확인하고 얼른 코트를 입고 가방을 챙겼다. 그와의 약속시간이 10분밖에 남지 않았다.

"그래 뭐, 데이트잖아."

희주는 허리를 꼿꼿이 펴고 사라져가는 자신감을 빵빵하게 채운 후 아파트 앞으로 나서자마자 타이밍 좋게 지운이 도착했다. 희주를 발견한 그가 운전석에서 내려 환한 얼굴로 그녀에게 다가왔다.

"우와, 서희주 씨 맞습니까?"

"예쁘단 말이죠?"

"기분 좋다."

"뭐가요?"

"지금 그 모습. 그 예쁜 모습이 나랑 만나려고 신경 쓴 거니까, 당신 그 마음이 더 예쁘고 고맙고 그러네."

그의 칭찬에 희주의 볼이 발갛게 달아올랐다. 저렇게 솔직하게 칭찬하고 고마움을 전하는 남자가 몇이나 될까? 알면 알수록 멋진 지운 때문에 희주는 점점 행복해지고 있었다.

그녀를 예쁘다고 치하한 지운도 근사하긴 마찬가지였다. 편안하게 앞머리를 내리고 캐주얼 재킷에 청바지를 입은 지운은 평상시보다 훨씬 더 경쾌하고 어려 보였다. 양복 입은 중후한 모습도 멋지다고 생각했는데, 가벼운 차림의 오늘도 충분히 매력적이고 그 모습에 희주의 가슴이 콩콩 뛰었다. 설레는 마음을 숨기기 위한 희주의 말투가 좀 퉁명했다.

"오버하지 마요."

"근데 너무 예뻐서 다시 집으로 들어가고 싶네."

지운의 느물거림에 희주가 그의 어깨를 주먹으로 툭 치고 차 쪽으로 가자 얼른 따라온 지운이 그녀의 허리에 팔을 슬쩍 감으며 조수석 문을 열어줬다.

"음, 냄새도 좋다."

"뭐는 나쁠까?"

희주는 목덜미에 고개를 묻고 지분거리는 지운을 어깨로 밀어내고 부러 도도한 표정으로 차에 올랐다. 그런 희주가 귀여워 안전벨트를 매주며 그녀의 입술에 가볍게 뽀뽀를 했다.

"아, 좀."

"예쁜 네 탓이야."

희주는 싱글벙글 웃음기 가시지 않는 그의 얼굴을 낯설게 바라봤다. 그녀에겐 항상 부드러웠지만 저렇게 대놓고 싱글벙글 계속 웃는 것도 처음이라 조금 어색했다. 눈을 가늘게 뜬 희주가 지운이 운전석에 앉을 때까지 그렇게 바라봤다.

"왜?"

"너무 웃는 거 아니에요? 낯설어."

"좋아서. 너도 좋고, 너랑 같이 있는 것도 좋고, 연인으로 데이트하는 건 더 좋고."

"그만 웃어요, 바보 같아. 이런 사람인 줄 몰랐어."

그녀의 핀잔에도 지운은 웃음기를 지우지 않고 차를 출발시켰다. 그녀와의 첫 데이트, 데이트 날짜를 정한 날부터 오늘 아침까지 어디를 가야 하나, 뭘 하면 희주가 좋아할까 무척이나 고민했지만 생각나는 것 전부 다 너무 흔해서 특별한 걸 해주고 싶은 마음에 차지 않았다. 마음 같아선 훌쩍 여행이라도 떠나고 싶었지만 시간상 그럴 수도 없고, 그러다 그녀가 바로 어제까지 일 때문에 시달렸단 것과 운동을 좋아한다는 말이 문득 생각나 오늘은 조금 편하고 쉴 수 있는 데이트를 하기로 했다.

"그나저나 우리 어디 가요? 첫 데이트라고 잔뜩 들뜨게 하더니 뭐 하려고?"

"글쎄, 뭘 하려나?"

"도착하는 그 순간까지 말 안 하는 거 너무 고전적이라 재미없는 데."

"그래도 말 안 해. 아침은 먹었어?"

"원래 아침 잘 안 먹어요."

"그러니까 자꾸 마르지. 거기 글러브 박스 열어봐. 샌드위치 있어, 커피는 옆에."

"섬세하셔라."

희주는 그가 사온 샌드위치를 맛있게 먹었다. 신선한 채소의 향, 상큼한 드레싱과 호밀빵의 고소함이 잘 섞여 그녀의 후각을 자극하며 저절로 입 안에 군침을 돌게 만들었다. 다른 사람들보다 예민한 미각과 후각 때문에 음식에 까다로운 그녀였다. 입맛에 맞는 것을 찾기도 어렵고 입맛을 충족시킬 수 있는 맛집을 찾아다닐 만큼 부지런하지 않고 흡혈을 시작한 후에는 음식에 대한 흥미가 반으로 떨어졌다. 거기다 챙겨주는 사람도 없으니 점점 더 음식과 멀어졌다. 물처럼 마시는 커피를 제외하면 특별히 찾아 먹는 음식이 없었다. 그녀에게 있어 음식은 마음에 드는 게 있으면 먹고 없으면 안 먹는 그런 거였는데 그녀의 식사를 걱정하는 지운을 만나면서 그 습관이 조금씩 고쳐지고 있었다. 지운은 어떻게 희주의 입맛에 딱 맞는 음식만 구해오는지 그것도 신기했다.

"맛있어요. 한입 먹을래요?"

그가 고개를 끄덕이더니 아무 거리낌 없이 그녀가 먹던 샌드위치를 베어 먹었다.

"내가 먹던 건데."

"뭐 어때? 오늘따라 더 맛있네."

진짜 적응하기 힘든 남자였다. 인간관계에 대한 감정적 면역력이 거의 없는 희주는 호감이 듬뿍 담긴 지운의 말을 들을 때마다 손발이 오그라드는 부끄러움은 물론 설렘까지 한꺼번에 몰려와 어쩔 줄 몰라 하게 된다.

지운은 고개를 돌린 희주를 보며 피식 웃었다. 처음엔 저런 샐쭉한 태도가 신경이 쓰였는데 이젠 그녀가 부끄러움을 내보이는 방식이란 걸 알아 웃게 된다. 페르시아고양이처럼 도도한 그녀가 십 대 소녀처럼 쑥스러운 모습을 내보일 땐 정말 깨물어주고 싶을 만큼 예뻤다.

목적지에 도착한 차에서 내리며 희주는 잔뜩 인상을 썼다. 고르고 고른 데이트 장소가 서울시내 한복판 별 다섯 개짜리 고급 호텔이라니, 이곳을 고른 지운의 생각이 짐작되며 조금 실망스러웠다.

"겨우 여기예요?"

"겨우라니, 여기서 뭘 할 줄 알고? 상식적으로 생각하지 말라니까."

손을 잡아끄는 지운을 따라가는 내내 희주는 약간 뽀로통한 상태였고 그가 준비한 객실에 들어가서도 퉁한 표정을 풀지 않았다.

"아니, 겨우 두 사람이 쓸 건데 왜 이렇게 큰 객실을 잡았데?"

"강지운 여자한텐 이 정도가 어울려."

"자만심에 가까운 자신감은 어디서 나오는 거예요?"

"익숙해져."

그렇게 농담 반 진담 반 같은 말로 그녀의 기분을 조금 풀어준 지운은 미리 거실 소파에 가져다 놓은 가방에서 옷을 꺼내 희주에게 건네주며 침실문을 열어 그녀를 밀어 넣었다.

"얼른 갈아입어. 여기 더 있으면 운동이고 뭐고 너부터 안을 것 같으니까."

"운동? 운동하려고 여기에 왔단 말이에요?"

"솔직히 너 지금 너무 예뻐서 운동하러 가기 좀 아깝기는 해."

"나가요, 나가."

희주는 또 느물거리는 지운의 등을 밀어 방문을 닫아버리고 피식 웃었다. 잠시나마 여기 데려온 게 너무 뻔하다고 실망한 게 미안했다. 그의 말대로 곱게 화장하고 차려입은 게 조금 아깝기는 했지만 그와 함께 운동을 하는 것도 색다른 재미가 있을 것 같아 얼른 그가 준비해준 운동복으로 갈아입고 나갔다.

"자, 신발도."

"내 치수는 어떻게…… 또 은주랑 통화했어요?"

"아니야. 내가 알아냈어, 내가. 앉아, 신겨줄게."

"내가 할게요."

"한 번 말하면 좀 들어라."

지운은 그녀를 소파에 억지로 앉히고 자신과 똑같은 커플 운동화를 신겼다. 나이 서른 넘어 처음 해보는 짓이 좀 낯부끄러웠지만 어릴 때 누려야 했던 걸 못한 스스로에 대한 보답이라고 생각하기로 했다. 작은 발에 운동화를 신기고 일으켜 자신 옆에 나란히 세웠다.

"어라, 똑같은 신발이네? 옷도 비슷해요."

"커플이라고 티 내려고."

"애도 아니고."

"체, 어릴 때 못 해봐서 그래, 왜? 불만이야?"

"풉, 푸하하하하하."

어린애처럼 입을 쭉 내밀고 툴툴거리는 그가 너무 귀여워 희주가 웃음을 터트리고 말았다. 배를 잡고 깔깔대는 희주가 얄미워 옆구리를 간질였더니 그 손길을 피하겠다고 좁은 호텔 방을 뛰어다닌다.

"그, 그만해요. 힘들단 말이야."

"그러게 왜 놀려. 항복할 때까지 괴롭힐 거야."

"항복, 항복!"

그에게 허리를 잡힌 희주는 두 손을 번쩍 들고 항복을 외쳤고 그런 희주를 번쩍 안아 소파에 앉은 지운이었다. 장난치며 뛰어다니느라 거칠어진 숨을 그의 품에 안겨 다스리는 희주의 얼굴에서 미소가 걷히지 않았다.

"나 간지럼 타는 거 오늘 처음 알았어요."

"뭐?"

"어릴 때부터 아버지는 안 계셨고 어머니는 다정하시긴 했지만 이런 몸 장난을 칠 만큼 건강하시지 못하셨어요."

희주는 자신을 안은 지운의 팔에 힘이 들어가는 걸 느끼며 안쓰럽게 보는 그와 눈을 맞췄다. 이 사람은 지금 어린 자신을 상상하고 있을 것이고 위로를 해주고 싶을 것이다. 희주는 제 어깨를 꼭 안은 지운의 팔을 부드럽게 쓰다듬었다.

"나 괜찮아요. 어린애도 아닌데 뭐. 경제적으론 풍족했어요."

"……어머니 언제 돌아가셨어?"

"나 대학교 졸업반 때. 돌아가시기 전 3년 동안은 집보단 병원에 계시는 시간이 더 많았어요. 돌아가시고 생각보다 많이 힘들지 않았어요. 나 냉정하고 독한가 봐."

말은 그렇게 했지만 그녀의 표정은 여전히 외롭고 쓸쓸한 어린 소녀같이 보였다. 지운은 희주의 표정을 살피며 조심스럽게 질문을 이어나갔다.

"친척이나 친구들은? 옆에 있어줄 사람이 아무도 없었어?"

"엄마가 아버지랑 반대하는 결혼을 하시는 바람에 부모님과 의절을 하셔서 난 친척이 없어요. 어릴 땐 여기저기 이사를 많이 다녀서 친구 사귈 틈이 없었고 정착하고 난 후엔 친구 사귀는 법을 몰라 사귈 수 없었어요. 애들이 나한테 접근하길 어려워했고 그렇다고 먼저 다가갈 만큼 살가운 성격도 아니고 그런 와중에 종현이만 끈질기게 접근했었죠. 덕분에 종현이가 내 유일한 친구예요. 지금도 사람들이랑 진심으로 잘 지내는 건 여전히 어려워요. 같이 일한 지 4년 가까이 되어가는 은주도 날 어려워하는데."

"회사를 운영하려면 직원들이 어려워할 필요가 있지. 하긴, 네가 지나치게 도도하긴 해."

장난으로 자신의 기분을 풀어주는 지운에게 애교스럽게 눈을 흘기는 희주도 이젠 편안하게 웃었다. 누구에게도 말하지 않은 자신의 개인사를 조금이나마 털어놓고 나니 마음이 가벼웠다. 지운은 그를 흘겨보는 희주의 양쪽 뺨을 꾹 눌러 만든 오리 입에 가볍게 입을 맞췄다.

"쫓아다니며 친구 하자는 사람도 있었고 무서워하면서도 4년이나 같이 일하는 직원도 있고, 행운아네 서희주."

"그런가요?"

"생각하기 나름이라잖아. 아무것도 없는 사람들보단 훨씬 나은 거니까. 부족한 건 앞으로 내가 해줄 건데 뭐. 오늘처럼 하나씩 알아 가면서 많이 웃을 수 있게 해줄게."

미래를 약속하는 지운의 말에 대답 대신 그의 목을 끌어안았다. 아무 걱정 없이 좋다고 대답할 수 있다면 얼마나 좋을까? 희주는 대답 대신 그에게 진심을 담은 약속을 했다.

"난 당신 때문에만 행복할 거예요. 당신 말고는 그 누구도 날 웃게 하지 못할 거고 당신이 없으면 내 인생도 없을 거예요. 그건 약속할게."

"바보야, 내가 없어도 웃으면서 살아야지, 행복하게, 내 몫까지. 그래도 기분은 좋네. 자, 이제 운동하러 가자."

희주는 자신이 없어도란 지운의 말에 심장이 푹 찔린 기분이었다. 마치 본인의 불행한 미래를 알고 있는 것 같아 웃을 수가 없었다. 자신의 손목을 끌고 앞장서 가는 그의 뒷모습에 괜히 울음이 나올 것 같아 희주는 입술을 깨물었다. 행복한 일상에도 자신의 처지로 인해 문득, 문득 슬픔이 피어오를 때면 어떻게 해결할 방법이 없어 답답했다.

지운은 자꾸만 쳐지는 희주의 걸음에도 묵묵히 앞서 걸었다. 그녀의 부모님에 대해 들을 때마다 마음 한구석을 커다란 망치로 얻어맞는 것처럼 먹먹했다. 편모, 편부 슬하에서 자라는 게 어떤 건지 관심 둬본 적도 없고 그들이 특별히 불행한 환경을 가졌다고 생각해보지 않았다. 지금도 그건 마찬가지였지만 모든 면에서 그녀만은 예외였다. 그녀의 지난 삶이 안타깝고 안쓰럽고 무조건 잘해주고 싶었다. 그녀에 대해 알게 되면서 가끔 감정이 없는 사람처럼 구는 것도 이해가 됐다. 다리를 무겁게 끌며 힘들어하는 희주가 자신을 만나 실컷 웃고 감정적 사치를 누리며 가볍게 살기를 원했다.

호텔 안 피트니스 클럽에 온 지운은 그녀를 데리고 스쿼시 코스 쪽으로 갔다. 이미 예약을 해놨기에 기다리지 않고 바로 게임을 시작할 수 있었다. 지운은 그녀의 손에 채를 쥐어주고 가벼운 고무공을 퉁기며 유리로 된 코트 안으로 들어가 문을 닫았다.

"스쿼시 쳐본 적 있어?"

"테니스는 할 줄 알아요."

"그럼 기본은 알 테고, 스쿼시는 공도 채도 모두 가벼워. 공은 고무로 만들어져 어디로 튈 줄 몰라 방향 잡기 힘들고 속도도 빨라서 훨씬 역동적이지. 욕심내서 휘두르면 팔근육 다칠 수 있으니까 최대한 힘 빼고 자연스럽게, 알았지?"

"좋아요."

지운이 가볍게 벽에 공을 치는 것으로 게임을 시작했다. 처음엔 초보인 희주를 생각해 천천히 한 방향으로 공을 쳐줬다. 몇 번 받아치기 쉽게 공을 줬더니 생각보다 운동신경이 좋은 그녀가 금세 적응해 먼저 강한 스매싱으로 반격을 했다. 희주의 뜻밖의 공격에 요것 봐라 한 지운의 반격에도 힘이 실렸다.

희주는 의심을 사지 않기 위해 일부러 힘을 뺐다. 웬만한 남자들보다 힘이 세고 민첩하고 속도도 빨라 잘 조절하지 않으면 정체를 들킬 수도 있었다. 특히 그녀에게 예민한 지운 앞에서는 더 조심해야 해서 일부러 실수도 했다. 그러다 장난처럼 한 번 받아보란 식으로 공을 세게 쳤는데 지운이 힘 하나 들이지 않고 반격을 한 것이다. 그 때부터 희주도 힘을 줘 공을 치기 시작했고 장난기가 거친 두 사람의 본격적인 게임이 시작됐다.

고무공이 벽을 치는 '탕, 탕' 소리와 거친 두 사람의 숨소리만 코트 안을 가득 채웠다. 스쿼시에 능숙한 지운이 빠르고 느리게 속도와 강도, 공의 방향을 조정하며 그녀를 이리 뛰고 저리 뛰게 만들었지만 반격하는 희주도 만만치 않았다. 지운이 당황할 만큼 희주는 빠른 속도로 경기를 배워갔고 그를 따라잡았다. 처음엔 부러 아슬아슬하게 한 점, 두 점 차이로 앞서갔지만 마지막엔 지운도 긴장해서 최선을 다해야 했다. 결국 승리는 지운의 몫이었지만 무척이나 고전한 결과였다.

"한 경기 더 해요."

"할 수 있겠어?"

말투에는 웃음기가 있었지만 땀을 닦아주는 지운의 표정은 좀 묘했다. 지운은 탄력을 잃고 강한 마찰에 표면이 거칠거칠해진 공을 주무르며 방금 전 희주의 움직임을 생각했다. 운동을 잘하는 여자도 있을 수 있지만 희주는 뭐랄까, 단순히 운동을 잘하는 게 아니었다. 게임 중 경기장의 한쪽 끝에서 다른 쪽 끝으로 움직이던 그녀의 모습은 제대로 보이지 않을 정도로 빠르고 민첩했다. 거기다 여자라고는 믿을 수 없을 정도로 강한 힘을 가지고 있었는데 겨우 한 번의 경기로 공이 너덜너덜해져 있었다. 지난번 손등의 상처가 몇 시간 만에 아문 것도 생각이 나며 이상하단 생각을 떨쳐낼 수 없었다.

"뭐예요, 한 게임 더 하자니까."

"좋아. 대신 이길 때까지 하겠다고 우기면 안 돼."

"이번에 꼭 이길 거야."

주먹을 꼭 쥐면서 하는 희주의 말에 지운이 웃으며 공을 바꿔 들고 코트 안으로 들어갔다.

희주가 이를 악물고 다시 덤볐지만 결국 세트 스코어 2대 1로 또 지고 말았다. 한 경기 이긴 것도 지운이 봐줘서 그랬다는 기분을 지울 수 없었다.

"운동신경이 대단한데. 처음 아닌 것 같아. 무슨 힘이 그렇게 세? 여자 아닌 줄 알았어."

지운의 말에 속이 뜨끔했지만 희주는 아무렇지도 않은 척 땀을 닦으며 말을 이었다.

"그래도 졌어. 다음엔 꼭 이길 거야."

"거기다 승부욕까지, 좋은 자세야."

"한 경기만 더 할래요?"

"오늘은 하루 종일 여기 붙어 있어도 너 나 못 이겨. 그만 가."

"쳇, 끝까지 잘난 척이야."

이 정도 운동으로 체력이 달릴 희주는 아니지만 더 이상 토 달지 않고 지운을 따라 그곳을 빠져나왔다. 말은 한 경기 더 하자고 했지만 자신이 경기에 너무 빠져서 실수한 거 아닌가 불안했다. 희주는 제 손을 잡고 한 발 앞서가는 지운의 등을 보며 살짝 고개를 갸웃거렸다. 방금 전까지 뛰고 나온 사람답지 않게 금세 안정되는 그의 호흡, 경기 내내 혼신을 다해 친 자신의 공을 너끈히 받아내던 그의 빠르기 역시 일반사람이라고 말하기 어려웠다. 그가 평범한 인간이 아니라는 사실에 비중이 실리고 있었다.

지운은 해결이 안 되는 자신의 머릿속 복잡한 생각을 털어버렸다. 확실하지 않은 사실로 그녀를 의심하고 싶지 않았고 만약에 희주가 평범한 인간이 아니라고 그녀를 밀어낼 마음은 없었다. 지운은 뭔가에

골몰해 있는 희주의 어깨를 안고 사람들 사이를 걸었다. 그들을 힐긋대는 사람들의 시선에 평상시 같으면 짜증이 나겠지만 지금은 기분이 좋기만 했다.

"왜 그렇게 자꾸 웃어요?"

"사람들이 우리를 봐."

"그게 웃을 일이에요?"

"최소한 우릴 본 사람들은 우리가 커플인 걸 알 테니까. 다음엔 내 친구들 만날래?"

"너무 앞서가요."

"난 네 친구 만났잖아."

"그건 마주친 거지 만난 게 아니에요. 단어 선택에 신중하자고요."

"누가 기자 출신 아니랄까 봐."

"우리 이제 뭐 해요?"

"밥부터 먹을래 아님 스파부터?"

"스파까지? 오늘은 섬세함이 콘셉트인가 보네, 스파부터 해요."

두 사람은 곧장 스파로 가서 샤워를 하고 커플 마사지를 받았다. 희주는 누군가 자신의 몸을 만지는 걸 좋아하지 않지만 조용하고 편안 환경에서 처음 가져보는 느긋한 시간이 꽤 마음에 들었다. 거기다 옆에서 조용히 느껴지는 그의 기운이 자신까지 편안하게 만들었다. 한참 희주의 손을 가지고 장난치던 지운이 반응이 없는 그녀의 손길에 조용히 물었다.

"제 여자친구 잠들었습니까?"

"네, 잠드셨어요."

"그럼 깰 때까지 자리를 비워주시죠."

지운의 말에 직원들이 모두 나갔고 방에는 달콤한 잠에 빠진 희주의 편안한 숨소리만 들렸다. 잠든 그녀의 손을 조물거리며 지운은 그녀의 숨소리를 즐기고 있었다.

"너 나한테 무슨 짓을 한 거냐? 숨소리까지 예쁘네."

"······뻥치지 마요."

"깼어?"

"당신이 직원들 내쫓았을 때부터. 평화롭고 좋다."

"이런 거 좋아하면 얼마든지 해줄게."

"나중엔 다른 거 해줘요. 나 안아주는 거, 난 당신 품이 조금 더 좋아."

"아, 이 여자 미치겠네. 여기서 자극해서 어쩔 건데? 그리고 나 당분간 너랑 순수하게 다른 연인처럼 손잡는 데이트만 할 생각이거든."

"그런 기특한 생각은 왜 했데요?"

"네가 자꾸 엉뚱한 생각하는 거 같아서 신경 쓰여."

"그런데요, 지운 씨. 다른 연인들은 정말 손잡는 데이트만 한데요?"

"뭐?"

"푸훗, 잘 생각해봐요."

그녀의 말에 대답할 사이도 없이 직원들이 돌아왔고 반쯤 몸을 일으켰던 지운은 다시 자리에 누워야 했다. 희주는 가끔 저렇게 생각지도 못한 빈틈을 파고들어 사람을 당황시킨다. 스스로를 쉬운 여자로 생각하는 것 같아 마음에 걸려 생각에 생각을 거듭한 결과 당분간은 에로스 말고 플라토닉 러브만 해보자고 힘들게 마음먹었더니 하는 말이 저렇다.

희주는 당황하는 지운을 보며 속으로 웃었다. 그를 설득하기 위해 한 그 말이 어느 정도의 무게로 그에게 상처를 낸 건지 이제야 짐작이 갔다. 생긴 건 남자답고 차갑게 생겨서 은근 세심하고 배려심 많은 게 그 사람답단 생각이 들었다.

스파를 끝내고 당연히 객실로 갈 줄 알았던 지운은 그녀를 데리고 미용실로 가 마치 파티라도 가는 것처럼 머리와 가벼운 메이크업까지 한 후 객실로 올라가 옷으로 갈아입었다. 호텔에 이렇게 다양하게 즐길 수 있을 줄 몰랐는데 희주는 진심으로 이 시간이 즐거웠다. 옷을 다 입고 그가 안내하는 식당으로 가 밥을 먹을 참이었다.

"회 좋아해?"

"가리는 음식은 없어요, 먹는 걸 안 즐길 뿐이지."

"나는 맛있는 집 찾아다니는 거 좋아해."

"나는 귀찮더라. 맛집이라고 해도 정말 맛있는 집도 별로 없고."

"나만 쫓아다녀, 제대로 된 음식을 먹여주지."

"알았어요. 다만, 억지로 먹으라고 강요하지 마요."

"근데 말이야, 나랑 있을 땐 제법 잘 먹지 않았어?"

"그러게 그게 나도 이상해요."

이런 대화를 하며 막 식당으로 들어가는 두 사람을 붙잡은 건 의외의 인물이었다.

"형."

"하운아, 여기 웬일이야?"

"여자친구랑 밥 먹으러 왔어. 그러는 형은? 아, 저분이 그분?"

"희주 씨, 인사해요. 내 동생 하운이고 그 옆은 여자친구."

"아, 안녕하세요. 서희줍니다."

"처음 뵙겠습니다."

지운보다 조금은 부드러운 인상이었지만 너무나 닮은 남자가 희주에게 손을 내밀었다. 생각지도 못하게 맞닥뜨린 하운과 얼떨떨한 기분으로 악수를 하는 사이 희주의 시선이 서너 번 두 사람을 번갈아 왔다 갔다 했다.

"당신 동생이랑 신기할 정도로 닮았어요."

"우리 일란성쌍둥이야. 저 녀석은 나보다 5분 동생."

"당신 쌍둥이였어요?"

"내가 말 안 했나?"

새롭게 알게 된 사실에 입을 벌리고 지운과 하운을 번갈아 보는 희주에게 지운은 어깨 한 번 으쓱해 보였다. 이런 건 좀 미리 말해 주지, 새로 알게 된 사실에 희주가 입을 삐죽이고 있는데 하운 옆에 선 여자가 묵례를 해왔다. 희주가 얼른 표정을 갈무리하며 같이 묵례를 하자 말없이 하운 옆에 숨 듯 서 있더니 갑자기 희주 앞으로 한 걸음 다가왔다.

"왜?"

여자의 행동이 뜻밖인지 하운이 팔을 잡으며 물었고 여자가 작게 그의 귀에만 대고 뭐라고, 뭐라고 속삭였다. 두 사람이 얼굴을 가까이하고 대화를 나누는 사이 지운도 희주에게 작게 설명을 해줬다.

"하운이 여자친구, 함묵증이래. 나도 목소리 들어본 적 없어. 하운이한테만 겨우 몇 마디 하는 게 전부야."

놀란 희주가 동그랗게 뜬 눈으로 지운을 봤고 그가 슬쩍 고개를 끄덕이는 걸 보며 놀란 표정을 갈무리했다. 그렇게 커플들이 각자 자신들의 이야기를 하는 사이 하운의 여자친구가 희주의 손을 잡아왔고 하운이 당황한 희주에게 빠르게 설명했다.

"제 여자친구가 인사를 하고 싶답니다. 어색하시겠지만 불편하지 않으시면 받아주세요."

"네. 안녕하세요, 저는 서희주예요. 만나서 반가워요."

웃으며 하는 희주의 인사에도 여자는 무표정한 얼굴로 희주의 왼쪽 가슴, 심장 부근에 손을 올리며 눈을 감았다. 뜻밖에 행동에 희주는 물론 지운과 하운까지 모두 당황했지만 그러든 말든 한참을 그렇게 서 있던 여자가 조용히 눈을 떠 희주와 눈을 맞추며 미소 지었다. 그 순간 여자의 미소와 얼굴이 환하게 빛나며 너무 아름다워서 희주는 눈이 부시다는 착각까지 했던 것 같다. 항상 한군데가 비어 있던 것처럼 공허했던 마음이 따뜻하게 차오르고 편안해지며 행복하단 기분을 느끼게 했다. 그렇게 잠시 동안 있던 여자는 희주의 손을 놓고 자신의 자리인 듯 다시 하운의 등 뒤에 반쯤 숨어 그의 귀에 뭐라고 작게 속삭였다.

"지금 당신의 가슴을 채운 그 느낌을 꼭 기억하랍니다. 당신은 앞에 놓인 모든 장애물들을 이겨낼 만큼 마음이 강한 사람이라고, 절대 끝을 생각하며 스스로를 포기하는 어리석은 결정을 하지 말라고요."

"네?"

"인생은 우리의 예상대로 움직이지 않으며 운명을 포기하면 모두가 불행해질 거라고요. 주변을 돌아보고 가장 중요한 건 본인을 사랑하는 거랍니다. 잊지 말라고 하네요."

"무슨, 뜻이죠?"

"저도 모르겠어요. 그냥 이 친구가 하는 말을 전하는 것뿐이에요. 저희는 먼저 가보겠습니다. 형, 나중에 봐."

하운의 설명에 여자는 제 할 일이 다 끝났다는 듯 완전히 그의 등 뒤로 숨어버렸고 하운이 여자의 어깨를 감싸고 그 자리를 떠났다.

"저, 저기……."

그들을 잡으려 손을 들었던 희주는 멀어지는 두 사람의 모습을 보며 방금 전 여자가 했던 것과 똑같이 자신의 왼쪽 가슴에 손을 올렸다. 그 여자가 손을 대고 있던 내내 사람보다 느린 박자로 뛰는 제 심장 부근이 따뜻해지며 치유 받는 기분이었다. 희주가 꽤 긴 시간 정신을 차리지 못하자 지운이 그녀의 손을 잡아 식당 안으로 들어갔고 안내 받은 방에 자리를 잡고 나서도 희주는 한동안 멍한 상태에서 빠져나오지 못했다. 깊은 생각에 빠진 희주의 손을 잡자 퍼뜩 정신을 차린 그녀가 빠르게 질문을 쏟아냈다.

"그 아가씨 어떤 사람이에요? 뭐 하는 사람인데요? 두 사람은 어떻게 만났데요? 함묵증은 왜 걸렸데요?"

"워워, 천천히. 그 아가씨에 대해선 나도 잘 몰라. 간단히 얘기하자면 동생이 얼마 전 시골 오지로 여행 갔다가 산자락 움막에서 혼자 사는 걸 주워왔다며 집으로 데리고 왔어. 주워왔다는 건 동생 표현이야, 처음엔 놀라고 한집에서 지내는 걸 꺼리시던 부모님도 지금은 모르는 척 눈감아주시는 중이지. 내가 볼 때 저 아가씨 아니면 하운이를 감당할 사람이 없을 거라고 결론을 내신 것 같아."

"아까 나한테 한 말은 무슨 뜻일까요? 정말 인생은 우리 예측대로 되는 게 아닐까요? 내 자신을 포기하는 결정은 뭘까요?"

"당신이 절대 하면 안 되는 선택이지. 이 세상 그 무엇도 자기 자신보다 중요한 건 없어. 본인을 사랑하는 것으로 시작하라잖아."

"……나를 사랑하라고요? 나를 사랑하라, 나를 사랑하라……."

"그 생각은 여기까지, 운동하고 왔는데 배 안 고파? 밥 먹어."

지운은 복잡한 얼굴로 똑같은 말만 중얼거리는 희주 앞에 먹음직스러운 회 한 점을 내밀었고 그걸 받아먹으면서도 생각에서 빠져나오지 못했다. 그 여자가 한 말이 이해될 듯 말 듯 머리를 복잡하게 만들었다. 처음 보는 여자가 희주에 대해 모든 걸 알고 있는 것처럼 말을 하는데 기가 찰 노릇이었다. 그렇다고 무시할 수도 없었다. 지금까지 자신의 존재를 사랑하거나 자랑스럽게 생각해본 적이 없는 그녀에게 스스로를 사랑하라고 한 것도 그렇고 운명을 포기하지 말라는 것도 마음에 걸렸다. 미래를 예언하는 듯한 그 말들과 가슴을 따뜻하게 만들었던 그 느낌은 뭔지 생각하면 할수록 머릿속이 엉키는 기분이었다.

"금강산도 식후경이야. 밥부터 먹어. 오늘따라 회가 좋다."

"나중에 저 여자분 다시 한 번 만날 수 있을까요?"

"나랑 결혼하면 가능할걸? 둘이 동서지간이 될 테니까."

"또, 여기서도 장난치고 싶어요?"

"장난 아닌데. 언제 결혼할까?"

"회나 먹어요."

희주가 살짝 눈을 흘기며 그의 앞접시에 회를 놔주고 자신도 하나 집어먹었다. 겉으로는 내색 안 했지만 지운 역시 하운의 여자친구가 한 말을 곱씹고 있었다. 스스로를 사랑하라는 말은 희주에게 정말 필요한 말이었지만 어떻게 알고 그 말을 했는지 그 외에 말들은 뭘 의미하는지 정말 궁금했다. 희주보다 자신이 먼저 만나 그 말들의 의미를 묻고 싶었다. 특히나 운명을 포기하지 말라는 말이 자꾸만 마음에 걸렸다. 지운은 생각이 많았지만 희주가 말을 꺼내자 그 말이 다시 주제로 떠오르는 게 싫어 얼른 말을 바꿨다.

"저기 지운 씨……."

"참, 나 양복 한 벌 사야 해. 같이 가줘."

"알았어요."

"개인 스타일링이나 쇼핑 도와주는 일도 해?"

"스타일링을 해주긴 하는데 요즘 같이 바쁠 땐 못하죠. 가끔 친분 있는 연예인들이 드라마 들어갈 때 코디 부탁하는데 할 때 있고 안 할 때 있고 그래요."

"시간 되면 우리 어머님도 좀 도와드릴래? 돈은 많이 주실 텐데."

뜬금없는 지운의 말에 회를 집어 들던 희주의 젓가락질이 딱 멈췄다. 마주앉은 지운을 보는 그녀의 눈매가 꽤나 매서웠다.

"도대체 무슨 생각이에요? 그 여자분한테 정신을 빼앗겨서 잠시 잊고 있었는데 당신 동생 만난 것도 나한테는 큰 사건이거든요."

"그러니까 이왕 이렇게 된 거 어머님도 뵙자고."

"설마, 내 얘기했어요?"

"어머님께만 슬쩍 운 떼어놨어."

희주가 미간에 주름을 잔뜩 잡았다. 결혼 얘기를 꺼낸 것도 어떻게 해야 할지 모르겠는데 두 사람의 관계에 다른 사람들을 끼워 넣으려고 하는 그가 정말 벅찼다. 그녀의 의중은 안중에도 없이 자신의 뜻대로 밀어붙이려는 지운의 태도는 희주에게 반감을 가지게 했다. 시간까지 준다고 했으면서, 어머니 얘기를 꺼내다니 희주는 정말 못마땅했다.

"확실한 건 아무것도 없는데 어머께 내 얘길 뭐 하러 해요? 결혼하자는 말에 긍정적인 대답을 한 것도 아니고 나에게 결혼은 여전히 별나라 얘기라고요. 연인 하자는 거에 동의한 거지 그 이상은 아니잖아요. 시간 준다면서요."

그녀의 어투가 짜증스럽게 올라가고 나서야 지운이 젓가락을 내려놓고 그녀를 마주했다. 그를 보는 지운의 얼굴도 다소간 굳어 있다. 사실 그녀에 대해 이야기한 건 자의가 아니었지만 지나치다 싶게 반응하는 그녀를 보니 기분이 언짢아졌다. 다른 사람들 같으면 어떻게 생각하던 상관 않겠지만 희주에게만은 그럴 수 없어 지운은 최대한 인내심을 발휘해 그렇게 될 수밖에 없었던 상황을 설명했다.

"이 바닥 좁은 거 알지? 내가 너 찾아갔던 거 어머니 귀에 들어간 모양이야. 전화를 하셔서 물으셨고 그래서 진지하게 만나는 사이라고 했어. 시비 걸지 마. 그저 만나는 여자라고 둘러댈 생각 따윈 애초에 없었으니까."

"내가 당신 집에 간 것도 아셨어요? 대답이 없는 걸 보니 그런 모양이네요."

"하운이 아니더라도 오늘 우리가 여기 와서 시간 보낸 것도 다 아시게 될 거야. 조금 더 많은 정보가 보고되겠지."

"알면서도 온 거예요?"

"피할 이유도, 널 숨길 이유도 없어. 얘기했잖아, 결혼 생각한다고."

그의 단호한 말에 희주가 머리 아프다는 듯 이마를 문질렀다. 이름만 대면 알만한 집안의 이 남자가 얼마나 많은 이목을 끌고 다니는지 생각 못한 자신의 불찰이었다. 그저 지운과 자신, 크리스토퍼 정도로 이 관계를 한계 지으려 했던 자신이 얼마나 순진했었는지 지금에야 깨달았다. 조금 더 조심하고 조금 더 신중하게 움직였어야 했는데 자신의 경솔함에 괜히 그만 몰아붙였다.

"짜증 낸 건 미안해요. 얘기 들어보니까 내가 경솔했어요. 당신이 어떤 사람인지 알고 행동했어야 했는데."

"무슨 뜻이야?"

"당신이 평범한 사람이 아니란 말이에요."

"점점 더 기분 나빠지려고 하니까 그만해. 결혼 아니더라도 난 우리 어머니께 너 보여드리고 싶었어. 나한테 소중하고 특별한 사람이니까 당연히 그러고 싶었어."

그의 말이 참 고마웠지만 마음 한쪽으론 씁쓸함이 피어올랐다. 어떻게 하면 지운을 지켜낼 수 있을까만 고민하다 보니 두 사람의 가시적 조건 차이는 생각도 못했다. 다른 사람들이 보기에 두 사람의 사랑은 대단한 집안 능력 있는 재벌 3세와 가진 것 없는 고아 여자의 현대판 신데렐라 이야기일 것이다. 차라리 그의 집안에서 별 볼 일 없는 그녀를 반대하면 손 안 대고 코 푸는 격인데, 거기까지 생각이 미친 희주는 피식 웃으며 주먹을 쥐고 있는 지운의 손을 토닥였다.

"얘기했죠, 내가 어떻게 자랐고 결혼을 어떻게 생각하는지. 어머님 뵙는 일이 꺼려지는 건 결혼 때문이 아니라 내 처지 때문이에요. 엄마가 살아계실 때도 우린 다른 모녀들과는 좀 달랐고 친구가 종현이 하나밖에 없을 정도로 인간관계가 후지다고 말했잖아요. 다른 사람이 내 인생에 들어오는 것도 또 내가 다른 사람들 인생에 끼어드는 것도 지금까지 한 번도 생각해본 적 없어요. 그러니까 서둘지 말고 지금은 연인으로 시간을 즐기면 안 되겠어요?"

더 이상 심각한 이야기와 두 사람의 생각 차이로 이 시간을 망치기 싫었다. 그와의 결혼, 희주에겐 현실성 없고, 이뤄질 수 없는 환상일 뿐이었지만 그를 설득할 수 없는 문제로 다투고 싶지 않았다.

지운은 이 주제를 피하고 싶어 하는 희주를 보며 질긴 한숨을 내쉬었다. 그녀와의 즐거운 시간을 망치고 싶진 않았지만 그렇다고 자꾸만 깊은 관계에 대해 얘기하는 걸 피하는 그녀가 달갑지도 않았다. 지운은 제 손등을 슬슬 쓰다듬는 그녀의 손을 꼭 잡았다. 손가락 하나하나 깍지를 끼며 그녀와 자신의 생각도 이렇게 하나로 이어질 수 있길 바랐다.

두 사람은 다시 식사를 하기 시작했다. 언제든지 되살아날 갈등의 불꽃이지만 지금은 잠시 모든 걸 잊은 것처럼 웃기로 했다. 이렇게 아옹다옹 식사를 다 끝낸 두 사람은 다정하게 팔짱을 끼고 그의 양복을 사기 위해 호텔 아케이드로 향했다.

"선호하는 브랜드 있어요?"

"아니, 난 그냥 옷이 마음에 들면 입어."

"일상복? 아님 격식 있는 자리에 입을 거?"

"연말이라 가야 할 파티가 꽤 돼. 턱시도나 이런 건 말고."

"스트라이프 더블 블레이저 어때요? 평상시엔 좀 화려해도 파티에는 괜찮을 것 같은데. 내 생각엔 초크스트라이프(chalk stripe)보다 섀도스트라이프(shadow stripe)가 더 고급스럽긴 한데, 이거 색도 묘하고 예쁘다. 입어볼래요?"

"전문가의 의견을 따르겠습니다."

지운은 희주가 고른 양복이 있는 매장 안으로 들어갔고 희주는 옆에 선 지운을 머리부터 발끝까지 한번 쭉 훑어본 후 직원에게 그에게 맞는 사이즈의 양복을 주문했다.

희주가 양복을 고르자 직원이 그걸 들고 탈의실로 먼저 갔고 지운은 부러 자신의 웃옷을 벗어 희주에게 맡기고 직원을 따라갔다. 탈의실로 들어가기 전 자신의 웃옷을 들고 서 있는 희주를 보며 혼자 뿌듯한 미소를 지어보였다.

그녀가 골라 준 양복은 감색 계열이었지만 조명에 따라 색이 약간씩 달라졌고 하의는 상의에 비해 한 톤 다운된 색이었는데 그게 굉장히 세련되면서 보기 좋았다. 희주가 고른 몸에 잘 맞는 양복을 입은 지운은 한 마디로 근사했다. 희주는 거울 앞에 서 있는 지운에게 가 조금은 짧아 보이는 양복 소매를 만지작거렸다.

"다른 덴 다 좋은데 소매가 조금 짧은 듯싶어요. 외국 브랜드인데도 이러네. 당신 팔이 좀 비정상적으로 긴가 봐."

"양복은 항상 이래."

"수선 맡겨야죠?"

"많이 흉하지 않으면 그냥 입고 싶은데."

"소매는 그렇고 색이랑 사이즈는 어때요? 움직이는 거 불편하지 않아요?"

"편해, 마음에 들어. 확실히 여자친구가 있으니까 좋구나."

"원래 옷 잘 입고 다녔으면서."

"내가 고르는 것보다 누가 골라주는 옷 입으니까 뭔가 색다르고 훨씬 좋은데? 앞으로도 쭉 부탁해야겠다."

지운은 그녀의 어깨를 꼭 안았다 놔주며 빙그레 웃었다. 두 사람의 분위기가 너무 좋아서 직원들이 끼어들 틈이 없었다. 매장 직원들은 두 사람을 의미심장한 시선으로 힐긋거렸다. 지운의 아버지부터이 매장 VVIP 고객이라 그가 어느 집 누구인지까지 다 알고 옷을 구매하러 올 때는 항상 혼자 왔었는데 누굴 동반한 것도 처음이고 결혼 소문도 없었는데 여자와 함께 와 대놓고 다정하게 구는 게 신기했지만 티를 낼 수는 없었다.

"내가 옷 한 벌 선물한다고 하면 싫다고 할 거지?"

"응."

"와, 1초 정도는 생각하고 대답하지?"

"다음에 내가 사고 싶은 거 생기면 사줘요. 난 더 비싼 거 사달라고 할 거야. 나 직업 때문에 은근 옷 욕심 많거든요."

도도하게 말하는 희주의 뺨을 살짝 꼬집은 지운은 탈의실로 들어갔다. 옷을 갈아입고 집으로 향하면서 아쉬움에 입맛을 다셨다. 솔직히 방으로 돌아가 좋아하는 그녀의 몸을 끌어안고 살 냄새 맡으며 정신이 아찔할 정도로 사랑을 나누고 싶었지만 참아 보기로 했다. 오전부터 아주 알차게 보낸 하루였다. 일을 떠나 이렇게 신나고 부담 없이 놀아본 것도, 남자와 시간을 보내본 것도 처음이라 희주는 집에 가는 이 순간까지 들떠 있었다.

그의 차가 희주의 아파트로 들어서고 두 사람은 주차한 차 안에서 쉽게 내리지 못했다. 지운은 희주와 깍지 껴 잡은 손등을 쓰다듬으며 계속 그녀를 바라보고 있었다.

"오늘 어땠어?"

"신나고 즐거웠어요."

"좋았던 만큼 키스해줘."

그의 말이 끝나기도 전에 희주가 그의 목에 팔을 걸고 입술을 부딪쳐 왔다. 그녀를 안고 싶어 하는 건 그뿐이 아니었다. 단순히 흡혈 욕구 때문이 아니라 그녀 역시 자신을 따뜻하게 해주는 그의 품에 안겨 충만한 감정을 나누고 싶었다.

하나로 엉기는 두 입술이 뜨거웠다. 희주는 도톰한 그의 입술을 잘근잘근 씹으며 그의 입속으로 들어갔다. 두 사람의 부드러운 혀가 서로를 쓰다듬고 서로의 숨결을 나누며 희주는 점점 더 자신을 뜨겁게 만드는 그에게 강하게 매달렸다. 지운은 부드럽게 제 품에 안겨 오는 희주의 코스 속으로 손을 밀어 넣고 그녀를 매만졌다. 여성스러움을 자랑하는 목선부터 가녀린 등을 부드럽게 쓰다듬던 손이 그녀의 치마 안으로 파고들었다. 스타킹에 싸인 허벅지를 아찔하게 쓰다듬는 그의 손길에 그녀의 달뜬 신음이 키스하고 있는 그의 입속으로 쏟아졌다. 여전히 그녀를 지분거리며 지운의 입술이 힘겹게 그녀의 입술을 놓아주었다.

"하아, 하아, 오늘은 네 초대 받고 싶어."

"올라가요, 같이 있고 싶어요."

그녀의 승낙이 떨어지자마자 지운은 지체 없이 차에서 내려 그녀의 손을 잡아끌었다. 두 사람 다 열에 들떠 호흡은 빨랐고 한시라도 빨리 원하는 걸 취하고 싶은 발걸음은 빠르기 그지없었다.

아파트 안으로 들어오며 간신히 눌렀던 두 사람의 열망이 한순간 폭발했다. 누가 먼저랄 것도 없이 서로를 품은 두 사람, 입 안을 채운 살덩이의 매혹적인 움직임에 열정은 삽시간에 수위를 높였고 상대방을 품고 싶은 욕구에 허리가 저절로 움직였다.

자신의 허리를 감은 그녀의 다리에서 부츠를 짜증스럽게 벗겨 낸 그가 던지듯 희주를 침대에 밀어붙였다. 침대로 오는 길목 두 사람이 벗어던진 옷들이 길을 만들었고 하얀 레이스 속옷에 살이 비치는 투명 까만 스타킹과 긴 진주 목걸이를 하고 긴 머리를 부채처럼 펼친 채 누운 그녀는 아찔할 만큼 뇌쇄적이었다.

"너, 야해."

지운은 뜨거운 시선으로 그녀의 얼굴에서 거칠게 오르내리는 가슴과 옴폭한 배, 자신을 품었던 열락을 훑으며 자신의 바지허리를 풀어냈다. 동물적 지배욕을 강하게 풍기는 그의 행위에 희주는 마른침을 삼키며 기대감으로 온몸을 떨어댔다.

바지를 벗어 던진 지운이 스타킹을 신은 그녀의 다리를 발목부터 쓰다듬으며 천천히 그녀의 몸 위로 기어올랐다. 그녀와 눈을 맞춘 채 아주 여유롭게, 거만하지만 손길만은 뜨겁게 그녀를 헐떡이게 하면서. 까만 스타킹에 감싸인 가냘픈 발목, 늘씬한 종아리와 풍만한 허벅지까지 타고 오른 그의 손이 허벅지 안쪽으로 파고들었고 기대의 부푼 희주의 몸이 보석을 뿌린 듯 아름답게 빛나기 시작했다. 허벅지 안쪽에 두툼한 입술로 자국을 남기던 지운이 그녀의 스타킹을 찢어 그 안으로 손을 집어넣자 희주가 뜨거운 탄성을 부끄러움 없이 토해내며 허리를 뒤틀었다.

"하아아, 너무 뜨거워."

희주는 그의 애무에 예민하게 반응했다. 춤을 추듯 부드럽게 움직이는 손가락, 몸에 닿는 숨결, 입술, 그 모든 게 지독하게 자극적이고 강렬해서 예리한 칼날처럼 자신을 조각내는 것 같았다. 벌써부터 그를 안고 싶어 안달이 난 희주가 그의 팔을 잡고 애원했다.

"어서, 어서 와요."

그녀의 재촉에 배에 얼굴을 묻고 있던 지운이 고개를 들며 상체를 뒤로 밀며 거리를 벌렸다. 왜냐고 물을 새 없이 그가 그녀의 발목을 들어 그곳에 입을 맞추며 혀로 길게 핥았다.

"아하핫, 지운 씨."

"오늘은 천천히 네 온몸 구석구석 다 맛을 볼 거야, 바로 이렇게."

지운은 안달 날 만큼 조금씩 스타킹을 찢어가며 입술을 찍었고, 그의 입술이 지나가는 자리마다 그녀의 다리는 붉은 낙인을 옷처럼 입었다. 고통은 강렬한 희열을 선사했고 그의 입술 자국이 빼곡하게 그녀의 몸을 채워가는 만큼 열기도 강해졌다. 중간 중간 뜯겨나간 스타킹과 하얗게 드러난 피부 위의 붉은 자국, 여러 개의 입술 자국이 그녀의 허벅지에 야한 꽃 한 송이를 만들고 그의 높은 코가 예민할 대로 예민해진 그녀의 여성을 건드렸다.

"하앗, 아, 안 돼."

그녀가 허리를 뒤틀며 그를 밀어내려 했지만 골반을 잡아 누르는 손길 때문에 피할 수도 없었다. 지운은 촉촉하게 젖은 속옷 위를 혀로 핥아 내렸고 어깨에 걸쳐진 그녀의 다리가 바르르 떨리며 온몸으로 지금 느끼는 감각의 폭풍을 표현했다.

희주는 차라리 그가 자신에게 들어와 주길 바랐다. 아까부터 그를 품고 싶어서 야하게 벌름거리는 자신의 몸은 이미 한계를 말하고 있었지만 지운은 포악한 포식자처럼 군림하며 그녀가 원하는 것을 주지 않았다. 주변을 맴돌며 그녀의 몸은 물론 영혼과 정신까지 야금야금 차지해가고 있었다. 그의 거친 손길이 그녀의 속옷을 찢어내고 맨살에 고스란히 쏟아지는 그의 입김과 움직임에 또 한 번 그녀의 허리가 위험할 정도로 휘며 몰아치는 감각의 극한을 표현했지만 야비한 포식자인 지운의 입술은 사정없이 움직였다.

"아아악, 지, 지운 씨!"

그녀가 이미 한계에 도달했다는 걸 알면서도 그녀의 가장 뜨겁고 은밀한 곳에 얼굴을 묻어 원하는 만큼 실컷 맛보고 즐긴 지운은 천천히 얼굴을 들어 탈진한 듯 누운 그녀와 몸을 겹쳤다. 하얀 상체와 달리 자신의 흔적을 가득 가진 그녀의 하체, 그 둘의 대조가 그 어느 때보다 그녀를 음탕해 보이게 만들었다. 그녀가 입은 그 음탕함을 자신이 만들었다는 것이 남자인 그를 으쓱하게 만들었다. 그가 한 손으로 그녀의 브래지어를 벗겨 침대 밖으로 떨어뜨리고 그녀의 가슴이 제 가슴에 맞닿아 형체를 잃을 정도로 꼭 끌어안았지만 한 번의 오르가즘으로 축 늘어진 희주는 별 반응이 없었다. 그런 그녀의 작은 손에 위풍당당 고개 든 자신의 남자를 쥐여줬다.

"이제 품어줘."

그의 뜨거운 입김이 그녀의 얼굴 위로 흩어지고 그의 요구에 뭔가에 홀린 듯 희주는 아까부터 그를 품고 싶어 발정이 난 자신의 여성으로 서서히 그의 분신을 밀어 넣었다. 굵은 그가 천천히 밀려들며 희주는 숨이 목구멍에 치받치는 느낌이었다. 잠시라도 숨을 돌리려 그를 피해 고개를 돌렸지만 지운의 손길에 저지당했다.

"으웃, 뜨거워. 미칠 정도로 좁고 뜨거워."

"당신은, 하윽, 너무 커요."

한 치의 빈틈도 없이 뜨겁게 달라붙는 그녀의 속살에 지운의 입에서 저절로 긴 만족의 탄성이 튀어나왔다. 그저 들어가는 것만으로도 방사를 할 것 같아 숨을 몰아 쉬었다. 이 시간을 조금 더 길게 즐기고 싶어 그녀의 얼굴과 목, 닿치는 대로 입을 맞추며 잠시 숨을 돌렸던 지운이 서서히 허리를 움직였다.

그의 엉덩이가 힘 있게 움직이고 희주가 같이 몸을 움직여 리듬을 맞췄다. 밀고 들어올 땐 조금 더 깊게 들어올 수 있도록 엉덩이를 들고 빠져 나가려 할 땐 강하게 조여 쉽게 허락하지 않았다. 지운은 상체를 들어 고약한 심술을 부리는 희주의 가슴을 강하게 쥐어 잡으며 서서히 속도를 더했다. 자신이 나오려고 할 때마다 물고 늘어지는 그녀의 분홍색 속살이 눈앞에 절경처럼 펼쳐졌고 그에 흥분한 지운이 점점 더 강하고 빠르게 그녀를 치고 들어갔다.

당장이라도 모든 걸 쏟아낼 듯 뜨겁게 치솟았다가 박자를 늦추고 허리를 빙글빙글 돌려 숨을 늦췄다. 이미 수차례 오르가즘을 맛본 희주는 그럴 때마다 색다른 곳을 자극 당해 당장이라도 숨이 넘어갈 것만 같았다. 시야가 하얗게 변하며 눈에 보이는 건 아무것도 없이 그저 자신을 지배하고 있는 지운만 더 강하게 느끼게 됐다.

또다시 도망가려 뒤로 물러서는 지운의 팔을 희주가 본능적으로 잡았다. 벌써부터 머리부터 발끝까지 전율이 흘렀고 너무나 예민해진 온몸의 신경은 각자 따로 놀며 연쇄반응을 일으켜 그녀를 고문했다. 한계를 넘어선 지는 이미 오래, 턱에 치받힌 숨을 요구하는 폐는 죄어들고 심장은 터질 듯 박동을 높여 이젠 전신이 심장인 듯 쿵쾅거렸다. 그녀가 괴로운 듯 머리를 좌우로 젓고 턱에 찬 숨을 꺽꺽거리자 그녀의 다리를 옆구리에 꼭 붙이고 허벅지를 꼭 잡은 지운이 다시 힘과 박자를 높여 마지막을 향해 달려갔다.

"하우웃, 지운 씨!"

"아욱."

단말마의 비명으로 자신의 모든 것을 그녀 안에 쏟아낸 지운이 그녀 위로 무너졌다. 그런 지운을 품에 가득 안고 눈물이 그렁그렁한 희주가 땀으로 축축한 그의 등을 부드럽게 어루만졌다. 사랑을 나눌 때마다 마치 영혼이 하나로 합쳐졌다 나뉘는 것 같은 기분, 자신이 사랑받고 있다는 걸 충분히 느끼게 해주는 그의 행동이 그녀로 하여금 행위 이상의 감동을 느끼게 해줬다.

지운은 길게 숨을 내쉬는 희주를 느끼며 상체를 들어 그와 눈을 맞췄다. 금방이라도 눈물을 쏟아낼 것 같은 희주의 얼굴을 어루만지며 당혹감을 숨기지 못한 지운이 질문을 던졌다.

"왜?"

"너무 좋아서. 당신 사랑이 너무 벅차서."

지운은 부드럽게 웃으며 희주의 입술에 입을 맞췄다. 자신에게 감동받는 그녀는 너무 사랑스러웠다.

아직은 어둠이 깊은 새벽 죽은 듯 잠이 들었던 지운이 갑자기 눈을 떴다. 아주 잠시 동안 어리둥절하던 그가 제 품에 안겨 있는 온기에 고개를 내려 잠들어 있는 희주의 얼굴을 확인하고 피식 웃음을 터트렸다.

그녀가 있다, 제 품에. 눈 뜨자마자 자신에게 기대 잠이 든 희주를 보는 건 또 다른 행복이었다. 머리를 쓰다듬어도 일어나지 못하는 희주를 보며 지운의 손이 천천히 부드럽게 그녀의 몸을 타고 내렸다. 발레리나를 연상시키는 길고 선이 고운 목과 가녀린 어깨, 섬세한 등줄기, 그녀의 몸을 배회하던 손이 뜨겁게 자신을 품어주던 그녀의 아랫배에 닿았다. 간질이듯, 장난치듯 강약 조절을 하며 제 몸을 만져대는 그 때문에 잠에서 서서히 깨고 있었지만 희주는 꼭 감긴 눈꺼풀을 들 힘도 없었다.

제 손길에 작게 움찔대는 몸과 가슴에 쏟아지는 뜨거워지는 숨결로 그녀가 깬 걸 알았다. 일어났으면서도 미동도 없이 누워 있는 그녀가 조금 얄미워 힘을 줘 가슴을 쥐며 얌전한 분홍빛 유두를 손가락으로 희롱했다.

"하, 하지 마요."

"싫어."

잔뜩 잠에 빠진 눈으로 그를 말리면서도 흥분으로 몸을 부르르 떠는 희주를 느끼며 짓궂은 표정의 지운이 그녀의 귓가를 지분거렸다. 싫다고 반항하던 그녀의 팔이 그의 목에 넝쿨처럼 엉기자 그녀를 엎드리게 하고 긴 머리를 치워 그녀의 목 뒷덜미에 입을 맞췄다.

희주는 벌써부터 달뜨는 자신의 몸이 너무 벅찼다. 그의 입김만 닿아도, 머리카락을 쓸어내리는 손길에도, 가볍게 닿았다 떨어지는 담백한 입맞춤에도 흥분하게 된다. 희주는 살짝 입을 벌려 뜨거운 숨결을 내뱉으며 힘없이 늘어트렸던 팔을 들어 목덜미에 입을 맞추는 지운의 머리를 부드럽게 감쌌다.

그의 입술이 지나가는 자리마다 백옥 같은 그녀의 피부에 붉은 낙인이 하나씩 남았다. 이 여자는 자신의 사랑해 주는 것만큼 더 눈부시게 아름다워지는 것 같았다. 자신에게 반응하는 그녀가 너무 예뻐서 찬사를 멈출 수 없게 된다.

"예쁘다, 너무 예뻐."

"하아, 지운 씨."

피부가 너무 매끄러워 손가락이 저절로 미끄러지는 것 같았다. 왜 이 여자는 예쁘지 않은 곳이 한 군데도 없을까, 어떻게 이렇게 예쁜 사람을 만나게 됐을까.

희주는 그의 말과, 손길과, 입술에 마음이 울컥했다. 자신을 어루만지는 손길에서 그가 자신을 얼마나 사랑하고 귀하게 여기는지 느낄 수 있었다. 그저 몸을 섞는 섹스가 아니라 서로의 몸을 품음으로

써 사랑을 완성시키는 게 어떤 것인지 알 것 같았다. 이런 풍요로운 감정의 소통이 행복하지만 그녀의 가슴에 불안과 두려움의 씨앗을 남겼다.

자신을 담요처럼 덮고 뒤에서부터 밀고 들어오는 지운이 희주의 생각과 감정을 끊어냈고, 희주는 몸뿐만 이라도 영혼까지 그에게 자신을 아낌없이 내주기로 했다. 지금 느끼는 감정의 굴곡 때문일까 자신을 원하는 지운은 차분했음에도 견디기 벅찰 정도로 강력했다. 그의 모든 행위 이상의 강력한 말 한마디가 그녀의 영혼을 산산조각 내는 듯했다.

"사랑해, 사랑해 서희주."

"……."

"지금 이 순간, 너와 내가 하나인 거 잊지 마."

"……잊지 않을게요, 영원히."

그녀는 그의 고백에 자신이 할 수 있는 약속을 했다. 절대 기억에서, 마음에서 내놓을 수 없는 그의 존재, 사랑한다는 말을 되돌려줄 수 없지만 영원히 마음에 품겠다는 그것으로 자신의 영혼이 이미 그에게 속해 있다는 표현을 한 것이다. 그것이 이미 사랑이었지만 희주는 그게 운명의 상대에 대한 끌림이라고 여겼을 뿐 사랑이라고는 생각하지 못했다. 그렇게 색이 다른 같은 감정을 가진 두 사람은 오랫동안 잔잔하지만 아주 깊게 사랑을 나눴다.

오랫만에 본가에서 맞이하는 아침이었다. 희주를 만나고 나서는 그녀에게 신경을 몽땅 빼앗겨 집에 올 생각을 못했는데 드디어 어제 어머니로부터 호출 전화를 받았다. 새벽 일찍 일어나 달리기로 간단

하게 몸을 풀고 아래층으로 내려가기 전 제 방과 마주보고 있는 동생
의 방문을 두드렸다.

"들어오세요."

"잘 잤나?"

"응, 형도?"

오랜만에 만나는 형제였지만 인사는 덤덤했다. 지운은 자신과 비
슷하게 생긴 동생의 어깨를 툭 건드리며 침대에 앉은 녀석의 맞은편
에 앉았다. 5분 차이 일란성쌍둥이인 두 사람은 어릴 땐 누가 누구인
지 구분을 못 할 정도로 똑같이 생겼었는데 다행히 자라면서 약간의
차이가 생겼다. 지금도 외모상으로는 크게 차이가 없었는데 지운에
비해 동생 하운이 조금 부드러운 인상인 대신 조금 더 냉소적인 분위
기였다.

"할 말 있어?"

"하운아, 내가 며칠 전에 소매치기를 잡았는데 말이다."

"얘기 들었어. 근데?"

"너 그런 경험한 적 있어? 사람 동작이 스톱모션으로 보이는 거.
소매치기들이 서로 물건을 주고받는 것도 그렇고 칼을 가지고 덤비
는데 그 동작 하나하나가 마치 슬로모션처럼 엄청 느리고 똑똑히 보
이더란 말이지. 이게 가능하냐?"

지운의 얘기를 듣는 하운의 눈이 반짝거렸다. 약간 다르긴 했지
만 하운 역시 얼마 전 마약범 검거현장에 나갔다가 색다른 경험을
한 적이 있었다.

"대답이 없는 걸 보니 너 역시 비슷한 일이 있었구나?"

"얼마 전에 현장 검거 나갔다가 팔 한 번 휘둘렀는데 조폭 다섯이

떨어져 나갔어. 덕분에 괴력의 강 검사라고 조금 곤란한 별명이 생겨
버렸지."

"풋, 괴력의 강 검사? 재미있군."

"근데 형, 처음 하는 경험인데 낯설지 않더라. 뭐랄까 항상 그래
왔던 것처럼 당연하게 받아들이게 됐어. 형은?"

하운의 질문에 고개를 끄덕인 지운이 자신의 왼쪽 날갯죽지를 가
리켰다.

"여기, 아프지 않던?"

"아프다기 보다 좀 뜨거워지는 느낌? 요즘들어 종종 그런적 있었
어."

하운은 연인인 라단이 물끄러미 자신의 눈을 바라보거나, 혹은 손
으로 부드럽게 등을 쓰다듬을 때면 자신의 피가 뜨겁게 달아오르며
할아버지가 말씀하신 동화 같은 이야기가 현실로 나타나고 있다는
느낌을 받을 때가 있었다.

'언젠가 때가 되면 너희가 타고난 핏줄이 너희를 부를 것이다. 그
부름에 응하는 것은 너희의 의무, 그때가 되면 모든 걸 다 말해주
마.'

"우리 어릴 때 할아버지가 하셨던 말씀 기억나냐?"

"얼토당토않다고 생각하면서도 잊히지 않더라, 형은?"

"요즘 들어 더 많이 생각하는 것 같아."

시선이 얽힌 두 사람의 얼굴이 심각해졌다. 그들의 할아버지인 강
장관은 깊은 물 같은 분이셨다. 감정이나 마음을 가볍게 표현하시는
법 없으셨고 입에 군내가 날 정도로 말을 아끼는 분이셨지만 너른 품
으로 모두를 감싸고 있다는 느낌을 줬다. 어릴 땐 시간이 되면 쌍둥

이를 무릎에 앉혀놓고 조상들의 이야기를 하는 것으로 소일거리를 하셨는데 그때 들은 말들은 지금도 지운과 하운에게 깊게 각인되어 있었다.

'아주 오래전에는 신과 인간이 다 뒤섞여 살았지만 인간이 욕심이란 감정을 알게 되면서 신을 시기하고 그 자리를 차지하길 원했지. 결국 신이 되고 싶다는 인간의 욕망은 이 세계는 물론 우주 만물을 위험하게 만들었단다. 결국 인간들에게 실망한 신들은 한정된 곳에 인간들을 방치하고 그대로 떠나버렸지만 몇몇 신들은 자신들의 형상을 본떠 만든 인간들을 완전히 외면할 수 없었단다.'

'그래서요?'

'그래서 멀리 떨어져서도 인간들을 오랫동안 지켜봤고 그들을 지켜야 할 이유가 충분해졌을 때 또 한 번의 중요한 결정을 내렸단다.'

'그게 뭔데요, 할아버지?'

'인간들을 지키기 위해 자신들을 대신해 그들을 지킬 수 있는 존재를 만든 거지. 언젠가 다시 인간들에게 위험이 닥치면 자신들이 현신할 수 있도록 말이다.'

'그럼 인간이 신이 되는 거예요?'

'꼭 그렇지는 않단다. 다른 사람들을 보호할 수 있는 수호자 정도로 보면 되겠구나.'

'음, 배트맨이나 슈퍼맨처럼요?'

'사람들을 지키는 것으로 보면 비슷하겠구나. 하지만 신들의 수호자가 훨씬 더 훌륭하단다.'

'우와, 멋지다. 나도 그렇게 되고 싶어요, 할아버지.'

'나도, 나도.'

'그 일이 목숨이 위험할 정도로 힘들고 괴로운 일이라고 해도 책임지고 싶으냐?'

강 장관의 말에 잠시 생각에 잠긴 듯 서로를 바라보던 쌍둥이는 동시에 고개를 끄덕였다. 아무것도 모르는 어린아이들이었지만 꼭 그렇게 하고 싶다는 의지가 강한 두 쌍의 눈동자를 보던 강 장관은 대견하다는 듯 웃었지만 표정은 복잡해 보였었다. 자라면서 옛날이 야기일 뿐이라고 생각했지만 그 이야기를 하시던 할아버지의 모습, 무릎 위에 앉아 있던 자신들, 마당에 불던 바람 하나까지도 다 기억하고 있었다. 지운은 지금까지 고요했던 자신의 삶이 조금씩 뒤틀리고 있다는 생각이 들었다. 그건 하운도 마찬가지였는데 그 계기가 무엇인지 앞으로 어떤 일들이 벌어질지 궁금하면서도 걱정스러웠다.

'이런 변화는 왜 시작된 것일까? 언제부터지? 과연 무슨 일이 벌어지려는 걸까?'

한참 각자의 생각으로 심각했던 지운은 자리를 털고 일어났다. 무슨 문제이든 어렵고 쉽고의 차이일 뿐 해결 방법은 있다고 들었다. 걱정이 되는 건 사실이지만 무슨 일인가 벌어진다면 그 이유가 있을 것이고 또 해결 방법도 있을 것이라고 믿었다. 의자에서 일어난 지운이 여전히 깊은 생각에 빠진 하운의 어깨를 툭 건드렸다.

"내려가자, 어른들 기다리시겠다."

"할아버지께 다시 물어볼 거야?"

"아니, 때가 되면 먼저 말씀하실 거다. 참, 네 여자친구는?"

"별채에서 지낼 때가 많아. 거기가 훨씬 더 편하데."

"할아버지가 지내시는 별채가? 역시 대단한 아가씨군. 시간 되면 내가 얘기하고 싶어 한다고 전해줘."

"말은 해볼게. 요즘은 나도 얼굴을 잘 못 봐서."

하운은 라단의 이야기를 하며 어깨를 으쓱해 보였고 지운도 하루 아침 갑자기 나타나 집안의 일원이 된 라단을 생각하며 피식 웃었다. 라단은 평범한 게 하나도 없었다. 말도 못하고, 가족도 없고, 연고도 없고, 아는 거라곤 그녀의 이름뿐이었다. 하운과도 깊은 산 속에서 우연히 만났다고 했고 안면도 없는 그를 따라 순순히 이곳에 온 것까지, 가끔은 사람이 맞는지 생각이 들 정도로 특이한 구석이 많았다.

두 사람이 1층으로 내려갔을 때 강 장관이 소파에 앉아 신문을 보고 있었다. 강 장관은 워낙 풍채도 좋고 여든이 넘은 나이임에도 흰머리도 드문드문, 허리도 꼿꼿하고 신문 볼 때 돋보기도 필요 없을 정도로 정정했다. 대법원장 출신의 전직 법무부장관이었던 강 장관은 인상이 엄하고 가지고 있는 기운이 워낙 강해서 옆에만 와도 기가 죽는 사람들이 많았다.

"할아버지, 안녕히 주무셨어요?"

"두 녀석 다 오랜만이구나."

"죄송합니다."

"흐음, 집에 더 신경 써라. 가족이 만물의 근본이다."

"명심하겠습니다."

"그리고 지운이는 나 좀 보자."

강 장관이 먼저 자리에서 일어나 뒷짐을 지고 긴 복도를 지나 혼자 지내고 있는 별채로 향했다. 이 집 구조는 조금 특이했는데, 강 장관이 지내는 별채는 예전 조상부터 내려오는 한옥이었고 그 집과 연결해 새로 증축해 지은 현대식 2층 집에서 다른 가족들이 지내고 있었다. 담 밖에서 보이는 건 벽돌로 지은 2층 집뿐이었지만 그 뒤에는 고색창연한 한옥 건물 몇 채가 넓은 대지에 자리하고 있었다.

지운은 강 장관을 따라 방으로 들어가며 할아버지의 자리 뒤에 걸린 커다란 호랑이 족자를 바라봤다. 커다란 백호가 세상을 호령하듯 눈빛을 빛내며 당장이라도 달려나올 것처럼 생동감 있게 그려진 족자, 그가 기억할 수 있는 어린 시절부터 항상 할아버지의 방에 걸려 있었다. 어릴 땐 족자 속 호랑이가 자신의 방으로 들어오는 꿈을 꾼 적도 있었는데, 지금 보니 그 족자 속 호랑이와 강 장관의 모습이 많이 닮아 있었다. 지운이 족자와 강 장관을 번갈아 보느라 정신을 빼앗기고 있는 동안 향이 좋은 녹차가 두 사람 앞에 놓였다.

"요즘 만나는 아이가 있다고."

"네."

"결혼까지 생각하는 거겠지?"

"그렇습니다."

"그럼 인사시켜."

"아직은 어렵습니다."

"흐음, 여자 마음을 아직 못 잡은 게로구나."

지운은 할아버지의 말에 고개를 떨궜다. 맞는 말만 하시니 딱히 대꾸할 말도 없었고 부모님보다 조부인 강 장관이 먼저 결혼을 거론하니 좀 당황스럽기도 했다.

"며칠 전 소매치기를 잡았다고? 그 외에 별다른 일은 없었고?"

지운은 대답 대신 숙였던 고개를 들어 강 장관을 마주했다. 조용히 차를 드시고 계셨지만 눈빛만은 날카롭게 그의 얼굴을 살피고 있었다. 지운은 자신의 변화에 대해 먼저 이야기를 꺼내는 대신 강 장관의 의중을 먼저 물었다.

"할아버지, 저에게 하실 이야기가 있으신 겁니까?"

"흐음."

강 장관이 손에 들었던 잔을 내려놓으며 생각에 빠졌다. 최근 들어 잠자리가 편치 않았다. 그저 가족의 안위 정도가 걱정되는 꿈이라면 조심하라 이르고 넘어갈 수 있는데 반복적으로 나타나는 조상의 모습은 마치 때가 된 것이라고 말을 해주는 것 같았고 거기다 들려오는 소식들까지도 수상했다. 아들 대에는 무사히 넘어가 이제는 안심해도 되겠지 했는데 생각도 못하게 손자들에게 기현상이 일어나고 있었다.

강 장관은 책상 서랍 안에 들어 있는 책을 떠올렸다. 아주 먼 조상 때부터 각 대代의 장자에게로 전해져 내려오는 가문의 책, 그 책의 맨 뒤에는 일종의 예언이 적혀 있었다.

'때가 되면 해와 달이 하나로 만나고…… 이족異族이 도래하며…… 세상의 모든 비밀을 지키는 자가…….'

강 장관은 드문드문 예언서의 문구들을 떠올리며 지운을 바라봤다. 한 대에 한 명씩만 나타나게 되어 있는 장자의 표식, 장남이 아니어도 그 표식을 가진 자손이 장자가 되어 가문의 모든 비밀을 이어받고 모든 권리와 의무를 지게 된다. 그 붉은 점이 쌍둥이에게 나타났을 땐 강 장관도 꽤나 혼란스러웠고 대외적으로는 지운만 그 점을 가진 것으로 알리고 하운의 표시는 지금까지도 비밀이었다.

다행히 자라는 내내 쌍둥이들은 평범했고 서른이 넘어서도 변함이 없어 이들도 조용한 삶을 살 수 있지 않을까 안심했었는데 최근 들어 쌍둥이들의 기운이 이유도 없이 강해지고 있었다. 아무리 되짚어 생각해봐도 특별한 변화라고는 하운과 지운에게 여자친구가 생겼다는 것밖에는 없었고 그래서 그들이 어떤 사람인지 확인하고 싶은 것이다. 라단은 이미 겪어봐서 걱정을 덜었지만 지운이 만난다는 아이는 얼굴도 보지 못했다. 무슨 일이 일어나고 있는지 조바심이 났지만 모든 걸 말하기엔 아직 일렀다.

"때가 되면 내가 말을 하지 않아도 너희 스스로 깨닫게 되겠지. 너나 하운이나 어리석은 아이들이 아니니 잘 처신할 거라고 생각한다만 매사 경거망동하지 말고 조심해라."

"알겠습니다."

며칠 전 소매치기 이야기일 거라고 생각한 지운은 순수하게 알았다고 대답했지만 강 장관의 마음은 여전히 한쪽 구석이 무거웠다.

"그리고 네가 만난다는 그 아이 내가 먼저 보고 싶구나. 에미, 애비 상관없이 자리 한 번 만들어 봐."

"할아버지, 조금 더 시간을 주십시오. 그 친구가 많이 부담스러워합니다."

"쯧쯧, 제 여자한테 믿음 하나를 못 주고. 결혼 재촉 아니니까 걱정 말고 그저 어떤 아이인지, 널 감당할만한 그릇은 되는지 그걸 알고 싶어서 그러니 빠른 시일 내에 자리 마련해."

강 장관이 이렇게까지 말하면 더 이상 피할 방법이 없다는 걸 알면서도 지운은 똑같은 대답을 반복할 수밖에 없었다.

"시간을 좀 주십시오."

"나가봐."

별로 긍정적이지 않은 대답에 강 장관은 지운을 내보냈다. 지운은 꼭 닫힌 방문을 보며 깊은 한숨을 속으로 삼켰다. 강 장관이 저렇게까지 말을 했으니 조만간 어떻게든 희주를 소개시켜야 했다. 그나마 결혼이라는 부담을 덜어주시긴 했지만 그 말 한마디에 부담이 없을 희주가 아니었다. 약간은 강압적으로까지 느껴졌던 강 장관의 태도에도 의문은 들었다. 하운이 라단을 데리고 왔을 때도 긴 설명 없이 받아주셨는데 혹시나 희주에 대해 무슨 나쁜 말을 전해 들은 건 아닌가 하는 생각을 하던 지운은 머리를 흔들며 자신의 방정맞은 생각을 털어버렸다.

"그냥 궁금하신 거겠지. 몇 년 전부터 결혼을 기대하셨으니까 이 정도쯤은 당연한 거야."

지운은 억지로 가벼운 마음을 가지고 강 장관의 방문 앞을 떠났다.

손자가 떠난 자리를 보는 강 장관의 눈빛이 깊어졌다. 분명 뭔가 있다, 두 녀석은 물론 그 주변까지 깊은 수면 속 움직임처럼 서서히 변화가 일어나고 있었다. 강 장관은 창문 너머로 조상을 모시고 있는 사당과 그 안에서 나오는 라단을 봤다.

"후우, 제발 큰 탈 없이 무사히 넘어가야 할 텐데."

두 자손의 미래를 걱정하는 강 장관의 시름이 한층 더 깊어졌다.

사무실 피팅룸에서 나오는 희주의 모습에 은주를 비롯한 나머지 어시들의 입에서 환호가 터져 나왔다.

"우와, 실장님 다른 사람 같아요."

"평상시에도 좀 그렇게 다니세요."

"실장님, 그 옷 너무 잘 어울리세요."

평상시 같으면 두 번도 안 듣고 딱 잘랐겠지만 기분이 좋은 희주는 한 팔을 허리에 올리고 모델 포스를 취해 보였다.

"봐줄 만해?"

"실장님, 진짜 모델 같으세요."

"몸매가 그렇게 좋으신지 몰랐어요."

끊이지 않는 직원들의 칭찬에 희주가 까르르 웃음을 터트리자 이런 반응이 처음이라 놀랐던 직원들도 뒤따라 웃었다. 이런 농담을 할 정도로 요 며칠 희주는 기분이 꽤 근사했다. 갑작스러운 지운의 사랑 고백과 결혼은 고민거리였지만, 머리를 무겁게 하는 고민거리가 있음에도 그녀의 기분은 상승세를 그리고 있었다.

그녀가 기분이 좋은 가장 큰 이유는 매달 한 번씩 월중 행사처럼 치렀던 흡혈 욕구가 사라졌다는 거였다. 생리를 다시 시작해서인 것 같은데 아직은 확실치 않아 섣불리 속단할 수 없었음에도 불구하고 희주는 희망적이었다. 단 한 번이었지만 스무 살 이후 한 번도 거를 수 없었던 흡혈을 아무런 고통도, 욕구도 없이 하지 않을 수 있다는 것만으로도 행복했다. 특히나 지운을 옆에 두고도 갈증을 느끼지 않는다는 사실이 그녀를 안도하게 만들었다. 그녀가 기분이 좋고 많이 웃으니 주변 사람들까지 같이 분위기가 밝아졌다. 그녀는 멍청하게도 그 사실 하나에 들떠 흡혈 욕구 대신 임신을 원하게 되는 데이워커의 본능이 강해진다는 것을 잊고 말았다.

희주는 전신거울에 비친 자신의 모습을 보며 마치 맞춤옷처럼 몸에 딱 떨어지게 맞는 웃옷의 허리라인을 쓱 손으로 훑었다. 이 옷을 보는 순간 자신이 골라 준 지운의 옷과 한 쌍인 걸 단번에 알 수 있었다.

거울에 비친 제 모습에 만족하던 희주는 이 옷을 선물 받았을 때를 떠올렸다. 갑자기 사무실로 들이닥친 퀵 배달원, 커다란 하얀색 상자, 그 안에 들어 있던 옷과 정성 들여 쓴 카드.

즐겨줘,

당신한테 너무 잘 어울릴 것 같아서

못 본 척할 수 없었어.

참, 크리스마스 선물은 당신이 원하는 걸로.

-지운-

의도가 뻔히 보이는 옷을 보면서 조금 화가 났고, 드라마의 남자 주인공 말투를 인용해 마무리한 카드에는 피식 웃음이 날 정도로 어이가 없었다. 머리는 당장 돌려보내라고 했지만 마음은 선물 하나쯤 추억으로 간직해도 나쁘지 않을 거라고 그녀를 설득했고 결국 누구보다 이성적이고 냉정했던 희주는 마음의 소리에 넘어가 그의 선물을 간직했다. 조금은 겸연쩍고 조금은 들떠서 사무실 옷 사이에 걸어놓고 하루에도 몇 번씩 훔쳐보며 빙그레 혼자 웃기도 했었다.

"그래, 나도 나중에 근사한 선물하면 되지 뭐."

매일 보며 설레던 옷을 드디어 오늘 꺼내 입었다. 연말이면 셀 수도 없을 만큼 많은 행사에 초대를 받고 그 행사들이 거의 비슷비슷한 날짜에 몰려 있어 골라 가는 것도 쉽지는 않았다. 비슷한 기간 많은 행사들이 동시다발적으로 잡히는 건 마감을 마치고 다음 달 콘셉트 회의까지 기자들이 쉴 수 있는 날이 며칠 안 되기 때문이었다. 그렇게 몰려서 열리는 행사를 잘 분류해 어떤 건 무시하고 어떤 건 잠시 얼굴만 비치고 돌아오고 어떤 건 은주를 보냈지만 오늘 행사는 희주가 반드시 가야만 했다.

오늘 초대받은 행사는 매년 연말 가장 큰 규모로 열리는 자선파티로 패션피플들뿐 아니라 사회 각계각층의 많은 사람들이 모여 친분을 쌓는 자리라고 할 수 있었다. 많은 사람들이 초대받고 싶어 하지만 희주는 좀 달랐다. 인맥을 넓혀놔야 일하는데 편해서 가긴 가는데 솔직히 일에 영향이 없다면 이런 시끌벅적한 파티는 피하고 싶었다. 사무실을 나서면서도 귀찮아하는 표정이 역력한 희주를 보며 은주가 그녀를 불렀다.

"실장님, 이왕이면 웃으면서 가세요. V매거진 편집장님이 직접 전화하셔서 꼭 오라고 당부까지 하셨잖아요."

"알아, 알아. 그래서 가잖아. 그 양반 오지랖도 참."

"가시기 전에 강 본부장님께 전화도 드리시고요."

"어우 진짜, 두 사람 너무 가까운 거 아니야?"

"설마 질투하세요?"

"쟤 봐라. 이은주 씨. 너야말로 오늘 리스 런칭 1주년 기념행사 가는 거 잊지 마라. 다들 일 빨리 마무리하고 퇴근들 해."

"걱정 마시고 실장님이나 무사히 잘 다녀오세요. 실장님, 안경요, 안경 벗으셔야 해요. 머리도 좀 어떻게 하시고요!"

은주의 고함소리를 무시하고 사무실을 나온 희주였지만 엘리베이터에 비친 자신의 모습을 보고 다시 화장실로 들어갔다.

"어색하긴 무척 어색하네."

사람들의 이목에서 자신을 숨기기 위해 쓴 커다란 검정 뿔테안경과 뽀글이 파마머리는 확실히 지금 입은 고급스러운 정장과는 어울리지 않았다. 그녀는 안경을 벗어 가방에 집어넣고 묶은 머리를 풀어 물을 적셔 스타일을 잡았다. 그녀가 마음을 먹자 몇 번의 손짓에도 머리는 스타일을 잡아갔다. 살짝 마스카라도 하고 연한 립글로스도 바르니 훨씬 보기 좋았다. 잘 차려입은 옷과 액세서리로 그녀의 개성이 살아 있는 스타일이 완성됐다. 샐쭉 미소를 보인 희주가 화장실을 나왔다. 오랜만에 꾸민 자신의 모습이 꽤 마음에 들었다.

목적지에 도착해 룸미러로 마지막 점검을 마친 희주가 차에서 내렸다. 잠시 고민을 하던 희주가 허리를 꼿꼿이 세우고 매혹적인 미소를 지었다. 파티, 오늘 같은 날은 자신의 매력적인 모습을 조금은 보여줘도 될 것 같았다. 파티장을 향하는 희주가 아름다워지고 있었다.

"후우, 시작해볼까?"

꽤나 큰 기업에서 주최하는 유방암 예방 캠페인과 환자들을 돕기 위한 자선파티는 벌써 몇 년째 이어져 왔고 파티의 명성이 높아질수록 모여드는 사람들 역시 대단해져 갔다. 바쁜 연말 어떻게 다 모일 수 있을까 할 정도로 많은 유명 연예인들과 패션모델들, 각 기업의 간부들, 지식인층들까지 자리하고 있었다. 주최 측의 홍보실은 물론 많은 언론매체들이 나와 촬영을 하고 있었고 희주는 그들을 피해 제 이름이 놓여 있는 테이블을 찾아갔다.

"어머, 서 실장 오늘 왜 이렇게 예뻐? 다른 사람 같다."

"편집장님 잘 지내셨어요?"

"나야 잘 지내지. 이번 호 우리 잡지 서 실장 덕분에 잘 나왔어, 고마워."

"칭찬해 주셔서 감사해요. 앞으로도 잘 부탁드려요."

결과물이 잘 나와도 웬만해선 칭찬을 하지 않는데 편집장에게 드문 칭찬을 받은 희주가 반갑게 웃었다. 테이블로 가는 내내 인사를 해오는 많은 사람들 때문에 희주의 발이 자주 멈췄다.

"서 실장, 이렇게 입고 우리 스튜디오 한 번 와라. 내가 사진 근사하게 찍어줄게."

"이렇게 안 입어도 김 실장님 솜씨면 사진은 근사하게 나오잖아요."

"하하하, 우리 서 실장 말 참 예쁘게 해."

단순히 스타일리스트와 사진작가라는 관계를 넘어선 두 사람은 제법 살갑게 말을 나눴고, 중년의 사진작가는 그녀의 고운 말에 흐뭇한 미소를 지으며 어깨를 툭툭 치고 지나갔다. 인사를 하는 모든 사람들에게 살갑게 대하는 그녀의 얼굴에선 좀처럼 미소가 떠나지 않았다. 그녀의 생리와는 맞지 않았지만 다들 둥글둥글 잘 지내는 게 개성 강한 사람들이 많은 이 바닥에서 살아남는 방법 중 하나였다. 이제 인사는 거의 다 끝났구나 생각하는 순간 불편한 목소리가 그녀의 목덜미를 잡아챘다.

"서 실장, 오늘 신경 좀 썼네."

"김 교수님 건강하시죠?"

희주는 자신을 위아래로 훑어보는 김 교수의 기분 나쁜 눈초리에도 아무 생각 없는 사람처럼 해맑게 웃었다. 김 교수는 만날 때마다 매사 시비조였고 제대로 상대할 생각이 없는 희주는 그냥 맹하니 바보처럼 웃었다. 기사 때문에 처음 소개 받았을 때만 해도 이 정도는 아니었는데 그녀가 고아에 별 배경이 없다는 걸 알고부터 김 교수는 그녀를 볼 때마다 노골적으로 비아냥거렸다. 사치와 허영이 심하고 보이는 것으로 사람을 평가하는 그런 얄팍한 인간, 처음엔 기분도 상하고 본때를 보여줄까 했는데 별로 중요한 사람이 아니라 무시했다. 희주의 무반응에도 김 교수의 빈정거림은 끝날 줄 몰랐다.

"이 옷, 내가 알기로 한정판으로 몇 벌 안 들어온 걸로 알고 있는데 어떻게 구했는데? 일이 잘되나보다, 이런 옷 사 입을 정도면."

"네, 덕분에요."

"수준 모르고 사치하다 큰코다치는 사람들 여럿 봤어. 아직 구멍가게 수준이던데 분수껏 지내는 게 좋지 않겠어?"

"명심하겠습니다.

그녀를 깎아내리려는 의도가 다분한 말에도 그저 속없이 웃어버리자 김 교수의 얼굴이 더 일그러졌다. 사나워진 얼굴로 뭔가 더 꼬투리 잡을 게 없나 시빗거리를 찾는데 다행히 희주를 찾는 사람이 나타났다.

"서 실장님? 우와, 누나."

"영준, 오랜만."

"진짜 대박! 내가 그동안 누나가 본모습 숨기고 다니는 거 알고는 있었지만 이 정도일 줄은 몰랐네. 누나, 오늘이라도 당장 나랑 커플 화보 찍을래요?"

"나 네 팬들한테 테러당하기 싫다. 너야말로 오늘 정말 근사하다."

약간은 과하게 호들갑을 떨며 희주의 관심을 잡아챈 사람은 영준이었다. 188센티의 훤칠한 키에 턱시도를 입고 단정하게 머리를 올린 영준은 꽤나 근사했다. 모델이라 그런가 옷을 입은 자태와 그냥 걷기만 해도 주변을 런웨이로 만드는 포스가 장난 아니었다.

'그러고 보니 지운 씨랑 영준이가 눈높이가 비슷하네. 옷 입은 것도, 흐음…… 뒤지지 않아. 어깨는 지운 씨가 더 넓네.'

희주는 어느새 머릿속으로 지운과 영준을 비교하며 그의 우세한 점에 흐뭇해하고 있었다. 지운의 생각으로 멍해 있던 희주는 어깨에 올라오는 영준의 팔에 퍼뜩 정신을 차렸다.

"누나, 우리 오늘 너무 잘 어울리는 거 같은데 커플 할까요?"

"그건 좀 곤란할 거 같은데."

희주가 대답할 사이도 없이 어떤 목소리가 끼어들며 그녀의 팔을 잡아 영준의 품에서 데리고 갔다. 자신의 허리를 강하게 안고 있는 팔, 갑작스러운 지운의 등장에 희주는 깜짝 놀랐지만 그걸 아는지 모르는지 지운은 표정 없이 영준을 응시하고 있었다.

"지운 씨, 어떻게 여길……."

"실례지만 누구시죠? 누나, 누구야?"

영준의 질문에도 정신을 놓고 있던 희주는 그녀가 골라준 양복을 입은 지운을 보며 속으로 아차 싶었다. 커플처럼 희주와 같은 옷을 입고 있는 지운의 존재는 그녀의 촬영장에 찾아온 것과는 비교할 수 없을 만큼 큰 파장을 일으킬 게 뻔했다. 희주가 슬쩍 팔꿈치로 그의 손을 밀어냈지만 그의 손아귀 힘은 강해지기만 했고 영준은 호기심이 가득한 눈을 반짝이며 두 사람을 보고 있었다. 영준뿐만 아니라 그들에게 쏟아지는 수많은 시선들을 느끼며 희주가 그의 손목을 잡아끌었다.

"영준아, 다음에 소개해줄게. 지운 씨, 잠깐 이리 와요."

"아니, 당신이 날 좀 따라와야겠어."

시선은 영준에게 고정한 채 지운은 제 손목을 잡아끄는 희주의 어깨를 감싸 파티장 한가운데로 발걸음을 옮겼다.

"저놈 누구야?"

"친한 모델인데 그게 중요한 게 아니잖아요. 도대체 당신 무슨 생각으로 그 옷을 입고, 이럴 거면 귀띔이라도 해주던가. 아니 그것보다 여기는…… 밖에 나가서 잠깐 얘기 좀……."

그녀가 두서없이 떠드는 사이 두 사람은 어느 테이블 앞에 서 있었고 희주는 정신 차릴 사이도 없이 지운에 의해 어느 중년 여성에게 소개 당해야 했다.

"어머니, 궁금해 하시던 그 친구예요. 희주야, 인사드려 우리 어머님이셔."

지운의 소개에 희주가 자리에서 펄쩍 뛰어오를 듯 놀랐다. 희주가 정신을 차리지 못하고 멍하니 지운과 웃는 얼굴로 자신을 보는 중년 여자의 얼굴만 번갈아 보고 있자 지운이 팔꿈치로 그녀의 옆구리를 꾹 찔렀다. 그제야 정신 차린 희주가 표정을 수습하며 고개를 숙여 꾸벅 인사를 했다.

"아, 안녕하세요. 서희주라고 합니다."

"만나서 반가워요. 얘기 많이 들었어요. 이렇게 갑자기 만나게 돼서 놀랐죠?"

"네, 네? 아, 아뇨. 조금요. 그게…… 들은 말이 없어서, 어떻게 된 거예요?"

"우리 어머니가 주최하는 파티야."

그 한마디로 설명은 끝났다. 지운도 이곳에서 희주를 만난 건 예상 밖의 일이었다. 파티장 안에서 그녀를 발견했을 때 반가운 마음에 반사적으로 몸이 움직였지만 어머니에게 들킬 수 없어 억지로 발걸음을 묶어뒀었다. 희주가 부담스러워할 것 같아 모르는 척하려고 죽어라 애쓰고 있는데 오늘따라 그녀는 왜 그렇게 예쁘고 아는 척하는 남자들은 왜 그렇게 많은지, 자신이 선물한 옷을 입은 그녀가 반가운 것도 잠시 그녀에게 노골적으로 따라붙는 남자들의 시선 때문에 지운의 표정이 일분 상관으로 웃었다 찡그렸다 난리가 났다. 결국 그녀에게서 떨어질 줄 모르는 지운의 시선에 눈치 빠른 어머니가 희주를 알아본 것이다.

"우리 아들이 희주 씨한테서 눈을 못 떼기에 내가 소개해 달라고 했어요. 너무 부담 가지지 말아요."

"갑자기 뵙게 돼서 좀 놀랐습니다. 무례했다면 죄송합니다."

"괜찮아요. 앉아요, 앉아서 얘기해요. 듣던 거보다 훨씬 미인이네. 우리 아들이 왜 그렇게 좋아하는지 알겠어요."

"감사합니다."

"희주 씨 보는 내내 얼마나 표정이 다양한지 나는 내 아들이 뭘 잘못 먹은 줄 알았어요. 원래 무뚝뚝하고 감정 표현이 없는 녀석이거든요."

"그런가요?"

지운의 모친, 혜정의 농담 섞인 말에 간신히 대꾸를 하고 있긴 하지만 희주는 온몸에 타오르는 긴장감에 숨을 쉬기도 힘들었다. 너무 당황스럽고 갑작스러운 만남이라 어떻게 대처해야 할지도 모르겠고 어른에게 실수라도 하게 될까 봐 그것도 신경 쓰였고 혜정은 물론 주변에서 쏟아지는 노골적인 시선들에 당장이라도 이 자리를 박차고 튀어나가고 싶었다. 간신히 표정을 갈무리하며 자리에 앉은 후에도 풀리지 않는 긴장감에 테이블 밑으로 주먹을 틀어쥐고 있자니 지운이 그 손을 감싸왔다. 그녀의 손을 펴며 손가락 하나하나 깍지 껴 오는 그를 피해보려 했지만 그는 쉽게 놔주지 않았다. 두 사람이 테이블 밑에서 손잡는 것으로 씨름하고 있을 때 혜정의 부드러운 목소리가 들렸다.

"희주 씨라고 했던가? 무슨 일 하는지 물어봐도 될까요? 내가 들은 얘기가 하나도 없어서."

"작은 스타일리스트 회사를 운영하고 있습니다."

"저희 백화점 웹매거진도 맡아서 하고 있어요. 어머니가 멋있다던 이 옷도 이 친구가 골라준 거구요."

"지운 씨, 그만 해요."

"그렇게 자랑하지 않아도 능력 있다는 거 알겠구나, 아들. 참 세련됐어요. 나는 잘 꾸미고 다니는 사람들 보면 부러워요. 공식행사 있을 때마다 옷 골라 입느라 얼마나 시간을 보내는지 몰라. 그래도 마음에 드는 옷 한 벌 고르기가 힘들어요."

"겸손의 말씀이십니다. 우아하고 아주 고우십니다."

그녀의 칭찬처럼 혜정은 아름답고 기품 있는 중년 여성이었다. 지운같이 큰 아들이 있다는 걸 믿을 수 없을 정도로 젊어 보이면서도 우아했고 전체적으로 부드러운 인상이었는데 사람을 살피는 눈매는 만만치 않았다. 순한 얼굴에 숨어 있는 만만치 않은 내공이 엿보였다.

"호호, 칭찬은 언제 들어도 기분 좋다니까. 나는 아들만 있어서 같이 쇼핑 다닐 사람도 없고 이런 칭찬도 안 해주고 참 재미없어요."

"저도 살가운 성격은 아니라 맘에 없는 소리 잘 못 하는데 정말 아름다우세요."

"사람 기분 좋게 만드는 법도 잘 알고."

"머리도 좋고, 도도한 게 매력이라고 제가 그랬잖아요."

자신을 추켜세우는 지운의 말이 부끄러운 희주가 그의 허벅지를 쿡 찔렀고 두 사람의 모습에 혜정이 즐겁게 웃었다. 아들 녀석이 혜벌쭉 정신 못 차리는 모습도 기가 찼는데 아주 대놓고 역성드는 걸 보니 이 여자한테 얼마나 빠져 있는지 알 것 같다. 이렇게 좋아하면서 어쩜 그리 말을 아꼈는지, 여기저기 들리는 풍문에 옆구리 쿡쿡 찔러 얘기를 좀 들어보려 했는데 입에 군내 날 정도로 아무 말 하지 않던 지운이었다.

'소개시킬 때 되면 소개시켜요. 조금 더 기다려 주세요.'

'네 나이를 생각해. 지금이 기다려 달라고 할 때야?'

'그러니까요, 이미 먹은 나이고 몇 개월 서두른다고 달라질 것 없잖아요.'

'아, 인사만 시키라니까. 아니면 선을 봐!'

'저 아버지 아들이에요. 재촉한다고 달라질 거 없습니다. 그 친구한테 사람 보내거나 하셔서 일 크게 만들지 마세요. 그러다 이 아들 장가는커녕 제대로 사귀기도 전에 뻥 차여요.'

'저런 반푼이. 그만큼 자신이 없냐!'

'아버지 아들이라니까요.'

혜정과 결혼하기 위해서 몇 달을 식음 전폐하고 쫓아다닌 부친의 얘기를 이용해 협박 반, 사정 반 후 입을 딱 닫아버린 지운이었다. 희주를 우연히 만났다고 한 하운에게도 물어봤지만 말이 귀한 건 집안 내력인지 대꾸가 없는 건 마찬가지였다.

'좋은 사람인가 봐요.'

'뭘 근거로? 자세히 말 좀 해봐.'

'라단이가 좋아하더라고요.'

'할 말이 그게 다냐? 예쁘디? 어떤 사람 같았어?'

'형한텐 예쁘겠죠. 어머니, 형한테 들으세요.'

하운이 해준 말도 저게 전부였다. 혼기 지난 아들이 여자친구가 생겼다는데도 소개할 생각도 안 하고 어떻게 하면 얼굴이라도 볼 수 있을까 궁리했는데 이렇게 기회가 생겨 혜정은 무척이나 반가웠다.

혜정이 본 희주는 분위기가 묘했다. 예쁘장한 얼굴인데 그렇다고 딱 그 한마디로 끝내기엔 뭔가 부족하고 잘 차려입은 정장에 빠글빠글한 파마머리가 눈에 거슬릴 만도 한데 그것마저도 개성 있어 좋아 보였다. 웃거나 수줍어할 때는 순둥이 같은데 말투나 분위기에선 만만치 않은 카리스마도 느껴졌다. 어린 나이에 자신의 회사를 운영한다더니 거만하지 않았지만 비굴하지 않은 당당함이 있었다. 도도한 게 매력이라고 할 때 괜히 콧대 높은 아가씨 만나 고생하는 거 아닌가 걱정도 했는데 아들이 말한 도도함이 뭔지 대충은 알 것 같았다.

무엇보다 중요한 건 지운이 희주를 바라보는 마음이었다. 지운의 행동과 바라보는 눈길에서 희주를 얼마나 좋아하는지 그 마음이 고스란히 읽혔다. 멀리서 볼 때도 그랬지만 옆에 데려다 놓고는 아주 사랑이 뚝뚝 떨어지는 눈길로 바라보며 좋아서 어쩔 줄을 몰라 했다. 자신이 앞에 있는데 창피한 것도 모르고 손을 조물조물 거리고 귓속말을 하고 슬쩍 머리도 넘겨주며 스킨십을 시도하는데 같은 여자로 질투가 날 정도였다. 아들이 좋아하는 사람을 만나 다행이라 안심이 되기는 했는데 애매한 희주의 태도가 좀 마음에 걸렸다. 뭐랄까, 지운과는 달리 두 사람의 관계에서 한 걸음 뒤로 물러나 있는 느낌이었다. 그게 어른 앞이어서 조심스러워 그런 것인지 아님 그녀의 마음이 딱 그만큼인 건지 알아볼 필요가 있을 것 같았다.

"희주 씨는 나이가 어떻게 돼요?"

"어머니, 여자한테 나이를 묻는 건 실례잖아요."

"해 바뀌면 서른한 살됩니다."

"어머, 보기에는 20대 초반으로 보이는데 혼기가 꽉 찬 나이네요. 부모님께서 결혼을 서두르시지 않으시나?"

혜정의 뜻밖에 질문에 두 사람의 얼굴이 동시에 굳어졌다. 지운은 갑자기 거론된 그녀의 부모 때문이었고 희주는 결혼이란 말 때문이었다. 어떻게 대답해야 고민하던 희주가 막 입을 열려고 하는데 지운이 그녀의 손을 잡으며 말을 막았다.

"우리 어머니 또 티 내신다. 결혼은 나중 얘기라니까요. 일단 연애를 열심히 할 겁니다."

"얘, 너는 남자라 어떤지 몰라도 여자인 희주 씨는 다를 수 있어. 나이 서른 넘은 딸내미 결혼 안 하고 일만 하는 게 달갑지만은 않다고, 그렇죠?"

"저는⋯⋯."

"어머니, 집에서 저랑 얘기하세요. 저기 손님들 오시네요. 저희 그만 일어납니다."

지운이 서둘러 자리를 마무리하고 희주를 일으켜 세웠다. 희주를 생각해서 하는 행동이었지만 혜정의 눈엔 자신의 아들이 결혼을 피하는 것으로 보였는지 희주를 보는 시선에 미안함과 당황스러움이 가득이었다.

"아무튼 남자들이란, 희주 씨 나중에 식사 한 번 같이 해요. 우리 바깥양반도 희주 씨 얼마나 궁금해 하는지 몰라."

"네."

"어머니, 저희 가요."

희주는 예의 바르게 묵례를 하고 자신을 잡아끄는 지운의 손길에 그 자리를 떠났다. 연달아 얻어맞은 폭탄에 눈앞이 아찔해졌다. 후들거리는 다리로 걷다가 휘청거렸고 그런 희주의 허리를 지운이 단단히 감싸 안았다. 부모님과 결혼 얘기에 그녀가 느꼈을 감정적 부담감을 지운도 느끼고 있었다. 간신히 매운 그녀와의 간극이 다시 멀어질까 그게 걱정이었다.

"사람 없는 곳으로 가요. 여기 너무 답답해."

희주의 요구에 그는 그녀를 데리고 비상구 쪽으로 갔고 비상구로 들어가자 그녀는 지운을 밀어내고 벽에 기대섰다. 벽에 기대선 희주는 거칠게 숨을 몰아쉬며 관자놀이를 꾹꾹 눌렀고 걱정된 지운이 먼저 말문을 열었다.

"두통약 가져다줄까?"

그의 질문에도 희주의 입은 도통 열릴 줄 몰랐다. 그와 만나는 건 커다란 산을 넘는 것과 비슷하단 생각이 들었다. 능선 하나를 넘으면 또 다른 능선이 나오고, 또 나오고, 사랑은 물론 결혼이란 걸 제대로 생각해 보지도 않은 희주에게 지운의 가족들의 등장은 무척이나 부담스럽고 벅찼다. 벽에 기댔던 몸을 똑바로 세운 희주는 허리에 손을 올린 채 간단하게 대답했다.

"나 먼저 갈게요. 당신은 어머님께 가보는 게 좋겠어요."

얼굴도 보지 않고 냉정하게 자신을 지나쳐 계단으로 내려가려는 희주의 팔을 지운이 잡아챘다. 어머니를 대하는 내내 힘들어하면서도 웃고 있기에 괜찮을 줄 알았더니 그의 짐작보다 희주의 반응이 훨씬 나빴다. 자신을 피해 도망가고 싶어 하는 희주, 그 도망이 지금 이 자리로부터인지 아님 자신으로부터인지 몰라 지운은 덜컥 겁이 났다. 희주의 마음이 불안한 만큼 그녀를 잡고 있는 지운의 악력이 점점 더 강해졌다.

"나랑 같이 있어. 들어가서 인사만 하고 나오자."

"싫어요."

거부하는 말보다 냉정한 희주의 눈빛에 지운은 더 상처 받았다.

"당신하고 같이 다시 저 안으로 들어가고 싶지 않아요."

"이유가 뭐야?"

"더 이상은 사람들의 호기심 어린 눈에 구경거리 되고 싶은 마음 없어요. 지금까지 만으로도 충분해. 내일부터 어떤 말들이 떠돌지 벌써부터 머리가 아파요."

"불륜도 아니고 미혼 남녀의 연애야, 숨길 게 뭐야?"

"태평한 소리 하지 말아요. 당신이 평범한 사람이면 그렇게 넘어갈 수 있지만 아니란 거 알잖아요. 얼마나 많은 사람들이 당신과 날 두고 소설을 써댈지 모르겠어요? 혼자 생각할 시간이 필요해요."

"날 위해서 사람들의 시선 좀 견뎌주면 안 돼? 도대체 너 혼자 할 생각이 뭐냐고?"

냉정한 희주의 반응에 지운의 목소리 역시 격양되었고 높아진 언성만큼 날카로운 두 사람의 시선이 공중에서 부딪쳤다. 그녀의 복잡한 마음을 모르는 게 아니다. 그녀보다 항상 앞서가는 그의 감정, 갑자기 만나게 된 가족들 거기에 사람들의 시선까지 모든 게 그녀를 힘들게 하겠지만 그래도 자신을 생각하며 견뎌주길 원했다.

생각이 복잡했던 희주가 냉정하게 가라앉았다. 운명의 상대를 만났다는 것, 그게 의미하는 게 무엇인지 그녀가 잘 모르고 있는 게 확실했다. 그저 끌린다는 거, 그 끌림을 자의로는 피할 수 없다는 것뿐 여전히 자신의 감정에 자신이 없는데 그의 난데없는 사랑 고백, 결혼 이야기, 그의 가족들, 모든 게 그녀에겐 용량 초과였다. 자신의 정체 도 고백 못하고 그와의 시간만 생각하며 즐거워하던 자신의 순진함 이 한없이 초라하고 웃겼다. 감정을 지운 차가운 희주의 시선이 제 손목을 잡은 지운의 손에서 얼굴로 옮겨갔다.

"당신이요. 난 당신과 나에 대해 더 생각해야겠어요."

"뭐?"

"당신은 나한테 느끼는 감정이 사랑이라고 자신할 수 있어요?"

"내가 그것도 모르는……."

"지금까지 사랑 한 번 해보지 않은 당신이잖아요. 뭘 근거로 사랑 이라고 하는데요?"

지운은 따지고 드는 희주를 조용히 응시했다. 서희주는 지금 겁을 내고 있다. 자신의 감정뿐만 아니라 그의 감정까지 의심하며 모든 걸 회피하고 싶어 하는 것이다.

"내 감정까지 의심하지 말고 네가 하고 싶은 말을 해."

"연애만 하자는 말을 믿은 내가 너무 순진했어요. 당신은 날 사랑 한다고 했지만 난 아직 내 감정도 확실히 몰라요. 그런 상태에서 만 나게 되는 당신의 가족들 그리고 자꾸만 거론되는 결혼 그 모든 게 나한텐 굉장한 부담이에요. 모르겠어요?"

"알아, 미안해. 그렇다고 피해서 해결될 일은 하나도 없어."

"피하는 게 아니라 시간이 필요하다고 말하는 거예요. 내 감정을 정리하고 생각할 시간."

희주의 단호한 말에 지운이 긴 한숨을 토해내며 그녀의 손목을 놔줬다. 이 여자와의 사랑은 뭐가 이렇게 힘든지 모르겠다. 한 걸음 가까워진 것 같으면 두 걸음 멀어져 있고 자신에게 마음을 주는 듯싶다가도 냉정하게 구는데 피가 바짝바짝 말랐다. 지운이 조금은 우울하고, 조금은 야속하고, 조금은 겁이 나는 시선으로 희주를 응시하다 힘들게 입을 열었다.

"……그 생각의 끝은 뭔데?"

"나도 몰라요, 아직은."

"이별도 할 수 있다는 말이군."

"……그럴지도 모르죠."

"너 이래서, 나와 언제든 끝낼 수 있으니까 피임하자고 했던 거야?"

"……."

솔직하게 대답할 수 없는 희주의 침묵이 긍정으로 해석됐고 지운은 정말 할 말이 없었다.

"하아, 쉽네, 참 쉬워."

"그런 거 아니에요."

억울하다는 듯 올라가는 희주의 말투에 지운의 표정이 결연해졌다. 이렇게 더 질질 끌어봐야 그에게도 그녀에게도 좋을 게 없을 거란 결론에 도달했다.

"어떻게 시작했건 평생 같이하고 싶다고 생각한 여자는 네가 처음이었어. 나는 지금도 그 마음은 변함이 없다. 생각 정리되면 연락 줘."

"……알았어요."

"사랑해, 서희주."

그 말을 끝으로 희주와 길게 눈을 맞추고 섰던 지운이 혼자 문을 열고 나가버렸고 컴컴한 비상구에 그녀 혼자 남았다. 그제야 냉정했던 표정이 무너지며 희주가 벽에 기대서 거친 숨을 몰아쉬었다. 쉬지 않고 커다란 운동장을 몇 바퀴나 돈 사람처럼 숨은 거칠고 주변이 빙빙 도는 것처럼 머리가 어지러웠다. 지금이라도 그를 잡고 싶었지만 뛰어나가려고 하는 발끝에 힘을 주고 억지로 버텼다.

"참아, 참아 서희주. 네가 자초한 일이야."

얼마간 그렇게 시간을 보낸 희주는 다소간 진정된 모습으로 천천히 그곳을 빠져나왔다. 지운과 완전히 이별을 한 것이 아님에도 운명의 상대를 거부한 데이워커로서의 고통은 야금야금 그녀를 갉아먹기 시작했다. 주차장에 도착해 차에 오르기 전 잠시 운전석 문고리를 잡고 고민하던 희주는 그대로 차에 올라 거칠게 차를 출발시켰다. 그렇게 밤늦은 시간 희주는 텅 빈 도로를 목적지 없이 달리고 또 달린 후에야 집으로 돌아갈 수 있었다.

5 장.

클럽, 요란한 조명, 귀가 먹먹할 정도의 큰 음악, 신나게 웃고 즐기는 사람들, 그 사이에 희주가 있었다. 오랜만에 등장한 블랙뮤즈 때문에 사람들은 흥분했고 달아올랐지만 정작 당사자인 희주는 무슨 음악이 들리는지 그들이 뭐라고 떠드는지 전혀 관심 없이 그저 몸이 움직이는 대로 사람들이 건드리는 대로 흐느적거렸다. 무표정한 얼굴에 눈물이 가득 고인 눈망울, 힘이 다 빠져버린 몸짓, 이 모든 게 사람들을 황홀하게 했지만 지운의 생각으로 머리가 가득 찬 희주는 아무것도 의식하지 못하고 있었다.

지운, 이름만 생각해도 그녀의 육체는 물론 영혼까지 태워버릴 것 같은 고통을 일으키는 남자한테 화가 났다. 사실은 그에게 화가 난 게 아니라 남자 하나 때문에 정신 못 차리고 일상이 엉망이 될 정도로 정신을 놓고 있는 자신이 못마땅해 죽을 것 같았다. 그깟 운명의 상대가 뭐라고, 그따위 것 무시하고 잘 살 수 있다고 호기롭게 외친 그녀는 어디로 갔는지 이름을 떠올리는 것만으로도 그에 대한 갈급함이 심해지며 심장이 뜯겨 나갈 것 같은 고통이 점점 더 커져만 갔다. 그의 따뜻한 품에서 달콤한 살 냄새를 맡고 온몸이 터져나갈 것만 같은 짜릿한 사랑을 나누고 싶었다.

'그래, 다른 사람이라도 괜찮아. 난 잘 살 수 있어.'

자신이 느끼는 고통, 혼란, 욕구 그리고 강지운. 지운에게서 벗어나지 못하는 자신이 싫어서 무기력한 발걸음을 돌려 이 클럽으로 왔다. 야한 옷을 입고 사람들의 눈을 현옥시키기 위해 추악한 아름다움을 더해 가장 잘 나간다는 이곳에 왔지만 처음의 패기는 어디로 갔는지 자신을 향해 추파를 던지는 수많은 사람들은 밋밋한 배경처럼 스쳐 지나갈 뿐이었다. 같이 춤을 춰도, 몸을 부대끼고 키스를 해도 하물며 지금까지 느꼈던 갈급함은 어디로 갔는데 아무런 감흥이 일지 않았다.

희주는 제 허리에 팔을 감고 춤을 추는 건지 그녀의 몸을 애무하는 건지 모를 행동을 하고 있는 남자의 가슴을 밀어냈다. 희주에 의해 힘없이 밀려난 남자의 얼굴엔 의문이 떠올랐다.

"네 키스 후져. 조금 더 연습해 와, 애송이."

얼굴이 벌겋게 달아오르는 남자를 두고 클럽을 벗어나는 희주의 얼굴이 절망으로 점점 더 어두워졌다.

"역시 그 사람이 아니면 안 되는 걸까?"

택시에서 내려 힘없이 터벅터벅 걷던 희주의 걸음이 느려지며 아파트 주차장 앞에서 딱 멈췄다. 멍청하게 흐려졌던 눈에 초점이 돌아오고 굽었던 등도 빳빳하게 펴지며 그녀의 시선이 어두운 아파트 주차장 한 곳을 직시했다.

"그 사람이다."

그녀의 오감이 기민하게 살아나며 어둠 속에서 수많은 차에 가려져 잘 보이지도 않는 지운의 차를 찾아냈다. 바람에 실려 그녀에게 전해지는 지운의 향기를 느끼자 거의 죽은 듯 느린 박자로 뛰던 심장이 서서히 박동을 높이며 질주하기 시작했다. 희주는 본능적으로 시력을 높였고 어두운 차 안에 앉은 남자의 모습을 정확하게 볼 수 있었다.

지운은 며칠 사이 까칠해진 얼굴만큼이나 표정이 좋지 못했다. 연락이 없어 잘 지내고 있다고 생각했는데 그러지 못한 모양이었다. 안타까움, 걱정, 분노, 원망 그리고 그리움 지금 당장이라도 그녀에게 달려오고 싶어 안달하면서도 이를 지그시 물고 꽉 참고 있는 지운, 자신과 비슷하게 박자를 높여 뛰고 있는 그의 심장, 눈물이 날 만큼 반갑기도 하면서 화가 났다.

그렇게 못되게 굴었으면 자신을 잊을 만도 한데 여기까지 찾아와 언제 올지도 모를 자신을 기다리며 청승을 떠는 그가 바보 같아 싫었고 하늘같이 높았던 그의 자존감이 자신 때문에 낮아지는 것 같아 미안했다. 그러면서도 여전히 자신을 향해 손을 내밀고 있는 지운 덕분에 안심을 하며 겨우 웃을 수 있었다. 희주는 까만 밤하늘을 올려다보며 미친 듯 뛰고 있는 제 심장에 손을 올렸다.

"엄마, 이게 사랑이야? 결말을 알면서도 같이 가고 싶은 거, 저 남자한테서 떠나줘야 하는 걸 알면서도 포기 안 해주는 저 남자 때문에 웃을 수 있는 거. 이게 사랑이라면 저 남자 죽으면 같이 죽는 걸로 내 사랑을 대신 하면 안 될까? 나 그렇게 하고 싶어."

결국 하늘을 보고 있던 희주의 눈에서 길게 눈물 한 줄기가 흘러내렸다.

차창을 통해 희주를 보고 있는 지금 지운은 마치 꿈을 꾸고 있는 것 같았다. 금단현상에 시달리는 사람처럼 매초, 매분, 매시간 희주가 보고 싶고 생각이 났다. 밥을 먹는지, 일은 제대로 하고 있는 건지, 숨은 쉬고 있는 건지 모를 만큼 그의 시간엔 오로지 희주뿐이었다. 생각할 사이도 없이 뭐에 홀린 듯 이곳까지 왔고 정신을 차리니 신기루처럼 그녀가 눈앞에 서 있었다. 몇 걸음만 내딛으면 그녀를 안을 수 있는 거리, 제 품에 안기던 그녀의 서늘한 체온이 생각나 운전대를 잡은 손끝이 저릿했다. 당장이라도 자기가 잘못했다고 사랑도 결혼도 중요하지 않으니 제발 옆에만 있어달라고 사정이라도 하고 싶었지만 희주의 의지 없이 다시 만나게 된다면 두 사람의 관계는 발전해 나갈 수 없었다. 한 가닥 남아 있는 이성으로 자신의 자리를 지키고 있었는데 아련한 표정의 희주와 눈이 딱 맞았다.

"서희주, 넌 왜 그런 표정인데. 네가 나 싫다고 했으면서 바보같이 울기나 하고."

그녀와 눈이 마주쳤다 느낀 순간 지운은 이미 차에서 내려서고 있었다.

자신에게 오는 지운을 본 희주의 걸음이 빨라지고 그를 향해 힘껏 내달렸다. 그녀의 두 팔을 잡고 선 지운, 원망과 기쁨, 눈물이 범벅이 된 채 그의 얼굴을 보는 희주, 그렇게 서로를 보던 두 사람은 동시에 상대방을 끌어안았고 희주의 작은 주먹이 말로 다 하지 못한 원망을 담아 그의 등을 몇 대 때렸다.

"당신, 바보야. 정말 바보야. 내가 도망갈 기회를 줬잖아. 그럼 나 같은 여자 버리고 갔어야지. 왜 여기까지 와, 왜."

"너 아니면 안 되니까. 네가 없으니까 숨 쉬는 것도 마음대로 안 되더라."

"지운 씨. 나 할 말 있어. 내가 당신을 왜 피하려고 했는지 솔직하게 다 말할게. 나는……."

지운은 힘들게 말을 잇는 희주의 입을 막았다. 지금 듣고 싶은 얘기는 하나도 없었다. 그냥 그녀 역시 자신을 그리워했다는 사실 하나만으로도 충분했고 품에 안긴 그녀면 됐다.

오랜만에 만난 지운의 키스는 꽤나 거칠었다. 모든 걸 다 집어삼킬 듯 거칠게 밀어붙이는 지운을 희주가 꼭 끌어안았다. 체중을 실어 자신에게 매달리는 희주의 허리를 틀어잡고 점점 더 광포해져갔다. 촉감 좋은 그녀의 입술을 물고, 다디단 그녀의 속살을 마음껏 빨아들이며 따뜻하게 퍼지는 숨결에 마음이 빵빵하게 차올랐다. 그렇게 몇 번이나 깊게 또는 가볍게 키스를 나누며 그의 손길이 다급하게 그녀의 야리한 등줄기를 타고내리면서 자신의 욕망을 희주에게 알렸다. 두 사람의 입술은 잠시 떨어졌지만 서로를 바라보는 눈길은 더욱더 뜨거웠다.

"사랑해, 서희주."

"지운 씨."

"강요하지 않아. 내가 다 할 거야. 다시는 떠날 기회 같은 거 안 줘."

"같이 있어요. 그러고 싶어."

눈 가득 열망을 담아 자신을 바라보는 희주 자체가 유혹이었다.

이런 유혹을 뿌리칠 수 있는 사내가 어디 있을까, 지운은 다시 입술을 밀어붙이며 아파트 안으로 들어갔고 엘리베이터에 타서도 그녀의 집 앞까지 오면서도 그의 입술은 한시도 그녀에게서 떨어지지 않았다.

떨어져 있던 시간만큼 상대방을 원하는 마음은 강력했고 그 마음은 고스란히 두 사람의 몸짓에 투영됐다. 서로를 품고 싶은 다급한 손길에 두 사람의 옷이 사방으로 날아갔고 한순간도 떨어지지 않은 입술은 조금 더 많이 서로를 느끼고 싶어 안달을 냈다. 침대까지 갈 시간도 없이 두 사람은 한 덩어리로 엉켜 소파로 넘어졌고 마주 닿은 맨살의 느낌에 지운이 긴 만족의 한숨을 내쉬며 희주의 목덜미에 얼굴을 묻었다.

그녀만의 냄새, 그녀만의 촉감, 그녀만의 서늘한 체온, 지운의 손이 그녀의 긴 머리를 쓰다듬고 길고 우아한 목, 가는 어깨를 지나 소담한 가슴으로 내려왔다. 그가 좋아하는 모양 좋은 가슴 밑에 터질 듯 쿵쾅거리는 심장의 고동이 그에게까지 고스란히 전달됐다. 그녀의 떨림, 설렘, 열기를 고스란히 느끼며 지운이 고개를 들어 그녀와 눈을 맞췄다. 붉게 달아오른 눈가, 거친 숨을 내뱉은 벌어진 입술, 욕망으로 번들거리는 눈동자까지 너무나 그립고 사랑스러운 모습, 지운은 한참을 그렇게 그녀를 바라만 보고 있었다.

당장이라도 자신의 안으로 밀고 들어올 듯 서둘던 지운이 움직임이 없자 의문을 품었던 희주의 얼굴이 점점 더 부끄러움에 발갛게 달아올랐다. 너무나 사랑스럽게 또 그만큼 음탕하게 자신을 바라보는 지운의 눈빛에 그를 품었을 때만큼이나 온몸이 뜨거워졌다.

"하아, 지운 씨 안고 싶어."

가감 없이 내뱉은 솔직한 희주의 욕망에 지운은 망설임 없이 그녀 안으로 들어섰고 그 강렬함에 온몸을 바들바들 떠는 희주가 두 다리를 그의 허리에 감았다.

　열망에 들떠 몸을 떨던 지운이 잠시 행동을 멈췄다. 그녀 안으로 들어서는 순간 왼쪽 어깻죽지가 불에 덴 것처럼 고통을 전해왔다. 지운은 본능적으로 자신의 점이 반응하고 있다는 걸 느꼈다.

　'여기서 그만둬. 그녀에게서 떨어져.'

　자신의 마음과 상관없는 소리가 그의 머릿속에서 경고를 해왔고 지운을 그 소리에 따라 고개를 내리며 자신을 품고 있는 희주를 바라봤다. 어떤 때보다 음란하지만 어떤 때보다 아름다운 자신의 여자.

　'아니, 절대 이 여자를 놓을 일은 없어.'

　자신의 머릿속 소리에 대답하듯 마음속 결심을 다진 지운이었고 그의 결정에 벌을 내리듯 심해지는 고통에도 희주를 사랑하는 일을 멈추지 않았다. 그녀에게 빠져들기 시작하자 쨍하니 머릿속까지 파고들었던 고통은 희미해졌고 사라진 후에는 희주에게 더 깊게 빠져들었다. 지운은 벅차게 차오르는 흡족함에 참지 않고 자신의 본능이 이끄는 데로 이성을 놔버렸다. 온전히 쉴 수 있고 자신만이 가질 수 있는 희주는 단순한 여자 남자로서의 그것이 아니라 그의 영혼까지 품어주는 안식처였다.

　지운의 손을 맞잡은 희주의 손에 저절로 힘이 들어갔다. 모든 걸 느끼게 해주려는 듯 아주 섬세하게 그녀를 잠식해 나가는 지운의 움직임에 희주의 모든 세상이 그로 가득 찼다. 자신 안에서 꿈틀대는 그의 모든 것이 너무 세밀하고 생생해서 미칠 것만 같았다.

　두 손을 꼭 잡고 서로 눈을 마주보면서 사랑을 나누던 두 사람은 어느 한 순간 한계를 넘어섰고 동물처럼 오직 상대방을 향한 감각만 남아 있는 상태, 한없이 밀려드는 감각의 극치에 인간이길 포기했다.

"아하앗, 지운 씨."

"우하앗."

그의 강한 움직임에 희주가 죽을 것처럼 그에게 매달렸고 마지막 한 발자국, 모든 걸 쏟아내고도 만족하지 못하고 허리를 움직이는 지운이었다. 자신의 몸속으로 따뜻하게 퍼지는 그의 분신들을 느끼는 그녀의 손톱이 그의 팔을 파고들었다. 하늘 꼭대기까지 치솟았다 땅끝까지 패대기쳐지고 온몸은 산산조각 나 자신의 것이 아니었다. 동전의 양면처럼 극한의 희열은 극한의 고통과 맞닿아 있다고 했던가, 영혼까지 하나로 합쳐진 것 같은 두 사람이 만들어낸 최상의 열락에서 목숨줄 같은 그에게 매달려 있던 희주가 결국 울음을 터트렸다.

"쉬, 쉬, 괜찮아. 괜찮아."

그녀의 머리를 쓰다듬으며 이마, 뺨, 얼굴에 되는대로 키스를 하며 그녀를 달랬음에도 희주의 울음은 쉽게 멈추지 못했다. 여전히 하나인 채로 몸을 옆으로 굴린 지운이 그녀를 제 품에 꼭 안고 머리에 입을 맞춘 채 그녀의 울음이 잦아질 때까지 안고 있었다. 희주가 울음을 멈춘 후에 그녀를 품에서 놓고 흠뻑 흘린 눈물을 조심스럽게 닦아냈다.

"왜 울어?"

"너무, 너무 좋아서."

희주의 눈에 다시 눈물이 고였고 지운은 그녀의 눈에 키스를 했다. 그녀가 느끼는 감정이 뭔지 알 거 같았다. 지금 그 역시 그녀와 똑같은 감정을 느끼고 있었으니까. 완벽한 합일, 그녀가 아니었다면 못 느꼈을 관능의 최고점, 육체만을 나눈 것이 아니라 영혼까지 두 사람이 가진 모든 걸 하나로 합치고 완벽하게 서로에게 속한 느낌. 희주를 통해 그것을 느낀 그는 세상 제일 행운의 사나이일 것이다.

다시 만난 후 두 사람은 서로의 집을 오가며 거의 부부 같은 생활을 하고 있었다. 다른 연인들처럼 시간 될 때 데이트나 하자는 희주의 말에 그러기엔 두 사람 다 너무 바쁘다는 핑계로 지운이 희주의 집으로 무작정 쳐들어온 게 시작이었다. 그 후에는 희주의 직장과 지운의 집이 더 가깝다는 핑계로 자신의 집으로 데리고 가더니 이젠 하루도 거르지 않고 같이 지내려고 했다. 덕분에 각자의 집에 상대방의 물건이 하나둘씩 늘어가는 게 희주에겐 또 다른 설렘이었다.

그가 억지로라도 희주와 함께하고 싶어 하는 또 하나의 이유는 그녀와 함께 할 때면 으레 찾아오는 고통 때문이었다. 처음엔 그녀와 사랑을 나누거나 키스를 하는 등의 신체적 접촉을 할 때만 고통이 찾아오더니 요즘엔 가까이 있거나, 손을 잡는 것 같은 단순한 신체 접촉에도 어깻죽지의 점이 뜨거워지며 반응을 보였다. 그녀의 존재를 거부하고 반대라도 하는 것처럼 고통이 강해질수록 그녀의 곁에 머물겠다는 지운의 의지도 확고해졌고 이렇게 같이 있는 것으로 자신의 의지를 꺾을 수 없다는 걸 증명하고 있었다.

"고민 있어요?"

"서희주, 사랑해."

자신의 손을 잡으며 심각한 표정으로 하는 지운의 고백에 희주가 그의 어깨를 툭 쳤다. 기회가 되면 시도 때도 없이 해오는 고백, 아직 대답 못하는 희주를 알면서도 지운은 개의치 않는다는 듯 사랑해라는 말을 멈추지 않았다. 지운이 사랑해라고 말하면 희주는 최대한 예쁘게 웃었고 그의 손에 입을 맞추는 것으로 말로 하지 못하는 자신의 마음을 표현했다.

'조금만 더, 며칠만 기다려 줘요. 그럼 나도 말로 해줄게요.'

'이미 알아, 너도 나 사랑하는 거.'

애정 가득한 희주의 눈길에서 그녀의 마음을 읽은 지운은 더 이상 그녀의 대답을 재촉하지 않았다. 그녀는 이미 자신을 사랑하고 있었다. 두 사람이 다시 만난 그 순간부터, 어쩌면 그전부터 희주는 그를 사랑하기 시작했을지도 모른다. 자신의 감정에 급급했을 땐 희주의 마음이 보이지 않았지만 지금은 자신을 열렬하게 봐주는 시선, 부드러운 미소, 고백할 때마다 잡아오는 손길에서 사랑이 느껴졌다.

'그래, 이거면 돼. 이렇게라도 확신을 주면 난 평생 네 옆에 있을 수 있어.'

지운은 제 손을 잡은 희주의 손등에 입을 맞추며 약간은 남아 있는 서운함을 묻었다.

지운의 서재에서 기사를 작성하던 희주는 다이어리에 붉게 표시되어 있는 날짜를 보며 그가 있는 주방으로 들어갔다.

"지운 씨, 이번 주 토요일 약속 잊어버리면 안 돼요."

"기억하고 있어. 근데 정말 무슨 일 때문인지 말 안 해줄 거야?"

"그냥 같이 저녁 먹자고요."

"특별한 날 아닌 거 확실하지?"

"진짜 의심 많네. 내 생일은 두 달이나 남았고 당신 생일도 아니고 그 외에 기념일은 없잖아요. 엉뚱한 생각 말고 토요일 날 꼭 오기나 해요. 급한 일 생겼다고 약속만 늦어봐, 혼내 줄 거야."

"아하, 혼내 준다고? 어떻게 혼내 줄 건데? 어떻게?"

"아, 좀. 장난 그만 쳐요."

희주는 느물거리며 다가오는 지운을 밀어내며 다시 서재로 쏙 들어가려 했지만 쉽게 포기할 그가 아니었다. 잡으려고 하는 지운과 도망가려는 희주 사이에 꽤나 긴 실랑이가 오가고 결국 그녀의 허리를 낚아챈 지운이 주방에 근사하게 차려놓은 와인도 마실 사이 없이 두 사람의 침실로 들어가버렸다.

"꺄아악, 이거 놔줘요. 놔달라니까."

"어허, 어딜. 얌전히 있지."

"잠깐만, 당신 여기 왜 이래요?"

"아무것도 아니야."

"아무것도 아니긴, 피부가 벌겋게 달아올랐는데. 안 아파요? 어떻게 다친 건데요? 병원엔 갔었어요? 약은?"

지운은 자신의 왼쪽 어깻죽지를 보고 호들갑을 떠는 희주의 손을 피해 얼른 셔츠를 주워 입었다. 당황한 표정을 얼른 수습하고 잔뜩 인상을 쓰고 있는 희주의 손을 잡았다.

"샤워하다가 뜨거운 물에 살짝 데였어. 병원도 갔었는데 약만 꾸준히 바르면 된데."

"언제 그랬는데, 나한테 말을 하지. 속상하게 이게 뭐야."

"자기는 이것보다 더 큰 상처도 줘놓고."

"내가 언제요? 어딜 다쳤는데?"

"여기, 도망가겠다는 서희주 때문에 내 심장이 3도 화상을 입고 제 기능을 잃었었지."

희주는 자신의 왼쪽 가슴을 손가락으로 꾹꾹 누르며 능글맞데 웃는 그의 가슴을 주먹으로 가볍게 툭 치며 한 걸음 뒤로 물러났다. 머쓱해하던 그의 눈동자가 다시 장난기를 가득 담고 반짝거리기 시작했다.

"그만해요. 당신 화상도 입었는데 그만 하자고요."

"뭘, 뭘 그만하자는 건데? 나 아무것도 안 하잖아."

그 말을 끝으로 지운이 희주에게 달려들었고 한 발 거리를 두고 있는 그녀가 재빨리 피했지만 그의 손아귀에서 완전히 도망갈 수 없었다. 희주의 허리를 가뿐하게 안아 든 지운은 그녀를 꼭 안은 채 침대로 뛰어들었고 햇살이 가득한 침실에서 젊은 연인은 진심을 담은 아름다운 사랑을 나눴다.

지운은 짙은 안개에 싸여 한 치 앞도 보이지 않는 오르막길을 걷고 있었다. 사방천지 아무것도 분간되는 것이 없는 곳에서 알몸인 채로 뭔가에 이끌리 듯 계속 걷기만 했다. 그렇게 얼마나 걸었을까, 갑자기 안개가 깨끗이 걷히며 먹물로 그린 수묵화처럼 무채색의 공간이 나타났다.

그 공간은 사방으로 하늘에 닿을 듯 높은 주상절리로 둘러싸여 있었고 그는 한 걸음만 잘못 내딛면 끝도 보이지 않는 낭떠러지로 추락하는 벼랑 끝 바위 위에 서 있었다. 발밑에서는 무시무시한 바람소리가 들렸지만 그가 서 있는 곳은 시간의 흐름조차 멈춰버린 듯 모든 것이 숨을 죽였다.

지운은 두 팔을 활짝 벌리고 눈을 감았고 그의 주변을 감싸고도는 것들을 느꼈다. 그가 눈을 감자 지금까지 고요하던 주변이 파동을 일으키며 그의 모든 기관을 통해 내부로 흘러들었다. 자연의 힘이 그에게 동화되어 강지운만의 에너지로 바뀌어 그의 단전으로 모아졌다. 감당하기 힘들 정도로 점점 더 커지는 힘을 다스리기 위해 집중하고 있는데 낯선 기운이 뒤에서부터 다가왔다. 그 기운은 잔잔한 호수에 큰 물결이 일 듯 조용하게 그에게로 몰려들고 있었다.

에너지의 파동에 지운이 서서히 눈을 떴고 아주 멀리서 그를 응시하며 천천히 다가오는 백호 한 마리를 볼 수 있었다. 분명 동물이라 부를 수 있는 미물이었지만 백호는 제왕처럼 이 공간의 공기 흐름까지도 지배하고 있었다. 지운은 천천히 몸을 돌려 백호와 마주했다. 눈을 똑바로 마주한 채 점점 더 가까이 다가오던 백호는 꽤나 멀리 떨어진 곳에서 멈췄고 지운과 백호는 눈싸움이라도 하는 것처럼 한참을 그렇게 바라보고만 있었다.

'생각보다 강한 인간이구나. 아주 강해. 그래 나를 담으려면 이 정도는 되어야겠지.'

'무슨 뜻이냐?'

'인간, 이곳까지 온 이상 나에게 저항하지 마라. 네 조상들이 그러했듯 넌 나를 담을 그릇, 나에게 순응해라.'

'인간 강지운으로 사는 것이 나의 의지. 난 인간으로 태어났으니 인간으로 죽을 것이다.'

'건방지구나. 네가 날 거부할 수 있을 것 같은가? 지금 당장에라도 목숨을 구걸할 인간이.'

'내 자신을 잃는 게 목숨을 잃는 것보다 더 어리석고 무서운 일이라는 걸 안다.'

절대 굴복하지 않는 지운의 당당한 대답에 백호의 얼굴에 비웃음이 떠올랐다고 생각하는 동시에 백호가 무서운 기세로 지운을 향해 달려오기 시작했다.

'그렇다면 이것이 너의 몫이다! 이 일로 벌어진 모든 일들은 바로 너의 의지. 지키는 것도 잃는 것도 모두 너의 선택이다!'

소리 없는 백호의 외침에 주변이 웅하고 울렸고 귀가 찢어지는 고통을 느낌과 동시에 무시무시한 이빨을 드러낸 백호가 자리를 박차고 뛰어올랐다. 지운은 자신보다 몇 배는 큰 것 같은 백호가 덮치는데도 피하지 않고 그 자리에 서 있었다. 곧 그 날카로운 이빨이 자신을 물어뜯을 것이라고 생각하는 순간 백호의 커다란 앞발이 그의 복부를 강타했다. 그 힘에 의해 뒤로 넘어진 지운 위로 덤벼든 백호가 순간적으로 투명해지며 지운의 몸속으로 스며들며 이미 단전에 만들어졌던 기존의 기운과 섞여들었다. 지운의 몸속에서 격렬하게 충돌하는 두 기운이 만들어 내는 뜨거움에 몸이 산산조각 나는 것 같은 고통을 느낀 지운이 커다란 고함을 치며 눈을 부릅떴고 그 순간 잠들었던 지운이 침대에서 벌떡 일어나 앉았다.

"허억!"

고통스러운 비명과 함께 잠에서 깬 지운은 거친 숨을 몰아쉬며 주변을 살피고 나서야 자신이 꿈을 꿨다는 걸 깨달았다.

"꿈이라고?"

맥없이 중얼거린 지운이 인상을 쓰며 자신의 배를 만졌고 뭔가에 할퀸 듯 4줄의 상처가 남은 배는 활활 타오르는 불을 담고 있는 듯 아주 뜨거웠다. 호랑이가 나오는 꿈을 어릴 때부터 종종 꾼 적은 있었지만 오늘만큼 공격적이고 생생한 적은 처음이었다. 거기다 그릇이라는 이름으로 자신을 불렀다. 물론 거부했지만 이것으로 끝나지 않을 것이란 생각이 들었고 거부의 대가가 희주에게 가지 않을까 걱정이었다. 배에 손을 올리고 있던 지운은 제 옆에 누운 희주를 바라보다 조심스럽게 머리를 쓰다듬었다. 잠결에도 자신을 향해 고개를 돌리는 희주 옆으로 들어가 그녀를 품에 안았다. 불면의 밤이 될 테지만 희주가 있어 안심이었다.

지운을 기다리고 있는 희주는 무척이나 초조했다. 시간이 지날수록 바짝바짝 말라가는 입술에 벌써 여러 잔의 물을 비웠다. 또 한 모금의 물을 마시고 시간을 확인한 희주의 미간에 약하게 주름이 잡혔다. 이제 10분, 10분 후면 모든 게 결정 난다.

희주는 오늘 지운에게 자신의 정체를 밝힐 생각이었다. 혹시나 자신의 말을 믿지 못할 걸 대비해서 핸드백 안에는 종현에게 받아 온 수혈팩도 들어 있었다. 피 마시는 모습까지 보여주고 싶진 않았지만 그가 자신의 말을 믿지 못한다면 직접 보여줄 생각이었다. 자신의 정체를 알고 난 후에도 여전히 제 옆에 남아준다면 희주는 제 온 마음을 다해 그를 사랑하고 영혼을 받쳐서라도 그를 지킬 생각이었다.

'너의 결정에 동의할 수 없구나. 모든 걸 솔직하게 말한 후 그가 널 떠난다면 견딜 수 있겠니? 지운은 인간이니까 널 잊는 게 가능하겠지만 넌 엄청난 고통을 감수해야 해.'

'알아요. 그렇지만 언제까지 속이면서 만날 순 없어요. 그 사람이니까, 제가 사랑하는 사람이니까 모든 걸 솔직하게 말한 후 다시 시작할래요. 그러고 싶어요.'

'그래, 사랑한다면 그 마음이 맞는 거지. 힘들면 언제든지 나한테 와라.'

'네, 아버지.'

모든 걸 얘기하겠다는 희주의 결심에 크리스토퍼는 크게 걱정했지만 그녀의 결정을 존중해 줬다. 거짓 위에 세워진 미래는 한순간, 아주 작은 오해로도 쉽게 무너질 수 있다는 걸 알기 때문이었다. 그녀의 뒤에는 자신이 있다는 걸 상기시키는 크리스토퍼의 말은 희주가 흔들릴 때마다 큰 용기가 되어주었다.

크리스토퍼와의 통화를 생각하던 희주는 다시 한 번 시간을 확인했다. 약속시간이 이미 30분이나 지나 있었다. 지운은 그녀와의 약속에 단 한 번도 늦은 적이 없었다. 늦을 수밖에 없는 사정이 있었다면 연락을 했을 텐데, 그에게 전화를 걸던 희주는 전화를 받을 수 없다는 메시지에 불안감이 치솟았다. 흐르는 시간을 보며 불안감에 입술을 잡아 뜯던 희주가 한 통의 전화를 받고 사색이 돼 레스토랑을 뛰어나갔다.

"어깨뼈가 한 군데는 금이 가고 한 군데는 부러졌지만 다행히 단순 골절에 근육 방향으로 부러져서 수술은 필요가 없습니다. 이렇게 부러지는 건 굉장히 신기하고 드문 일인데 운이 좋으셨어요. 압박붕대 감아놨으니까 뼈 사이 벌어지지 않도록 움직이지 마시고요. 일단 진통제 처방해 드릴 테니까⋯⋯."

"지운 씨!"

"왔어? 이리 와."

"이, 이게 어떻게 된 거예요? 당신 왜 이래요? 얼마나 다친 건데."

요란한 소리와 함께 열린 병실문으로 사색이 된 희주가 뛰어 들어왔다. 희주는 어깨와 가슴에 압박붕대를 감은 채 침대 위에 앉은 지운을 보며 병실 문 앞에서 움직일 줄을 몰랐다. 그가 교통사고를 당했다는 전화를 받았을 때 제일 놀랐다고 생각했는데 하얀 병실에 환자복을 입고 있는 그를 보니 눈앞이 하얘지는 게 정신이 아득해졌다.

다쳤음에도 침착한 지운은 자신에게 다가올 생각도 못하고 바짝 얼어 있는 희주에게 손을 내밀었고 천천히 다가오는 그녀의 손을 잡아당겼다. 꽤나 놀랐는지 그의 머리부터 발끝까지 살피는 그녀가 떨고 있었다.

"괜찮아. 어깨만 조금 다쳤어. 수술도 필요 없고 고정만 하고 있으면 된데. 그러니까 겁먹지 않아도 돼."

"하아, 어떻게, 어떻게 해."

침대에서 일어난 지운은 붕대가 감긴 제 어깨를 만지지도 못하고 어쩔 줄 몰라 하는 희주를 가슴에 안고 토닥여줬다. 매사 침착한 사람이라 하늘에서 벼락이 떨어져도 눈도 끔쩍 안 할 줄 알았는데 이렇게 벌벌 떠는 걸 보니 새삼스럽기도 하고 어쩔 수 없는 여자라는 생각도 들었다.

"흐음, 그래도 사고에 비해 아주 경비한 부상입니다. 이렇게 앉아 있는 게 기적이죠. 동승하신 분은 목숨이 위험한 상태로 지금 수술 중이신데……."

안심하라고 해준 의사의 말에 몸을 굳힌 희주가 지운의 품에서 빠져나오며 바짝 촉을 세우자 지운이 눈짓으로 의사를 내보냈고 말을 끝까지 듣지 못한 희주는 거의 패닉 상태였다.

"얼마나 큰 사고였는데, 동승하신 분은 얼마나 다친 거예요? 당신 정말 어깨만 다친 거 맞아요? 다른 덴 이상 없는 거 확실해? 검사는 다 했어요?"

지운은 다소 과하게 반응하는 희주의 손을 잡고 침대에 걸터앉으며 그녀의 뺨에 손을 대고 자신을 보게 만들었다.

"교통사고는 운전자가 가장 크게 다치는 거잖아. 그 사람도 수술만 받고 나면 괜찮을 거라고 했어. 나 6주 진단 받았는데 아마 3주 정도면 다 나을 거야. 알지, 호랑이 어흥."

"지운 씨."

"그냥 웃어줘. 지금은 그게 필요해."

그의 농에도 얼굴을 펼 줄 모르는 그녀의 뺨을 톡톡 친 지운이 희주의 어깨에 고개를 기댔다. 말은 이렇게 했지만 차가 폐차되고 수술 들어간 운전자가 온전할지 장담할 수 없을 정도의 큰 사고였다. 사고 현장에 도착했던 구급대원들도 현장의 처참함에 고개를 절레절레 저었고 그에 비해 너무 경미한 부상의 지운을 놀란 눈으로 봤었다. 피할 수 없이 달려오던 덤프트럭, 그 엄청난 힘에 안으로 쑥 밀려들어오며 반으로 접히던 자동차 문, 반사적으로 어깨로 그 문을 받쳤고 자동차가 으그러져 그를 압사시키는 대신 그의 어깨뼈가 부러졌다. 만약 그 상황에서 단전에 모아졌던 힘이 제대로 발휘되지 못했다면 사정없이 구겨지는 자동차 안에서 지운은 압사 당하고 말았을 것이다. 자의에 의한 힘의 발연히 아니었고 지배당한 듯 마음대로 조정할 수 없었지만 그래도 살아서 희주를 만났으니 됐다.

지운이 개운치 않은 마음에 한숨을 깊게 토해내자 희주가 그를 조심스럽게 꼭 안았다. 사고 났다는 말을 들었을 때 심장이 떨어져 나가는 줄 알았다. 혹시라도 잘못되면 어떻게 하나, 사람 구실 못해도 좋으니 제발 살아만 있어라, 살아만 있으면 얼굴 보면 수백 번, 수만 번이라도 사랑한다고 말해줘야지, 그런 생각을 하며 이곳까지 왔다.

그 기원이 통했는지 다행히도 비극적인 상태는 아니었고 희주는 더이상 자신의 고백을 미루고 싶지 않았다. 품에 안았던 지운을 놓고 허리를 숙여 그와 눈을 맞췄다.

"지운 씨, 강지운."

"응."

"사랑해요."

"……뭐?"

"사랑해요, 당신. 나한테는 당신밖에 없으니까 다시는 이렇게 다치지 말아요. 당신 없으면 나 못 살아요."

열렬한 사랑 고백에도, 가볍게 닿았다 떨어지는 그녀의 입술에도 지운은 아무 말 못하고 멍한 눈동자로 그녀를 바라보기만 했다.

"나, 사랑한다고?"

"지독할 정도로 사랑해."

"진심, 이야?"

"응."

"한 번만 더 말해줘."

"사랑해요."

눈을 지그시 응시하며 하는 희주의 고백에 지운은 탄식에 가까운 한숨을 토해내며 그녀의 목덜미에 고개를 묻었다. 그녀의 마음은 이미 알고 있었고 그 마음만으로도 참 고맙다고 생각했었는데 직접적인 사랑 고백은 눈물이 날 만큼 그를 감동시켰다. 지금 이 순간을 어떻게 말로 표현할 수 있을까, 지운은 다시 고개를 들어 희주를 바라봤고 또 한 번 그녀의 입에서 확신을 듣길 바랐다.

"또 얘기해줘."

"사랑해요."

서슴없는 고백에 희주의 입술 위로 지운의 입술이 겹쳐졌다. 그녀의 고백을 공중에 날려버리고 싶지 않은 지운은 꽤나 긴 시간 동안 희주의 입술을 머금고 있었고 창문 밖으로 흰 눈이 날리기 시작했다.

"잘 잤어요?"

"으흠, 일찍 왔네?"

"화보촬영 서둘러 끝내고 기사는 은주한테 넘겨버리고 나는 땡땡이, 당신은 오늘 하루 어땠어요?"

"계속 자고, 먹고, 자고, 서류 좀 보다가 또 먹고. 다친 건 어깬데 왜 머리도 안 돌아갈까? 서류도 눈에 안 들어와."

"아프지는 않았어요?"

"아프지는 않은데 마음대로 움직이지 못하니까 답답해. 당분간 닦지도 말래고, 나한테 냄새 안 나? 아까 서류 보다가 볼펜 떨어트렸는데 주울 수가 있어야지, 결국 비서 불렀다. 웃기지?"

지운은 웃으라고 한 말이지만 희주는 쉽게 웃을 수가 없었다. 간신히 가벼운 표정을 유지하고 있지만 그의 다친 모습을 볼 때마다 마음이 너무 아팠다.

"그런 얼굴 하지 말라니까. 아무렇지도 않아."

"가족분들은요?"

"이미 다 왔다 가셨는데 뭐. 어머니하고 통화는 했어. 당신 와 있는 거 아시니까 부모님도 별걱정 안 하셔."

지운의 말에 희주는 힘없이 웃으며 고개를 끄덕였다. 일 때문에 하루 종일 병원에 있을 수 없어 병문안 오는 그의 가족들을 부딪치지 않아도 됐지만 마음이 가벼울 수는 없었다. 자신의 실체에 대해 확실히 말했다면 마음의 무거운 짐을 하나는 내려놓을 수 있었을 텐데, 희주는 침대에 눕는 것조차 혼자 편하게 못하는 지운을 봤다.

'지금이라도 말을 해야 할까? 내 얘기를 듣고 너무 놀라서 상태가 더 나빠지면 어쩌지?'

온전하지 못한 지운의 상태도 그렇고 한 번 기회를 놓치니 목까지 올라온 이야기를 꺼내 놓기가 쉽지 않았다.

"왜 그렇게 봐? 할 말 있어?"

"저기, 그게요……."

희주가 손가락을 조물거리며 그의 눈치를 보는 사이 노크소리가 들렸고 대답도 하기 전 문이 벌컥 열리며 지운만큼이나 건장한 노인이 들어섰다. 누구냐고 묻기도 전에 지운이 침대에서 벌떡 일어섰고 희주 역시 그를 따라 자리에서 일어났다.

"할아버지, 어떻게 여기까지 오셨어요?"

"괜찮은 거냐?"

"더 조심했어야 했는데 죄송합니다."

할아버지라는 말에 희주의 놀란 시선이 강 장관에게 가 닿았고 그녀의 기척을 느낀 강 장관이 시선을 그쪽을 돌렸다. 편안했던 강 장관의 얼굴이 조금씩 경직되자 지운이 바짝 긴장하며 희주의 팔을 잡아 제 옆으로 당겨 세웠다.

"희주야, 인사드려. 우리 할아버지셔. 할아버지, 제가 만나는 사람입니다."

"처음 뵙겠습니다, 서희주라고 합니다."

지운의 소개에 희주가 허리를 90도로 꺾어 인사를 했다. 자신을 향한 강 장관의 기운이 점점 더 싸늘해지는 걸 느끼며 주먹을 틀어쥐었고 희주의 불안한 기색을 느낀 지운이 그녀의 허리에 손을 올렸다. 이 여자가 자신의 것이라는 걸 분명히 알리려는 지운의 의도를 알아챈 강 장관의 날카로운 시선이 그에게로 향했고 항상 한발 물러나 존경을 표했던 것 대신 지운도 이번만큼은 물러나지 않겠다는 자신의 의사를 분명히 했다. 마치 세력 싸움이라도 하는 것처럼 꼼짝도 안고 대치해 있는 두 사람 때문에 병실 공기가 팽팽해졌고 그 분위기에 압도돼 숨도 쉬기 힘든 희주가 지운의 손을 잡으며 겨우 침묵을 깨트렸다.

"좀 앉으세요. 지운 씨, 할아버지 모시고 소파로 가 앉아요. 내가 과일이라도 준비할게요."

"괜찮소, 아가씨. 녀석 얼굴 봤으니 이만 가보리다. 대신 아가씨가 나랑 차 한 같이하면 좋겠는데."

"네? 네, 알겠습니다."

"할아버지, 다음날 제가 집으로……."

"시간은 충분히 줬다. 병원 로비에서 기다리리다. 환자는 병실 지키고 아가씨 혼자 보내 거라. 너와 난 나중에 얘기하자."

강 장관은 따라 나오려는 지운에게 쐐기를 박고 병실 밖으로 나가버렸다. 지운이 따라 나가려고 했지만 희주가 재빨리 그를 잡았다.

"다녀올게요. 당신은 여기 있어요."

"희주야, 우리 할아버지……."

"걱정하지 말아요. 잘하고 올게요. 누워 있어요."

희주는 잔뜩 걱정스러운 얼굴을 하고 있는 지운의 뺨에 가볍게 뽀뽀를 해주고 병실을 나갔다. 로비로 내려가는 내내 몇 번이나 심호흡을 하며 긴장감을 덜어내려 애썼지만 방망이질하기 시작한 심장은 쉽게 가라앉지 않았다.

강 장관과 희주는 병원에서 멀지 않은 한식집의 조용한 방에서 김이 모락모락 나는 찻잔을 앞에 두고 마주앉아 있었다. 병원을 떠나 이곳까지 오는 내내 강 장관은 한마디도 하지 않고 희주에게 눈길도 주지 않았다. 방 안에 들어와서야 제대로 봐줬는데 희주는 제 폐부를 꿰뚫어볼 것 같은 강 장관의 시선에 오금이 저렸다. 날카로운 시선 앞에 발가벗겨져 자신의 모든 것이 낱낱이 까발려지는 기분이었다.

"지운이 옆에 계속 있을 생각인가?"

"……제가 마음에 안 드십니까?"

"인간도 아닌 족속이 인간 옆에 머물겠다는 건 무척이나 위험하고 염치없는 생각이지."

담담한 강 장관의 말에 찻잔을 잡고 있던 희주의 손이 삐끗했다. 강 장관은 그녀가 데이워커라는 사실을 알 리 없고, 강 장관이 무슨 뜻으로 저런 말을 한 것인지 알 수 없는 희주는 바짝 긴장한 채 강 장관의 말이 이어지길 기다리고 있었다.

강 장관은 조용히 자신을 바라보는 희주를 향해 등을 천천히 펴고 두 팔을 테이블 위에 올려 지금까지와는 달리 무시무시한 기세로 희주를 몰아세웠다.

"내가 잘못 알았다고 말하고 싶은가?"

"무슨 뜻으로 하시는 말씀이신지……."

"고얀 것, 인간도 아닌 것이!"

그 말을 듣는 희주의 눈이 화등잔만 하게 커졌다. 제 앞에 앉은 강 장관의 몸이 두 배로 불어난 듯 커져 보였고 그 뒤로 투명한 몸의 커다란 백호가 나타났다.

'서, 설마…… 지운 씨의 이야기가 사실……이었어.'

두 눈으로 보고도 믿을 수 없는 사실에 할 말을 잃은 희주가 마른 침을 삼키며 강 장관과 그 뒤의 백호를 번갈아 바라봤다. 사지가 벌벌 떨리고 당장이라도 바짝 엎드려 목숨이라도 구걸해야 할 것 같은 기분이 들었지만 희주는 정신을 차리기 위해 자신의 입속 살을 깨물었다. 비릿하게 퍼지는 혈향에 다소간 정신이 돌아온 희주는 비겁하지 않기 위해 노력했다. 인간이 아니라는 말, 뾰족한 가시처럼 평생을 마음속에 품고 산 말이지만 타인에게 듣는 그 말은 무척이나 아프고 깊게 그녀에게 상처를 냈다.

'희주야, 누가 뭐래도 넌 우리 부부가 이 세상에서 가장 사랑하는 존재이고 너 역시 당당한 사람이란다. 사랑한다, 내 딸.'

사람도 아니고 뱀파이어도 아닌 자신의 존재에 항상 회의를 가지고 살았던 희주에게 죽는 순간까지 인간임을 강조했던 경선이다. 숨이 넘어갈 듯 애처로운 순간에도 수백 번은 해줬던 그 말, 지금처럼 저 말이 뼛속 깊이 진실로 느껴진 적은 처음이었다.

'그래, 난 인간인 어머니의 딸이기도 하다.'

마음속 다짐이 강해진 희주가 떨리는 손을 식탁 밑으로 숨기고 고개를 들어 강 장관의 날카롭고 사나운 시선을 그대로 받아냈다.

"저는 인간이기도 합니다."

"거짓말이라도 할 참인가."

"아니요, 어르신의 말씀이 반만 맞는다는 겁니다. 어르신의 말씀

대로 저는 인간이 아니기도 하지만 또 인간이기도 합니다. 타고난 본성이 있어 온전한 인간으로 살 수 없었지만 인간이기 위해 그 누구보다 피나는 노력을 했습니다. 그것만은 사실입니다."

강 장관은 제 눈을 똑바로 쳐다보며 하는 희주의 말에 속으로 쯧 혀를 찼다. 자신의 본색을 좀 드러내면 겁먹고 도망갈 줄 알았는데 또박또박 제 할 말을 하는 기색이 여간 당찬 게 아니었다. 저런 기개를 가진 평범한 아이였다면 지운의 짝으로 반갑게 맞아들이겠지만 사람이 아닌 존재의 피가 섞인 아이가 지운의 주변에 있다는 건 절대 용납할 수 없었다. 얼마 전 꿈에서 본 지운도 그렇고 스스로 각성없이 자꾸만 호랑이 기운이 강해지는 지운의 상태도 분명 이 아이의 영향이 분명했다.

"네 실체를 지운이도 알고 있는 거냐?"

"……아직 모릅니다."

"영악한 것. 제가 지운에게 어떤 악영향을 끼치는 줄도 모르고 거짓으로 속이기까지. 너에게 섞인 그 이족의 피가 지운이를 위험하게 만든다고 해도 고집을 부릴 테냐? 그 아이가 가진 기운은 절대 널 인정하지 않을 것이고 그 때문에 이미 고통을 받고 있을 게다."

"고통이라면……."

"고약한 것, 제 행복에 겨워 눈을 감았구나. 어찌 사랑하는 사람이 상하는 것도 몰라."

강 장관의 호통에 희주의 머릿속으로 퍼뜩 몇 가지 일들이 스쳐 지나갔다. 가끔 자신을 안을 때 힘겨워하던 것과 샤워하다 가벼운 화상을 당했다는 지운의 어깨 상처가 떠오르며 강 장관을 보는 희주의 눈이 사정없이 흔들렸다. 그것이 자신에 의한 것이라면, 희주는 그의 말을 곧이곧대로 믿어버린 자신의 무지함에 치가 떨렸다. 한동안 고개를 숙이고 있던 희주는 울음을 꾹 참는 얼굴로 다시 강 장관을 바라봤다.

"몰랐습니다. 정말 몰랐어요. 하지만 저는 제 목숨을 다해 그 사람을 지킬 겁니다. 제가 죽는 한이 있어도 그 사람에게 해가 되는 일은 하지 않을 겁니다."

"그건 네가 마음대로 할 수 있는 게 아니다. 네 존재 자체가 그 아이에겐 독이야. 위험한 것이 옆에 있으면 그 녀석이 지닌 특별한 기운이 승할 것이고 그 기운이 승하면 승할수록 반대급부로 위험한 일역시 늘어난다."

"……."

"아녀자 연쇄살인범이 덤프트럭을 탈취해 지운을 죽이려 교통사고를 내고 지금은 아무것도 기억 못한 채 정신감정을 받고 있는 이상황이 너에겐 평범해 보이냐? 더 큰 문제는 이런 일이 앞으로 얼마든지 일어날 수 있다는 거다. 지운이 그 기운을 순순히 받아들이던가, 아니면 지금이라도 점점 더 강해지는 기운을 눌러야 해. 가장 중요한 건 위험 요소를 제거하는 거다."

희주는 단호하게 말하는 강 장관의 앞에 무릎을 꿇고 머리를 조아렸다. 지금 자신의 행동이 너무나 이기적이라는 걸 알지만 그를 얼마나 사랑하는지, 그 없이는 살 수 없다는 걸 절실히 깨달은 지금 또다시 쉽게 그를 떠난다고 말할 수 없었다. 희주는 떠나는 대신 자신이할 수 있는 일을 할 참이었다.

"제게 시간을 주세요. 그 사람 옆에 있겠다는 결정 저 역시 쉬운일 아니었습니다. 지금 당장은 어르신께 시간을 구걸하는 것밖에 다른 건 아무것도 못 하겠습니다."

"너 역시 위험해진다면 어쩌겠니? 난 나의 각성으로 내 아내를 잃었다. 내가 원해서 한 각성으로 인해 일어난 일이지만 지금까지 가장 후회되고 마음 아픈 일이지. 그런데 지운이는 자신의 의지와 상관없이 자꾸 그 힘과 하나가 되고 있다. 그 일 때문에 널 잃게 된다면 지운이는 어떻게 될까?"

"제가 위험한 건 아무래도 좋습니다. 저 그 사람 정말 사랑합니다."

그렇게 말하는 희주의 눈에서 떨어진 눈물이 바닥을 적셨고 어느새 기운을 거둬들인 강 장관은 자리에서 일어났다. 서로가 얼마나 사랑하는지 뻔히 보이는 두 아이에게 헤어짐을 종용하는 강 장관 역시 마음이 아팠다. 강 장관이 방문 앞에 갈 때까지 희주는 그 자세 그대로 소리를 죽이고 울고 있었고 잘게 떨리는 그 여린 등을 측은하게 보던 강 장관은 마지막 말 한마디를 남기고 자리를 떠났다.

"마음이 흉한 아이는 아닌 것 같으니 잠시간 말미를 주마. 감정놀음에 목숨은 걸지 마라. 지운이까지 두 목숨이 걸린 일이다."

강 장관도 마음은 아팠지만 앞날이 창창한 젊은 두 아이를 살리려면 이 방법밖에 없었다. 식당을 떠나는 강 장관도 그대로 방바닥으로 무너져 피를 토해내듯 울고 있는 희주도 마음이 천 갈래 만 갈래로 찢어지고 있었다.

강 장관을 만나고 온 후 희주는 아무 일도 없다는 듯 하루하루를 열심히 살았다. 인간도 아니라는 강 장관의 호통이 생각날 때마다 인간인 것을 증명해 보이려는 듯 더 일에 매달렸고 지운 앞에선 더 활짝 웃었다.

하지만 지운은 도리어 그런 희주에게서 이상함을 느꼈다. 웃고 있는 게 분명한데 그 뒤로 짙은 슬픔과 혼란 같은 게 느껴졌고 지나치게 일에 매달리는 모습이 살아남기 위한 발악 같았다. 본능적으로 강장관에게 좋지 않은 얘기를 들었다는 걸 느꼈지만 그의 조부도 희주도 말을 아껴 사실을 알 수 없었다.

'그저 당신을 감당할 수 있겠냐고 당신 옆이 쉬운 자리 아니라고 잘 생각하라고 하셨어요.'

지운의 추궁에 희주의 대답은 그게 전부였다. 희주의 상태가 불안한 지운은 일주일의 입원 기간을 마치고 퇴원하자마자 짐을 싸들고 그녀의 집으로 갔다. 이미 두 집을 오가며 부부처럼 살던 그들이었지만 지운의 마음이 달라졌다. 압박붕대 없이 움직일 수 있을 만큼 지운의 상태가 호전되고 퇴근하고 들어오던 어느 날 그의 손에는 노란색 서류봉투가 들려 있었다.

'같이 살아. 동거 아니고 결혼. 결혼식 따위는 어째도 상관없지만 혼인신고는 해야겠어. 그런 눈으로 보지 마, 내 여자 그늘에 두고 싶지 않은 건 내 자존심이야. 마음 바뀌면 여기다 싸인해.'

결혼 얘기에 눈에 쌍심지를 켠 그녀에게 내민 건 전부 다 작성되어 있는 혼인신고서였다. 보란 듯 화장대 서랍에 처박아버린 혼인신고서 때문에 희주는 더 복잡해져버렸다.

헤어지라고 종용하는 강 장관, 아직 고백하지 못한 자신의 정체, 그녀를 용납하지 않는다는 그가 가진 특별한 기운, 거기다 그가 내민 혼인신고서까지 머리가 복잡한 희주에게 그것도 모자랐는지 강한 흡혈 욕구까지 생겨버렸다. 이유를 알 수 없는 흡혈 욕구를 처음엔 이성으로 조정할 수 있었지만 날이 갈수록 머릿속이 멍해지고 다른 건 생각할 수 없을 정도로 강해졌다. 손만 뻗으면 취할 수 있는 피, 당장이라도 이빨을 박고 영혼까지 만족시키는 피를 가지라는 매혹적인 유혹인 지운이 희주에겐 잔인한 고문이었다. 벌써 몇 번이나 이성을 잃고 본성을 드러내는 자신이 무서워 그를 피했더니 그 행동을 다른 뜻으로 해석한 지운은 그녀에게 더 집착했다.

그의 옆에서 숨을 쉬는 것조차 고통스러운 희주는 오늘도 잠이 든 그를 피해 침대를 빠져나왔다. 거친 숨을 몰아쉬고 욕실로 들어가 물을 가득 담은 세면대에 얼굴을 담갔다. 모든 소리가 멀어지고 그의 향이 옅어지는 물속에서 누릴 수 있는 잠시의 평화, 숨을 쉬는 걸 잊은 사람처럼 그렇게 있던 희주는 거칠 게 잡아채는 손길에 몸을 일으킬 수밖에 없었다.

"제정신이야?"

희주는 제 어깨를 잡아 흔드는 지운을 몽롱한 시선으로 바라봤다. 흔들리는 시선에 지운과 노란색의 조명이 번갈아 보이고 그녀의 이성은 점점 더 흐릿해지고 있었다.

'다 잊어. 다 잊고 그를 취해. 그를 가지면 모든 고통은 사라지고 넌 행복해질 수 있어.'

끊임없이 그녀를 꼬이는 머릿속 목소리에 초점을 잃은 그녀의 시선이 지운을 향했다. 걱정을 한가득 달고 있는 얼굴, 그녀의 젖은 얼굴과 머리를 닦아내는 조심스러운 손길, 무슨 일인지 마음 졸여 하면서 묻지도 못하는 지운은 어느새 그녀를 안아 들고 침실로 향하고 있었다. 옷이 젖은 그녀가 감기라도 들까 봐 품에 꼭 안고 이불을 꼭꼭 덮어주는 지운을 보며 날카롭게 자라나온 그녀의 손톱이 손바닥에 깊게 박혔다.

'정신 차려, 서희주. 너는 죽을 수 있어도 이 남자는 안 돼.'

간신히 정신을 차린 희주가 그의 품에서 떨어지며 그의 얼굴에 손을 올렸다.

"악몽을 꿨어요. 그럴 때마다 물에 얼굴을 담고 있는 게 습관이니까 걱정하지 말고 자요. 옷 갈아입고 올게요."

희주는 믿을 수 없다는 얼굴의 지운을 두고 자리에서 일어났다. 이성이 돌아왔을 때 그에게서 조금이라도 벗어나야 한다. 그런 희주의 절박한 마음을 모르는 지운이 그녀의 손목을 덥석 잡아 자신에게서 멀어지지 못하게 했다.

"괜찮다니까. 누워 있어요."

희주는 복잡해 보이는 지운의 이마에 쪽 뽀뽀를 해주고 서둘러 그에게서 멀어졌다. 단순한 뽀뽀 한 번, 손끝에 닿는 그의 체온에도 그녀는 참을 수 없는 유혹을 느껴 도망치듯 드레스 룸으로 들어와 버렸다. 드레스 룸 문을 닫은 희주가 미끄러지듯 주저앉았다.

"하아, 얼마나 참을 수 있을까? 도대체 이러는 이유가 뭔데, 너."

임시방편으로 종현을 찾아가 수혈팩을 마셨지만 생각보다 쉽게 가라앉지 않는 흡혈 욕구에 희주는 절망 아닌 절망을 했다.

희주는 이제 밤이 오는 게 무서웠다. 밤뿐만 아니라 지운과 같이 지내야 하는 집에 들어가는 게 점점 더 힘들어졌다. 인간도 아니라는 강 장관의 말을 떠올리며 이성을 유지하는 것도 한계가 있었고 욕구가 강해지면 그 말을 떠올린 여유조차 없어진다.

오늘은 오랜만에 데이트하자는 지운 때문에 밖에서 만나 근사한 저녁에 술까지 한잔하고 들어오는 참이었다. 그와 같이 있는 시간이 늘어날수록 희주는 본능적으로 그를 유혹하려 했다. 아름다움을 더하고, 손짓, 눈길에 교태를 담았다. 지운이 멍해질 정도로 유혹하다 정신을 차리면 잠시 자리를 피하고 그걸 반복했더니 그의 분위기도 점점 가라앉았다.

"미안해요, 지운 씨."

지운은 사과하는 희주를 아무 말 없이 지긋이 바라만 보고 있었다. 요즘 들어 심각하게 불안해 보이고 굉장히 침울한 희주였다. 무슨 일이 있냐고 물으면 물을수록 더 입을 꼭 다물고 괴로워 보여서 묻는 것도 마음대로 할 수 없었다. 지금도 그가 손을 잡으니 흠칫 놀라며 몸을 뒤로 빼는 희주였지만 그녀의 손을 놓아주진 않았다.

"내 옆에 있을 거지? 그것만 약속해."

"……그럴게요."

"그래, 이제 집에 가자."

곁에 있으라는 지운의 말에 희주의 가슴엔 돌덩이가 하나가 더 올라가 앉았다.

잠자리에서 부스스 일어나 앉은 희주는 이미 인간의 모습이 아니었다. 그녀의 눈동자는 흡혈 욕구가 최대치에 도달했다는 신호인 붉은색으로 물들어 있었고 죽은 듯 잠들어 있는 지운을 보는 순간 저절로 예리한 이빨이 튀어나왔다. 빠르게 심장이 벌렁거리고 온몸을 촉촉하게 적셔오던 느낌을 잊지 못해 입맛을 다시던 희주가 자신을 태워버릴 듯 찾아오는 고통을 잊기 위해 그의 가슴에 올라앉아 양손을 잡아 움직이지 못하게 했다.

"하아, 조금만, 아주 조금만."

이성을 완전히 잃은 희주가 자신이 무슨 짓을 하는지도 모른 채 천천히 그의 목덜미를 향해 고개를 숙였고 이제 막 그의 목에 이빨을 박으려는 순간 지운이 꿈틀하며 몸을 비틀었다. 지운이 잠에서 깨어났다는 걸 알아채고 잠시 멈칫했던 희주의 눈빛이 더 사나워지며 그에게서 떨어져 나오는 대신 더 크게 입을 벌리고 자신의 목표를 이루려고 했다.

"어딜!"

누구의 목소리였을까? 처음 들어보는 목소리에 행동을 멈춘 사이 자세가 역전돼 희주의 두 팔을 잡은 지운이 그녀를 침대로 밀어붙이며 그 위로 올라탔다.

붉은 희주의 눈과 밝은 갈색으로 선명하게 빛나는 지운의 눈이 마주쳤고 불꽃을 튀기 듯 강한 기운을 내뿜는 힘의 대결이 시작됐다. 눈앞에서 자신의 기회를 빼앗겨버린 희주는 온 힘을 다해 지운을 밀어내려 했지만 그가 어마어마한 힘으로 그녀를 꼼짝 못하게 만들었다.

"그 더러운 욕심으로 무엇을 탐내는 것이냐."

"이거 놔, 이거 놓으라고!"

지운의 모습이었지만 그가 아니었다. 희주를 사납게 꾸짖는 말도, 냉담하고 무시무시한 표정도, 그녀를 아프게 내리누르는 손길도, 누군가와 겹친 듯 들리는 목소리도 지운을 가장한 다른 존재였다. 그가 아니라는 사실에 더 예민해진 희주의 반항이 거세졌다. 흡혈 욕구, 이길 수 없는 힘에 대한 반항, 지운이 아닌 다른 존재, 모든 것이 그녀를 거칠게 만들었고 지운은 의식이 없는 와중에도 그녀를 움직이지 못하게 방어하는데 힘을 치중하고 있었다. 자신의 반항에도 꼼짝 않는 그에게 더 화가 난 희주가 이빨을 드러내고 그르렁거리며 있는 힘을 다해 그에게서 벗어나기 위해 발악하는 과정에서 그녀의 날카로운 손톱이 그의 목덜미에 길게 흉터를 남겼다.

"감히!"

희주를 향해 일갈한 지운의 눈동자가 한층 더 밝은 갈색으로 빛나더니 그녀의 목덜미를 잡아 침대 밖으로 던져버렸다. 반항도 못하고 날아간 희주는 벽에 부딪치며 맥없이 흘러내렸다.

"으윽."

생각지도 못한 고통에 움직일 생각도 못하고 누워 있는 희주에게 지운이 천천히 다가왔다. 고통으로 흐릿한 희주의 시선 안으로 그의 벗은 발이 들어왔고 천천히 고개를 든 희주가 지운을 바라봤다. 그녀를 아프게 한 자신에게 놀란 것인지 지운의 눈동자가 갈색과 검은색을 번갈아 띠며 혼란스러운 표정으로 거친 숨을 내쉬고 있었다. 그의 공격으로 이성이 돌아온 희주는 심상치 않은 지운의 기색에 아픈 몸을 간신히 움직여 그에게 손을 내밀었다.

"하아, 지운 씨. 이리 와요, 어서. 나는 괜찮아."

은은히 미소를 지은 희주가 감히 다가오지 못하는 그의 손을 먼저 잡았고 그녀의 체온이 닿는 순간 무너지듯 자리에 앉은 지운이 정신을 잃으며 그녀의 품으로 쏟아져 내렸다.

"……희주야."

"괜찮아요, 괜찮아. 이대로 잠들어도 돼요. 정말 미안해요, 지운 씨. 모두 내 탓이야, 정말 미안해. 사랑해요."

희주는 의식을 잃은 지운을 안고 바닥에 누웠다. 옷 위로도 뜨거운 기운이 느껴지는 왼쪽 어깻죽지 점 위를 부드럽게 쓰다듬으며 긴 시간 그를 안고 강 장관이 했던 말들을 떠올렸다. 그에게 위험 요소 라는 자신, 자신 때문에 자의와 상관없이 지운이 변해 갈 거라는 말, 그것 때문에 더 위험해질 수 있다는 경고가 지금 이 일로 인해 너무 나 확실히 이해됐다.

"하아, 알겠는데, 내가 당신에게 해가 된다는 걸 알겠는데도 나 못 떠나겠어. 어떻게 해. 나 당신 놓을 수가 없어."

지운의 얼굴을 꼭 끌어안은 희주의 눈에서 눈물이 흘러내렸다. 머리로는 그를 떠나야 한다고 생각하지만 마음은 쉽게 결정되어지 지 않았다. 그녀의 혼란을 아는 것인지 의식이 없는 와중에도 지운 은 그녀의 허리를 꼭 끌어안았다. 그 몸짓에 눈물이 더 굵어지는 희주였다.

아침에 바닥에서 눈을 뜬 지운은 자신을 꼭 안고 있는 희주의 품 에서 고개를 들며 이게 무슨 일인가 싶었다. 바닥에서 자고 있는 것 도 자신을 안고 있는 희주가 잔뜩 운 얼굴을 하고 있는 것도 왼쪽 등 이 욱신거리는 것도 모두 심상치 않았다. 지운의 혼란스러움을 느낀 희주가 태연하게 웃으며 그의 뺨을 부드럽게 쓰다듬었다. 희주의 담 담한 태도에 지운이 그녀의 손을 잡으며 궁금한 걸 물었다.

"우리 왜 여기서 자고 있어?"

"기억, 안 나요?"

"무슨 일 있었어? 몸이 좀 뻐근한 것 같기도 하고."

"아무 일도 없었어요. 얼른 일어나서 출근 준비해요. 늦었어요."

희주는 어리둥절한 얼굴로 바닥에 앉아 머리만 벅벅 긁고 있는 그 를 서둘러 욕실로 보내고 긴 안도의 한숨을 내쉬었다. 기억을 못하는 덕분에 또 한 번의 유예기간을 얻었지만 차라리 어젯밤 일로 자신의 실체를 알아버렸으면 좋았으련만 그런 생각도 했다.

그가 샤워하는 사이 거실 욕실로 들어간 희주는 옷을 벗고 자신의 등을 확인했다. 다른 때 같았으면 흔적도 안 남고 이미 사라졌을 멍이 등 전체에 퍼렇게 올라 있었다. 그에게 받은 상처여서일까? 이해할 수 없는 일들에 희주는 한시도 마음을 놓을 수 없었다.

화장실에서 한바탕 구토를 하고 나온 희주는 휘청거리는 걸음으로 의자에 주저앉았다. 식사를 제대로 못 하고 먹기만 하면 토하기를 반복하는지 꽤 됐다. 지운이 옆에 있으면 좀 덜했지만 혼자 있을 때면 물 외에는 제대로 된 음식을 먹기 힘들었다. 은주가 거의 탈진하듯 늘어져 있는 희주 앞에 물과 포도당 캔디를 놓아주며 한숨을 푹 쉬었다.

"실장님, 오늘도 아무것도 못 드셨어요?"

"응. 탈이 나도 단단히 났나 봐."

"모르는 사람들이 봤으면 임신한 줄 알겠어요."

"……뭐?"

"그렇잖아요. 제대로 드시지도 못하지, 드시기만 하면 토하시고 생전 잠이라곤 모르시던 분이 꼬박꼬박 졸기도 하시고. 저희 언니 임신했을 때랑 비슷해요. 실장님, 설마……."

말을 하던 은주가 눈을 동그랗게 뜨고 희주를 봤고 얼른 멍한 표정을 수습한 희주가 은주를 흘겨보며 화제를 바꿨다.

"엉뚱한 생각 말고 장소 헌팅이나 나가."

"의심해볼 만해요. 남자친구분도 있으시고 두 분이 손만 잡고 연애를 하실 나이는 아니시잖아요. 마지막 생리 언제 하셨는데요?"

희주는 얼굴을 가까이 들이밀고 이야기하는 은주의 어깨를 밀고 의자에서 일어나며 그 자리를 피했다. 은주의 말에 혼란이 가중되고 있었다. 임신이라면 이상하리만치 강한 흡혈 욕구도 그것이 지운에게만 해당하는 것도 모두 설명이 가능하다. 빠르게 달력을 살피는 희주의 눈동자가 한없이 흔들렸다.

희주는 세면대 위에 쭉 늘어져 있는 임신진단키트를 보며 허탈한 웃음을 지었다. 하나로도 부족해 6개씩이나 해봤는데 6개 모두 임신이 분명한 선명한 두 줄을 나타내고 있었다.

"하아, 임신. 임신. 지금 이 상황에 임신까지, 하아 하하하하하으으윽."

헛웃음은 결국 억눌린 울음으로 이어졌다.

'임신을 하면 흡혈 욕구가 강해지고 결국 네 운명의 상대는 목숨을 잃게 되겠지. 임신하지 않도록 조심해라.'

그렇게도 피하고 싶었던 운명이 결국 그녀의 덜미를 잡았다. 강 회장의 말에도 굳건했던 다짐이 한없이 흔들리며 그녀를 약하게 만들었다. 희주는 눈물을 멈추지 못하고 늘어진 키트를 하나씩 손에 들었다.

"도대체 나한테 왜 이래, 왜 이렇게 잔인한데. 나도 행복하고 싶단 말이야."

결국 견디지 못한 희주는 바닥으로 무너져 내렸고 꽤 오랫동안 눈물을 멈추지 못했다. 너무 울어 눈물도 말라버린 그녀가 주섬주섬 자리에서 일어났다. 찬물에 세수를 하고 간신히 정신을 차린 희주가 거울을 들여다보며 자신을 향해 말했다.

"네가 책임져야 하는 거야. 모든 건 다 너 혼자의 몫이야."

희주는 옆에 널브러져 있는 임신진단키드들을 신경질적으로 주머니에 쑤셔넣고 그대로 집을 나와 버렸다.

희주는 사무실 근처 커피숍에 앉아 있었다. 일은 산더미같이 쌓여 있고 그녀를 찾는 전화는 쉬지 않고 울렸지만 그 무엇도 그녀를 생각에서 깨어나게 만들지 못했다.

'임신 8주째네요. 아이는 건강하지만 엄마가 많이 약해져 있어요. 지금처럼 엄마 몸이 좋지 못하면 아이에게도 영향이 미칩니다. 입덧이 심해도 많이 드시고 푹 쉬셔야 해요. 특히 빈혈이 심하신데 산모님께 필요한 영양제들 적어드릴 테니 빼먹지 말고 복용하세요.'

희주는 제 손에 들린 산모수첩을 어이없게 바라봤다. 제가 가지고 있음에도 너무나 이질감이 느껴지는 물건, 그 물건이 말해주는 확실한 사실인 임신. 자신이 임신을 했다는 사실이 전혀 실감 나지 않는 희주가 산모수첩에서 초음파사진을 꺼냈다.

'여기 잘 보세요. 아직 물갈퀴 형태긴 하지만 손하고 발이 생기고 다리가 모양이 잡혔어요. 기특하게 잘 크고 있네요. 심장 소리도 들어 볼까요?'

과도하게 친절한 산부인과 의사가 여러 가지 설명과 함께 보여줬던 아이는 어느 정도 사람의 모습을 띠며 자신의 존재를 드러내고 있었다. 실제 임신 주수보다 2주나 빠르게 성장한 아이는 반쪽 인간인 자신의 존재를 일깨우는 것 같아 끔찍했지만 또 그만큼이나 자신을 닮은 것 같아 안쓰러웠다. 처음엔 당연히 낙태를 생각하며 병원을 찾았지만 막상 아이의 실체를 눈으로 확인하고 나니 그럴 수가 없었다.

이 아이는 지운의 아이였다. 지운의 이름이 더해지는 것만으로도 아이는 무엇보다도 소중해져 버렸다. 그와 헤어져야 하는 이유가 된 아이, 하지만 이 아이를 죽이고 그 옆에 남게 된다면 그는 자신의 결정을 이해할 수 있을까, 그리고 자신은 행복할까? 아이와 지운을 동시에 지킬 수 있는 방법이 없는 상황에서 자신이 선택할 수 있는 게 무엇인지 모르겠는 희주의 생각은 천 갈래 만 갈래로 갈라졌다 하나로 뭉쳐지고 결국엔 그 많은 생각들이 그녀를 야금야금 잡아먹고 있었다.

복잡한 생각으로 사진만 보고 있는데 사진이 쏙 빠져나갔고 제 앞에 낯익은 얼굴이 있었다.

"종현아."

"뭘 그렇게 열심히…… 이거 뭐야? 이거 네 거야? 네 거냐고 묻잖아!"

"소리 좀 낮춰, 머리 아파."

종현은 맥없는 희주의 목소리에 자리에 앉았고 사진을 뺏어 가려는 희주의 손을 피해 다시 한 번 손에 들린 초음파사진을 확인했다. 임신 초기 산모의 초음파사진이 확실했고 난감한 표정을 보니 희주의 것도 맞는 것 같았다. 종현은 어이가 없다 못해 화가 났다. 희주가 임신을 했다는 것도 화가 났고 그 상대가 지운이라는 건 더 화가 났으며 이 임신으로 인해 희주가 겪게 될 변화를 걱정하는 자신은 죽여 버리고 싶을 만큼 화가 났다.

"여기까지 어쩐 일이야? 병원은 어쩌고 왔어?"

"지금 네가 우리 병원 사정 물을 때야? 너 도대체 생각이 있는 애야? 이런 엄청난 일을 벌이고 이렇게 맥 놓고 앉아 있으면 다냐고."

"왜 네가 흥분해서 그러는데? 나도 너무 놀라고 당황해서 뭘 어떻게 해야 할지 모르겠어. 내가 뭘 어떻게 해야 하는데!"

종현의 호통 아닌 호통에 희주의 목소리가 날카롭게 올라갔다. 그녀의 생각지도 못한 감정적 반응에 종현이 당황하든 말든 희주는 계속해서 자신의 말을 쏟아냈다.

"나도 혼란스러워. 내가 가장 피하고 싶은 일이 일어났단 말이야. 그렇다고 아이를 죽여? 그럴 순 없잖아, 그래도 내가 엄만데 그러면 안 되는 거잖아. 왜 나한테, 왜 나한테 이런 일이…… 난 절대 이런 걸 원하지 않았어……."

말끝을 흐린 희주의 눈에 눈물이 그렁그렁 들어찼고 종현이 냉큼 그녀를 품에 안았다. 빠져나가려고 하는 그녀의 등을 몇 번이고 두드려주자 희주가 큰 한숨을 내쉬며 그의 가슴에 온전히 기댔다. 희주는 잠시 잠깐이라도 쉴 곳이 필요했고 종현의 따뜻한 품에서 혼자 짊어지고 있던 감정을 풀어내듯 눈물을 흘렸다. 그렇게 한참을 희주는 종현의 품에서 울었고 좀 진정이 된 후에 그의 품에서 빠져나왔다.

"괜찮아?"

"좀 나아졌어."

"그럼 이제 얘기할 수 있겠네?"

"응."

희주는 응석 부리는 아이처럼 고개를 끄덕이며 종현이 내미는 물로 목을 적셨다. 한참 울고 났더니 좀 차분해진 느낌이었다.

"얼마나 됐어?"

"8주, 내 계산으로는 6주가 맞는데 병원에서는 8주래."

"생각보다 아주 빠른 건 아니네. 다른 이상은 없고? 사실대로 얘기해."

"잘 먹고 푹 쉬라고, 아기는 건강하데."

"너 피는? 나한테 받아간 수혈팩이 전부였어?"

희주는 입을 꾹 다물었다. 치밀어 오르는 흡혈 욕구를 해결 못해 종현에게 수혈팩을 얻어 온 게 몇 번 됐다. 하지만 그 수혈팩들은 별로 도움이 되지 않았고 임신 때문인지 다른 남자들을 만나 피를 취할 생각조차 들지 않았다. 결국 지운의 피만이 해결책이라는 건데 절대 그럴 수는 없었다. 희주가 도리도리 고개를 가로젓자 종현의 입에서 긴 한숨이 새어나왔다.

"임신을 하면 더 많이 마셔야 한다면서. 아이도 훨씬 빠르게 자랄 텐데 이 상태로 버틸 수 있겠어? 해결해야 하잖아."

"수혈팩……."

"더 이상 그걸로 해결 안 되는 거 알잖아. 지난번에 알레르기 반응 때문에 고생했으면서. 그 사람 피는 어떻게 안 되는 거야?"

희주는 종현의 눈치를 힐긋 보다 시선을 돌렸다. 크리스토퍼에게 그녀의 상황에 대해 전반적으로 설명을 들은 종현이기 때문에 거짓말을 할 수도 없었다. 종현은 자꾸만 제 시선을 피하는 희주의 손을 잡았다.

"희주야, 적정량만 취하면 되잖아. 너 그 사람 피 꼭 필요하다며."

"조절할 수가 없어. 평상시에도 불가능했는데 아이를 가진 지금은 어떻겠어? ……지난번에 사고도 한 번 있었단 말이야."

"그 사람한테 언제 얘기할 거야? 얘기를 안 할 생각은 아니지?"

"종현아, 나 무서워. 어떻게 해야 할지 모르겠어. 내 손으로 그 사람을 죽일까 봐 무섭고 그렇다고 아이를 포기할 수도 없어. 나 어떻게 해야 해?"

자신이 처한 상황이 너무나 답답한 희주는 그에게 해답이 없다는 걸 알면서도 절박하게 종현에게 매달렸다. 제발 자신이 생각 못한 어떤 묘안을 떠올려 주길 바랐다.

종현은 간절한 사정을 담고 있는 희주의 얼굴을 보며 순간적으로 이번이 마지막 기회일지도 모른다는 사악한 생각을 했다. 자신의 첫사랑, 여러 가지 이유로 놓쳐야 했고 이미 다른 남자의 여자라고 생각했는데 지금이 만약 기회라면 이것이 옳은 일이 아니라고 해도 놓치고 싶지 않았다. 다시는 사랑하는 희주를 놓치고 후회하고 싶지 않았다. 종현은 두 손으로 희주의 얼굴을 잡고 간절함을 담아 이야기했다.

"나한테 와, 희주야."

"종현아."

"다른 남자를 사랑해도 돼. 내가 너를 사랑하니까 그런 거 상관없어. 아이를 낳을 때까지 최선을 다해서 널 돌볼 거고 이 아이를 내 아이로 정성을 다해 키울 거야. 좋은 남편, 아빠가 될게. 그러니까 제발 나한테 와."

"말도 안 돼. 너까지 나한테 이러지 마, 종현아."

"너 그 사람한테 네 존재 털어놓지도 못했잖아. 이름만 운명의 상대인 그 남자 옆에서 힘들게 버티지 마. 난 너한테 다 해줄 수 있어. 어차피 임신하면 그 사람 옆에 못 있는 거잖아. 네 손으로 그 남자 죽이면 넌 온전한 정신으로 살 수 있겠어?"

종현은 희주가 쉽게 거절할 수 없도록 그녀의 아킬레스건을 건드렸다. 그를 죽인다는 말에 단호했던 희주의 표정이 흔들리고 한없이 무너지는 표정을 지어 보였다. 종현은 이것이 친구로서 마지막 포옹이길 바라며 힘들어하는 그녀를 제 품에 꼭 안았다.

"나하고 이곳을 떠나자. 아버지 곁으로 가서 보살핌 받으면서 건강하게 아이 낳고 평범한 사람들처럼 가정 이루고 살자. 나와 함께라면 그럴 수 있어."

종현은 희주의 머리를 쓰다듬으며 제발 자신의 소원이 이뤄지길 바랐다. 희주와 가정을 이루고 그녀가 낳은 아이를 같이 키우며 행복하게 살 자신의 모습은 상상만 해도 너무 행복했다. 한동안 조용히 안겨 있던 희주는 종현의 어깨를 밀어 그의 품에서 빠져 나왔다. 생각보다 편하게 미소 짓는 희주를 보며 종현은 다소간 안도했다.

"종현아 고마워."

"희주야."

"지금 대답할 수는 없어. 시간, 줄 거지?"

"그래. 재촉하지 않을게."

"다행이다, 너처럼 좋은 친구가 있어서. 너무 놀았다. 이제 사무실 들어가 봐야겠어."

"데려다 줄게."

"응."

희주는 자리에서 일어나며 순순히 종현의 손을 잡았다. 항상 외면할 수밖에 없던 종현의 진심, 그러면서도 그녀를 원망하기는커녕 이런 상황에서도 먼저 손을 내밀어 주는 종현에게 정말로 고마웠고 또 미안했다. 여전히 그녀를 끊어내지 못하는 종현의 말을 들으며 희주는 이제 그만 그를 놔줘야겠다고 생각했다. 자기 욕심 때문에 너무 오래 잡고 있었지만 이제부터라도 종현이 제대로 된 인생을 살 수 있길 진심으로 바랐다.

사무실 건물까지 온 희주는 종현과 마주 섰다. 깨끗하고 여자들도 부러워할 투명한 피부에 선비 같은 반듯한 생김새인데 매서운 눈초리에 고집이 다 담겨 있었다. 짜증이 나면 코를 찡긋거리는 버릇도 저 붉은 입술로 쏟아내는 잔소리도 더 이상은 보지도, 듣지도 못할 것이다. 오랫동안 보지 않아도 잊지 않을 수 있도록 찬찬히 그의 모습을 살핀 희주가 웃는 낯으로 그의 어깨에 손을 올렸다.

"종현아, 내가 널 얼마나 좋아하는지 알지? 너는 이 세상에서 내가 믿고 의지할 수 있는 유일한 사람이야."

"알아. 그 마음만으로 충분해, 난. 사랑은 내가 할게."

"고마워. 내 친구 김종현, 사랑해."

희주는 그를 꼭 안았다. 고마우면서도 미안한 사람, 그래서 제 욕심으로 잡을 수 없는 사람, 이제부턴 정말로 그가 행복하길 바랐다.

종현과 헤어져 사무실로 들어온 희주는 서랍 깊숙이 넣어 두었던 종이쪽지를 꺼냈다. 다른 건 아무것도 없고 달랑 전화번호 하나만 적힌 종이를 한참 내려다보던 희주는 망설이는 마음을 다잡고 수화기를 들었다.

―퇴근은 했지?

"집에 다 왔어요. 아파트 주차장."

―밥은?

"당신 밥집 사장님 같아. 먹었어요."

—잘 안 먹으니까 그렇지. 챙기기 전에 알아서 좀 먹어. 보고 싶다, 서희주.

"나도 보고 싶어요."

—다른 말은?

"사랑해요."

—푸핫, 서희주. 돌직군데? 너무 좋다. 나도 사랑해.

"무리하지 말고 일 잘하고 올라와요."

—모레면 올라갈 수 있어. 피곤하겠다, 얼른 집에 가서 쉬어.

전화를 끊으며 지금까지 웃었던 희주의 표정이 무너져 내렸다. 다정한 이 남자의 목소리를 얼마나 더 들을 수 있을까? 며칠 지방 출장 일정이 잡혀 혼자 지낼 수 있는 건 다행이었지만 그에 대한 그리움은 점점 더 깊어져만 갔다.

주차장에 내려 차가운 밤공기를 폐 깊숙이 들이마신 희주가 아파트 현관으로 들어섰다. 이제 엘리베이터만 타면 집에 도착해서 쉴 수 있다는 생각에 긴장을 풀고 뻣뻣한 목덜미를 주무르고 있는데 등 뒤로 싸늘한 기운이 느껴지며 '휙' 하는 날카로운 공기 가른 소리가 들렸다. 소리가 들리는 동시에 희주가 반사적으로 몸을 움직여 벽을 등지고 서며 자신에게 위협적으로 다가오는 뭔가를 향해 있는 힘껏 팔을 휘둘렀고 손끝에 걸린 뭔가를 잡아채려는 순간 전구가 나가며 주변이 암흑에 휩싸였다. 갑작스럽게 찾아온 어둠에 희주와 공격자 모두 행동을 멈췄고 자신의 숨소리조차 거슬릴 만큼 고요한 어둠 속에서 희주는 뚫어지게 한곳을 바라보며 가만히 있었다.

'누굴까, 누군데 날 공격하는 거지? 이 정도 속도, 이 정도 힘이면 보통 사람은 아니다. 어떻게 해야 이곳에서 빠져나갈 수 있을까?'

자신을 공격한 상대가 만만치 않다는 걸 느낀 희주는 싸움 대신 피하는 걸 선택했고 메고 있던 가방으로 아랫배를 가리며 재빨리 계단을 뛰어오르기 시작했다. 보통 인간보다 훨씬 빠른 희주였는데 뒤따라오는 상대방도 그녀 못지않은 속도로 따라붙었다.

  '분명 인간이 아니다. 그렇다면 누굴까?'

  비상구 계단을 내달리는 두 사람 때문에 복도 등에 불이 들어왔지만 밝은 불빛 속에서도 자신을 뒤쫓는 상대방의 모습을 보는 건 쉽지 않았다. 당장이라도 그녀를 잡아챌 듯 바짝 뒤쫓아왔다가 발소리도 들리지 않을 만큼 멀어졌다가 그녀를 가지고 노는 것 같은 상대방의 행동에 희주는 점점 더 예민해졌다.

  '저 정도의 속도라면 날 충분히 잡을 수 있는데…… 마치 상자 속에 쥐를 가둬놓고 조롱하는 것 같아.'

  밝게 켜진 복도 등이 어두워질 사이도 없이 빠르게 뛰어 계단을 오르는 희주는 점점 다리가 무거워지고 숨 쉬기도 힘들어지고 있는데 쫓아오는 상대방은 나비의 날갯짓처럼 가뿐한 발걸음으로 멀어졌다 가까워졌다 갑자기 앞을 막았다 사라지며 그녀를 조롱하고 있었다.

  '더 이상 이렇게 힘만 빼고 있다가는 당하고 말아. 그렇다면…….'

  희주는 상대방이 가깝게 다가오는 순간을 노려 손톱을 곤두세운 팔을 휘둘렀고 그녀를 놀리던 상대방이 방어를 하기 전 목덜미에 꽤 깊은 상처를 낼 수 있었다. 생각 못한 그녀의 공격에 놀란 것도 잠시였는지 희주는 숨 돌릴 틈도 없이 자신의 옆구리를 향해 어마어마한 속도로 날아오는 주먹을 텀블링으로 간신히 피하며 한 계단 위로 착지했다. 착지와 동시에 상대방의 등을 향해 있는 힘껏 발을 뻗었지만 상대방은 여유롭게 그 발길질을 피하며 가볍게 계단 밑으로 뛰어내렸다. 상대방의 여유로운 태도에 또 다른 공격을 준비하듯 가방을 말아 쥐던 희주의 얼굴이 불쾌하게 일그러졌다. 몇 개단 밑, 지금까지 무슨 일이 있었냐는 듯 여유롭게 웃으며 예쁜 손톱을 자랑하듯 손을 흔드는 여자는 바로 죠세핀이었다. 빈틈없는 화장, 도톰한 붉은 입술, 풍성하게 파도치는 금발머리, 몸에 딱 붙은 하얀색 정장에 붉은색 킬힐까지 완벽한 외모의 죠세핀이 천천히 희주에게 다가왔다.

"하이, 희주."

"당신 뭐야?"

"데이워커치고는 싸움 실력이 꽤 괜찮구나. 네가 초대해 놓고 모르는 척하는 거야?"

"초대에 응하는 방식이 워낙 독특해서. 다른 곳으로 가죠."

자신이 부르긴 했지만 이 기분 나쁜 여자를 자신의 집으로 들이고 싶지 않았다. 그런 희주의 말을 들었는지 말았는지 죠세핀은 엉덩이를 살랑이며 계단을 올라갔고 희주가 꿈쩍도 않고 서 있자 그녀를 향해 돌아서며 아주 예쁘게 웃어 보였다.

"지금 칼자루를 쥐고 있는 건 나야. 그 칼자루를 쥐어준 건 너고, 안 그래? 그럼 내 말을 들어야지. 어서 가자."

그녀의 말을 반박할 수 없는 희주는 주먹을 틀어쥐고 계단을 올라 그녀와 마주섰다. 이런 일만 아니라면 절대 다시는 상대하지 않았을 여자. 처음 만났을 때 자신을 크리스토퍼의 엄마라고 소개한 여자, 그러면서도 아들이라 부르는 크리스토퍼를 사랑하는 여자, 사랑하는 남자의 사랑을 얻지 못해 항상 불행한 여자, 그 마음으로 경선과 희주를 증오하고 그 증오로 살아가는 여자였다.

희주가 느끼는 모든 불행의 발단이 죠세핀이었는지도 모른다. 죠세핀은 크리스토퍼를 너무 사랑해 그를 자신과 같은 뱀파이어로 만들었지만 그것 때문에 사랑하는 그에게 버림받았고 그러면서도 포기 못하고 끈질기게 그의 곁에서 몇백 년을 버텼다. 크리스토퍼가 경선을 만나 운명을 느끼고 사랑을 하고 아이를 가지는 모든 걸 지켜보며 마음속에 증오를 키운 여자였다. 그렇게 미움과 악으로 똘똘 뭉친 여자라는 걸 알면서도 희주는 극단적 선택을 한 지금 그녀에게 도움을 청했다. 자신에게 도움을 청한 그녀를 즐거운 얼굴로 보는 죠세핀을 보며 희주는 동요되지 않을 거라고 다짐했다.

당장이라도 덤벼들 듯 기세가 사납던 희주가 조용하게 자신을 지나가자 웃는 표정을 거둔 죠세핀의 입이 흉하게 일그러졌지만 승기는 자신에게 있다는 듯 금세 웃음을 되찾았다.

"같이 가야지. 요즘 것들은 너무 예의범절이 없어, 어른 공경도 모르고. 이곳 한국은 예전엔 동방예의지국이었다면서⋯⋯."

"시끄러워요."

"싸가지 없기는, 그래도 네 엄마는 최소한 예의라는 건 있었어."

죠세핀의 말에 복도를 걷던 희주가 우뚝 멈춰 섰다. 살아생전 경선을 얼마나 괴롭혔는데, 죠세핀 때문에 경선은 신경쇠약으로 병원에 입원한 적도 있었고 세 식구는 같이 살 수도 없었다. 그렇게 만든 원흉의 입에서 경선에 관한 이야기는 듣고 싶지 않았다. 희주의 매서운 눈길에도 피식 비웃음을 남긴 죠세핀이 그녀를 지나쳐 먼저 걷기 시작했다.

"네까짓 게 그렇게 보면 어쩔 건데? 나한테 손가락 하나 댈 수 없는 주제가."

"목에 남은 손톱자국이나 다 없어지거든 말해요."

이번엔 죠세핀이 입을 흉하게 뒤틀며 손을 들어 목을 훑어 내렸다. 손가락 끝에 슬쩍 묻어나는 피에 그녀의 눈이 순간적으로 붉게 반짝이며 어느새 자신을 앞서 걸어가는 희주의 뒤통수를 죽일 듯 흘겨봤다. 당장이라도 희주를 죽여 버릴 듯 사납게 이빨을 드러낸 죠세핀이 감정을 억제하지 못하고 그녀의 뒤통수를 향해 손을 뻗었고 막 뒷덜미가 잡힐 그 순간 희주가 뒤돌아 죠세핀과 마주했다. 잔뜩 흥분해 흉한 이빨이 툭 튀어나온 죠세핀과 사나운 손톱 앞에서도 눈썹 하나 깜짝 않는 희주가 상당히 대조적이었다.

"진짜 모습은 이렇게 흉하구나. 아버지가 당신을 사랑하지 않는 이유가 있었네."

"죽여 버린다."

"마음대로 해요. 하지만 죽일 생각이 아니라면 내 몸에 손톱자국 하나 내지 말아요."

"내가 왜 그래야 하지?"

"내가 다치면 당신이 그렇게 사랑해 마지않는 크리스토퍼가 가만히 안 있을 테니까, 난 그 사람 애지중지하는 유일한 딸이니까."

"이, 이……."

"당신에게 쥐어준 칼자루 언제든지 다시 가져올 수 있다는 거 명심해요."

냉정하게 제 할 말을 마치고 뒤돌아 가는 희주의 뒤에서 섬뜩한 이 가는 소리가 들렸다. 그러거나 말거나 희주가 신경도 쓰지 않고 자신의 아파트로 들어갔다. 간신히 화를 삭이고 다시 정상적인 얼굴을 찾은 죠세핀이 희주를 씹어 먹을 듯 이를 갈며 말을 이었다.

"네 그 건방짐이 얼마나 가나 보자. 넌 곧 네 발 앞에 무릎을 꿇게 될 테니까."

집에 들어선 두 사람의 냉랭한 기류는 그대로였다. 죠세핀은 희주의 건방짐에 아직도 성질이 난 그대로였고 희주는 그녀의 화를 풀어줄 생각이 전혀 없었다.

"난 들어가서 자야겠어요."

희주는 입을 꾹 다물고 서 있는 죠세핀에게 한 마디 툭 던지고 자신의 방으로 향했고 끝까지 도도하게 구는 그녀의 뒷모습을 보며 거실에 있던 사진틀 하나를 들어 올렸다.

"생각보다 봐줄 만한 얼굴이네. 이 사람과 같이 지내나 보지?"

방문을 향해 섰던 희주가 단숨에 죠세핀의 앞으로 다가와 그녀의 손에서 사진틀을 빼앗아 들었다. 희주의 눈에 파랗게 독이 오르며 지금까지와는 차원이 다른 사나움을 내뿜기 시작했다. 지운에 대한 인간 희주의 애정도 있었지만 데이워커가 본능적으로 운명의 상대를 지키기 위한 방어기재가 발동한 것이다. 그녀의 변화를 느낀 죠세핀은 속으로 꽤나 놀랐지만 겉으론 태연한 척했다. 인간의 피가 섞인 데이워커라고 우습게 봤는데 그녀의 기운은 뱀파이어와 별다를 게 없었다.

"이 사람 건드리면 네 목숨도 온전하지 못할 테니 그렇게 알아. 내 손으로 갈기갈기 찢어 죽여줄 테니까."

"호호, 흥분할 거 없어. 우리 사이에도 불문율이라는 게 있단다. 다른 뱀파이어의 운명의 상대는 절대 건드릴 수 없지. 만약 그런 만행을 저지른다면 처참한 소멸을 피할 수 없어. 데이워커인 너에게도 그 규칙은 적용되니 안심해."

죠세핀의 여유로운 말에도 희주는 안심할 수 없었다. 역시나 사악한 비웃음을 얼굴에 단 죠세핀의 말에 희주의 얼굴이 해쓱해졌다.

"그리고 내 손에 피 묻힐 이유가 뭐야, 조금만 기다리면 저 남자 결국 네 손에 죽게 될 텐데, 안 그래?"

그 말에 심장이 쿡 찔린 기분이었고 죠세핀은 하얗게 질리는 희주를 보며 그 어느 때보다 환한 웃음을 지었다. 그녀의 뜻대로 내둘리는 희주를 보는 기쁨은 생각보다 훨씬 컸다. 운명의 상대라는 건 뱀파이어보다 데이워커에게 훨씬 더 크고 강한 의미가 있는데 데이워커는 운명의 상대를 만나는 순간부터 많은 변화를 겪기 때문이었다. 사람보다 냉정한 데이워커들이 운명의 상대를 만남으로서 감정적으로 큰 기복을 겪으며 인간에 가까워지고 육체적으로는 최고의 희열을 경험하며 궁극적으로 자신의 분신을 가지게 된다.

그 과정에서 상대방은 데이워커에게 홀려 정확히 자신의 감정도 모른 채 만족감에 눈이 멀어 이용당하고 소모 당하다 결국 죽고 만다. 그나마 다행이라면 죽는 그 순간까지 황홀할 수 있다는 것이고 홀로 남은 데이워커는 생이 다 하는 날까지 자신 손으로 죽인 그 상대를 그리워하고 죄책감에 시달리며 불행 속에서 마음 한구석이 텅 빈 채로 살게 된다. 일찍 죽는 사람이 불행한 건지 아님 공허하게 살다가 죽는 데이워커가 더 불행한지는 비교할 수 없었다.

저런 사실 따위 사실 죠세핀에게는 아무런 상관없었다. 그저 자신이 증오하는 경선의 딸인 희주가 불행해지길 원할 뿐이다. 그래서 아주 근사한 마지막 선물을 준비하려고 한다.

"그래서 당신에게 도움을 청한 거예요. 난 이 사람, 죽일 수 없으니까. 아니, 죽이고 싶지 않으니까."

"맞아, 방법은 있지. 그런데, 내가 왜 널 도와야 하니?"

희주는 머리카락을 가지고 장난을 치며 여유를 부리는 죠세핀을 보며 입술을 깨물었다. 그를 살릴 수 있는 유일한 방법, 크리스토퍼에게도 도움을 청할 수 없는 지금 죠세핀이 그녀를 도울 수 있는 유일한 존재였다. 희주가 간절한 표정으로 그녀의 팔을 붙잡았다. 지운을 자신의 운명에서 무사히 빠져나가게만 할 수 있다면 희주는 못할 게 없었다.

"도와줘요, 제발. 당신이 하라는 건 뭐든 할게요."

희주의 사정에도 죠세핀은 집 안 이곳저곳 돌아보며 딴짓을 할 뿐이었고 희주는 그녀가 자신의 초조함과 위기감을 즐긴다는 걸 뻔히 알면서도 지금은 약자일 수밖에 없었다. 희주는 잔인하게 웃고 있는 죠세핀을 보며 결연한 표정으로 그 앞에 무릎을 꿇었다. 천천히 무릎을 꿇는 희주를 보며 죠세핀의 눈이 조금 커졌다. 이 정도일 줄 몰랐는데, 희주의 사정이야 어떻든 죠세핀에겐 너무나도 달콤한 순간이었다. 그녀에게 패배감을 안겨줬던 경선은 아니었지만 그녀의 딸에게 조금이나마 받은 건 되돌려 줄 수 있어 좋았다.

"세상에나, 무릎까지 꿇다니 대단하구나. 사랑을 위해서는 자존심을 버리다니 네 엄마와 꼭 닮았어."

"……어떻게 해야 하는지 알려주세요."

"이렇게까지 하는데 그럼 자비를 베풀어 볼까? 방법은 아주 간단해, 네가 뱀파이어가 되면 모든 건 끝난다."

"뭐, 뭐라고요?"

"왜? 그건 싫어? 선택은 네 마음이니까 알아서 하렴."

죠세핀은 경악에 물든 눈으로 자신을 보는 희주를 두고 여유롭게 돌아섰다.

'하나, 둘, 세······.'

속으로 센 셋의 숫자를 다 마치지도 전에 울부짖음에 가까운 희주의 외침이 들렸다.

"다 거짓말이지? 그렇지? 차라리 날 죽여!"

"나도 그러고 싶어. 할 수만 있다면 수백 번, 수천 번 그렇게 했을 거야."

"지금 당장이라도······."

"네가 예뻐서 지금까지 네 꼴을 보고 있었던 것 같아? 그 빌어먹을 불문율만 아니었다면 네 엄마부터 죽여 버렸어!"

언성을 높인 조세핀이 순간적으로 희주 앞에 섰다. 어느새 자리에서 일어나 눈높이를 같이 하고 있는 희주를 당장이라도 죽여 버릴 듯 기세가 사나워져 있었다. 희주가 태어나고 너무나 괴로운 마음을 어쩌지 못해 경선과 희주를 죽이려 몇 번인가 시도한 적도 있었지만 그때마다 귀신같이 알고 나타난 크리스토퍼 때문에 번번이 실패했었다.

'내가 죽길 바란다면 저 두 사람을 죽여.'

'웃기지 마, 저 두 사람 때문에 네 인생을 포기하겠단 거야? 그 말을 믿을 것 같아?'

'저 두 사람이 이 지겨운 삶을 유지하는 유일한 이유니까. 내가 소멸되는 걸 보고 싶다면 네 마음대로 해. 사랑하는 사람들과 같이 생을 마감하는 게 내가 가장 바라는 일이니까.'

그 상황을 상상이라도 하듯 조금은 기쁘게 또 조금은 처연하게 웃는 크리스토퍼를 보며 그 말이 진심임을 알았고 그래서 더 이상 경선과 희주를 건드릴 수 없었다. 오랜 시간 뱀파이어로 살아오며 모든 감정을 다 잃어버리고 냉정하고 차갑게 즐거움만 따라 살던 그녀가 유일하게 아끼고 사랑하는 대상이 크리스토퍼였다. 여자로 받아주진 않았지만 그의 곁에 머물 수 있는 걸 유일한 위안으로 삼으며 살았는데 두 사람이 함께한 세월과 특별했던 관계에 경선이 끼어든 것이다.

크리스토퍼 때문에 그녀를 봐 넘겼고 희주의 존재를 인정해야 했지만 죠세핀의 깊고 질기고 오래된 사랑은 결국 강한 증오와 복수심만을 남겼고 경선이 없는 지금 그 모든 건 희주를 향했다. 제 손으로 그녀를 죽일 수는 없지만 뱀파이어로 만든다면 크리스토퍼와 희주 두 사람 모두에게 고통을 줄 수 있다.

죠세핀을 바라보는 희주의 눈에 핏발이 섰다. 한 달에 한 번 해야만 하는 흡혈만으로도 죽을 것 같이 혐오스러운데 매일 피를 마셔야 하는 존재로 죽음도 없이 영원히 살아야 한다는 건 너무나 큰 저주였다. 희주의 망설임을 본 죠세핀이 마지막으로 한 마디를 보냈다.

"죽고 싶으면 그렇게 해. 너 하나 죽든 살든 난 상관없지만 이 세상 살아가는 유일한 이유가 너라는 크리스토퍼는 어떻게 될까?"

죠세핀의 그 말에 희주의 눈동자가 지진 난 듯 흔들렸다. 크리스토퍼가 이 세상에 남아 있는 이유는 그녀가 전부라고 했다. 어릴 땐 남보다 못한 사이로 지냈지만 지금은 그가 자신을 얼마나 사랑하고 있는지 깨달았다. 자신 때문에 크리스토퍼가 상처를 받는 것도 생을 포기하는 것도 원하지 않았다.

희주는 혼란에 빠졌지만 죠세핀은 느긋해졌다. 희주가 크리스토퍼를 두고 위험한 선택을 하지 않을 거란 걸 자신할 수 있었다. 인간이란 바로 그런 존재니까, 그렇게 어리석고 나약하니까. 한참의 생각 끝에 희주의 입이 무겁게 열렸고 그녀의 목소리는 한없이 흔들렸다.

"내, 내가 뱀파이어가 되면 정말로 그 사람과 나의 인연은 끝나나요?"

"뱀파이어에게 운명의 상대는 데이워커에게만큼 의미가 크지 않아. 마음만 먹으면 금방 끊어낼 수 있고 네가 뱀파이어로 변하면 운명의 상대도 바뀌게 되어 있어."

"정말로 운명의 상대가 바뀌나요?"

"10에 9은 그렇게 된단다. 그러니 지금 가지고 있는 운명의 상대를 끊어내기에 이보다 좋은 방법이 없지."

희주에게 저 말은 선악과를 따먹으라고 이브를 유혹하는 뱀의 말과 다를 바 없었다. 도망간다고 해서 지운과 완전히 헤어질 수 있는 것도 아니고 죽음으로 크리스토퍼를 절망시키는 거나 아이를 잃지 않아도 되니 어쩌면 이건 그녀가 할 수 있는 단 하나의 선택일지도 모른다. 희주가 무거운 얼굴을 하고 다시 질문을 던졌다.

"……임신을 했어요. 아이는 무사할 수 있는 거죠?"

이번에는 죠세핀도 제 감정을 숨기지 못하고 있는 그대로 놀란 감정을 내보였다. 눈을 동그랗게 뜨고 희주를 보던 죠세핀이 허리를 꺾어 가며 크게 웃음을 터트렸고 희주는 대답 없이 웃기만 하는 그녀를 원망 가득한 눈으로 바라봤다.

"그만 웃고 대답하라고!"

"너는 정말 대단하구나. 정말 대단해. 솔직히 말하면 나도 정확히는

몰라. 아이가 얼마나 튼튼한지, 또 너의 피를 얼마나 물려받았는지에
따라 달라질 수 있지만 대부분 뱃속의 아이도 같이 뱀파이어가 되곤
하더군."

"아이도 뱀파이어가 된다라…… 확실한 거예요?"

"당연하지, 죽지는 않아. 지금도 무척이나 피가 마시고 싶을 텐데
어차피 그 아이도 사람의 피를 먹고 자라고 있잖아. 뱀파이어와 다를
게 뭐야, 안 그래?"

지금 죠세핀은 상당히 흥분한 상태였지만 그 감정을 숨기기 위해
조금 이죽거리며 말을 했다. 생각지도 못한 희주의 임신, 자신에게
도움을 청할 때 뭔가 심상치 않다고 생각은 했지만 이렇게 커다란 선
물을 준비하고 있을 줄을 몰랐다. 어쩌면 자신이 생각한 것보다 훨씬
더 극적으로 크리스토퍼에게 자신의 서러움을 되갚아 줄 수 있을 것
같았다. 일부러 만들기도 어려운 이런 황홀한 기회를 잡기 위해 몇
마디 거짓말쯤 하는 게 뭐가 대수란 말인가. 죠세핀이 무슨 생각을
하는지 관심이 없는 희주는 결심한 듯 말을 꺼냈다.

"지금 당장이라도…… 뱀파이어가 될 수 있나요?"

"풋, 뱀파이어 되는 게 무슨 밥 먹는 일인 줄 알아? 마음만 먹는다
고 당장 할 수 있을 만큼 간단한 일이 아니야."

"무슨 의식이라도 치러야 한다는 거예요?"

"그건 영화 속에나 나오는 일이지. 하지만 외진 곳은 필요해."

"외진 곳?"

"처음 뱀파이어가 되고 나면 피에 대한 갈증이 엄청 나. 거기다 넌
임신 중이니 더 하겠지. 그 갈증을 잠재우고 네가 날뛰는 걸 막으려
면 네 먹잇감이 될 사람도 필요하고……."

"나보고 살인을 하라는 거예요?"

희주가 깜짝 놀라 하는 말에 죠세핀은 콧방귀를 뀌었다.

"뱀파이어가 된다는 게 어떤 의미인지 몰라? 네가 결심한 순간부터 넌 살인자로 살겠다는 거였어. 뱀파이어에게 사람은 그저 목숨을 연명해줄 음식에 지나지 않으니까."

"하아, 하아, 도대체 난 무슨 결정을 한 거죠?"

희주가 다리가 풀려 자리에 주저앉았다. 한 번도 상상해본 적 없는 뱀파이어로 사는 삶이 어떤 것일지 짐작도 하기 전에 겁이 나고 혐오스럽기부터 했다. 그런 희주의 모습을 보며 죠세핀은 꿍꿍이 있는 미소를 지어보였다.

'이런 것으로 충격을 받기엔 너무 이른데. 조금만 더 기다리렴. 절망의 나락으로 떨어뜨려 줄 테니까. 그때야말로 정말 살고 싶지 않을 거다. 괴로움에 미쳐 네가 네 손으로 목숨을 끊어준다면 더 바랄 게 없겠지.'

괴로워하는 희주의 머리 위로 위험하게 반질거리는 죠세핀의 시선이 한참 머물렀지만 미움을 가득 담은 시선과 달리 말을 하는 목소리는 나긋하기 그지없었다.

"걱정하지 마, 뱀파이어가 되고 나면 그런 반감은 없어지고 말 테니까. 식탁에 올라오는 고기를 보면서 도살한 사람을 혐오하진 않잖아. 그것과 마찬가지야."

"그렇게 태평하게 말하지 말아요."

"결정은 네 몫이야. 그 남자 하나만 죽일 것인지 아니면 다른 사람들을 대신 죽일 것인지."

"나는 어떻게 하면 죽을 수 있죠?"

"호호호, 그 대답은 크리스토퍼에게 들으렴. 뱀파이어가 된다고 해도 네 목숨을 네 마음대로 할 수 있을 것 같지는 않으니까."

꽤 단호한 어투로 말을 끝낸 죠세핀은 팔짱을 끼며 다시 진지한 얼굴로 희주와 마주섰다.

"결심이 선 게 확실해? 너한테 생각할 시간까지 줘가며 도와줄 마음은 없어."

"……확실한 거죠? 내가 뱀파이어가 되면 그 사람은 나와 상관없이 살 수 있는 거 그리고 내 아이도 안전하고."

"난 거짓말은 안 해!"

"언제 어디로 가야 하나요?"

"일주일 후에 봐. 장소는 내가 알아보고 연락할 테니 기다려. 그때까지 데이워커로 시간을 즐기렴. 뱀파이어가 되고 처음 몇 년은 사람들 사이에 있는 게 견디기 힘들 테니 이곳 생활은 정리하는 게 나을 거야."

희주는 힘없는 고갯짓으로 대답을 했고 그 모습이 꽤나 만족스러운 듯 함박웃음을 지으며 집을 나가버린 죠세핀이었다.

바닥에 주저앉은 희주의 손이 발발 떨리고 있었고 그 떨림이 싫어 꽉 쥔 주먹 위로 그녀의 눈물이 뚝뚝 떨어졌다. 잘한 결정이라고 생각했는데 뭔가 서럽고 억울하고 크게 잘못된 느낌이었다. 알 수 없는 복잡한 감정에 주먹 쥔 두 손으로 제 머리를 마구 때리던 희주가 결국 욱하고 울음을 터트렸다. 언제부터 쌓아놓은 것인지 모르는 여러 가지 감정들을 엉엉 소리와 함께 말려줄 사람도 없는 혼자만의 공간에서 풀어내 버렸다.

"흐어엉, 나 당신 사랑해. 사랑한다고. 흐흡, 이게 뭐야, 엄마……."

투정부리는 어린아이처럼 발을 동동 굴러보기도 하고 소리도 못 내고 눈물만 뚝뚝 흘리기도 했지만 변하는 건 아무것도 없었다.

한참 동안 스스로를 완전 놓아버리고 울었던 희주가 결국 탈진해서 거실 바닥으로 무너졌다. 창밖에는 그녀의 미래만큼 암울한 어둠만이 있었다. 그 까만 하늘의 별을 보며 지운을 떠올렸다.

"당신…… 보고 싶다."

6장.

희주는 사무실에 나와서도 일에 집중하지 못하고 창 앞에 서서 손톱만 깨물고 있었다. 어렸을 때 고쳤던 버릇인데, 희주는 손가락 끝에 따끔하게 아픔이 느껴지고 나서야 자신의 바보 같은 짓을 멈췄다.

"실장님, 오늘 무슨 일 있으세요?"

"아니."

"점심도 안 드시고 멍하니 서서……."

"은주야, 나 다음 주부터 회사 비운다. 알아서 잘 꾸려봐."

"네에? 그게 무슨 말씀이세요? 설마 저보고 회사를……."

"너 내 밑에서 3년 일했어. 어시 기간까지 따지면 4년이야. 배울 만큼 배웠어. 내가 매번 미팅 때마다 너 데리고 다녔던 이유가 뭔 것 같아? 네 능력이면 충분히 할 수 있어."

"실장님."

"해보고 힘들면 사람을 보충하던 방법을 강구해줄 테니까 일단 해봐."

"······알겠습니다."

갑작스러운 그녀의 강요에 가까운 제안에 제대로 반박도 못 하고 기가 확 죽은 은주가 자신의 책상으로 돌아가고 희주가 다시 시간을 확인했다. 오늘은 지운이 출장을 끝내고 서울로 돌아오는 날이었다. 출장 보고를 하고 조금 이른 퇴근을 한다고 했는데, 또다시 시계로 흘러가는 그녀의 시선, 오후 4시, 창밖에는 눈발이 흩날리기 시작했고 희주가 자리에서 벌떡 일어났다.

"실장님, 어디 가세요?"

"나 내일 출근 안 한다. 내일 화보촬영부터 은주 네가 진행해. 나간다."

"실장님, 실장님! 우리 실장님 정말 미쳤나봐."

희주가 긴 코트 자락을 휘날리며 뛰어나간 뒤로 은주의 무의미한 중얼거림만 뒤따랐다.

지운의 회사 앞에 도착한 희주의 심장이 미친 듯 뛰고 있었다. 지금 당장이라도 전화를 하면 반갑게 자신을 보러 나올 그였지만 오늘은 그녀가 기다리고 싶어졌다. 그를 기다리며 설레기도 하고 슬프기도 하고 괜한 긴장감에 손에 땀이 다 찼다.

'여기 있으면 그를 볼 수 있을까?'

희주는 그가 나올 문이 가장 잘 보이는 곳에서 눈을 그대로 맞으며 서 있었다.

"아······."

드디어 그가 나타났다. 건물 밖으로 나선 지운은 비서가 받쳐주는 우산 밑에서 조금은 권위적이고 무뚝뚝한 얼굴로 서 있었다. 평상시엔 저런 표정으로 다니는 걸까, 자신과 있을 때완 너무 다른 그를 보며 희주가 희미하게 미소 지었다. 일이 힘들었는지 못 본 며칠 사이 얼굴이 좀 까칠해져 있었다. 비서의 말에 고개를 끄덕이며 관자놀이를 꾹꾹 누르던 그가 갑자기 희주 쪽으로 고개를 돌렸다. 두리번거림 없이 단번에 그녀를 발견하고는 지금까지와는 달리 밝은 표정으로 비서에게 우산을 빼앗아 성큼성큼 큰 걸음으로 그녀에게 다가왔다. 지운은 얼른 그녀의 머리 위로 우산을 씌워주고 어깨와 머리에 하얗게 쌓인 눈을 털어냈다.

"언제 왔어? 전화했으면 바로 나왔잖아."

"그냥, 당신 나올 때까지 기다리고 싶었어요."

"반갑네, 서희주."

"잘 다녀왔어요?"

"응, 나 다녀왔어."

뜻밖의 환대가 정말 기분 좋았는지 지운은 행복한 얼굴로 그녀를 담뿍 품에 안았다. 출장 가기 전부터 희주의 기색이 심상치 않아 내내 걱정이었는데 오늘 여기까지 찾아와 준 것이 너무나 고마웠고 조금은 밝아진 표정에 다행이다 싶었다. 지운은 품에 안았던 희주를 놓아주고 가볍게 입술을 부딪쳐왔다. 갑작스런 행동에 얼떨결에 따라와 옆에 서 있던 비서가 큼큼 헛기침을 했고 희주의 얼굴도 붉게 달아올랐다.

"다른 사람도 있는데, 부끄럽게."

"참고 싶지 않아."

지운의 말에 눈을 말똥거리던 희주도 살짝 발을 들어 그에게 입을 맞췄다. 조금 길게 입을 맞추고 떨어진 희주가 배시시 예쁘게 웃자 지운이 크게 웃음을 터트리며 그녀를 와락 껴안고 몸을 좌우로 크게 흔들었다.

"예뻐 죽겠네, 서희주."

"나도 참고 싶지 않아서."

두 연인이 구경거리가 되는지 모르고 한참 달달한 시간을 빠져 있는데 옆에서 안절부절 시간을 보던 비서가 더 이상 참지 못하고 지운을 재촉했다.

"저기, 본부장님. 지금 출발하셔야 합니다. 시간이 촉박합니다."

"당신 선약 있었구나, 얼른 가봐요."

약간 실망한 얼굴로 가보라는 희주의 손을 덥석 잡으며 지운은 피식 웃었다.

"어딜. 아버지께 나 서희주랑 데이트 갔다고, 한 달 안에 소개시킬 테니까 오늘 약속 못 지킨 건 용서해 달라고 전하세요."

"지운 씨."

"가자, 특별히 가고 싶은 곳이나 하고 싶은 일 있어?"

비서에게 지시를 내린 지운은 대답도 듣지 않고 희주의 어깨를 안고 걷기 시작했다. 하얗게 내리는 눈, 사랑하는 여자와 데이트하기 딱 좋은 날이었다. 내리던 눈을 보던 지운은 대답이 없는 희주를 바라봤고 고민스러운 얼굴을 하고 있는 그녀가 자신을 보도록 만들었다.

"또 도망가려고? 그럴래?"

불안이 서린 지운의 말에 희주는 미소 지으며 아니라고 고개를 설레설레 저었다. 그의 허리에 팔을 두르고 가슴에 턱을 기대 그의 얼굴을 올려다보며 솔직히 자신의 마음을 이야기했다. 오늘만큼은 그 누구에게도 그를 양보하고 싶지 않았다.

"이렇게 꼭 붙어 있을래."

지운은 평소와 달리 눈웃음을 치며 애교를 떠는 희주를 빤히 바라봤다. 웃고 있는 그녀의 눈꼬리에서 그늘이 느껴진다면 자신이 예민한 걸까? 한참 아무 말 없이 서 있자 희주의 표정이 서서히 굳어갔고 그의 허리를 안고 있는 그녀의 팔이 밑으로 떨어지기 직전 다시 웃음을 찾은 지운이 그녀의 코에 살짝 입을 맞추고 손을 잡아 걷기 시작했다.

어느새 눈은 그쳤지만 지운은 그녀의 어깨를 꼭 안고, 희주는 그의 허리에 팔을 둘러 마치 한 몸처럼 꼭 붙어 길거리 데이트를 즐겼다. 키가 훌쩍 큰 커플, 디자인이 독특한 가죽 레깅스에 높은 굽의 앵클부츠와 민트색 오버사이즈 코트를 걸친 세련된 여자와 단정한 슈트에 재색 코트를 입은 엄격한 얼굴의 남자는 차림새는 상당히 달랐지만 사랑을 가득 담고 서로를 보는 시선과 부드럽게 풀어진 표정이 꼭 닮아 있었다. 보는 사람들까지 부럽게 만드는 두 연인은 각자의 개성이 뚜렷했지만 잘 어울렸고 참 아름다웠다.

"이거 예쁘다. 지운 씨, 나 사줘요."

지운은 길거리 자판의 귀고리를 집어 드는 희주를 말리지 않았다. 지운은 눈을 반짝이며 귀고리를 흔들어 보이는 희주의 뺨을 손가락으로 쿡 찌르고 값을 치렀다. 단돈 15,000원, 그가 사 본 가장 싼 선물이었다.

"다음엔 내가 원하는 곳에서 사줄 거야."

"고마워요. 나 이렇게 구경하는 거, 쇼핑하는 거 좋아해. 우리 직업이 패션 정보나 트랜드에 빨라야 해서 많이 보고, 많이 돌아다니고 해야 하는데 이런 면에서 내가 직업 하나는 잘 택한 것 같아요."

"직업 못지않게 남자도 잘 골라잡았지."

"당신은…… 너무 과분하죠, 나한테."

"어쭈, 안 어울리게 어디서 겸손한 척. 난 도도한 서희주가 좋아."

희주는 살짝 인상을 쓰며 투덜거리는 지운에게 입을 맞췄다. 갑작스러운 그녀의 도발에 긴장을 했던 것도 잠시 지운이 피식 웃으며 그녀의 콧등을 손가락으로 톡톡 두드렸다.

"역시 서희주, 절대 날 실망시키지 않아."

"난 멋진 여자니까."

"그래, 넌 그 누구보다 멋지지. 내가 절대 놓을 수 없을 만큼."

지운은 그녀의 턱을 잡아 올려 도톰한 윗입술을 빨아들였고 희주 역시 탐스럽게 입술 사이로 미끄러져 들어오는 그의 아랫입술을 놓지 않았다. 살짝 입술만 물고 있던 두 사람의 키스가 조금 더 깊어지고 앞에 선 액세서리 장사가 얼굴이 벌게져 고개를 돌리고 지나가는 사람들이 힐긋대든 말든 맞물린 두 사람의 입술은 한동안 떨어지지 않았다. 숨이 차오르고 키스로는 만족할 수 없다고 느낀 순간 지운이 입술을 뗐고 다른 사람이 보지 못하도록 희주의 얼굴을 가슴에 안고 거친 숨을 다스렸다.

"하아, 하아, 또 하고 싶은 거 있어?"

"조금만 더 걸어요. 걷고 싶어."

"그래."

두 사람 모두 약간의 수줍음을 달고 다시 거리를 걷기 시작했다. 어느새 그쳤던 눈이 다시 내리기 시작했고 덕분에 한산해진 거리를 걸으며 두 사람은 만족했다.

"배고파, 우리 떡볶이 먹을래요? 맛있어 보여."

"그러자."

희주는 보기만 해도 군침이 도는 붉은 떡볶이 하나를 그의 입에 넣어주고 자신도 먹었다. 혀가 톡 쏠 만큼 매운맛에 지운이 미간을 찌푸리자 희주가 샐샐 웃으며 입 앞으로 어묵을 내밀었고 한입 크게 베어 문 후에야 지운의 인상이 좀 풀렸다.

"길거리에서 이런 거 안 먹어봤죠?"

"대학 때 친구들이랑 종종 포장마차에 갔었어. 주점에 가서 소주도 마시고 막걸리도 마시고 한국에서 긴 대학 생활을 한 건 아니었지만 나름 즐길 만큼 즐겼지. 유학 끝내고 한국으로 돌아와서 바로 출근한 후에는 그럴 기회가 없었어."

"당신 참 예뻐요."

"풋, 이왕이면 멋지다고 해줘."

"그래요, 말에 돈 드는 것도 아니고. 당신 참 멋져요. 하나 더 먹을래요?"

"응, 대신 너는 그만 먹어. 너무 매워서 속 버리겠어."

희주는 지운의 말대로 손에 들었던 떡볶이 꼬지를 내려놓았고 그는 마음에 든다는 듯 그녀의 손을 잡고 그곳을 떠났다.

"당신 손 너무 차. 한약 먹으면 좀 나아질 것 같은데. 우리 할아버지 다니시는 한방병원 있는데 같이 가자."

"그래요."

말은 순순히 그러자고 했지만 기분이 약간 가라앉은 희주는 지운에게 잡힌 자신의 손을 물끄러미 바라봤다. 사람들처럼 약으로 해결

될 수 있다면 얼마나 좋을까, 괜한 자격지심에 희주가 그에게 잡힌 손을 빼내려 하자 지운이 그녀의 샐쭉한 기분을 읽은 듯 그녀와 마주 잡은 손을 코트 주머니에 쏙 넣었다. 자신의 마음을 명확히 읽어낸 것처럼 행동하는 지운 앞에서 희주는 할 말이 없어진다.

"더 먹고 싶은 건 없어?"

"음, 붕어빵, 호떡, 군고구마, 군밤."

"와우, 오늘 우리의 데이트가 길거리 음식 투어인 줄 몰랐군."

별것도 아닌 말에 희주는 또 웃었다. 고개를 뒤로 젖히고 까르르 웃는 희주가 그의 불안을 부추기고 있었다. 지운은 붕어빵을 사서 그녀의 품에 안겨주며 깍지 껴 손을 잡았다. 자신이 보고 싶다고 찾아오고, 만난 순간부터 지금까지 쉴 새 없이 웃고, 그 어느 때보다 즐거운 시간을 보내고 있지만 지운은 왠지 그녀가 뭔가 많이 노력하고 있다는 생각이 들었다. 중간 중간 자신에게 내보이지 못하는 우울함이 엿보이는 것 같아 신경이 쓰였다.

"이제 집으로 가자."

"조금만 더 놀아요. 눈은 너무 예쁘게 오고, 사람은 없고, 서울 밤거리 너무 예쁘잖아."

"예쁜 건 좋은데 너 추워서 안 되겠어. 점점 차가워지고 있다고."

"아아, 그래도……"

"그리고 나도 더 이상 못 참겠어, 너 안고 싶어서."

희주가 그의 노골적인 말과 눈빛에 샐쭉한 표정으로 흘겨보자 지운이 너털웃음을 터뜨리며 그녀를 재촉해 택시에 태웠다. 당연하다는 듯 목적지로 그녀의 집을 말하고 아파트에 도착할 때까지 지운은 희주만 알 수 있는 음탕한 눈짓과 손짓으로 계속 유혹했고 결국 그녀도 넘어가고 말았다.

　뜨거운 물이 쏟아지는 샤워, 김이 하얗게 서린 거울에 하나로 엉
켜 있는 두 사람이 희미하게 비쳤다. 지운이 뒤에서 그녀를 꼭 끌어
안고 그녀의 늘씬한 목에 키스를 하며 손으로는 보기 좋은 그녀의 가
슴을 일그러트리고 있었다. 제 힘을 제어하지 못하고 강하게 밀어붙
이는 지운의 목에 한쪽 팔을 걸고 다른 한 손으로 제 가슴을 탐하는
그의 손과 팔을 쓰다듬으며 희주는 그가 자신을 탐하기 편하도록 해
주었다.
　"하아, 희주야. 서희주."
　"……지운 씨."
　서로의 이름을 부르며 상대방을 요구하는 몸은 점점 더 음란해졌
고 희주가 그의 목을 끌어 입술을 마주하면 지운은 뜨거운 키스를 퍼
부으며 그녀의 가장 은밀한 곳으로 손을 내렸다.
　"으으응."
　이미 촉촉하게 젖은 그녀의 여자, 자신의 손길이 닿자마자 가감
없이 쏟아지는 그녀의 달콤한 신음, 이 모든 게 그의 이성을 더 희미
하게 만들어버렸다. 지운은 그녀를 자신을 향해 돌려세우고 그대로
벽으로 밀어붙였다.
　"서희주, 도대체 나한테 무슨 짓을 한 거야?"
　성이 난 짐승처럼 으르렁거리는 지운의 뺨에 고운 희주의 손이 닿
았다. 연약한 꽃잎처럼 부드럽게 그의 뺨을 쓰다듬으며 희주가 지운
과 눈을 맞췄다. 눈물이 가득 고인 눈에 그를 담고 연약한 미소를 지
은 채 넘실대는 감정으로 그를 응시했다.

308　데이워커

"지운 씨…… 사랑해요."

"……응"

"사랑해요, 아주 많이. 내가 당신 많이 사랑해."

"서희주."

희주의 사랑 고백은 언제 들어도 설렌다. 너무 벅차 그녀의 이름 밖에 부르지 못하는 지운의 얼굴을 열정이 가득한 그녀의 눈이 쓰다 듬었다. 이제 곧 너무나 큰 아픔을 줄 수밖에 없겠지만 지금 이 순간 만큼은 자신이 그를 얼마나 많이, 온 마음을 다해 사랑하는지 알려주고 싶었다. 희주의 눈에 고였던 눈물이 뚝 떨어짐과 동시에 숨을 쉴 수 없을 정도의 강한 힘으로 그를 안았다. 지금 이 순간, 지운이 그녀의 심장에 온전히 박혀버렸다. 아무것도 보이지도, 느껴지지 않았다. 오직 지운만, 자신을 죽을 듯 안고 있는 그만, 그의 사랑만 이 세상에 존재하는 듯했다.

"사랑해요, 지운 씨. 정말, 정말 사랑해."

"사랑한다, 서희주. 너만 사랑하는 거야, 너만."

"응. 나도 당신만."

그렇게 한참을 안고 있던 희주가 그의 어깨를 살짝 밀며 남성성을 상징하는 툭 튀어나온 그의 목젖에 입을 맞췄다. 그녀의 부드럽고 촉촉한 입술이 그의 턱으로, 뺨으로 눈으로 옮겨 다니며 흔적을 남겼고 닿을 듯 말 듯 온 얼굴을 누비며 애태우던 희주가 마지막으로 그의 입술에 내려앉았다. 희주 때문에 잔뜩 흥분한 지운이 잡아먹을 듯 제 입술에 닿는 희주의 입술을 삼켰고 결국 뜨거운 두 입술이 섞이고 여리한 살덩이가 하나로 엉키며 고조된 호흡이 서로를 넘나들며 잠시 식었던 공기가 다시 달아오르기 시작했다.

자신의 아랫배를 훑어 내리며 흥분시키는 지운의 손을 깍지 껴 잡
으며 희주가 먼저 그의 귓불을 지분거렸다. 희주가 내뱉은 뜨거운 입
김이 그의 귀를 타고 흐르고 그 자극에 온몸을 떤 지운이 더 이상은
참을 수 없다는 듯 그녀의 두 팔을 잡아 머리 위로 결박했다. 그녀를
내려다보는 지운의 눈빛은 뜨겁게 이글거렸고 그의 눈동자는 첫날
잠시 봤던 호안虎眼으로 변해 번들거렸다. 지운의 변화에 짜릿함을
느낀 희주가 몸을 떨며 움직일 수 없는 손 대신 눈으로 그를 쓸어내
렸다. 거칠게 오르락내리락 거리는 가슴팍, 근육이 불거진 단단한 팔
뚝, 탄탄하게 쪼여 있는 복부와 당장이라도 그녀 안으로 파고들 듯
위용을 자랑하는 그의 남자를 보며 흥분에 겨워진 희주가 그에게 입
술을 부딪쳤고 그녀의 키스에 열렬히 응하는 그가 잠시 방심한 사이
한 잡힌 팔을 빼 그의 가슴을 슬쩍 밀어냈다.

  "떨어지지 마."

  "잠깐만, 아직 남았어."

  "못 참겠어."

  "당신을 맛보고 싶어. 다 가질래."

  눈가가 발그레 달아올라 몽롱한 시선으로 바라보며 손가락 하나
를 세워 그의 가슴팍을 부드럽게 긁어내리며 서슴지 않고 유혹적인
말을 내뱉은 희주를 당해낼 재간은 없었다. 몸 한 부분이 당장이라도
끊어질 것처럼 아팠지만 꽉 잡고 있던 그녀의 손목을 놔주고 뒤로 한
걸음 물러나자 괘씸한 그녀의 입술이 바로 그의 유두를 담았다.

  "으음, 서희주."

  그의 신음에 희주의 입놀림이 바빠졌다. 그가 자신에게 해줬듯 그
의 작은 유두를 힘껏 빨다가 이로 잘근거리기도 하고 그 주변을 혀로

길게 핥으며 그의 반응에 촉을 세웠다. 넓은 어깨를 매만지던 손은 팔을 따라 미끄러지고 그녀의 입술도 점점 더 밑으로 내려갔다. 희주가 그의 탄탄한 허벅지를 매만지며 발칙한 입술이 그의 남자에 부드럽게 부딪쳤다.

"희, 희주야."

약간의 당황함, 지운은 머리부터 발끝까지 내리달리는 감당하기 힘든 희열에 자신의 폭주를 막기 위해 입술을 깨물었다. 더 이상 도발하지 못하게 그녀를 말려야 하는데 그가 희주의 어깨에 손을 올리는 동시에 발칙한 희주가 결국 그의 남자를 입에 물었다.

"헉!"

신음을 내뱉은 그의 몸이 크게 떨렸고 희주의 손은 부드럽게 힘이 잔뜩 들어간 그의 엉덩이와 굵은 허벅지를 부드럽게 쓰다듬으며 그의 정신을 몽땅 빼앗았다. 욕망에 허덕이면서도 항상 그녀를 먼저 배려하던 지운이 완전히 이성을 잃어버렸다. 음탕한 시선으로 자신과 눈을 맞추며 그의 분신을 탐스럽게 쓰다듬고 붉은 입술로 맛깔나게 집어삼키는 희주의 모습에 지운이 그녀의 뒤통수를 잡아 멀어지지 못하게 하고 허리를 흔들었다.

희주는 붉어진 얼굴로 자신을 내려다보며 지배하려는 듯 광포한 그의 손길에 순순히 순응했다. 자신으로 인해 흥분하고 쾌락을 느끼는 그가 여자로서 자신감을 높여주었고 그가 느끼는 만큼 희주도 같이 흥분하고 있었다.

입 안에 다 담기 힘들 정도로 점점 더 커지는 그를 느꼈다. 육체적 흥분의 최고조에 달한 그의 근육이 단단하게 뭉치며 핏줄이 툭툭 불거졌고 잔뜩 인상을 쓴 얼굴로 땀을 뻘뻘 흘렸다. 이제 마지막 딱 한 번, 그가 참지 못하고 폭발하고 말 것 같은 그 순간 지운이 자신의 분신을 빼내며 거칠게 희주를 일으켰다. 그녀의 어깨를 잡아 벽으로 밀어붙이며 그녀가 숨을 돌릴 사이도 없이 강하게 입술을 부딪치며 그녀 안으로 자맥질해 들어왔다.

뜨거운 불방망이를 삼킨 듯 희주가 온몸을 부르르 떨며 뒤로 도망치려 했지만 그녀의 양다리를 올려 허리에 감게 한 지운이 강하게 허리를 쳐올렸다.

"하아악, 하악."

그녀의 입에서 아픔을 담은 신음이 터져 나왔지만 지운은 희주의 가슴을 쥐어뜯으며 허리의 움직임을 늦추지 않았다. 희주는 그의 허리에 매달리게 된 자신의 무게 때문에 그를 더 깊게 받아들일 수밖에 없었고 폭풍에 휩쓸린 조각배처럼 그의 움직임에 속절없이 따라갔다. 고통을 느꼈던 것도 잠시 그가 주는 황홀경에 빠져 모든 걸 잊었다. 밝은 조명도 쏟아지던 물도 두 사람을 둘러싼 주변은 모두 사라지고 지금 이곳엔 오직 서로를 목숨처럼 갈구하는 두 사람만 있을 뿐이었다.

"아아, 지운 씨."

"서희주, 서희주."

온몸을 괴롭히는 이 강렬하고 퇴폐적인 감각이 무서웠다. 너무 강한 향락에 빠진 육체도 상대방을 품고 있는 심장도, 교감하고 있는 영혼도 모두 자신만의 것이 아니었다. 온몸의 세포가 다 조각조각 나고 머리카락 하나까지도 모두 신경을 가진 듯 제멋대로 반응한다고 느꼈다. 숨은 쉬고 있는지 아직 이 세상에 내가 있는 것인지 모를 정도로 혼몽한 그때 벼락이 치듯 마지막 합일의 순간이 찾아왔다.

"으아앗, 으읏."

"서희주, 사랑해. 으우욱!"

지운의 사랑 고백과 함께 오르가즘의 나락에 떨어진 희주의 온몸이 뻣뻣하게 굳으며 더 이상 참지 못한 신음이 터져 나왔고 그 순간 지운의 몸에서 뿜어져 나온 욕망의 잔재가 그녀의 몸속을 가득 채웠다. 모든 걸 다 토해낸 후에도 지운은 작게 허리를 흔들며 마지막까지 노력했고 자신의 가장 깊은 곳으로 따뜻하게 스며드는 그의 분신들을 느끼며 희주가 힘을 빼고 그의 품에서 늘어졌다. 감기는 눈꺼풀 사이로 붉은 눈동자가 숨어들었고 희주가 다시 눈을 떴을 땐 다행히 정상으로 돌아와 있었다.

지운은 제 품에 널브러진 희주의 등을 부드럽게 쓰다듬으며 그녀의 어깨, 팔뚝, 머리카락, 되는대로 입술을 찍어댔다. 아직 꺼지지 않은 쾌락의 불꽃들이 그의 입술을 따라 피어올랐다 사라지고 아직 말할 기운도 찾지 못한 희주는 잘게 몸을 떨며 그에게 자비를 갈구했다.

"그, 그만……."

"사랑한다고 해줘, 어서."

"사랑해요. 사랑해요, 지운 씨."

그녀의 눈물 섞인 고백에 지운이 고개를 들어 희주와 눈을 맞췄고 눈에 보이는 육체뿐만 아니라 영혼까지 하나로 나눈 두 사람은 서로를 향해 비슷한 미소를 지으며 상대방을 향한 사랑을 확인했다.

한바탕 사랑을 나눈 두 사람은 침대에 한 몸처럼 붙어 누워 있었다. 희주는 자신의 어깨를 만지는 그의 엄지손가락을 잡으며 물어

볼까 말까 망설이던 말을 어렵게 꺼냈다.

"지운 씨, 만약 우리 사이에 아이가 생기면 기분이 어떨 것 같아요?"

희주의 질문이 땅에 떨어지기도 전에 상체를 벌떡 일으킨 지운 덕분에 그에게 안겨 있던 희주가 침대에 내동댕이쳐지는 꼴이 됐지만 그의 힘에 곧 일어나 앉게 됐다.

"너, 임신했어? 그래? 병원 갔다 온 거야?"

희주는 몰아치듯 질문을 해대는 지운의 시선을 피하며 그의 손을 잡았다.

"또 흥분한다. 그냥 묻는 거잖아요. 아이가 생기면 어떨 것 같냐고. 당신 방금 전에도 피임 안 했으니까."

"정말 아니야?"

"아니에요. 성질만 급해서 무슨 말을 못 하겠어."

지운은 꽤나 낙심한 얼굴로 다시 자리에 털썩 누워 희주를 제 품으로 끌어당겼다. 그의 얼굴을 마주보며 계속해서 거짓말할 자신이 없는 희주는 그의 가슴에 얼굴을 묻었다. 아이라는 말에 이렇게까지 흥분할 줄 몰랐는데, 희주는 정확한 그의 마음이 알고 싶어졌다.

"근데 당신 좀 실망하는 눈치다. 정말 아이가 생기길 원해요?"

"응. 이왕이면 너 닮은 딸로."

"나 닮은 딸이면 고집 세서 당신 말도 잘 안 듣고 잘난 척하고 그럴 텐데."

"너 닮으면 잘난 척 할만하지. 예쁘고, 똑 부러지고, 못하는 것 없이 완벽할 텐데. 물론 성격엔 문제가 좀 있겠지만. 우리 아이 태어나면 어른들도 무척이나 좋아하실 걸? 지금도 은근 기다리시는 눈치야."

"……할아버지도 그러세요?"

"할아버지는 벌써 몇 년 전부터 손자들 결혼 소식 기다리신 분이니까."

"당신이 생각하는 그런 아이가 아니면 어떻게 해? 수천수만 가지의 변수가 있을 수 있고 만약 우리 아이가 정상이 아닌 아이라면……어른들도 부담스러워 하실 텐데."

"스읍, 생기지도 않은 아이 두고 그런 말 하는 거 아니야. 그리고 정상이라는 기준이 뭔데? 마음이 아픈 아이든 몸이 아픈 아이든 우리 아이면 소중한 거지. 우리 집 어른들도 그런 걸로 우리 마음 불편하게 하실 분들 아니고. 당신하고 나 닮은 아이 상상만 해도 기분 좋다. 여기 생겨 있었으면 좋겠다."

희주는 자신의 아랫배를 덮어오는 지운의 손에 이를 악물며 눈을 감았다.

'당신 바람대로 이미 생겼어요, 당신 아이 여기 있어요.'

그에게 할 수 없는 말을 속으로 삼키며 그의 손에 자신의 손을 겹쳤다. 희주는 최대한 목소리를 가다듬고 아이에게 들려주고 싶은 말을 물었다.

"아이가 생기면 무슨 말이 해주고 싶어요?"

"우리에게 와줘서 고맙다고 아주 귀하고 소중한 선물이라고 그렇게 말해줄 거야. 이런 말까지 하니까 마음이 이상하다. 당신 정말 임신한 거 아니지?"

"아니라니까, 의심도 많아. 나 졸려요. 이제 잘래."

희주는 토라진 듯 그를 등지고 돌아누웠다. 마음이 너무 아파서 속까지 울렁거리는 기분이었다. 지금이라도 모든 걸 다 솔직하게 털어놓고 싶었지만 이런 와중에도 간간이 찾아오는 흡혈 욕구에 그럴 용기를 잃어버렸다. 희주는 이내 자신을 칭칭 넝쿨처럼 감아오는 지운을 느끼며 눈을 감았다. 오늘도 희주는 홀로 잠들지 못하는 밤을 보내야 할 것 같았다.

희주는 눈에 비쳐드는 햇살에 눈꺼풀을 들어올렸다. 이성을 잃고 그에게 달려들지 않기 위해 뜬눈으로 밤을 새웠더니 몸이 좀 피곤했다. 하룻밤 새는 것쯤 아무것도 아니었는데 임신을 해서인지 몸이 축 늘어졌다. 자리에서 일어나려던 희주가 자신의 허리춤을 보며 피식 웃었다.

"풋, 이 남자 뭐야."

등 뒤에 누운 지운이 한 팔로는 그녀의 어깨를, 한 팔로는 허리를 꽉 안고 한쪽 다리를 그녀의 다리 사이에 넣어 얽히듯 해놓았다. 누워 있는 내내 답답하다 느낀 건 보는 것만으로도 소유욕이 그대로 느껴지는 이 자세 때문이었나 보다. 미소 가득한 얼굴로 긴 한숨을 토한 희주가 그를 향해 돌아누웠다.

반듯한 이마, 자존심을 보여주는 높고 반듯한 콧대, 남자치고 긴 속눈썹, 섹시한 도톰한 입술과 윤곽이 분명한 인중, 강인한 성격을 고스란히 보여주는 턱까지 그녀는 시선과 손길로 그의 얼굴을 관찰하고 느꼈다.

"당신 참 잘생겼다. 잠든 얼굴은 훨씬 더 부드러워 보이네."

지운을 보던 희주의 눈에 슬픔이 담기며 뺨을 어루만지는 손길이 바르르 떨렸다. 이 사람을 다시 볼 수 없다는 건 너무나 슬프지만 살릴 수 있다는 것으로 위안을 삼았다. 자신만 참으면 지운은 자신이 타고난 인간의 운명대로 행복하게 잘 살 수 있다. 희주는 시선을 공중으로 돌리고 큰 숨을 들이쉬며 나오려는 울음을 간신히 참았다. 자신의 슬픔과 그의 목숨을 비교하다니 그건 있을 수 없는 일이라고, 그녀의 선택이 두 사람을 위해 최선이었다고 자신을 위로하며 슬픔을 떨쳐냈다.

다소간 감정을 다스린 희주가 지운이 깨지 않도록 조심스럽게 자리에서 일어났다. 품이 허전해지자 그의 몸부림이 심해졌고 희주는 잽싸게 자신의 베개를 그의 품에 안겨주고 등을 토닥였다. 그러자 그는 다시 조용히 잠이 들었고 그 모습이 너무 사랑스러워 참을 수 없는 희주가 그의 뺨에 조심스럽게 입을 맞췄다.

"사랑해요, 지운 씨."

잠결에도 그녀의 사랑 고백을 들은 것인지 지운의 입이 기분 좋게 올라갔고 그 모습을 본 희주가 침대를 벗어나 방을 나갔다.

"지운 씨, 일어나요. 일어나 봐요."

"으음, 조금만."

"벌써 아침 10시예요. 출근 안 해요?"

"……몇 시?"

"10시."

"이런."

"아까부터 깨웠는데 꼼짝도 안 했어, 당신."

희주의 손에 잠이 깬 지운은 아직 멍한 정신으로 이마에 손을 올리고 눈을 감았다. 아침 10시 기상이라, 쉬는 날조차도 이 시간까지 늦잠을 자본 적은 없었는데, 피식 웃음이 났다. 모든 걸 다 잊을 만큼

이 여자 옆에 있으면 편한가 보다. 지운은 이마에 올렸던 손을 옆에 앉은 희주를 향해 내밀었고 그녀가 손을 잡자 힘껏 당겨 제 품에 끌어안았다.

"지운 씨, 일어나라니까. 출근시간 지나도 한참 지났어요."

"원래 자는 거 별로 안 좋아하는데 너랑 있으니까 늦잠도 자고, 좋다."

"좋아요?"

"응, 좋아."

좋다고 말하는 지운을 향해 희주가 배시시 웃으며 그의 턱에 슬쩍 입을 맞췄다. 수염이 솟아난 까칠까칠한 느낌이 재미있었다. 지운은 갑자기 애교가 많아진 희주의 옆구리를 괴롭혔고 깔깔깔 웃으며 간지럽다고 몸부림치던 그녀는 어느새 지운의 밑에 누워 있었다.

"너무 웃어서 배 아프다. 일어나요, 이제."

"이대로 일어나자고? 서운한데."

"일단 밥부터, 나 아직 좀 그래."

코를 찡그리며 작게 속삭이는 말이 무슨 뜻인지 알아들은 지운이 그녀의 콧등에 슬쩍 입을 맞추고 침대에서 내려서며 그녀의 손을 잡아 일으켜 세웠다.

"많이 아픈 건 아니지?"

"아니에요. 어서 가서 닦아요. 필요한 거 새 것으로 다 꺼내놨어요."

"땡큐."

욕실로 들어가는 지운을 보고 희주는 주방으로 가 준비하던 아침상을 마저 차렸다. 마지막으로 뭐 하나라도 더 해주고 싶었던 희주가 고민 끝에 생각해낸 게 집밥이었다. 일 때문에 바쁘거나 몸이 아플 때도 경선은 손수 밥해 먹이는 걸 무슨 철칙처럼 생각했었다. 경선이 떠나고 참으로 오랜만에 하는 음식이라 서툴고 요리에 자신도 없지만 엄마 음식을 정말 맛있게 먹었던 자신이 생각나 지운에게 따뜻한 밥 한 끼 해 먹이고 싶었다.

'밥 한 끼 안 먹는다고 어떻게 되는 것도 아닌데 그냥 학교 갈게. 나 지각한단 말이야.'

'너 집밥이 맛있어, 사먹는 게 맛있어?'

'집밥.'

'왜 그런지 알아?'

'엄마가 요리를 잘하니까 그렇지.'

'그것도 있지만 엄마 음식엔 사랑이 가득 담겨서 그래.'

'사랑? 유치해.'

'진짜다, 너. 엄마가 너 먹이려고 재료를 고를 때부터 얼마나 정성을 기울이고 요리하는 내내 우리 딸이 맛있게 먹고 건강하게 해주세요, 염원하는데. 그렇게 너만 생각하면서 사랑과 정성으로 만든 음식을 안 먹고 그냥 가겠단 말이야?'

그때는 툴툴거리면서 식탁에 앉았지만 경선의 말은 희주의 마음 깊은 곳에 남아 있었다. 사랑하는 사람을 위해 준비하는 음식은 그냥 음식이 아니라는 말, 오늘 아침 내내 부족한 솜씨로 음식을 준비하며 진심으로 지운이 맛있게 먹길, 이것을 먹고 그의 몸뿐만 아니라 마음까지 풍요로워지길 기도했었다.

식탁에 올려놓기 전 마지막으로 된장찌개의 간을 본 희주는 나쁘지 않은 맛에 고개를 살짝 끄덕이고 식탁으로 옮기고 있는데 지운이 천천히 주방으로 들어왔다. 샤워를 막 마치고 상쾌한 모습으로 젖은 머리를 손으로 툭툭 털며 주방으로 들어서던 지운은 생각지도 못한 밥상을 보며 조금 주춤거렸다.

"앉아요, 왜 그렇게 서 있어?"

"직접 한 거야?"

"그럼 이 밥상 차리면서 사람이라도 불렀을까, 맛은 보장 못 해요."

지운은 식탁에 앉는 대신 웃음기 뺀 눈으로 희주를 응시하고만 있었다. 생각하지 못한 지운의 반응에 수저를 식탁에 놓던 희주의 행동이 천천히 멈췄다.

"왜 그렇게 봐요?"

"나한테 할 말 있지. 설마 마지막 선물이니 이런 유치한 말을 꺼낼 건가?"

정곡을 찌른 지운의 말에 희주의 심장이 발끝으로 툭 떨어졌다. 그의 날카로운 눈초리에 모든 걸 사실로 말해야만 할 것 같은 느낌이 들었지만 희주는 간신히 여유를 되찾고 어이없는 웃음을 가장하며 손에 든 수저를 식탁에 올려놨다.

"뭐야, 나 그동안 당신한테 그렇게 형편없었어요?"

"뭐?"

"무슨 밥 한 끼에 그런 말을 해요? 한가해져서 여자다운 짓 좀 해봤더니, 역시 사람은 안 하던 짓을 하면 안 되는 거야. 쓸데없는 생각 말고 앉아서 밥이나 먹어요."

"정말이지, 이거 그냥 밥이지."

희주는 재차 확인하는 지운의 앞으로 가 조금 아프게 양손으로 그의 뺨을 잡으며 눈을 똑바로 들여다봤다.

"네, 특별한 의미 없는 그냥 밥입니다. 또 한 번 이런 바보 같은 얘기하면 다시는 밥 안 해줄 거예요."

지운은 생글생글 웃는 희주를 보며 또 한 번 다짐했다.

"나 믿는다. 이거 그냥 밥이야. 진수성찬이네."

희주는 밥그릇을 가져오기 위해 지운에게서 돌아서며 크게 숨을 들이쉬었다. 자꾸만 마음속 슬픔과 아쉬움, 거짓말하는 죄책감이 밖으로 튀어나오려고 해 참아내기 힘들었다. 이를 악물고 눈을 몇 번 깜박이는 것으로 간신히 감정을 마무리 짓고 환하게 웃는 얼굴로 그 앞에 먹음직스럽게 윤기가 좔좔 흐르는 밥을 놓아주었다.

"요리에 자신 없어서 맛은 보장 못 하지만 일단 된장찌개 먹어봐요, 간 맞아요?"

"응, 짜지도 않고 담백하니 좋네."

"다행이다. 어서 먹어요."

희주는 그의 칭찬에 으쓱하는 표정을 지으며 그의 맞은편에 앉았다. 지운은 본격적인 식사를 하기 전 눈으로 음식을 먼저 먹었다. 여러 가지 잡곡이 섞인 윤기 흐르는 밥과 색이 고운 나물들, 근사한 냄새까지 그의 시각, 후각을 만족시키기에 충분했다. 밥을 한 숟가락 가득 입에 넣고 우물거리자 희주가 그의 앞접시에 향이 좋은 유채 나물을 올려줬고, 그녀가 밥 한 숟가락을 먹자 통통한 계란말이가 입 앞으로 내밀어졌다.

"내가 먹을게요."

"얼른 먹어. 나물 아주 좋은데? 나 나물 좋아하는 거 어떻게 알았어?"

"그래요? 남자들 나물 안 좋아해서 걱정했는데."

"봄 되면 나물비빔밥 먹으러 가자. 잘하는 집 알아. 이런 밥상 매일 받으면 좋겠다."

은연중에 결혼을 의미하는 지운의 말을 뻔히 알면서도 희주는 그저 아무것도 모르는 척 맹한 표정으로 이번엔 생굴을 초장에 찍어 그에게 내밀었고 지운은 대답을 피하는 희주를 약간 못마땅한 표정으로 보며 그걸 받아먹었다.

지운은 급해지려는 마음을 다독이고 계속해서 희주가 정성으로 준비한 음식들을 음미했다. 재료의 맛이 잘 우러난 된장찌개에 향이 좋은 나물반찬 3가지, 맛깔스럽게 잘 익은 배추김치, 여러 가지 채소가 색을 곱게 낸 계란말이, 들기름 맛이 좋은 김과 물 좋은 생굴이 올라온 밥상은 부족함 없이 너무나 흡족하고 감사했다. 거기다 희주가 직접 준비했다는 의미까지 더해져 지운은 밥 먹는 내내 육체뿐만 아니라 영혼까지 양분을 섭취하는 기분이었다. 지운은 김 한 장을 젓가락으로 집으며 무심한 척 아까부터 궁금했던 걸 질문했다.

"근데 욕실에 면도기는 웬 거야? 나 때문에 사다 놓은 거야?"

희주는 질투 가득한 질문을 툭 던져놓고 무심한 척 밥을 먹는 지운을 보며 피식 웃었다. 진짜 생긴 거 같지 않게 잘 삐치고 질투도 많은 남자였다.

"내 집에 들어온 남자가 당신이 처음일 거라고 생각해요?"

의외의 대답에 입속으로 반찬을 넣던 그의 행동이 딱 멈췄다. 숙였던 고개를 든 딱딱하다 못해 부러질 것 같은 그의 표정에 결국 억지로 참고 있던 희주의 웃음이 터졌다.

"푸, 풋, 푸하하하하하. 당신, 표정, 어떻게 해."

"그만 해. 서희주, 너 정말. 아, 그만 웃으라고."

"당신 반응이 너무 재미있는 걸 어떻게 해. 내가 쓰려던 거예요. 하지만 미안하게도 내 집에 온 남자가 당신이 처음은 아니네요."

"솔직히 말하지?"

"수도 고장 나서 수리하는 아저씨도 왔었고 보일러 점검원도 오고 대신 내 집에서 욕실을 쓴 남자는 당신이 처음이에요."

점점 험악해지는 지운의 얼굴을 보며 희주는 그를 놀리는 걸 그만뒀다. 식탁 위에 올려놓은 손을 아이 달래듯 토닥였더니 손을 훅 채가버렸다.

"그런 장난 다시 한 번만 쳐, 정말 가만 안 둔다."

희주는 아이처럼 따지고 드는 지운을 보며 턱을 괴고 앉았다.

"나 당신 이렇게 어린애 같은 면이 있는지 몰랐어요. 점잖고 어른스럽고 남자답다고만 생각했는데 너무 의외다."

"그래서 싫다고?"

"아니, 새롭다고. 당신이 보는 나는 어때요?"

"예뻐."

"그게 전부예요?"

"턱 치켜들고 도도하게 굴어도, 입을 오물거리며 밥 먹는 것도, 밤새가며 미친 듯 일하는 것도, 뽀그리 파마머리도 하다못해 나랑 결혼 안 한다고 땍땍거리는 것도 내 눈에는 다 예뻐. 아, 그 안경 빼고. 커다란 뿔테안경 끼면 당신 눈이 잘 안 보여서 그건 싫다. 그리고 제일 예쁜 건 침대에서 내 품에 안겨 신음소리 낼 때."

이렇게 낯부끄러운 말을 뻔뻔하게 하는 지운 때문에 희주가 또 웃었다. 말은 한없이 가벼운 듯 저렇게 해도 그 안에 담긴 뜻이 표현할 수 없이 큰 사랑이라는 걸 알아서 그 사랑이 너무 깊고 진실돼서 걱정도 되고 미안하기도 하고 또 행복하기도 했다.

"쉬는 날도 아닌데 출근 못해서 어떻게 해요? 회사에 전화는 했어요?"

"나 하루쯤 출근 안 해도 우리 회사 안 망해. 월차도 냈는데 실컷 놀자."

"그래요, 당신 옷 불편하죠? 밥 먹고 갈아입을 옷 줄게요."

"남자 옷도 있어? 안 물어볼래. 스타일리스트니까 한 벌쯤은 가지고 있겠지."

농담까지 섞어가며 이런저런 얘기를 하다 식사가 끝났다. 밥을 먹은 건지, 말을 먹은 건지 헛갈릴 정도로 대화를 많이 한 시간이었다. 식사가 끝나고 지운이 희주가 건네준 옷으로 갈아입는 사이 희주도 간단한 외출복으로 갈아입었다. 하루 종일 그와 집에서만 보내는 건 시간이 너무 아까웠다.

"외출하자고? 가고 싶은데 있어?"

"시끄러운 덴 싫고 동네 한 바퀴 산책해요. 밥을 너무 많이 먹어서 좀 걸었으면 좋겠어요. 그나저나 옷은 잘 맞아요? 보기 좋다."

"편해, 소매 길이도 잘 맞고."

희주는 자신이 준 베이지색 니트에 편안 면바지를 입은 지운을 보며 흐뭇한 미소를 지었다. 지운 생각을 하며 저 옷을 고를 때 무척이나 행복했었다. 자신이 고른 옷을 입고 자신의 집에 있는 지운은 생각보다 큰 행복이었고 그만큼 큰 아픔이었다.

두 사람은 코트에 목도리까지 꼼꼼하게 하고 집을 나섰다. 특히 손발이 찬 희주가 걱정인 지운은 그녀의 목도리를 너무 꽁꽁 매 답답할 정도였지만 그녀는 아무 말 않고 그가 하는 대로 가만히 있었다.

추운 날씨 탓인지 별로 사람이 없는 아파트 단지를 걸으며 희주는 꽃이 피는 봄을 상상했다.

"봄이 되면 저기 저 나무들에 벚꽃이 잔뜩 펴요. 덕분에 여의도를 가지 않아도 될 만큼 아름다운 풍경을 구경할 수 있지만 한 번도 제대로 즐겨보지 못한 것 같아."

"이번 봄엔 나랑 같이 하면 되지. 동생이 여행을 좋아한다고 했잖아. 그 녀석한테 물으면 봄꽃 좋은 장소를 알 수 있을 거야."

"……응."

"봄에는 꽃구경 가고, 여름에는 바다가 좋은 곳으로 휴가도 가고, 가을이 되면 단풍이 멋진 곳으로 여행을 떠나고 겨울엔 눈이 많은 곳에서 스키를 타면 되겠다. 우리 당장 스키부터 타러 갈까?"

"스키는 나중에. 지금은 당신이랑 이렇게 꼭 붙어서 있는 게 더 좋아."

"예쁜 말도 할 줄 알고, 하긴 우리 두 사람 데이트도 제대로 못 했으니까."

지운은 그녀의 어깨를 단단하게 안았다. 자신의 옆에 있는 희주가, 그가 반가워할 만한 말만 해주는 희주가 고마웠지만 어딘지 모르게 자꾸만 불안했다. 마치 먼 여행을 계획하는 사람처럼 그녀의 시선은 저도 모르게 먼 곳을 초점 없이 응시하고 있었다. 그녀와 계절마다 하고 싶은 걸 털어놓은 그에게 긍정의 대답을 하는 그녀의 말에는 진심이 담겨 있지 않았다. 지운은 연기처럼 사라질 것 같은 희주를 더 강하게 안았고 한 몸처럼 붙어선 두 사람은 긴 산책을 마치고 집으로 돌아왔다.

크리스토퍼가 고향인 루마니아의 와인 창고에서 가져왔다는 귀한 와인을 준비하는 희주 뒤로 지운이 다가와 그녀의 허리를 끌어안았다.

"참, 요즘은 음식 잘 먹어? 아침밥은 잘 먹던데."

"아, 역류성식도염이었어요. 재발했었는데 약 먹고 나아졌어요."

자신의 아랫배에 손을 올린 지운을 밀어내며 빠져나왔다. 모르고 한 행동이었겠지만 너무 놀란 희주는 심장이 멎어버리는 줄 알았다. 그를 주방에서 몰아낸 희주의 입에서 긴 한숨이 새어나왔다.

거실로 나온 두 사람은 양털러그가 깔린 바닥에 한 몸처럼 붙어 앉아 있었다. 자신의 다리 사이에 앉은 희주의 어깨에 고개를 올리고 그녀의 손에 들린 와인 잔의 와인을 날름날름 빼앗아 먹으며 두 사람을 둘러싼 고요함을 즐겼다. 사랑하는 사람과 함께 좋아하는 음악을 듣고 맛있는 술을 마시는 지금 이 순간이, 너무 비현실적으로 아름다워서 슬프기까지 한 바로 지금 이 순간 희주는 처음으로 살고 싶다는 생각을 했다. 이 시간이 영원히 계속될 수 있다면 하지만 너무 늦어버린 바람, 그녀의 미련함에 처음이 마지막이 되어버렸다. 한참 동안 창밖의 풍경에 눈을 뒀던 두 사람의 침묵이 희주의 조용한 목소리에 의해서 깨졌다.

"지운 씨."

"응."

"당신의 사랑은 얼마나 큰 거예요?"

"뭐야, 하늘만큼 땅만큼 이런 말이라도 듣고 싶어?"

지운의 장난스런 대꾸에 희주는 별말 없이 침묵을 지키다 입을 열었다.

"나는 사랑을 모른다고 했잖아요. 당신이 날 사랑한다고 할 때 겁이 났던 것 같아요, 우리 엄마 아빠처럼 그 감정에 내가 다치고 당신이 다칠까 봐. 난 당신 사랑이 너무 크지 않았으면 좋겠어요."

'내가 사라지고 나면 금세 잊을 수 있을 정도였으면 해요.'

입 밖으로 내지 못한 마지막 말에 희주의 마음은 무거워졌고 장난스럽게 대답했던 지운의 눈빛이 낮게 가라앉았다. 사랑한다고 했으면서도 여전히 겁을 먹고 있는 그녀가 이제는 자신과 함께 용감해질 수 있길 원했다.

"난 거창한 거 원하지 않아. 지금처럼 너를 내 품에 안고 온기를 나누며 힘들 땐 서로의 존재가 위로가 되는 그런 삶이면 족해. 넌 이미 나에게 그런 존재이기 때문에 만약 너와 내가 헤어져도 널 쉽게 잊진 못할 거다."

"……당신한텐 함께 하는 게 가장 중요한 거예요?"

"나한텐 그게 가장 중요한 의미지. 나한테 사랑은 그런 거야. 아무리 힘들어도 옆에 있는 거, 옆에 있어주는 거. 몸이 떨어져야 한다면 마음이라도 하나로 묶여 있는 거."

"……마음이라도 하나로 묶여 있는 거."

희주가 맥 빠진 목소리로 그의 말을 따라 했다. 마음이라면 줄 수 있는데, 하지만 뱀파이어로 변한 후 그녀의 마음 따위가 그에게 소용이 있을까?

"잠깐 떨어질 일이 있어도 상대방의 마음에 확신이 있으면 참을 수 있어."

"확신?"

"응, 다시 나에게 돌아올 거라는 확신."

지운은 자신의 말을 맥없이 따라 하는 희주의 어깨를 놓고 그녀와 마주 앉아 두 손을 꼭 잡았다. 또 다, 멍하니 초점 없이 먼 곳을 보고 있다. 지운은 자신에게 잡힌 두 손만 내려다보는 희주의 턱을 들어 올려 자신을 보게 만들었다. 한없이 흔들리는 그녀의 눈동자 안엔 여전히 망설임과 두려움, 그리고 어떻게 이름 붙여야 할지 모를 막막함 같은 게 느껴졌다.

희주는 강한 시선으로 자신을 보는 지운에게 들을 말이 무서웠다. 흔들림 없는 그의 마음이 감당하기 힘들 만큼 무거웠다. 차마 말하지 못하는 진실을 숨기고 전하지 못하는 자신의 마음을 알아주길 원하며 희주가 먼저 말을 꺼냈다.

"그럼, 희생은?"

"잘못된 희생은 옳은 사랑이 아니야. 본인뿐만 아니라 상대방에게도 독이 될 뿐이야. 너 나한테 할 말 있지?"

확신이 가득한 그의 말을 들으며 자신이 너무 많은 감정을 드러냈다는 걸 깨달은 희주는 그의 목에 팔을 감아 그를 자신의 품에 안았다.

"그런 거 없어요. 내가 너무 감상적이 됐나 봐. 당신을 사랑한다고 인정했는데도 사랑은 여전히 나한테 너무 어렵고 혼란스러워서 그래요."

지운은 힘없이 아래로 내려트렸던 팔을 들어 그녀의 허리를 안고 부드럽게 그녀의 등을 토닥였다. 그래, 사랑을 믿지 못하고 끝없이 의심하는 건 희주의 탓이 아니다. 어릴 때의 가정환경도 한몫했을 것이고 서른이 넘도록 연애를 해본 적 없다니까 서툴 수도 있을 것이다. 그럼 이런 희주의 감정적 한계를 넘게 만드는 건 그의 몫이란 생각이 들었다.

"그냥 날 따라와. 겁내지 말고 도망가지 말고, 나와 똑같은 박자로 걸으라고 강요는 안 할 테니까 한 발 뒤에라도 내 옆에만 있어."

희주는 대답 대신 그를 더 꼭 안았다. 그저 차마 다 하지 못한 자신의 진심을, 사랑을 이렇게라도 알아주길 바랐다. 지운 역시 그녀의 대답을 강요하진 않았다. 순간, 순간 내보이는 희주의 우울함과 불안함을 사랑 때문이라고 생각한 지운은 그저 옆에서 끊임없이 그녀를 사랑해 주는 것으로, 제가 믿음을 보여주는 것으로 최선을 다해 보기로 다짐했다.

"나 오늘까지 여기서 자고 가면 안 돼?"

"해외촬영 준비 때문에 나도 바쁘고 당신도 아까부터 자꾸 전화 오잖아요. 회사에 무슨 일 있는 거 아니에요?"

"우리 아버지야. 어제 우리의 데이트 파장이 이렇게 오는 거지. 결혼은 내가 책임질 테니까 당신 해외촬영 끝나고 들어오면 뵙자. 그것도 안 하면 나 정말 집에서 쫓겨나."

"알았어요."

"해외촬영 며칠이라고?"

"일주일이요."

"뭐가 그렇게 길어. 가지 말라고 하면 속 좁은 놈이라고 욕할 거지?"

"다음부턴 해외촬영 스케줄 피해 볼게요. 어서 가요."

"그래, 알았어."

그녀의 대답이 꽤 마음에 들었는지 흐뭇한 표정을 하고도 떠날 줄 모르는 지운을 결국 희주가 잡아끌어 차 있는 곳까지 왔다. 희주가 열어준 운전석으로 오르려는 지운의 손을 그녀가 덥석 잡았고 그가 의문을 안고 뒤돌자마자 희주의 입술이 그를 덮쳐왔다. 반사적으로 그녀의 허리를 안은 지운이 곧 그녀의 키스에 응답했고 부딪힌 두 입술이 서로를 잡아먹을 듯 강하게 얽혔다 떨어지길 여러 번 호흡이 어려울 정도로 길게 이어지던 키스가 결국 다른 사람의 기침 소리에 간신히 떨어졌다.

"더 있으면 나 못 가, 어서 올라가."

"조심해서, 조심해서 가요. 나 당분간 연락 못 받으니까 걱정하지 말고, 틈나는 대로 내가 연락할게요."

"알았어. 잊지 말고 연락 꼭 해."

"지운 씨, 감기 조심하고 너무 무리해서 일하지 말고 식사는 꼭꼭 잘 챙기고, 응?"

"이제 슬슬 잔소리 시작하는 거야? 좋은데? 이렇게 종종 잔소리해 주라."

희주는 고개를 끄덕여 대답을 하고 운전석에 오르는 그의 손을 아쉽게 놨다. 마지막 손가락이 아쉽게 스치고 결국 두 사람의 손이 떨어졌다. 이게 마지막일 텐데, 다시는 볼 수 없을 텐데, 절대 보내고 싶지 않은데…… 운전석 창문을 톡톡 두드리자 창문이 부드럽게 열렸고 지운에게 가깝게 다가간 희주가 고운 미소와 함께 자신의 마음을 솔직히 고백했다.

"지운 씨, 사랑해요."

"이러다 심장마비 걸리겠다. 나도 사랑해."

그녀의 뺨을 부드럽게 쓰다듬던 지운이 그녀의 입술에 가볍게 입맞춤을 남기고 아파트를 빠져나갔다. 그의 차가 완전히 안 보일 때까지 서 있던 희주의 눈에서 툭하고 굵은 눈물이 떨어졌다. 꺼이꺼이 올라오려는 울음을 이를 악물고 참으며 희주는 뻐근해져 오는 가슴 부근을 주먹으로 쳤다. 제발 이 슬픔이 내려가라고, 아프지 말자고, 그 사람을 욕심내지 말라고, 울 자격도 없다고 그렇게 제 가슴을 제 손으로 퍼렇게 멍을 들였다. 희주는 태어나 처음으로 춥다는 생각을 했던 것 같다.

사무실에 앉아 서류를 보다 날짜를 확인하는 지운의 눈초리가 사나웠다. 그녀와 헤어지고 닷새가 지났다. 첫날은 촬영 준비가 바쁘다고 짧게 통화를 했고 그 다음 날은 해외촬영 준비 때문에 회의 들어간다고 문자만 두어 개 왔었다. 그리고 그 다음 날은 비행기 탄다고 문자 온 게 전부고 그 후로는 잘 도착했다는 문자도 없이 잠수였다. 일이 바쁠 땐 종종 잠수 아닌 잠수를 탔던 적이 있어서 그럴 수도 있지 했지만 백화점에서 콘셉트 회의하러 온 은주를 우연히 만나면서 그의 평화로움은 완전 박살이 났다.

'해외촬영이요? 저희 실장님 요즘 회사 안 나오시는데. 무슨 일인지 본부장님도 모르세요? 제 전화도 안 받으시고 피가 바짝바짝 말라요.'

주변의 눈치를 보며 걱정이 가득한 은주의 말을 들으며 지운은 뒤통수를 얻어맞은 것 같은 충격을 받았다. 은주의 말에 대답도 못하고 사무실로 돌아와 꽤나 오랫동안 멍하니 앉아만 있었던 것 같다. 가슴 속 깊은 곳에서부터 분노가 피어올랐다. 결국 서희주는 사랑이라는 말로 자신을 속이고 떠나가 버렸다. 꽉 쥔 주먹으로 책상을 치려던 지운은 간신히 감정을 잠재우고 심호흡을 몇 번 했다. 부글부글 끓어올랐던 분노가 깊게 침전되며 더 깊은 분노의 뿌리가 내렸다.

"김 비서 내 방으로 들어오세요. 몰래 도망갈 정도로 내 옆이 싫었다면 넌 방법을 잘못 선택했어. 어떻게든 찾아 내 옆으로 데려다 놓을 테니까."

지운은 제 방으로 들어오는 비서에게 태어나 처음으로 사람의 뒷조사를 시켰다. 무슨 방법이든 동원해 그녀가 땅을 치고 후회하도록 해주겠다는 생각밖에는 없었다.

하루 종일 희주의 생각에 잡혀 자신이 뭘 했는지도 모를 시간을 보내고 회사를 나설 때였다. 대기하고 있는 차로 걸어가고 있는데 늘씬한 서양 미녀가 그의 앞을 가로막았다. 알지 못하는 사람이지만 요염한 웃음을 실실 흘리며 심상치 않은 눈길로 자신을 바라보는 게 그냥 온 것 같지는 않았다. 금발의 파란 눈, 한마디로 쭉쭉 빵빵한 몸매의 한 번 보면 잊지 못할 만큼 굉장한 이 미녀와의 연결고리를 열심히 찾아봤지만 분명히 아는 사람은 아니었고 자신을 바라보는 색기 가득한 눈빛과 헤퍼 보이는 미소에 거부감만 들었다. 거기다 죠세핀이 한 걸음 한 걸음 거리를 좁히고 다가올수록 아랫배의 따뜻한 기운이 모여들며 왼쪽 어깻죽지가 후끈거리기 시작했다. 지운은 그녀가 더 이상 다가올 수 없게 단호한 목소리와 엄격한 얼굴로 영어로 질문을 던졌다.

"저한테 볼 일이 있으신 겁니까?"

"후후, 강지운 씨 되시죠?"

"그렇습니다만, 누구십니까?"

"통성명은 천천히, 시간 되시면 나랑 술 한잔하시겠어요?"

죠세핀은 단단해 보이는 지운의 팔에 슬쩍 손을 올렸다. 흰칠하게 큰 키와 당당한 체격, 남자다움이 풍기는 잘생긴 얼굴의 지운은 한낱 데이워커인 희주의 운명의 상대로는 많이 아까웠다. 거기다 이 남자가 풍기는 심상치 않은 기운까지 지금이라도 확 꼬여버리고 싶을 만큼 매력적인 남자에게 자신의 아름다움을 최대한 어필하고 있는데 괘씸하게도 자신에게 넘어오기는커녕 팔에 얹은 손을 밀어내버렸다.

"그럴 일 없습니다."

예의 바르지만 여지를 두지 않은 남자는 두 말도 안고 뒤돌아서버렸고 자존심이 상한 죠세핀이 손톱을 세우다 얼른 감정을 다스리고 그가 멈출 수밖에 없는 이름을 꺼냈다.

"서희주, 찾고 있을 텐데."

아니나 다를까, 희주의 이름에 지운의 걸음이 딱 멈췄고 천천히 죠세핀을 향해 돌아선 그의 표정은 한층 더 무표정해져 있었다. 그녀를 보는 지운의 냉철한 분노가 가득한 눈길에 죠세핀의 얼굴에서도 웃음이 서서히 없어졌다. 웬만한 인간에게선 느낄 수 없는 무시무시한 기운이 그의 전신에서 뿜어져 나오고 있었다.

"서희주, 지금 어디 있나?"

"바로 알려주면 재미없지. 나도 대가는 받아야 하지 않겠어?"

"대가? 나는 상대가 되는 사람 하고만 거래를 해."

지운은 한껏 비웃는 얼굴로 죠세핀을 바라보다 바로 뒤돌아섰다. 희주의 이름이 거론됐다고 해도 느낌이 좋지 않은 처음 보는 사람에게 놀아날 생각은 전혀 없었다. 희주가 한국에 있다면 어떻게든 찾아낼 생각이고 내일까지 아무 소득이 없다면 크리스토퍼에게라도 연락을 해볼 참이었다.

"서희주는 누구 때문에 목숨까지 걸던데 그쪽은 서희주가 위험하든 말든 상관없나 봐? 관심 없으면 말고."

여유롭게 빈정대던 죠세핀의 목덜미가 무서운 기세로 다가온 지운에게 단번에 잡혔고 쉽게 뿌리칠 수 있을 거라고 생각했던 그의 손이 꿈쩍도 안 하자 당황한 죠세핀의 얼굴이 붉게 달아오르기 시작했다. 그러면서도 지운의 일갈에 여유를 잃지 않고 대꾸했다.

"다시 한 번 말해봐. 또 한 번 희주 목숨을 두고 가볍게 말해보라고. 당장 이 자리에서 죽여줄 테니까."

"당신, 살인까지 서슴지 않고 지키고 싶은 여자의 실체가 뭔지는 알아? 희주가 왜 그렇게 당신에게서 도망가려 했을까? 크리스토퍼는 과연 그녀의 대부가 맞을까? 희주의 엄마는 죽은 게 맞을까? 그녀가 당신에게 말한 것 중 진실은 얼마나 될까?"

죠세핀의 끝없는 질문에 지운의 손에서 힘이 빠졌고 목덜미에서 툭하고 떨어져 나갔다. 희주의 실체가 무엇인지 의심한 건 사실이지만 낯선 이에게 얘기할 이유는 없었고 그 외의 질문에 제대로 대답할 수 없었다. 지운의 낙담한 모습에 죠세핀은 아주 만족스러운 웃음을 지으며 구겨진 옷을 툭툭 털었다.

"모든 걸 알고 싶으면 내일 이곳으로 와. 시간은 지키는 게 좋을 거야. 조금만 늦어도 당신, 다시는 서희주를 볼 수 없을 테니까. 어쩜 그보다 더 소중한 존재 역시도."

제 손에 쥐어진 주소와 시간이 적힌 쪽지를 한없이 흔들리는 시선으로 보던 지운이 고개를 들어 죠세핀을 마주했다.

"희주는 무사한 건가?"

"아직까지는. 절대 늦지 마."

죠세핀은 예쁘게 눈웃음을 치며 팔랑팔랑 손을 흔들고 지운에게서 멀어졌다. 생각보다 강하긴 했지만 그 역시 감정에 휘둘리는 인간일 뿐이었다. 탐이 나긴 하지만 자신의 탐욕으로 지금 세워놓은 근사한 복수의 계획을 망칠 생각은 없었다.

"호호, 내일이면 넌 희주의 정체를 알게 될 거고, 알게 되는 그 순간 그녀의 먹이가 될 거야. 생각만 해도 너무 짜릿해."

어깨를 부르르 떨며 흥분을 표현한 죠세핀의 음산한 웃음이 밤거리에 퍼져 나갔다.

죠세핀이 알려준 별장 안으로 들어오는 희주는 의외로 담담해 보였다. 이곳에 오기 전까지는 많이 떨었는데 막상 눈앞의 일로 닥치니 생각보다 무섭지 않았고 후회되지도 않았다. 미리 예약되어 있는 병원으로 찾아가 주사 한 방 맞는 것처럼 덤덤했다. 그저 주변이 너무 많이 밝다는 생각을 하며 별장의 현관문을 열었던 것 같다.

"시간 약속은 잘 지키는구나."

"이제 뭘 어떻게 하면 되나요?"

"뭐가 그렇게 급해? 여기까지 오느라고 수고했는데 숨이라도 돌려. 인간으로 맛볼 수 있는 세상의 마지막 모습을 즐겨보라고. 참, 그 남자한테 연락은 했어? 마지막 전화 통화라도 하지 그랬어, 아니면 뜨거운 밤을 보내거나."

죠세핀은 빈정거리는 자신의 말에 아무 대꾸도 없이 힘없이 터덜터덜 걸어가 소파에 주저앉는 희주를 관찰했다. 별장에 들어오는 순간부터 조금 이상하다 싶었는데 그녀의 눈을 보고야 그 답을 알 수 있었다. 데이워커인 주제에 거슬릴 정도로 항상 반짝이고 생기로 가득했던 희주의 눈이 까맣게 죽어 있었다. 아무런 기대도, 희망도, 미래도 없이 까만 암흑과 막막함과 텅 빈 공허함만이 보였다.

'너도 드디어 아픔을 깨달았구나. 하지만 그거로는 충분하지 않지. 기대해라, 널 위해 준비한 나의 마지막 선물을.'

죠세핀은 죽은 식물처럼 우두커니 앉은 희주에게 자신만 아는 은밀한 미소를 지어보였다.

희주는 텅 빈 머리와 마음으로 멍하니 앉아 있었다. 지운을 마음에서 지워버린 그 순간부터 모든 것이 마치 꿈인 것처럼 자신이 살아 있는 것인지조차 의심이 들었다. 자유의지로 조절되지 않는 숨을 쉬는 일만 본능적으로 할 뿐 그 외에 어떤 것도 할 의지가 없었다. 하다못해 꿈에서라도 지운을 볼까 봐 잠 한숨 편히 자지 못했다. 그 와중에도 흡혈 욕구는 밀려왔고 아이를 핑계 대며 수혈팩을 마시는 자신이 너무나 비참해 많이도 울었었다. 지운이 없는 지금, 아이에 대한 감정은 하루에도 수십 번씩 바뀌었으며 지금은 그냥 무감각했다. 지운과 헤어지고 이곳에 온 모든 과정이 희주의 머릿속엔 남아 있지 않았다.

소파에 맥없이 기대앉아 있던 희주가 이곳에 오기 전 마지막으로 전화 통화를 시도했던 크리스토퍼를 떠올렸다. 그와 통화가 됐다면 좋았을 텐데, 희주가 창가에 서서 와인을 마시고 있는 죠세핀에게 말을 걸었다.

"내 아버지 지금 어디 있는지 알아요?"

아버지란 호칭에 죠세핀의 눈썹이 불쾌한 듯 산을 그리고 올라갔고 희주는 불쾌한 그 얼굴에도 별 반응 없이 그냥 바라만 보고 있었다. 죠세핀은 크리스토퍼를 아버지라고 부르는 희주의 뺨을 지금이라도 한 대 올려붙이고 싶었지만 뱀파이어가 된 그 후의 시간을 기약하며 간신히 참았다.

"나도 몰라."

"전화를 받지 않았어요. 목소리라도 들었으면 좋겠는데."

"설마, 이 계획을 말한 건 아니겠지?"

"말하지 않았어요."

"아주 멍청하진 않구나."

죠세핀의 말에 반응을 보이지 않은 희주가 자리에서 일어났다. 더 이상 이 시간을 버틸 힘도 없었고 기다릴 인내심도 남아 있지 않았다.

"이제 슬슬 시작해요. 기다리는 거 지루해."

"따라와."

"여기서 하는 거 아니에요?"

"특별한 의식이 있는 건 아니지만 네가 난동을 부려도 주변에서 알아차릴 수 없을 장소는 필요해."

죠세핀은 별장의 뒷문으로 나가 짙은 어둠 속 마당을 가로질러 건물의 지하로 내려갔다. 호수 앞 화려하게 지어진 별장의 일부분이라고 믿을 수 없을 만큼 지하실은 삭막했고 자잘한 소름이 돋을 만큼 냉기가 흘렀다.

"여기야. 들어가."

"이 쇠창살문은 뭐예요?"

"하나의 안전장치라고 해두자고. 얘기했잖아, 막 태어난 뱀파이어의 힘이 무척이나 강하고 얼마나 제어하기 힘든지. 너도 뱀파이어가 되면 피에 대한 갈증과 여러 가지 고통에 의해 날뛰게 될 테고 나 혼자 힘으론 제어하긴 벅찰 게 뻔하니까 이런 도움이라도 받아야지."

"이게 도움이 되겠어요?"

"걱정하지 마, 웬만한 톱이나 용접으로도 잘리지 않는 특수강이니까."

희주는 죠세핀을 따라 감옥처럼 보이는 공간으로 들어서며 잠시 주춤거렸다. 조도가 낮은 백열등만 매달려 있는 텅 빈 회색의 시멘트 공간, 끔찍한 뱀파이어로 변하는덴 영화에서처럼 화려한 의식보단 아무것도 없는 이 음습한 공간이 더 잘 어울릴 것 같긴 했다. 보기만 해도 소름이 돋는 이 공간에 죠세핀의 구두 소리만 크게 울렸다. 희주가 그 공간의 한가운데 서자 '철컥' 하는 쇠창살의 문이 닫히는 소리가 들리고 순식간에 죠세핀이 그녀의 뒤에 서 있었다. 희주가 살짝 겁을 먹고 급하게 뒤로 돌아서자 죠세핀이 날카로운 칼을 빙글빙글 돌리며 한 걸음 바짝 다가왔다.

"벌써부터 겁먹으면 곤란해. 아, 이 칼? 걱정하지 마, 너한테 쓸 거 아니니까. 지금 이 순간 너한테 필요한 건 바로 나야."

"당신, 이라고?"

"네가 뱀파이어가 되기 위해선 나의 독과 피가 필요하지. 내 독은 나한테 물리면 자연히 너한테 흘러가게 될 거고, 그 물린 자국에 내 피를 떨어뜨리면 되는 거지."

죠세핀의 번들거리는 시선이 희주의 목덜미에서 어깨를 거쳐 손으로 내려갔다.

'나는 가장 고통스러운 방법으로 널 뱀파이어로 만들 거야. 심장에서 가장 먼 곳으로부터 야금야금 아주 서서히 네 심장이 딱딱하게 멈출 때까지 넌 이 세상의 가장 끔찍한 고통을 온몸으로 맛보며 뱀파이어로 변해 갈 거다. 넌 너 자신을 죽이고 싶을 만큼 괴로울 거야.'

다 전하지 않는 말은 속으로 숨기며 죠세핀은 너무나 만족스러운 웃음을 만면에 지었다. 이제 곧 벌어질 일들을 생각하면 온몸의 저릿할 만큼 환희가 느껴졌다. 웃는 얼굴로 여유를 부리며 설명을 하던 죠세핀이 갑자기 말을 멈추며 바깥을 향해 신경을 곤두세웠다.

'드디어 강지운이 오는군. 아무튼 인간들이란, 죽을 자리인 줄도 모르고 제 발로 찾아오다니. 기대해라, 서희주. 널 위한 내 선물이다. 목숨까지 내놓으며 보호하려 했던 사람을 내 손을 찢어 죽이는 심정이 어떤지 느껴봐.'

지운이 이곳으로 오는 걸 느낀 죠세핀은 참을 수 없는 흥분으로 몸을 떨며 희주의 한쪽 손을 들어 올려 날카로운 칼끝으로 그녀의 손끝에서부터 손목을 향해 천천히 긁어 올렸다.

"드디어 시간이 됐어. 후회, 없는 거지?"

"시작해요."

"무슨 일이 있어도 이건 너의 선택이란 걸 잊지 마라."

희주는 조용히 고개를 한 번 끄덕이는 걸로 대답을 했다. 지운을 보호할 수 있다는 말에 한 선택이지만 후회가 없는 건 아니었다. 머릿속에 떠오른 지운의 얼굴에 꼭 주먹 쥔 순간 뱀파이어의 얼굴을 한 죠세핀이 사정없이 희주의 손목을 물어뜯었다.

"아앗!"

생각보다 큰 고통에 희주의 입에서 저절로 비명이 터져 나왔고 반사적으로 죠세핀에게 잡힌 팔을 빼냈다. 바닥으로 투두둑 떨어지는 피를 보며 자신의 손목을 잡았지만 칼로 손바닥을 그은 죠세핀이 그녀의 손목을 강제로 잡아 그 위로 자신의 피를 스며들게 했다.

후끈한 느낌에 팔을 잡아 빼 보려고 해도 어마어마한 힘으로 잡고 있는 죠세핀의 손을 뿌리칠 수 없었다. 희주의 손목에 떨어진 죠세핀의 피는 마치 살아 있는 독립된 생명체처럼 그녀의 핏줄 안으로 기어들었다. 마치 커다란 벌레처럼 핏줄을 타고 오를 때마다 툭툭 불거지고 주변의 모든 핏줄이 파랗게 돋아났다. 팔에서 시작된 고통은 온몸의 신경을 조각내고 태워버릴 듯 강했고 희주가 결국 무릎을 꿇고 바닥에 주저앉았다.

"으으윽, 너무, 너무 아파요."

"호호, 그 고통이 내 심장을 잡아먹을 때까지 참아야 한단다."

죠세핀은 고통에 몸부림치는 희주를 보며 큰 희열을 느꼈다. 그녀의 독과 피가 심장에 스며드는 시간을 줄이기 위해 죠세핀이 손목 대신 목을 물었다면 희주의 고통도 조금은 절감됐을 것이고 그 시간도 엄청 짧았을 것이다. 하지만 죠세핀은 경선에 대한 증오와 크리스토퍼에 대한 원망 때문에 희주에겐 가장 큰 괴로움과 아픔을 선사하고 싶었다.

죠세핀이 사나운 이빨을 드러내며 사악하게 웃고 있는데 지하실의 입구 문이 열리는 소리가 들렸고 갑작스러운 인기척에 뒤돌아섰을 때 그녀의 눈앞에 있으면 안 되는 사람이 서 있었다.

"크, 크리스토퍼."

"너, 너! 무슨 짓을 한 거야. 우리 희주에게 무슨 짓을 한 거야!"

깜짝 놀라 정신이 없는 죠세핀과 쇠창살을 붙잡고 이 지하실이 무너져라 소리치며 분노하는 크리스토퍼, 그 옆으로 또 한 명의 인영이 뛰어들었다.

"희주야, 서희주! 정신 차려!"

"……지운 씨……."

바닥에 쓰러져 고통으로 몸부림치고 있는 희주의 눈이 지운에게 가닿았다. 희주는 너무 큰 아픔에 환영을 본다고 생각했다. 자신을 향해 소리치며 팔을 내밀고 선 지운의 얼굴에 미소를 지을 수 있을 만큼 마음의 위안을 얻은 것도 잠시, 심장을 쪼갤 것 같은 고통에 몸을 뒤틀며 다시 큰 신음을 토해냈다.

"아아악!"

"희주야!"

"죠세핀, 이거 열어. 당장!"

창살을 잡아 흔들며 외치는 크리스토퍼의 고함에 정신을 차린 죠세핀은 팔짱을 끼며 여유를 부렸다. 자신 앞에서 처음으로 감정을 드러내는 그를 보는 게 너무나 기뻤고 자신이 그렇게 만들었다는데 짜릿한 희열마저 느꼈다.

"이걸 어쩌나 이미 늦어버렸는데. 저기 보이지? 내 피가 네 딸의 몸을, 생명을, 영혼을 죽이고 있는 모습이. 그리고 난 이 문을 열어줄 생각이 없어."

죠세핀은 문의 열쇠를 손가락에 걸어 빙빙 돌리며 희주를 가리고 있던 몸을 치우고 크리스토퍼에게 괴로워하는 그녀를 적나라하게 보여줬다. 크리스토퍼의 눈이 퍼렇게 변해가는 희주의 팔에 머무르다 서서히 죠세핀에게로 돌아갔다.

"당장, 이 문 열어. 지금이라도 이 문을 열면 목숨은 살려주지."

"어머, 무서워라. 날 죽이겠다고 협박하는 거야 지금? 우리 사이의 불문율이라도 깨려는 모양인데 만약 그렇게 한다며 너도 살아남을 수 없어."

죠세핀의 말에도 크리스토퍼는 아무 대답도 하지 않았다. 그저 고통스러워하는 희주의 모습만 눈에 가득 차 있었다. 그 모습에 빈정이 상한 죠세핀은 몸을 동그랗게 말고 아파하는 희주의 손을 뾰족한 구두 굽으로 밟아버렸다. 희주는 손바닥을 뚫고 들어올 것 같은 통증에도 몸만 조금 꿈틀거렸을 뿐이었다. 온몸의 뼈를 톱으로 갈아대는 것 같은 고통에 비하면 이 정도는 아무것도 아니었다.

"내가 이러는 건 전부 다 네 탓이야. 넌 그 여자를 사랑하면 안 되는 거였어. 넌 날 사랑하고 내 옆에서 내 애정을 구걸해야만 했다고. 지금도 넌 날 보고 있지 않잖아! 너도 나와 같은 고통을 느껴봐."

"죠세핀!"

"아아아악!"

죠세핀은 날카로운 손톱을 세워 이미 너덜너덜한 상처를 입은 희주의 팔을 향해 팔을 뻗었고 크리스토퍼는 그 모습을 보며 크게 포효했다. 죠세핀의 손톱이 희주의 상처를 헤집는 순간 크리스토퍼가 온몸을 날려 쇠창살에 부딪쳤고 그렇게 몇 번을 되풀이하자 단단해 보이기만 하던 창살이 엿가락처럼 휘어졌다. 조금의 틈이 생기자 재빨리 그 안으로 튀어든 크리스토퍼는 희주의 팔을 뜯어버릴 듯 잡고 있는 죠세핀의 목덜미를 잡아채 그대로 바닥으로 내팽개쳤다.

크리스토퍼의 뒤를 따라 들어온 지운은 바로 희주에게 뛰어가 그녀를 품에 안았다. 피가 홍건한 바닥에서 육탄전을 벌이고 있는 두 사람이 있었지만 그 난장판 안에서 그의 관심사는 오직 희주의 안위였다. 그의 품에 안긴 채 시체처럼 늘어져 의식이 없는 희주는 눈이 돌아가고 왼쪽 팔은 퍼렇게 색이 변해 썩어가는 시체 같았으며 어깨

밑에까지 팔의 모든 핏줄이 툭툭 불거지며 날뛰고 있었다.

"희, 희주야. 정신 차려봐. 눈을 떠서 날 보라고."

"왼팔 어깨를 묶어. 이 여자의 피가 심장으로 가게 하면 안 돼. 빨리!"

크리스토퍼의 말에 주변을 살피던 지운은 자신의 벨트를 풀어 그의 말대로 희주의 어깨를 피가 통하지 않을 정도로 꽉 묶었다. 그러자 서서히 위로 올라가던 움직임은 멈췄지만 핏줄들이 아까보다 더 심하게 제멋대로 날뛰며 터져버릴 부풀어 오르기 시작했다.

"핏줄이 터져버릴 것 같아요. 팔 전체가 이상해지고 있다고요."

"칼로 부풀어 오른 핏줄을 잘라. 핏줄을 따라 길게 절개해서 그 피들이 쏟아져 나오도록 해야 해. 이해했나?"

"알겠습니다."

지운이 바닥에 떨어진 칼을 집어 들었지만 자신의 손으로 희주에게 상처를 내는 건 쉽지 않았다. 지운이 잠시 망설이는 사이 맥이 뛰듯 어깨 바로 밑 벌떡거리던 핏줄은 점점 더 심하게 툭툭 불거졌고 팔 전체가 터질 듯 부풀어 올랐다.

"네 딸을 구하기엔 너무 늦었어. 이대로 놔둬야 목숨이라도 건질수 있을걸."

죠세핀의 말에 칼끝을 세우던 지운이 멈칫하며 크리스토퍼를 향해 의문의 눈길을 보냈다. 그 순간, 눈동자가 붉은색으로 변한 크리스토퍼가 망설임 없이 벽에 밀쳐 목을 조르고 있던 죠세핀의 왼쪽 팔을 몸에서 뜯어냈다.

"꺄아악!"

"희주를 살리고 싶으면 내 말을 들어!"

    지운은 죠세핀의 피가 회색 벽에 흩뿌려지는 걸 보며 몸서리를 쳤고 그녀의 피가 닿자 희주는 더 강한 고통을 호소했다. 지운은 자신은 보지도 않고 죠세핀을 응징하는 크리스토퍼의 말을 따르기 위해 희주를 바닥에 똑바로 눕히고 움직이지 못하게 그녀의 위로 올라 앉아 왼쪽 손을 제 무릎 밑에 넣어 고정했다. 그리고 큰 숨을 들이쉬고 가장 부풀어 오른 그녀의 핏줄을 칼로 찔렀다.

    "아읔!"

    "미안해, 희주야. 조금만, 조금만 참아."

    다른 상처를 입히지 않기 위해 고통에 몸을 뒤트는 희주를 꼭 잡고 그녀를 달래며 서서히 그 핏줄을 따라 칼을 움직였지만 당장이라도 피가 뿜어져 나올 거라는 지운의 예상과는 달리 칼자국을 따라 스미며 나오는 피의 양은 미미했다. 지운이 그녀의 손목까지 크리스토퍼가 하라는 대로 했지만 별 반응이 없었고 희주만 더 괴로워하게 됐다.

    "피가 나지 않아요. 당신 말대로 다 했는데 피가 나지 않는다고!"

    "이렇게 빨리 유착이 시작된 건가?"

    "내, 내가 방법이 없을 거라고 했잖아. 저건 바로 나의 피라고, 너를 뱀파이어로 만든 바로 그 피. 너도 알잖아, 내 피는 그 누구의 것보다 강하다는 걸 말이야."

    "닥쳐."

    여전히 입을 나불거리는 죠세핀의 목을 조금 더 강하게 누르며 크리스토퍼는 머리를 굴렸다. 희주의 몸에서 빨리 죠세핀의 피를 빼내지 않으면 이대로 뱀파이어로 변하거나 아니면 목숨이 위험해진다. 크리스토퍼는 팔 하나를 잃고도 웃고 있는 죠세핀의 얼굴을 보다 불현듯 예전에 희주가 했던 말을 떠올렸다.

'그 남자의 피를 마시면 아파요. 적정량을 넘기면 그렇게 되는데 마치 무슨 거부반응 같아요. 피가 날 밀어내는 느낌이랄까.'

크리스토퍼는 여전히 희주를 붙잡고 어쩔 줄 몰라 하는 지운에게 또 한 번 소리쳤다.

"네 피를 먹여, 어서."

"뭐라고요?"

"희주가 그랬어. 너의 피가 자신을 몰아내고 있는 것 같다고. 만약 그렇다면 네 피가 희주의 몸에서 이 여자의 피를 몰아낼 수 있을 거야."

"그거 확실한 겁니까?"

"……지금 확실한 건 아무것도 없어."

"그럼 당신은 희주의 목숨을 놓고 모험을 하자는 겁니까? 난 못합니다!"

"이런 식이면 희주가 뱀파이어가 되거나 더 심하면 죽을 수도 있어. 아무것도 안 해보고 희주를 죽이겠다는 거야?"

"하지만……."

"어서 해. 희주는 뱀파이어가 되자마자 죽으려 할 테니까. 희주는 흡혈을 하면서 살아가지 못해. 희주가 인간으로 남을 수 있는 마지막 기회야. 그러니까 어서 해."

지운이 여전히 망설이고 있는데 비웃음이 가득한 죠세핀의 목소리가 끼어들었다.

"인간, 이라고? 뱀파이어 혼혈이 언제부터 인간으로 불린 거야? 희주는 사람과 뱀파이어 사이에서 태어난 데이워커라고. 반만 인간

인 괴물이야. 그리고 여기서 잘못되면 희주는 물론 그 뱃속에 든 아이까지 죽을 텐데 그런 모험을 하려고?'

죠세핀의 말에 지운과 크리스토퍼의 행동이 일시에 멈췄다.

'만약 우리 아이가 생겼다면 어떨 것 같아요? 아이에게 해주고 싶은 말은 뭐예요?'

그래서 물어봤구나. 이미 아이를 가지고 있어서 물었구나, 아이까지 가진 몸으로 왜 이런 결정을 내린 것인지 지운은 무척이나 혼란스러웠다. 자신과 희주의 아이, 지운의 시선과 따뜻한 손길이 그녀의 아랫배에 머물렀다.

이 상황에서 먼저 정신을 차린 건 크리스토퍼였다. 희주가 잘못되면 아이도 무사할 수 없었다. 뱀파이어로 변화하는 과정에 아이의 안전을 장담할 수 없어 임산부를 뱀파이어로 만드는 건 그들도 무척이나 꺼리는 일인데, 크리스토퍼는 이런 일을 벌인 죠세핀이 정말 끔찍했다. 크리스토퍼는 죠세핀의 뺨을 강하게 치며 지운에게 소리쳤다.

"강지운, 지금은 희주를 먼저 생각해. 희주가 살아야 아이도 살아!"

크리스토퍼의 외침에 지운은 고개를 들어 그를 보다가 다시 희주에게로 시선을 돌렸다. 지운은 처연한 시선으로 고통에 몸부림치며 괴로워하는 희주의 얼굴과 제 손이 올라가 있는 아랫배를 번갈아 봤다.

'아가야, 건강하게 버텨라. 자신의 결정에 마음이 아플 네 엄마를 더 슬프게 하지 말자. 너는 내 아이다. 서희주, 넌 다시 내게 돌아와야 해, 반드시.'

지운은 온 마음을 다해 아이와 희주의 무사를 빌었고 그 순간 아랫배를 덮은 그의 손이 밝게 빛나며 그 빛이 점점 커져 두 사람을 온전히 감싸다가 순식간에 사라졌다. 생각지도 못한 상황에 놀란 크리스토퍼와 죠세핀이었고 마음을 정한 지운은 망설임 없이 손바닥을 그었다. 지운은 희주의 입을 억지로 벌려 자신의 피를 흘려 넣었다. 피를 마시지 못하고 있는 희주의 턱을 눌렀더니 몇 번인가 꾸르륵 소리가 나고 드디어 그녀가 피를 삼키기 시작했다. 그렇게 손바닥에 몇 번이나 상처를 내 피를 마시게 하는 사이 희주가 정신을 차렸다.

"희주야, 정신 들어? 나 보여?"

"다, 당신이 왜?"

"더 마셔야 해. 조금만 더, 어서."

의식이 완전하지 않은 상태에서도 희주는 힘겨운 손짓으로 그의 팔을 밀어냈고 지운은 그녀를 안아 억지로 그녀의 입에 자신의 손을 물렸다. 그렇게 지운의 강요로 억지로 피를 마시던 희주가 갑자기 온몸을 뒤틀기 시작했다.

"아악!"

"희주야."

"팔을 묶은 걸 풀어줘."

다시 시작된 희주의 몸부림과 함께 그녀의 핏줄을 따라 만들어 낸 칼자국으로 빠른 속도로 피가 배어 나오기 시작했고 크리스토퍼의 말에 따라 허리띠를 풀자 피가 분수처럼 솟아오르며 사방 벽을 물들였다.

"안 돼, 절대 안 돼!"

희주의 변화에 눈이 뒤집힌 죠세핀은 있는 힘을 다해 크리스토퍼를 밀어내고 그쪽으로 달려갔다. 바닥에 나동그라졌던 크리스토퍼가 죠세핀의 반응에 안도한 것도 잠시 그녀를 잡기 위해 뒤따랐지만 죠세핀의 손톱은 이미 희주의 바로 눈앞에 있었다.

"널 이렇게 놔주지 않아! 크리스토퍼, 너도 내가 당한 고통을 맛봐야 해."

"죠세핀!"

죠세핀의 날카로운 손톱이 희주의 목을 향해 날아드는 걸 보며 지운은 희주를 자신의 온몸으로 막았다. 죠세핀의 손톱이 그의 어깻죽지에 박히는 순간 벌떡 일어선 지운이 죠세핀의 손톱이 박힌 채로 그녀를 벽으로 밀어버렸다.

"으악!"

덕분에 그의 상처는 더 깊어졌지만 죠세핀도 적지 않은 충격을 받았다. 벽에 처박힌 죠세핀이 정신을 수습하기 전 지운이 그녀의 팔을 자신의 등에서 빼버리며 인간이라곤 믿을 수 없을 만큼 강한 힘으로 그녀를 던져버렸다.

"너 따위가 감히 누구에게 손을 대는 거냐!"

상상도 못한 반격에 고무공처럼 날아간 죠세핀은 머리가 어찔할 만큼의 고통을 느꼈고 구석에 처박힌 그녀를 들어 올린 것 역시 지운이었다. 죠세핀의 목을 잡고 공중으로 들어 올린 지운은 평소의 그가 아니었다. 눈동자는 갈색으로 밝게 빛났고 몸집은 두 배쯤 커진 것처럼 보였으며 바닥에는 그가 아닌 호랑이의 그림자가 드리워 있었다. 지운의 변화에 죠세핀도 크리스토퍼도 바짝 얼어 움직이지 못하고 있었다.

"너는 네 오만한 행동의 대가를 치러야 할 것이다."

"너, 너 정체가 뭐야? 이거 놔."

같은 뱀파이어 사이에서도 감히 대적할 상대가 없는 그녀였지만 지금 이 순간만큼은 인간인 지운의 손에 죽게 될까 봐 정말로 겁이 났다. 자신을 잡고 있는 손을 손톱으로 긁고 때리고 발버둥을 쳐봐도 지운은 꿈쩍도 안 하고 손아귀 힘이 점점 더 강해졌다.

"켁켁, 이거 놔. 제발 살려줘."

"세상을 어지럽게 하는 이족, 이젠 소멸할 때."

죠세핀은 머리를 터트릴 것 같이 웅웅 울리는 지운의 목소리에 귀를 막았지만 이미 귓속에서 피가 흘러나오고 있었다. 지금 지운은 인간이 아니었다. 희주와 아이의 위험에 완전히 폭주해 자신도 다스릴 수 없을 정도의 기운에 점점 잠식되어 가고 있었다.

'자신이 원하지 않는 각성을 한다면 지운은 없어지고 만다.'

지운의 폭주를 보며 강 장관의 말을 떠올린 희주가 죽은 것처럼 누워 있던 몸을 일으켰다. 한쪽 팔에선 피가 철철 흐르고 몸이 부서지는 것 같은 고통 속에서도 엉금엉금 기어 그에게로 다가가 그의 다리를 붙잡았지만 지운은 아무 반응이 없었다.

"지, 지운 씨. 지운 씨!"

희주는 자신에게 달려온 크리스토퍼의 도움으로 겨우 일어나 그의 허리에 매달리듯 안았다. 움직일 수 있는 오른팔을 들어 힘겹게 그의 심장 위에 올렸다.

"지운 씨, 나 괜찮아요. 그러니까 제발 그만 해. 나의 지운 씨로 돌아와요."

희주의 호소에 지운의 심장이 세 번 크게 울리며 눈동자가 제 색깔로 돌아왔고 그의 등 뒤에 있던 호랑이 그림자도 어느새 없어졌다. 다행이다 안심하는 동시에 지운의 손아귀에서 죠세핀이 바닥으로 툭 떨어졌다. 죠세핀은 자신의 목을 훑으며 캑캑 기침을 해댔고 정신을 차린 지운은 뒤로 돌아 바닥으로 넘어지는 희주를 받아 안았다.

"희주야, 괜찮아? 서희주."

"난 괜찮⋯⋯아요. 미안해요, 지운 씨. 내가 미안해⋯⋯."

"쉬, 쉬, 그만. 나중에, 나중에 이야기해."

지운이 희주에게 정신이 팔린 사이 조용하게 일어난 죠세핀이 슬금슬금 뒷걸음치며 그 자리를 떠나려고 했지만 매서운 눈의 크리스토퍼가 그 뒤를 막았다. 죠세핀은 등 뒤에 와 닿는 그의 어깨에 얼른 몸을 돌려 물러섰지만 지독할 정도로 무표정한 얼굴의 크리스토퍼가 그녀를 따라 움직였다.

"크, 크리스토퍼."

"너는 절대 건드리면 안 되는 걸 건드렸어."

"제, 제발 살려줘. 다시는 네 앞에 나타나지 않을 거야. 소멸되는 그 순간까지 소문 한 자락도 들리지 않게 할게."

"너무 늦었다. 나의 우유부단함이 일을 이렇게까지 만들었어. 네가 경선이를 괴롭혔을 때 망설임 없이 처리했어야 했는데."

벽을 등지고 더 이상 물러설 곳 없이 궁지로 몰린 죠세핀의 눈동자가 두려움으로 짙게 물들어 갔다. 그의 말대로 경선을 괴롭힐 때도 몇 번이나 마찰은 있었지만 크리스토퍼는 죠세핀이 도망가게 겁을 줬을망정 위협은 가하지 않았었다. 그게 두 사람 사이에 쌓인 애증의 시간이었다. 하지만 지금은 그때와 완전 다르다. 그녀에게 애정은 주지 못했지만 일종의 동료애와 미안함, 안타까움을 가지고 있던 그의 눈동자에 이젠 냉혹함만이 깃들어 있었다. 오늘이 자신의 마지막이 될 거라는 걸 직감한 죠세핀은 그를 말릴 수 있는 치졸한 마지막 카드를 꺼내 들었다.

"나, 날 죽이면 너도 무사할 수 없어. 같은 동족, 그들과 연결된 인연들까지 건드릴 수 없다는 우리들 사이의 불문율을 잊은 거야? 만약 날 죽이면 너 역시 죽는 순간까지 추적자들한테 쫓기며 편할 수 없어."

"나의 딸, 서희주를 위험으로 몰아넣는 순간 네가 그 규칙을 깬 거야."

"나는 단지 저 아이의 부탁을 들어주려 한 거야. 뱀파이어가 되길 원하건 저 아이였어."

"너, 저 아이가 임신한 거 알고 있었지? 임신한 상태에서 뱀파이어가 되면 아이가 위험할 수 있다고 경고는 한 거냐?"

크리스토퍼의 질문에 죠세핀은 대답하지 못했다. 이 일을 꾸미며 사실대로 말하지 않은 여러 가지 사실들 때문에 제대로 따지고 들면 크리스토퍼의 말대로 그녀가 먼저 불문율을 어긴 거였다. 하지만 저따위 계집애 하나 건드렸다고 목숨을 위협받는 건 죠세핀의 자존심으로 용납되지 않았다.

"그래서 날 죽이려고, 네가? 네 여자를 피가 마를 때까지 괴롭혀도 그냥 보고만 있던 네가? 넌 나 못 죽여. 그렇게 못 해. 날 여자로 사랑하진 않지만 가족으로는 사랑하니까."

"그건 바로 어제까지였다."

"너 때문이잖아! 내가 이렇게 변한 건 전부 날 사랑하지 않는 너 때문이야. 널 너무 사랑해 뱀파이어로 만든 내 마음을 무시한 건 너였어!"

"그랬기 때문에 널 사랑하지 못한 거야. 난 인간으로 태어나 인간으로 죽고 싶었어. 간절한 것도 없고 소중한 것도 없는 무한한 인생 따위 난 원하지 않았어. 내가 알던 모든 사람들이 사라지고 나 혼자 남아야 하는 외로움을 네가 알아?"

"내가 있었잖아. 그래서 네 옆엔 내가 항상 있었잖아. 그런 날 왜 봐주지 않은 거야?"

"내가 널 사랑했다면 넌 이미 날 떠났겠지. 넌 그런 여자니까. 가지지 못한 것에 욕심을 내지만 가지고 있는 걸 소중하게 여길 줄 모르잖아. 그래서 난 널 사랑할 수 없었다. 죠세핀, 이제 안녕."

"아, 안 돼! 안 돼! 살려줘! 살려……."

크리스토퍼는 살려달라고 발악하는 죠세핀의 심장에 순은으로 만든 단도를 꽂아 넣고 그녀의 머리를 몸에서 분리시켜버렸다. 머리가 바닥에 떨어져 데구루루 구르고 벌벌 떨리던 사지와 심장에서 흐르는 피도 어느새 멈추더니 손끝 발끝부터 푸슬푸슬 재로 변해 공중에 흩날렸다. 몇백 년을 유지하던 삶이 허무하게 흔적도 없이 사라져버렸다. 그 모습을 보던 크리스토퍼의 냉정한 표정도 무너졌고 아프고, 슬프고, 허무하고, 미안하고, 동족으로 가졌던 애정까지 복합한 감정이 떠오른 얼굴 위로 한 줄기의 굵은 눈물이 흘렀다.

"너의 영혼에 안식이 깃들길……."

그렇게 크리스토퍼가 죠세핀과 마지막 이별을 하는 동안 창고의 한쪽 구석에선 지운과 희주가 사투를 벌이고 있었다. 이젠 안심해도 되겠지 생각하던 순간 희주의 몸이 걷잡을 수 없을 만큼 떨려왔고 잠시 멈췄던 피가 분수를 이루며 팔에서 솟구쳤다. 온몸의 피가 다 빠져나가는 건 아닐까 할 정도로 창고의 사방 벽과 바닥에 큰 웅덩이를 이루고 나서야 서서히 피가 멈췄다. 지운의 피가 죠세핀의 피는 물론 희주의 피까지 그녀의 몸에서 밀어내 버린 것이다. 겨우 한시름 놓은 지운이 희주를 안고 긴 한숨을 내쉬었지만 너무 약한 호흡과 평상시보다 훨씬 서늘한 체온에 다시 긴장을 하고 말았다.

"희주야, 정신 차려봐. 서희주!"

"무슨 일이야?"

"몸이 너무 찹니다. 호흡도 너무 약하고 심장박동도 느려요."

"······일단 장소를 옮기는 게 좋겠어."

크리스토퍼의 미간에도 깊게 주름이 잡혔다. 희주에겐 변수가 너무 많았다. 인간이 아니라 데이워커라는 것, 뱀파이어가 되는 중간에 멈췄다는 것, 임신 중이었다는 것, 거기다 평범한 인간이 아닌 지운의 피까지 이 모든 게 어떻게 작용해 어떤 결과를 만들어 낼지 추측할 수도, 괜찮을 거라고 안도할 수도 없었다. 지운은 희주의 피가 만들어낸 커다란 피 웅덩이에서 눈을 떼지 못하고 크리스토퍼에게 질문을 했다.

"이렇게 피를 많이 흘렸는데 괜찮겠습니까?"

"지금 장담할 수 있는 건 아무것도 없어."

희망적이지 못한 대답에 지운은 제 코트를 벗어 희주를 감싸 품에 안았다. 그녀의 안위를 장담할 수 없는 지금 할 수 있는 일이 없다는 게 그를 또 한 번 좌절하게 만들었다. 대신 안겠다는 크리스토퍼의 청도 무시하고 그녀를 안아 별장으로 가며 제발 그녀가 무사하기를 빌고 또 빌었다.

별장으로 돌아와 침대에 그녀를 눕히고 이불을 덮어주다 벌겋게 벌어진 상처를 보는 지운의 미간이 심하게 구겨졌다. 칼자국도 그렇지만 뼈가 보일 만큼 심하게 물어뜯긴 손목 상처에는 쉽게 손도 댈 수 없었다. 희주 옆에 앉아 있던 지운은 자리에서 일어나 뒤에 선 크리스토퍼를 향해 돌아섰다.

"병원에 안 가도 되는 겁니까? 이 상처, 너무 심합니다."

"지금 병원에 가면 더 곤란해질 걸세. 호흡, 맥박, 체온 희주는 지금 정상인 게 아무것도 없으니까, 저런 증상에 제대로 대처할 수 있는 의사가 있기는 할까?"

크리스토퍼의 대답에 지운이 답답하다는 듯 긴 한숨을 토하며 이마를 문질렀다. 이런 상황에서 정작 지운은 그녀에게 뭐가 필요한지도 정확히 몰랐다.

"지금 당장 희주에게 필요한 건 뭡니까?"

크리스토퍼는 한참 지운을 바라보다 침대에 누운 희주에게로 시선을 돌리며 참담한 목소리로 대답을 했다.

"피. 싱싱하고 건강한 피."

"그럼 사람이라도 잡아와야 하는 겁니까?"

"뭐? 나보다 더한 인간도 있군. 수혈팩을 가지고 올 거야. 조금만 기다리게."

"수혈팩? 그거로 되는 겁니까?"

"아쉬운 대로 응급처치는 될 테니까."

"이곳에 희주가 입을만한 옷과 구급상자가 있습니까?"

크리스토퍼는 턱으로 침실 안 드레스 룸을 가리켰고 그곳으로 가던 지운이 다시 인상을 쓰며 질문을 던졌다.

"설마 그 여자가 입었던 옷입니까?"

"내 아내의 소지품이네. 생전에 쓰던 것들도 있고 그녀가 생각날 때마다 해주지 못한 것들을 이곳에 사서 나르곤 했지. 새 물건도 많으니까 필요한 것을 가져와."

지운은 애틋한 여운이 느껴지는 크리스토퍼의 목소리를 들으며 드레스 룸으로 들어갔다. 깨끗하게 정리된 곳에서 편하게 보이는 면 파자마 세트와 한쪽에 놓여 있는 구급상자를 가지고 나왔다. 자신에게 달라고 손을 내미는 크리스토퍼를 무시하고 희주 옆에 걸터앉으며 상처 드레싱을 시작했다.

"제 여잡니다. 제가 돌봅니다. 옷을 갈아 입혀야 하니 잠시 자리 좀 피해주십시오."

아버지인 자신을 밀어내는 그의 말에 어이가 없었지만 크리스토퍼는 아무 말 안고 돌아서다 상처를 입은 그의 등을 보게 됐다.

"자네 등도 치료가 필요할 것 같군. 일이 다 끝나면 나오게."

문 닫히는 소리에 희주의 셔츠 단추를 풀던 지운이 침대 옆에 털썩 주저앉았다. 그녀의 옷을 갈아입히는 손이 잘게 떨리고 있었다. 창백하게 핏기를 잃고 시체처럼 누워 있는 희주도 방금 전 자신이 보고 겪은 일 모두 다 꿈만 같았다. 제 앞에 있는 희주가 꿈이 아니라는 걸 확인이라도 하듯 지운이 떨리는 손을 겨우 움직여 죽은 듯 누워 있는 그녀의 손을 잡았다.

'인간과 뱀파이어의 혼혈인 데이워커.'

희주를 물끄러미 보는 지운의 머릿속으로 죠세핀의 목소리가 맴돌았다.

'그래서 서희주가 인간이 아니면 네 사랑도 끝인 거냐? 너 이 여자 포기하고 다시는 안 보고 살 수 있어?'

'……아니, 서희주는 그냥 서희주지. 내가 죽어도 포기 안 하고 계

속 사랑할 여자.'

그의 바뀌지 않은 결심을 힐책하듯 왼쪽 어깨와 단전이 뜨거워지며 고통을 야기했지만 무시했다. 희주를 향한 그의 뜻은 확실했고 이따위 고통으로 꺾을 수 있는 의지가 아니었다. 지운은 점점 더 강해지는 고통과 힘겨루기를 하는 내내 아무 내색 없이 희주의 손만 꼭 잡고 있었다. 아찔한 통증을 남기고 고통이 사라지고 긴 한숨을 토해낸 후에야 지운은 이마에 송골송골 맺혀 있는 땀을 닦아냈다. 한결 마음이 가벼워진 지운은 의식 없이 누워 있는 희주의 머리를 쓰다듬었다.

"서희주, 널 사랑해. 은연중에 난 이미 네가 평범한 인간이 아닐 거란 생각을 했었던 것 같아. 난 네가 인간이라서 사랑하는 게 아니야. 네가 데이워커라는 걸 아는 지금도 난 널 사랑해. 그러니까 인간이 아니라서 나한테 도망친 거라면 이제 그만 둬. 빨리 일어나. 우리 아이…… 태명도 지어줘야지."

지운은 자신의 진심을 알아주길 바라며 그녀의 이마에 길게 입을 맞췄고 그 순간 그의 말을 알아들은 것처럼 희주가 힘겹게 눈을 떴다.

"희주야, 정신이 들어? 나 누군지 알아보겠어?"

"미안, 해요. 정말 미안해……."

"괜찮아. 너만 괜찮으면 다 괜찮아."

"……사랑, 해요. 지운 씨, 사랑……."

"희주야, 서희주! 희주야, 정신 차려!"

정신을 차린 희주가 고마운 것도 잠시였다. 눈물을 가득 담고 지운을 보던 희주가 그의 품에서 맥을 놓고 더 이상 숨을 쉬지 않았다.

"서희주, 이러지 마, 너 나한테 이러지 마."

지운의 고함에 방으로 들어온 크리스토퍼는 정신을 잃은 희주에게 응급처치를 하고 있는 지운을 보고 얼른 그 옆으로 뛰어가 그녀의 맥을 짚었지만 아무것도 느낄 수 없었다.

지운은 희주의 의식을 돌아오게 하기 위해 노력했다. 심장을 압박하고 차가운 입술을 맞대고 숨을 밀어 넣고, 또 심장을 압박하고 하지만 한 번 멈춘 그녀의 심장을 쉽게 돌아오지 않았다. 똑같은 행동을 반복하고 반복해도 희주의 잠은 점점 더 깊어져만 가는 것 같았고 그녀를 영원히 잃어버릴지도 모른다는 불안감에 심장을 압박하는 지운의 손에 점점 더 힘이 실렸다.

"그만, 그만둬. 이미 늦었어."

"이렇게 안 보내. 절대 안 보내. 너 못 죽어!"

거의 발악에 가까운 지운의 목소리와 그녀의 심장을 내려치는 손길과 그걸 말리는 크리스토퍼의 팔이 엉켜들며 난장판을 만드는 순간 '컥' 하며 희주의 숨이 돌아왔다. 두 남자의 동작이 일시에 멈추고 간절한 시선 속에서 희주의 눈이 어렵게 떠졌다.

"희, 희주야. 내가 보여? 내가 누군지 알겠어?"

단번에 희주를 품에 안은 지운이 간절하게 말했지만 그녀의 초점 없는 붉은 눈동자는 그를 알아보지 못하고 있었다. 희주의 상태가 정상이 아니라는 걸 알아차린 크리스토퍼가 그녀를 지운에게서 떼어내려 했지만 이미 늦었다.

"하아, 목 말라."

살아남기 위해 인간은 감추고 뱀파이어의 본성만 남은 희주는 피에 대한 갈증으로 지운을 향해 본능을 드러내 보였고 지운은 서슴없이 자신의 목을 내주었다. 희주의 이가 목에 박히며 만든 아찔한 통증에 순간적으로 어찔하며 몸이 휘청거렸지만 지운은 더 단단히 희주를 안으며 침대맡에 몸을 기댔다.

"자네 무슨 짓이야. 자네 피는……"

"괜찮을 겁니다. 제가 알아요. 지금 희주는 피가 필요하잖습니까."

희주를 떼어내는 크리스토퍼의 손을 잡아 내리며 지운은 힘없이 웃어보였다. 뭐 때문인지는 모르겠지만 의식이 희미해지고 있었다. 그러면서 생각했다. 그녀만 만나고 나면 여지없이 깊은 잠에서 깨어나던 자신을 말이다. 희주에게 피를 빼앗기는 지운의 뒤로 아무도 모르게 진한 호랑이의 그림자가 생겼다가 사라졌다.

"헉!"

숨을 들이쉬며 눈을 뜬 지운이 급하게 움직이다 밀려드는 어지러움에 머리를 집고 숨을 고르고 있는데 조용한 문소리와 함께 크리스토퍼가 방으로 들어섰다.

"벌써 일어났나?"

"희주는요?"

인상을 잔뜩 찡그린 얼굴로 희주를 찾는 지운을 향해 크리스토퍼가 턱짓을 해보였고 그를 따라 내린 시선에 그림처럼 잠들어 있는 희주가 보였다. 지운은 얼른 그녀의 목덜미에 손을 대보고 왼팔에 상처를 확인했다.

"후우, 다행이다. 맥도 정상이고 상처도 많이 회복이 됐네요."

"그래, 희주는 다행히 안정적인 상태야. 그나저나 자네는 괜찮은가? 생각보다 많은 피를 빼앗겼는데."

"그렇습니까? 근데 뭔가 걱정이 있으신 거 같습니다만."

"희주, 수혈이 안 돼?"

"그게 무슨……."

"종현이가 수혈팩을 가지고 왔는데 더 이상 피가 들어가지 않아."

"혹시, 제 피 때문일까요?"

대답이 없는 크리스토퍼의 얼굴이 많이 어두웠다. 죠세핀의 피를 몰아내기 위해 지운의 피를 억지로 먹게 했을 때 희주는 생각보다 너무 많은 피를 잃었다. 잃은 만큼 지운의 피가 그녀의 몸을 채운 것 같은데 그것이 생각지도 못한 결과로 돌아온 것이다. 희주가 회복되기 위해선 피가 절대적인데 의식이 없는 지금 구강투여도 할 수 없어 막막했다.

지운은 제 옆에 죽은 듯 누워 있는 희주의 머리를 쓰다듬었다. 자신으로 인해 그녀가 또 한 번 위태로운 위험에 처했다고 생각하니 눈앞이 캄캄했다.

"희주야, 제발……."

지운이 애잔한 눈빛으로 희주를 바라보고 있을 때 문이 벌컥 열리며 잔뜩 성이 난 종현이 방 안으로 뛰어들었다.

"당신 때문이야. 당신 때문에 희주가 이런 말도 안 되는 선택을 했고 당신 때문에 또다시 죽을 위기에 처했어. 당신만 아니면, 당신이 아니라 나한테 왔다면……."

"목숨을 걸고 지키고 싶을 만큼 희주가 사랑하는 건 납니다. 우리는 서로가 서로에게 그런 존재입니다. 당신이 끼어들 틈은 없습니다."

가슴을 내려치는 종현의 거친 말을 지운은 담담하게 맞받아쳤다.

종현은 목숨이 위태로운 희주 앞에서도 잘난 척하는 지운의 말에 더 이상 주체할 수 없을 정도로 화가 났다. 이성을 완전히 잃은 종현은 침대에 앉은 지운의 멱살을 잡아 일으켜 얼굴에 주먹을 날려버렸다. 바닥에 주저앉은 지운의 멱살을 다시 잡고 주먹을 들어 올린 종현은 벌겋게 충혈된 눈으로 무섭게 그를 쪼아봤다.

"그래서 사랑하는 여자의 목숨을 위험하게 만든 걸 자랑이라도 할 참이야? 당신 때문에 희주가 죽으면 어떻게 할 건데."

"희주, 죽지 않아."

"네가 어떻게 알아? 간신히 숨만 붙어서 피도 못 받고 저러고 있는데……."

"절대, 죽지 않아! 희주의 죽음을 기정사실화하고 있는 건 당신이야."

"……."

"희주가 없으면 살지 못할 나니까, 그걸 아는 희주니까 나 혼자 두고 죽지 않아."

제 눈을 바라보며 흔들림 없는 지운의 말에 종현의 주먹이 툭 떨어졌다. 죽음을 목전에 둔 희주를 알면서도 무모할 정도의 믿음을 가진 지운에게 더 이상 반박할 말이 없었다. 그런 지운 앞에서 희주가 죽을 걸 기정사실로 받아들였던 자신이 한없이 초라해졌다. 힘이 쭉 빠진 종현이 지운의 멱살을 놓고 자리에서 일어나자 지운이 그를 따라 일어났다.

"당신이 희주를 얼마나 사랑하고 있는지 알고 있습니다. 내가 아니었다면 어쩌면 희주는 당신을 선택했을지도 모르죠. 하지만 희주는 하나밖에 없는 내 사랑입니다. 당신의 마음을 폄하할 생각은 없지만 희주는 이미 내 여잡니다."

종현은 숙이고 있던 고개를 들어 지운을 바라봤다. 그의 사랑까지 인정해버린 지운 앞에서 종현은 더 이상 할 말이 없었다.

"희주는…… 잘 부탁합니다."

종현은 하고 싶은 말을 꾹 삼키고 뒤돌아섰다. 오래된 자신의 사랑을 한없이 초라하게 만드는 지운을 등진 종현의 눈에서 굵은 눈물이 툭하고 떨어졌다. 이젠 정말로 희주를 사랑하는 자신의 마음을 놔버려야 할 때라는 걸 깨달았다.

두 사내의 기싸움에 지쳐버린 크리스토퍼는 긴 한숨을 토해내는 지운을 데리고 방을 나갔다. 크리스토퍼는 힘이 쭉 빠져 앉은 그의 앞에 위스키 한 잔을 놓아줬다. 희주는 반드시 살아날 거라고 했던 지운의 말과 믿음에 아버지인 그조차 말을 잃었다. 어쩌면 그의 강한 믿음이 약하게나마 희주의 목숨을 연명시키고 있는 건 아닌가 하는 생각까지 들었다.

"한 잔 하게. 긴장을 좀 풀어."

"하아, 무슨 일이 벌어진 건지 잘 모르겠습니다."

"그래, 너무 많은 일이 일어났지. 나한테 궁금한 게 많을 텐데."

"아무것도요. 지금은 희주 생각밖에 할 수 없습니다. 혹시 희주가 자신이 제 피를 마신 걸 알고 있습니까?"

"모를 거야. 내가 떼어놓자마자 바로 정신을 잃었거든."

"다행이군요."

"이 상황에도 희주 걱정뿐이라니, 자네 참 지독하군. 데이워커에게 홀려 운명의 상대가 된 사람치곤 그 사랑이 참 지독해."

크리스토퍼의 말에 피식 웃음을 흘린 지운이 양주잔을 집어 들었다. 그녀에게 홀렸다라…… 그 말에 처음 클럽에서 그녀를 만났던 때가 생각났다.

"어쩌면 처음엔 그랬을지도 모르겠습니다만 지금은 제가 희주를 잡고 있으니 그 말이 맞지 않는 것 같습니다. 희주 역시 저에겐 하나밖에 없는 운명의 상대니까요."

"자네의 그 모든 감정이나 생각이 희주가 만들어 낸 것일 수도 있지 않나?"

"한 사람을 향한 끊임없는 갈증과 사랑이 누구에 의해서 만들어질 수 있는 걸까요? 저는 사랑과 환상을 구분 못할 정도로 바보는 아닙니다."

올곧은 지운의 시선이 크리스토퍼를 향했고 그 시선을 마주하던 그가 결국 미소를 지었다. 희주에 대한 사랑을 말이 부족해 온몸으로 표현하는 저 사내에게 더 이상의 확인은 무의미했다. 크리스토퍼는 기분 좋게 그에게 손을 내밀었고 지운도 웃음으로 그 손을 잡았다.

"우리 희주 눈에서 눈물 빼면 가만히 안 둘 줄 알아."

"걱정 마십시오. 제 여자 우는 건 제가 용납 못 합니다."

악수로 하나가 된 두 사람은 잠시간 긴장감을 잊고 편안하게 웃었다. 술잔을 비운 지운은 자리에서 일어났다. 희주가 의식을 잃고 있는 지금 자신까지 맥을 놓고 있으면 그녀를 지킬 사람은 아무도 없다. 그녀를 지키기 위해서라도 정신을 차리고 버텨야 했다.

"저는 샤워를 좀 하고 오겠습니다. 이 몰골로는 희주 옆에 있기가 그러네요."

크리스토퍼는 지운의 말에 이미 준비하고 있던 옷을 건네줬고 그

걸 받은 지운이 얼른 욕실로 들어갔다. 거울에 비친 자신의 모습에 지운의 입에서 어이없는 한숨이 터져 나왔다.

"끔찍하군."

옷은 물론 얼굴까지 얼룩덜룩 피가 튀어 있었고 안색까지 창백해 봐주기 힘들 정도였다. 보기 싫은 셔츠를 벗어내던 지운이 갑작스러운 통증에 인상을 쓰고 자신의 왼편 어깻죽지를 확인했다. 피가 얼룩진 깊게 팬 상처, 상처를 보고 나서야 잊어버리고 있었던 죠세핀과의 대치 상황을 떠올렸다. 그 상황이 분명하게 기억나지 않았는데 확실한 건 죠세핀이 달려들었을 때 어깨는 물론 아랫배까지 뜨거워지며 자신을 아프게 하던 예의 그 기운이 자신을 봉인하며 지배했다는 거였다. 그건 희주와 관계됐을 때와는 비교할 수 없을 정도로 강했는데 제 의지와 상관없이 누군가에게 휘둘렸던 건 다시는 겪고 싶지 않은 일이었다. 다시 거울을 향해 돌아선 지운은 자신의 눈을 똑바로 보며 그 누군가에게 다짐하듯 말했다.

"나 강지운이야. 아무도 날 지배할 수 없다."

혼잣말처럼 뇌까린 지운은 서둘러 샤워를 마치고 욕실을 나왔다.

심각한 얼굴로 알아듣지 못하는 언어로 전화 통화를 하던 크리스토퍼가 거실로 나온 지운을 발견하고는 서둘러 전화를 끊었다.

"무슨 일 있으십니까?"

"죠세핀 때문에. 얼른 수습하지 않으면 희주까지 위험해질 수 있으니까."

"그럼 바로 출국하셔야겠군요."

"그전에 할 말이 있네. 희주가 왜 이런 일을 벌인 건지 자네도 알아야겠지."

크리스토퍼가 담담하게 자신의 이야기를 꺼내 놨다. 자신이 뱀파이어라는 사실부터 시작해 오늘 벌어진 일까지 차근차근 말해줬다. 이야기를 듣는 중간 중간 지운은 화가 나기도 했고, 안타깝기도 했고, 자신의 무능함을 탓하게 되기도 했다.

"바보 같은 서희주. 이 모든 게 날 살리기 위한 일이었다면 결정을 하기 전 나에게 말을 했어야 합니다. 날 사랑한다면 어떻게든 같이 살 생각을 했어야죠."

"데이워커라는 사실도 모르는데 애초에 의논은 불가능했어. 그날 자네가 교통사고를 당하지 않았다면 얘기가 달라질 수도 있었겠지."

"날 여기까지 불러준 죠세핀에게 고마워해야겠군요."

"뱀파이어가 된 희주의 첫 번째 희생자로 자네를 선택한 게 죠세핀의 일생일대의 가장 큰 실수가 됐군."

말에 가벼운 농담을 담았던 크리스토퍼가 지운이 어깨에 손을 올렸다. 다시 의식이 돌아온다고 해도 희주가 지운 옆에서 행복해질 수 있다는 보장이 없었다. 희주 스스로가 지운의 사랑을 믿고 받아들이지 않는 한 희주는 그의 옆에서 벗어나려 할 것이고 또 어리석은 선택을 할 수도 있다.

"부탁이 있네. 희주가 자네 사랑을 믿도록 해줘. 살아남아서 다행이구나, 아내로서 엄마로서 내가 온전히 지켜주지 못한 내 아내의 몫까지 행복하게 만들어줘. 염치없는 걸 알지만 희주의 아버지로서 진심으로 부탁하네."

"최선을 다할 겁니다. 저를 위해, 또 우리의 아이를 위해 가장 소중하게 여겨야 하는 것이 바로 자기 자신이라는 걸 깨닫게 해줄 겁니다."

크리스토퍼는 믿음직스러운 지운의 대답에 안도의 미소를 지으며 그의 어깨를 툭툭 두어 번 쳤다. 지운은 크리스토퍼가 떠나기 전 확인하고 싶은 게 하나 있었다.

"앞으로 희주에게 어떤 일들이 일어날까요?"

"너무 많은 변수가 있어서 어떤 영향을 미칠지는 나도 잘 모르겠어. 특히 자네의 피가 어떤 작용을 할지 짐작이 안 돼. 반신반의했는데 그 호랑이 어쩌고 한 이야기가 사실이었군."

지운은 멋쩍어하며 머리를 벅벅 긁었다. 자신에게 나타나는 변화는 확실했지만 할아버지에게 들은 동화 같은 이야기가 전부라 크리스토퍼가 이해하도록 설명하는 건 어려웠다.

"저도 잘은 모릅니다. 그저 할아버지께 저희 조상들이 호랑이를 숭상하고 그 피가 저희 가문 남자들에게 흐른다고 말씀해주신 게 답니다. 요즘 들어 변화를 겪고 있긴 하지만 제가 원한 것이 아니라 저역시 좀 혼란스럽습니다."

호랑이라, 늑대인간은 익숙하지만 호랑이는 처음 들어보는 이야기라 크리스토퍼도 아는 게 없어 난감했다. 거기다 그의 피와 기운은 확실히 희주에게 적대적이었다. 희주뿐만 아니라 지운에게 해를 끼치는 모든 존재를 적으로 가정하는 것 같은데 그렇다면 앞으로 희주에게 어떤 영향을 끼칠지 알 수 없어 불안했다.

"나도 좀 알아봐야겠군. 자네의 피나 그 기운이 희주에게 호의적이니 않은 건 분명하니까."

"저도 할아버지께 다시 물어보겠습니다."

"그러는 게 좋겠어. 난 바로 출국해야겠네. 자네는 어쩌겠나?"

"저도 서울로 돌아가 봐야겠습니다. 희주를 돌보기엔 제집이 제일 안전할 것 같습니다."

"영국에 도착하는 데로 도와줄 사람을 보내지. 우리 희주 잘 부탁하네."

"뭐라도 아시게 되면 연락 주십시오."

크리스토퍼는 정신을 잃고 있는 희주가 무사하길 기원하며 그녀의 머리를 조심스럽게 쓰다듬어준 후 별장을 떠났고 지운도 더 이상 그곳에 머물지 않고 서울로 향했다. 두 남자는 희주의 무사함을 바라며 각자의 목적지를 향했다.

7장.

오늘도 정시에 퇴근한 지운은 서둘러 집으로 돌아왔다. 그는 오늘 장기 휴가서를 내고 온 참이었다. 그룹 총수인 외삼촌에게 불려가 사장 취임을 앞두고 뭐 하는 짓이냐며 호통도 들었지만 못마땅하시면 사직 처리하라고 내질러버렸다. 요즘 지금 그의 머릿속엔 희주 말고는 아무것도 없었다. 책상에 앉아 일할 때도 업무로 미팅을 할 때도 집에 누워 있는 희주 생각뿐이었다.

벌써 서울로 돌아오고 며칠이나 지났지만 희주는 무슨 이유에서인지 도통 깨어나지 못하고 있었다. 꼭 동면을 하는 곰처럼 호흡수도 줄었고 심장박동도 늦추고 살아 있다는 생체신호는 있는데 도통 살아 있는 사람 같지가 않았다. 수혈도 할 수 없는 지금 수액과 영양제 주사로 하루 하루 연명하고는 있지만 이런 상태로 얼마나 견딜 수 있을지 피 마르는 하루하루가 지나가고 있었다.

현관을 보고 큰 숨을 들이쉰 지운은 희주를 의식해 얼굴 가득한 근심을 지우고 현관문을 열었다. 그가 집으로 들어가자 크리스토퍼의 소개로 희주를 돌보기 위해 온 헬렌이 희주 대신 그를 반겼다.

"오셨습니까?"

"희주는요?"

지운의 질문에 애석한 표정을 지은 헬렌은 고개를 가로저어 별반 다를 게 없는 그녀의 상태를 알렸고 약간의 희망을 안고 집으로 돌아왔던 지운은 낙심했지만 금세 마음을 다잡고 방으로 들어갔다. 지운은 은은한 조명이 켜진 방으로 들어가며 희주에게 인사부터 했다.

"희주야, 나 왔다. 오늘 하루도 잘 지냈어?"

지운은 침대에 누워 있는 희주의 입술에 가볍게 입맞춤을 하고 손을 잡았다. 체온이라도 좀 돌아왔으면 좋겠는데 섬뜩할 정도로 차가운 기운이 전달되는 희주의 손을 꼭 잡으며 살짝 어깨를 떤 지운이 푸근하게 미소 지었다.

"나는 오늘도 잘 지냈어. 밥도 잘 먹었고, 네 당부대로 사람들 만날 때 인상도 안 썼어. 참, 나 내일부터 휴가야. 입사하고 지금까지 제대로 휴가 받은 적 없거든. 한꺼번에 몰아 달라고 억지 좀 썼지. 가서 옷 갈아입고 샤워하고 올게."

지운은 희주의 손등에 입을 맞추고 드레스 룸으로 들어갔다. 희주가 깨어 있었다면 자신의 말에 종알종알 대꾸도 해주고 옷도 받아 걸어주고 따뜻하게 수고했다고 안아도 줬을 텐데. 희주의 생각으로 한없이 무기력해지려는 지운은 옷을 벗는 손을 느리게 만드는 쓸데없는 생각을 지우고 얼른 욕실로 들어가 샤워를 하고 희주 옆으로 파고들었다. 저녁도 먹어야 하고 내일 아침까지 마무리해서 넘겨줘야 할 서류도 있었지만 지금은 희주 옆에 누워 휴식을 취하고 싶었다. 지운은 똑바로 누운 희주의 목 밑으로 팔을 넣어 당겨 안고 하루 종일 누워 있던 희주의 등을 천천히 쓰다듬었다.

"이렇게 누워만 있으면 지루하지 않아? 이것 봐, 등뼈도 다 만져진다. 살이 더 빠진 것 같아. 하긴, 뭘 먹어야 살이 붙어 있지. 희주야……네 목소리 듣고 싶다."

물기가 느껴지는 목소리로 그녀의 이름을 부른 지운이 그녀의 목덜미에 얼굴을 묻고 눈을 감았다. 고작 며칠이었다. 그녀가 의식이 없는 고작 며칠이지만 굳건히 버텨야 할 마음이 자꾸 무너져 내리려 했다.

'내가 견뎌야 해. 희주를 지키려면 내가 견뎌야 해.'

다짐에 다짐을 한 지운 역시 숨을 죽이고 의식 없는 희주 옆에서 죽은 듯 잠이 들었다.

그렇게 회사를 쉬면서 사람들과 교류도 없이 시간은 잘도 흘렀다. 다행히 희주의 상태는 나빠지지 않았고 그 와중에도 뱃속의 아이는 그녀의 건강과 상관없이 잘 자라고 있었다. 의식이 없어도 아이 때문에 자신의 상태를 유지하고 있는 것 같은데 그나마 감사했다.

"희주야, 이제 슬슬 봄이 오려나 봐, 바람에서 봄 냄새가 난다. 조금 있으면 봄꽃들이 피겠어. 우리 구경 가기로 했는데……."

지운은 환기를 시키기 위해 창문을 활짝 여는 것으로 하루를 시작했다. 샤워하러 가기 전 희주의 전신을 마사지해 혈액 순환을 돕고 혹시라도 욕창이 생길까 봐 자세도 바꿔주고 기분 전환하라고 옷도 갈아입혔다. 그 모든 과정을 대화와 함께했다. 비록 대답은 없지만 희주가 자신의 말을 듣고 있을 거라고 믿었다.

"알아, 분홍색 안 좋아하는 거. 그래도 입어. 너 분홍색 입으면 얼마나 귀여운지 모르지? 집만 아기자기 꾸미지 말고 너도 좀 그렇게 꾸며봐. 싫으면 네 손으로 직접 하든가."

옷을 입히면서도 지운은 쉬지 않고 희주에게 말을 걸었고 그렇게 한바탕 혼자만의 애정놀음을 한 후 샤워를 하고 나와 아침을 먹었다. 희주 때문에 낙심한 사람치고 식사는 잘했는데 그것은 순전히 자신의 힘으로 희주를 돌보기 위한 고육지책일 뿐이었다. 헬렌은 밥을 먹는 게 아니라 의무적으로 떠 넣는다고 표현하는 게 좋은 지운을 위해 소화하기 편한 음식을 준비했고 그녀의 수고에 고맙다는 말을 잊지 않는 지운이었다. 헬렌은 그저 침대에 누워 있는 희주만큼 위태로워 보이는 지운에게 큰일이 닥치기 전에 어서 희주가 일어나 주기만을 바랐다.

아침식사가 끝나면 지운은 방으로 들어가 희주 옆에서 하루 종일 시간을 보냈다. 같이 음악을 듣고 책도 읽어주고 오후 시간이 되면 그녀를 안고 나와 거실을 30분쯤 서성이며 창문 밖으로 펼쳐진 풍경을 보여주기도 했다.

"오늘은 무슨 책 읽을까? 그러고 보니 당신이 무슨 장르의 책을 좋아하는지 모르는구나. 흐음, 은주 씨한테 물어보고 싶은데 당신 이야기 추궁할까 봐 전화도 못 하겠어. 회사 일 때문에 고생하는 것 같더라. 요즘은 네 소식 없냐고 은주 씨가 나한테 전화를 한다. 내 책들은 거의 다 딱딱한 것들이라 너 재미없을 텐데, 내일이라도 읽을 만한 것 좀 주문해야겠다."

침대에 앉아서 그녀의 머리를 쓰다듬으며 이야기를 하고 있는데 헬렌이 급하게 그를 찾았다. 그녀와 둘이 있을 때 웬만하면 방해를 하지 않는데 무슨 일인가 하고 거실로 나가니 성이 잔뜩 난 혜정이 현관문을 열며 들어오고 있었다.

"너 뭐 하는 자식…… 이분은 누구시니?"

현관에서 신발을 벗으며 성을 내던 혜정은 헬렌을 보며 말을 멈췄고 지운의 고갯짓에 헬렌은 혜정에게 목례를 하고 자신이 지내는 방으로 들어가버렸다.

"누구야? 집 안에 들일 만큼 중요한 여자야?"

"집안일 해주시는 분이에요. 어머니는 여기까지 무슨 일이세요?"

"무슨 일? 무슨 일? 너 지금 그걸 질문이라고 해? 회사에 휴가원 냈다는데 이유도 모른다지 전화는 받지도 않지 네 외삼촌이 지금 얼마나 길길이 뛰고 있는지 알기나 해?"

"죄송합니다, 어머니."

"죄송으로 해결될 문제 아니다. 이유, 설명해."

지운은 허리에 손을 올리고 똑 부러지게 말하는 혜정을 보며 깊은 한숨을 내쉬었다. 어지간한 일에는 성질을 내지 않는 혜정이지만 한 번 화가 나면 부친도 말릴 수 없을 정도로 차갑고 무서운 분이시다. 혜정이 이렇게까지 나오면 솔직하게 모든 걸 말하고 이해를 받는 방법밖에 없었다. 혜정의 얼굴을 한참 바라보던 지운은 자신의 침실문을 활짝 열었다.

"침실 뭐, 침실에 꿀단지라도 숨겨 놓고…… 쟤 희주니? 희주 왜 저러고 있니? 자는 거니? 어머, 의식이 없네. 사고 났어? 다친 거야? 뭐 때문에 이런 건지 말을 해봐."

"저 때문이에요. 저 대신 다쳤어요, 저 구하겠다고."

"뭐? 언제? 너 사고 났었단 말 없었잖아."

"말씀드릴 정신도 없었어요. 사고 이후 계속 저 상태거든요."

"세상에."

지운의 설명에 힘이 탁 풀린 혜정이 그의 부축을 받으며 침대 옆 안락의자에 앉았다. 무엇보다 자신의 일에 열심이고 책임감도 강한 지운이 회사 일까지 내팽개쳤을 때 보통 일이 아닐 거라고 생각은 했지만 그게 희주와 관련이 있을 거라고는 짐작 못 했다. 한 달 안에 소개시킨다고 하고는 연락도 없이 떼먹었다고 길길이 뛰는 남편을 자신이 해결하겠다고 간신히 다독여놨는데 맞닥뜨린 게 의식 없는 희주라니, 혜정은 이 상황이 너무 당혹스러웠다.

"자세히 좀 설명해봐. 상태는 얼마나 안 좋은데? 지금이라도 병원 으로……."

지운은 희주 걱정에 강박적으로 말을 쏟아내는 혜정의 손을 잡고 한쪽 무릎을 굽히고 앉았다.

"어머니, 할 수 있는 건 다 했어요. 이미 검사들도 다 했고 병원에 서도 영양제를 놔주는 것밖에는 할 게 없대요. 이유도 모르겠다고 하고 해결책도 없이 하루가 멀다고 검사만 해대는데 여기저기 끌려다니고 피 뽑아가고 저 그거 싫어요. 제가 돌보고 싶어요. 이틀에 한 번씩 의사가 집으로 와서 이상 없나 확인해요."

"……희주 부모님께서는?"

"안 계세요. 아버지는 어릴 때 어머니는 희주 23살 때 돌아가셨어요."

"첩첩산중이구나."

기가 막힌 혜정은 깊이 주름진 이마를 손으로 문질렀다. 당장이라도 결혼을 할 것처럼 서둘던 지운이 갑자기 말이 없어져 그저 둘 사이에 문제가 있나 보다 했는데 너무나 큰일이 벌어져 있어 그녀로서도 도저히 어디서부터 해결을 해야 할지 막막했다. 아니, 해결할 방법은 있는 것인지 그것도 의문이었다. 겨우 자식 둘, 이제 다 키워놨고 좋은 소식만 기다리면 되는구나 안심하고 있었는데 요즘 벌어지는 일들은 그녀를 너무 힘들게 했다.

'지운이 결혼은 좀 더 시간을 두고 생각하는 게 좋겠구나. 결혼은 서로에게 긍정적인 영향을 미쳐야 하는데 그 두 아이는 잘 모르겠다.'

지운의 병원에 다녀온 후 희주와의 결혼을 은근히 반대를 하던 강 장관의 말이 불현듯 생각났다. 원래 말씀이 귀하신 분이 가끔 한마디씩 하시는 말씀이 예언처럼 들어맞을 때가 있어서 온 집안이 강 장관의 말에는 귀를 기울였다. 저 말도 혹시 이런 일이 있을 줄 알고 하긴 건 아닌가 하는 생각이 들었다.

"할아버지가 너희 두 사람 관계 못마땅해 하시는 거 알고 있었니?"

"짐작은 하고 있었어요. 뭐라고 하셨는데요?"

"네 병원에 다녀오신 후 너희 두 사람이 서로에게 좋은 영향을 미칠지 의문이라고 하시면서 결혼은 생각 좀 해보자고 하시더라."

강 장관의 말에 자리에서 일어난 지운이 미간을 찌푸리고 희주를 바라봤다. 강 장관과 무슨 말을 했냐고 물을 때마다 말을 돌리더니, 바보 같은 여자. 할아버지가 그렇게 말을 했다면 희주와 자신의 결혼은 결코 쉽지 않을 거였다. 지운은 아무 말 없이 혜정을 일으켜 희주에게 가까이 데리고 가 그녀의 아랫배에 손을 올리게 했다.

"애, 왜 이래? 희주가 불쾌해…… 이거 뭐니? 희주, 임신했니?"

"제 아이예요. 본인은 하루가 다르게 말라가는데 아이는 너무 잘 자라요. 의식이 없으면서도 아이는 지키는 여자예요. 저 이 여자 못 버려요. 이번만큼은 할아버지께서 반대하셔도 따르지 못합니다."

표정은 엄격하지만 짙은 슬픔이 낀 눈을 한 지운의 얼굴과 핏줄이 터질 듯 희주의 손을 꼭 잡은 손을 번갈아 보던 혜정은 입을 다물었다. 지금 여기서 자신이 뭐라고 떠들어도 지운의 귀에는 들리지 않을 것이고 그의 의지도 꺾을 수 없을 것이다. 모든 걸 체념한 혜정은 아무 일도 없었던 것처럼 침착했다.

"아이는 경사스러운 일이 맞는데…… 희주가 이러고 누워 있으니 할 말이 없구나."

"곧 일어날 겁니다. 아이를 위해서도 그럴 거예요. 자신의 아이를 엄마 없이 외롭게 자라게 하지 않을 테니까요."

"그래, 그래야지. 자고로 엄마라면 그래야지. 희주야, 힘을 내렴. 여기 널 기다리는 사람들이 많단다."

혜정은 안색이 파리하게 질려 누워 있는 희주의 머리를 쓰다듬으며 애정을 담아 이야기했다. 자식을 키우는 엄마로서 임신을 하고 아이를 출산해본 여자로서 희주가 어서 의식을 회복하고 사람들에게 축복받으며 아이와 함께 이 시간을 즐길 수 있길 진심으로 바랐다.

"엄마 갈게. 희주 잘 돌봐주고 필요한 거 있으면 언제든지 얘기해."

"그럴게요. 어머니, 감사합니다."

혜정은 코가 석 자나 빠져 있는 아들의 어깨를 툭툭 쳐주며 집을 나섰다. 삐딱선 타고 있는 아들 녀석 신나게 혼내 주려 왔다가 희주라는 짐까지 얻어 마음이 무거워졌다. 역시 인생은 숨겨진 복병이 어디서 튀어나올지 모르는 미지의 연속이었다.

또다시 무채색의 공간이다. 백호를 만났던 그 공간에서 답답함을 느낀 지운은 주변을 돌아봤다. 자신이 또다시 이곳에 왔다는 건 분명 이유가 있을 것이다.

"날 또 왜 부른 거지? 어서 나와 보라고!"

목청껏 소리쳐 봐도 제 목소리만 웅웅 울려 되돌아왔고 주변을 감싼 안개는 지난번보다 훨씬 더 진했다. 빨리 이곳에서 벗어나고 싶은 마음에 빠른 속도로 발걸음을 옮기는데 멀리 까만 점처럼 공중에 붕 떠있는 물체가 보였다. 자신 이외에 다른 무엇인가 있다는 것만으로도 반가운 지운은 그것이 무엇인지 알기 위해 미간을 좁히고 속도를 더해 뛰어갔다. 뛰는 속도보다 훨씬 느리게 커져가는 물체, 숨이 찰 만큼 한참을 뛴 후에야 그것이 무엇인지 알 수 있었다.

"희주? 서희주? 희주야!"

희주였다. 투명한 구체에 갇혀 무릎에 머리를 묻고 맥없이 앉아 있었다. 눈을 뜨고 앉아 있는 모습이 너무 반가워 목이 터져라 그녀를 불렀지만 희주는 아무것도 못 듣는 사람처럼 눈 하나 끔벅 않고 똑같은 자세로 앉아만 있었다.

"희주야, 날 봐. 나 여기 있어. 서희주!"

너무 멀어서 못 듣는 건 아닌가, 아님 목소리가 너무 작은 건가, 별별 생각을 다 하며 그녀에게 조금 더 가까워지기 위해 열심히 노력했다. 그가 백 미터를 달리면 겨우 일 미터가 가까워졌을까 말까 할 정도로 그녀와의 거리는 좀처럼 좁혀지지 않았지만 지운은 계속 달렸다. 이유는 모르겠지만 여기서 포기해 버리면 더 이상 그녀를 깨울 기회가 없을 것 같았다. 긴 시간이 흐른 후 드디어 자신의 부름이 그녀에게 닿은 듯 희주가 서서히 고개를 들었다.

"희주야!"

그녀의 반응에 두 사람의 거리를 확 가까워졌고 반가운 마음에 단번에 그녀에게 다가들려는 지운의 앞을 막은 건 지난번 그 백호였다. 갑작스러운 백호의 등장에 지운은 발걸음을 멈출 수밖에 없었고 어서 희주에게 가고 싶은 마음에 그의 눈에서 냉기가 피어올랐다.

"비켜라, 미물."

'인간, 나에게 명령을 하는가?'

지운은 머릿속을 울리는 비웃음 가득한 목소리에 백호와 마주섰다. 그 안에서 자신의 힘을 키우려는 존재, 죠세핀과의 대결 때 자신을 지배하고 조정하던 힘을 떠올렸다. 그의 생각을 읽었는지 백호가 거만한 자세로 그에게 한 걸음 다가왔다.

'맞다, 내가 널 보호했던 바로 그 힘의 원천이자 널 지배할 수 있는 유일한 존재.'

"날 지배한다고?"

'너의 조상은 우릴 숭상했고 우리를 위해 기꺼이 제 핏줄을 희생했지. 너희는 우리가 필요할 땐 언제든 그 육신을 취할 수 있는 하부적인 존재일 뿐.'

지운은 자신을 무시하고 제 집안을 무시하는 백호의 말에 기분이 상했다. 단순히 기분뿐만 아니라 자존심이 상하며 지금까지 긍지를 가지고 지켰던 자존감이 뿌리째 흔들렸다. 독기가 오른 지운의 두 눈이 백호를 향했고 백호는 가소롭다는 듯 그런 지운을 비웃었다.

'인간, 지금은 나에게 순종할 때. 네 힘을 받아 강해져야 네 길을 지킬 수 있다. 인간도 아닌 저 하찮은 존재 따위 하나도 중요하지 않아.'

"아니, 나에게 가장 중요한 건 바로 희주다."

'나와 하나가 된다면 넌 그 누구보다 강한 우두머리가 될 수 있다. 최고가 될 수 있는 기회를 어리석은 감정으로 놓치지 마라.'

"하나를 가지면 하나를 잃어야 한다는 걸 안다. 내가 지금 원하는 건 희주뿐, 그 대가로 잃어야 할 것이 있다면 그렇게 할 것이다."

제 뜻을 굽히지 않은 지운에게 화가 난 듯 백호가 이빨을 드러내고 으르렁거렸다. 당장이라도 달려들 듯 몸을 낮추고 공격 자세를 취했지만 지운은 하나도 겁나지 않았다. 다만, 그 너머에 있는 희주의 안위만 걱정될 뿐이었다. 지운의 시선이 머무는 곳을 본 백호가 비릿하게 웃더니 공격의 대상을 지운에서 희주로 바꿨다. 단번에 몸의 방향을 희주 쪽으로 튼 백호가 아까와는 비교가 안 될 정도로 큰 포효를 하며 자신의 위용을 자랑했고 다급해진 지운이 튕기듯 자리를 박차고 나가 백호 앞을 막아섰다.

'인간, 네가 나의 상대가 될 것 같은가. 내 앞발에 갈기갈기 찢어지기 싫다면 당장 비켜라.'

"현신할 수 있는 인간 없인 너 역시 무용지물. 내 것을 지킬 필요가 있을 때 인간은 가장 강해진다. 희주를 지킬 수 없는 힘 따위 필요 없다."

지운 역시 만만치 않은 기세로 백호와 맞섰다. 백호를 이길 자신 따위 없었지만 희주만은 보호하고 싶었고 그것이 불가능하다면 최소한 마지막이라도 같이 하고 싶었다. 눈을 빛내고 털을 잔뜩 세운 백호가 드디어 자리를 박차고 뛰어올랐고 맞서는 지운의 입에서도 큰 고함이 터져 나왔다.

'인간, 잊지 마라. 너의 일부는 이미 나의 것이라는 걸.'

"너의 꼭두각시 노릇 따위 하지 않는다!"

"지운 씨!"

그렇게 백호, 지운, 희주의 목소리가 하나로 얽히며 백호가 날아오르는 것으로 지운은 잠에서 깨어났고 그의 온몸은 땀으로 흠뻑 젖어 있었다. 꿈에서 깬 것이 맞는지 헷갈릴 정도로 방금 전 꿈의 여운은 길었고 지운의 호흡은 거칠고 불안하기 짝이 없었다. 지운은 본능적으로 제 품에 안겨 있는 희주를 확인했고 무사한 그녀의 얼굴을 보며 비로소 안도의 숨을 내쉴 수 있었다. 지운은 떨리는 손으로 그녀를 안으며 눈을 감았다. 꿈의 마지막, 어딘가에 갇혀 있는 것 같았던 그녀는 자신을 불렀고 마치 구원해 달라는 듯 그를 향해 두 팔을 내밀었었다. 지운은 그제야 자신의 기운이 그녀의 상태에 영향을 미친 것일지도 모른다는 생각이 들었다. 그녀와의 관계를 계속해서 방해했던 힘과 백호, 제 피를 취한 희주, 그걸 그를 향한 공격으로 본 힘이 희주를 봉인한 것인지도 모른다. 한참 눈을 감고 희주를 품에 안은 채 생각에 생각을 거듭하던 지운이 자리에서 일어났다.

"조금만 기다리고 있어. 가서 해결하고 올게. 나 오면 그땐 웃는 얼굴로 반겨 주는 거다. 서희주, 사랑해."

희주에게 짧지만 강한 입맞춤을 남긴 지운이 외출을 서둘렀다. 샤워를 하며 아직도 뜨뜻하게 온기가 느껴지는 자신의 단전을 바라봤다.

"웃기는 소리. 인간이 얼마나 예측불허의 존재인지 확실하게 깨달게 해주마. 나는 나일 뿐 그 누구의 대용품은 되지 않아."

각오를 다진 지운은 집을 나서 성북동 본가로 향했다.

갑작스러운 지운의 등장에 아침식사를 위해 모였던 식구들 모두
어리둥절했지만 강 장관은 이럴 줄 알았다는 듯 거실에 올라서는 그
를 보자마자 자리에서 일어나 별채로 향했다. 지운은 잔뜩 궁금해 하
는 부모님께 인사를 하고 얼른 그 뒤를 따랐고 강 장관의 서재에 마
주앉았다. 지운은 강 장관 뒤에 걸려 있는 족자 속 백호와 눈싸움이
라도 하듯 사나운 눈빛으로 한참을 바라보다 강 장관에게로 시선을
돌렸다.

"할아버지, 제게 깃든 이 기운 어떻게 없앨 수 있습니까?"

"뭐라고?"

"저는 백호 따위의 꼭두각시로 살 생각 없습니다."

"말조심해라."

"할아버지와 저희 조상의 삶을 존경하긴 하지만 저는 그렇게 살고
싶지 않습니다. 이 기운이 얼마나 대단한지 모르겠지만 제 사람 하나
도 못 지킨다면 저에게는 소용없습니다."

"큰일을 이루기 위해서 작은 손실은 어쩔 수 없는 것이다."

강 장관의 말에 반발심이 치솟은 지운의 눈빛이 날카로워졌다.

"그래서 할아버지께서는 할머니를 잃으시고 혼자 계시는 지금 만
족하십니까?"

뜻밖의 말에 강 장관의 얼굴에 슬픔이 잔뜩 끼어들었지만 목소리
만큼은 의지가 굳건했다.

"내 의지였고 난 후회하지 않는다. 내 의무이자 권리였다."

"네, 할아버지의 의지셨지 저는 아닙니다."

지운은 제 의지를 확실히 밝혔다. 본인의 일 때문에 사랑하는 아내를 잃으신 후 할아버지가 마음 편히 웃는 모습 한 번 보지 못했다. 할아버지의 업적, 사회에 대한 공헌, 이타적인 삶, 모든 걸 존경하지만 희주를 잃고 할아버지처럼 살고 싶은 마음은 전혀 없었다. 강 장관은 굳건한 의지로 앉아 있는 지운을 보며 그를 설득하기 위해 애썼다.

"······너는 우리 가문의 장자다. 네 욕심으로 책임을 회피하지 마라."

"하운이도 있습니다. 저희 쌍둥이가 똑같은 점을 가지고 태어난 것도 다 이유가 있겠지요."

"강지운!"

"이번엔 제 뜻 굽히지 않습니다. 희주, 제 여잡니다. 제 아이까지 가진 제 여자라고요. 제가 원한 것도 아닌 것으로 그녀를 잃고 싶지 않습니다. 잃지 않겠습니다!"

각자의 뜻을 굽히지 않는 강 장관과 지운의 대치가 팽팽했다. 강 장관은 자신이 선택한 이 길에 자부심이 있었다. 법무부장관이 되기 전까지 법을 지키는 일선에서 최선을 다하며 자신의 힘 덕분에 수많은 어려운 사건들을 해결해가며 사람들을 돕고 이 세상을 살기 좋은 곳으로 만드는데 일조했다는데 보람을 느꼈었다. 물론 자신 때문에 아내가 사고를 당하고 가족들이 위험을 겪을 때마다 마음이 아프고 후회도 됐지만 그때로 돌아간다고 해도 똑같은 선택을 할 것이다.

그래서 똑같은 점을 가진 쌍둥이들이 태어났을 때 걱정만큼이나 더 큰 일을 할 수 있을지도 모른다는 기대가 있었다. 특히 장자인 지운은 비상한 머리만큼이나 의지도 강하고 뚝심도 있고 저절로 고개를 숙이게 하는 리더십도 있어 자신의 뒤를 이어주길 은근 바랐다. 하지만 지운은 법조계 대신 외가外家의 가업인 경영에 참여하길 원했고 외인 기질이 강한 하운이 검사가 되는 것으로 가문의 업業을 이었다. 아쉬운 대로 둘 중 하나라도 가업을 이었으니 됐다 생각했는데 역시나 백호의 기운은 지운에게 강하게 나타났고 고달파질 삶에 안쓰럽기도 했지만 자신의 뒤를 이어 더 나은 수호자가 되어주길 바랐다. 그런데 여자 하나 때문에 그 모든 걸 포기하겠다니 강 장관 입장에선 청천벽력 같은 말이었다.

"모든 걸 포기하겠다는 이유가 고작 여자 하나라니 어찌 이리 어리석어?"

"고작 여자 하나 아닙니다. 저를 위해 자기 죽는 것 따위는 상관없는 그런 사람입니다."

"사람? 그 아이가 온전한 인간이 아니라는 건 너도 느꼈겠지? 아니냐? 그런데도 그런 아이 때문에 네가 가진 그 소중한 걸……."

"혹시 희주에게도 그런 말씀 하셨습니까?"

"……."

"그 사람에게 잊지 못할 상처를 주신 겁니다. 할아버지, 저는 그녀가 사람이라 사랑하는 게 아닙니다. 어떤 존재이건 저한테 중요하지 않습니다. 그저 서희주, 하나면 되는 겁니다."

"인간이 아닌 그 아이에게서 네 자손을 보겠다는 거야? 누구에게도 보일 수 없는 흉한 존재이면 어쩔 거냐? 난 용납 못 한다."

"어른들께 실망을 드리는 점 정말 죄송합니다. 하지만 할아버지,

제가 세상의 눈 때문에 제 사람을, 제 아이를 포기하는 비겁한 사람이길 바라십니까? 할아버지께서 그러셨지요, 세상에 이유 없이 일어나는 일 없다고. 희주와 제가 만난 것도, 또 제 아이가 그녀의 몸을 빌려 태어나는 것도 다 이유가 있을 겁니다."

강 장관의 시름이 깊어졌다. 두 사람에게 상처가 될 말을 하면서까지 반대했던 그의 마음이 지운의 사랑과 진심 앞에서 약해지고 있었다. 그렇다고 녀석 뜻대로 하라고 허락할 수도 없는데, 강 장관이 고민하고 있는데 구원타자가 등장했다.

"할아버지, 하운입니다. 들어가겠습니다."

지운만큼이나 핼쑥한 모습인 하운은 심각한 표정으로 강 장관과 마주 앉았다. 한동안 침묵을 지키던 하운이 드디어 결심을 굳혔는지 크게 숨을 들이쉰 후 입을 열었다.

"형이 포기하겠다는 그 힘 저에게 주십시오."

"하운아, 그리 간단한 일이 아니다. 그건……."

"라단이가 사라졌습니다. 최선을 다해 봤지만 제 힘으로는 찾을 방법이 없습니다. 제게도 어느 정도는 있는 힘입니다. 할아버지, 도와주십시오."

하운이 무릎을 꿇고 머리를 조아렸고 옆에 앉았던 지운도 바로 따라 했다. 강 장관의 입에서 길고 질긴 한숨이 터져 나왔다. 한 놈은 여자 때문에 힘을 버리겠다고 하고 또 한 놈은 여자 때문에 힘이 필요하다고 했다. 강 장관은 눈을 감았다. 저 아이들이 쌍둥이로 태어난 것도, 비슷한 시기에 평범하지 않은 두 여자를 만난 것도, 같은 시간에 같은 이유로 엇갈린 선택을 한 것도 모두 저 아이들의 운명일까 생각했다.

'결국 이 아이들을 말릴 방법은 없단 말인가?'

　한동안 깊은 생각에 잠겼던 강 장관이 결심을 굳힌 듯 눈을 뜨고 여전히 제 앞에 무릎을 꿇고 있는 쌍둥이들을 향해 입을 열었다.

　"둘 다 목욕하고 깨끗한 옷으로 갈아입은 후 이곳으로 건너와라. 사당으로 가자."

　강 장관의 대답에 지운과 하운은 벅찬 표정으로 고개를 들었고 재빨리 일어나 방을 빠져나갔다. 심각한 와중에도 입가의 미소를 지우지 못하고 나가는 손자들의 모습을 보며 다소간 마음을 다스린 강 장관의 얼굴에 씁쓸한 미소가 걸렸다.

　강 장관은 두 손자를 데리고 집 안의 가장 구석진 곳, 조상들의 위패를 모신 사당으로 향했다. 이 집은 조상 대대로 내려온 종가였고 어마어마했던 한옥의 일부는 살기 편하게 증축을 했지만 그가 지내고 있는 별채와 이 사당만큼은 수리와 보수를 하며 몇백 년 전 지은 그대로 유지했다.

　사당에도 조상의 위패 뒤로 아주 오래되고 큰 백호 족자가 걸려 있었는데 그 족자를 보던 지운이 훅 하고 숨을 들이쉬었다. 보는 순간 그 족자 속 백호와 꿈속 백호가 같다는 걸 알았다. 꿈속, 모골을 송연하게 만들었던 흉포한 지배자였던 백호를 떠올리자 등골로 싸늘한 기운이 타고 흘렀다. 자신의 뜻대로 여기까지 밀고 왔지만 당장이라도 족자를 박차고 나와 자신을 찢어발길 것 같은 날카로운 발톱과 집어삼킬 것 같은 입, 형형하게 빛나는 것 같은 눈까지 그 앞에서 오금이 저렸다. 백호가 두려운 건 하운도 마찬가지였는데 과연 자신이 저 백호의 기운을 잘 감당하고 지배당하는 자가 아닌 지배하는 자가 될 수 있을지 갑자기 자신이 없어졌다. 하운의 눈이 갈등으로 흔들릴 때 지운이 그의 손을 슬쩍 잡았다.

"하운아, 우린 지켜야 할 사람들이 있고 그들 앞에서 나약해지지 말자. 그리고 절대 저 백호 앞에서 물러나지 마라. 널 집어삼키게 두지 마. 그에게 잠식을 당해 내 의지를 잃었던 경험은 다시는 하고 싶지 않을 만큼 끔찍했다."

"응, 형. 나 역시 꼭두각시가 되지는 않을 거야."

"고맙다."

"나도, 형."

쌍둥이가 눈빛을 교환하며 서로에게 응원의 미소를 짓고 있을 때 강 장관은 하얀 화선지 위에 장자 지운을 파하고 새로운 장자로 하운을 세운다는 것과 모든 장자의 권리와 의무를 하운이 받게 될 거라는 내용을 조상에게 고유告由하기 위해 적고 있었다.

"먼 조상부터 범을 섬기던 우리 부족의 몸에 범의 기운이 깃든 건 미래를 위한 일이라고 했다. 이족이 동하면 그 기운이 강해지고 그로 인해 세상이 탁해질 때 분연히 일어나 목숨을 걸고 사람들을 보호하는 게 우리의 의무다. 너희들은 그들을 위해 준비된 그릇이다."

강 장관은 글을 쓰며 아주 담담하게 말했다. 아버지에게 이 얘기를 듣고 코웃음 치던 젊은 시절 자신의 모습도 잠시 생각나고 장자의 자리를 내놓고 그 힘이 완전히 없어진 후 지운이 어떻게 살지, 조상들이 말했던 이족이 희주를 칭하는 것인지 머릿속은 여전히 복잡했지만 겉으로 보기엔 그저 태평하기만 했다.

"이 일로 너희에게 어떤 변화가 있을지 나도 알 수 없다. 다만 스스로의 선택이니 최선을 다해 포기하지 말고 꿋꿋이 견뎌라."

강 장관이 자리에서 일어나자 뒤에 있던 지운과 하운도 따라 일어나 두 손을 모으고 공손히 섰다. 강 장관이 조상들의 위패를 모시고 있는 단 앞에 큰절을 올리자 지운과 하운도 따라 했고 둘의 절이 끝나자 강 장관이 위패를 보며 조용하지만 힘 있는 목소리로 말을 꺼냈다.

"조상님께 아룁니다. 진주 강씨 인헌공파 32대손 장자 지운을 파하고 하운을 다시 세우니 이를 허하소서."

말은 조상이라고 했지만 강 장관의 시선은 시종일관 족자 속 백호에게서 떨어질 줄 몰랐다.

'당신의 힘을 거부하는 저 아이에게 너무 크게 분노하지 마십시오. 제 것을 지키고 싶어 하는 건 인간의 기본적인 욕구이자 욕망, 그것에 충실해 당신을 담을 수 있는 그릇이 못 되니 용서하시고 다른 큰 그릇으로 뜻을 옮기소서.'

그들이 가진 힘은 순응할 땐 한없이 자비롭지만 반反하려고 하면 그 무엇보다 잔인하게 그들을 단죄할 수 있었다. 강 장관은 지운이 크게 상하는 일 없이 이 일이 무사히 마무리되고 힘을 원하는 하운에게 모든 게 무탈하게 넘어가길 간절히 기원했다. 이 일의 순조로움을 기원하던 강 장관은 허리를 숙여 인사하고는 손에 들었던 종이를 태워 철상하고 절을 했다. 끊임없이 이어지는 강 장관의 절, 그 모든 절차를 따라 하던 지운이 갑자기 무릎을 굽히며 푹 주저앉았고 그대로 쓰러졌다.

"형, 형!"

"그냥 두고 너도 그 옆에 앉아라."

강 장관은 걱정스레 지운을 보던 시선을 거두고 다시 절을 올리기 시작했다. 강 장관의 간절한 바람에도 족자 속 백호는 모든 게 그의 책임이라는 듯 힐책하며 눈을 부라리고 있는 것만 같았다. 강 장관은 그저 마음을 다해 거듭 절을 했고 잠시 후, 지운의 손을 꼭 잡고 있던 하운마저 그 옆에 쓰러지듯 누워버렸다.

"하, 할아버지."

"견디거라. 너의 각성과 네 형 몫까지 많이 힘들 게다."

강 장관도 경험했었다. 힘을 받아 각성할 때 각오를 했음에도 감당하지 못할 만큼 커지던 힘 때문에 강 장관 역시 꼬박 3일을 앓아누웠었다. 그때의 고통은 지금도 선명했는데 자신보다 상황이 좋지 못한 저 두 아이는 얼마나 힘들어야 할지 걱정이었다.

자정이 지날 때까지 절을 하던 강 장관이 더 이상 버티지 못하고 자리에 주저앉았다. 온몸이 땀으로 흠뻑 젖고 호흡조차 거칠어 금방이라도 쓰러져버릴 것만 같았다. 80대 노인이 아침녘부터 지금까지 12시간 넘게 쉬지 않고 절을 했으니 지금까지 버틴 게 기적이었다. 강 장관은 벌벌 떨리는 사지를 질질 끌고 쓰러져 있는 두 손자 옆으로 다가갔다. 호흡이 거칠고 오한과 발열을 번갈아 하며 안색이 창백한 녀석들의 얼굴을 떨리는 손으로 쓰다듬었다.

"아프지 마라, 포기하지 마라. 제발 잘 견뎌다오. 이제 들어와도 된다."

강 장관의 말이 떨어지자 사당 문이 벌컥 열리며 지운의 부모가 쏟아지듯 안으로 들어왔다. 얼마나 걱정을 했는지 수명이 10년은 줄어버린 것 같은 시간이 지나고 목격하게 된 광경은 처참했다. 눈앞에 세 사람은 거의 초죽음이 되어 있었다. 쓰러져 있는 두 아들, 그 옆에서 땀으로 목욕을 한 몰골로 완전 녹초가 되어 앉아 있는 강 장관, 너무나 놀란 혜정이 강 장관의 앞에 주저앉아 그 팔을 잡았다.

"아버님, 괜찮으세요? 이게 다 무슨 일이에요? 지운이랑 하운이도 괜찮은 건가요?"

"방으로 옮겨 눕혀라. 나도 좀 누워야겠구나."

강 장관은 아무 말 없는 아들의 부축을 받으며 간신히 일어섰고 지운과 하운도 사람들의 손에 의해 각자 방으로 옮겨졌다. 그들이 모두 집으로 돌아간 직후부터 갑작스런 천둥번개를 동반한 폭우가 쏟아지기 시작했다.

가만히 앉아 있던 희주가 조용히 자리에서 일어났다. 지금까진 자의 반 타의 반, 죽음을 기다리며 의식을 놓고 있었다. 살고자 하는 생각이 없던 그녀에게 뱃속의 아이와 꿈속까지 자신을 찾아온 지운이 삶에 대한 의지를 심었다. 희주는 앉아 있던 곳을 벗어나 지운의 곁으로 돌아가고 싶었지만 눈에 보이지 않는 장막이 그녀를 막고 있었다.

"누구 없어요? 도와주세요. 지운 씨, 지운 씨!"

'뻔뻔하구나, 다시 살고 싶어 하다니. 인간도 못 되는 하찮은 것. 그 아이는 나의 현신, 너 따위가 그의 상대가 될 거라고 생각하나.'

엄격한 목소리에 기가 죽었다. 자신 역시 저 말과 같은 생각을 했고 그를 떠나기 위해 자신의 목숨까지 걸었는데 결국 그녀를 살린 건 지운이었다. 그때만 해도 바보 같은 사람이라고, 조금만 시간이 지나면 금세 자신을 잊고 제 인생 잘 살아갈 거라고 생각했는데 지운의 선택은 끝까지 그녀였고 자신 옆을 지키며 따뜻한 손길로 끊임없이 사랑하는 마음을 전했다. 그래서 용기를 냈다. 희주는 고개를 들고 보이지 않는 상대를 향해 차분하지만 강단지게 말했다.

"그 말에 더 이상 흔들리지 않을 겁니다. 옳지 못한 희생은 사랑이 아니라고 했습니다. 내 운명을 버리고 나 자신을 버리는 어리석은 선택은 한 번이면 족해요."

'자신 있게 말하지 마라. 그것 역시 변명일 뿐, 결국 이기적인 네 욕심을 채우려는 것뿐.'

"아니라고 하지 않겠습니다. 하지만 당신 역시 나와 크게 다르지 않아요. 그의 뜻을 무시하고 대의명분을 핑계로 그를 취해 당신의 뜻을 이루게 하려는 거 아닙니까?"

'건방진 것!'

희주는 서 있기 힘들 정도로 공간을 흔들어 대는 고함소리에 두 귀를 막고 주저앉았다.

'그 쓸데없는 목숨, 내가 거둬가마.'

"쉽지는 않을 겁니다. 난 이제 죽고 싶지 않아요! 내 아기를 위해서라도 죽지 않을 겁니다!"

협박하는 목소리에 희주가 악을 썼고 갑자기 사방이 어두워지며 그녀가 앉은 자리가 지진이 난 듯 떨리더니 끝이 없는 나락으로 떨어지기 시작했다.

"아악! 살려줘! 지운 씨!"

막 겨울이 끝나가는 시점, 의식을 잃은 지 한 달 만에 희주가 눈을 떴다. 그녀는 초점이 돌아오지 않은 눈으로 자신을 둘러싼 주변을 돌아봤다. 그녀의 마지막 기억은 까마득한 어둠 속으로 떨어지는 거였는데, 다행히도 눈에 보이는 건 익숙한 벽지와 가구들이었다. 희주는 자신이 누워 있는 곳이 지운의 방이라는 걸 알았다.

"하아, 살았다. 살았어. 지운 씨, 강지운."

희주는 살았다는 안도감에 잘 나오지도 않는 목소리로 지금 이 순간, 가장 보고 싶은 지운의 이름을 애타게 불렀다.

그리고 같은 시간 본가에 있던 지운이 마치 그녀의 목소리를 들은 것처럼 의식을 차렸다.

"……희주, 서희주."

초점도 돌아오지 않은 멍한 눈으로 그녀의 이름을 부른 지운은 허겁지겁 옷을 걸쳐 입고 움직여지지 않는 몸을 끌고 택시에 올랐다. 집으로 가는 지금도 골이 지끈지끈 울리고 온몸이 토막 내듯 아팠지만 괴이하게 뛰어대는 심장과 텅 비어버린 것처럼 힘이 들어가지 않는 단전만큼 이상한 건 없었다. 운전사를 재촉할 힘도 없이 멍하니 앉아 있는 사이 택시는 그의 집에 도착했고 비틀거리며 내린 그는 운전사의 걱정에 대꾸할 여유도 없이 건물 안으로 들어갔다. 집에 가까워질수록 귀에 이명이 들릴 정도로 심장이 발광을 해댔고 현관문을 열어주는 헬렌의 말을 들을 사이도 없이 방문을 벌컥 열었다. 그리고 한 발, 방 안으로 들어간 지운의 뒤로 방문이 조용히 닫혔다. 숨소리조차 어색한 고요한 공간에 맥없이 중얼거리는 지운의 목소리가 낮게 퍼졌다.

"서, 희주."

"지운 씨."

희주가 깨어 있었다. 침대에 앉아 은은하게 미소 지으며 자신을 바라보고 있었다. 지운은 감히 움직일 생각 못하고 그 자리에 붙박인 듯 서 있었다. 움직이면 깨버리는 꿈일까 봐, 손을 대면 사라지는 환상일까 봐, 감히 가까이 가지도 못하고 희주의 모습을 눈에만 담고 있었다.

"지운 씨, 이리 와요."

참을성이 바닥 난 희주가 그에게 먼저 손을 내밀었다. 너무 오래 누워 있어 사실 이렇게 앉아 있는 것도 팔을 드는 것도 힘들었지만 바르르 떨리는 손을 거둬들이지 않았다.

지운은 떨리는 희주의 손을 본 후에야 잠에서 깨어난 사람처럼 움직일 수 있었다. 간신히 움직인 한 걸음이 그의 의식을 깨웠고 단걸음에 달려가 희주를 와락 껴안았다.

"지운 씨."

"서희주, 서희주."

"나 살았어요. 당신 덕분에 살았어."

희주는 자신의 이름을 애타게 부르는 그의 등을 마주 안았다. 지운을 제 품에 안은 후에야 비로소 살아났다는 것이 실감이 났다. 지운이 얼굴을 묻고 있는 희주의 목덜미가 그의 눈물로 축축해지고 그의 어깨에 얼굴을 기댄 희주도 조용히 안도의 눈물을 흘렸다.

두 사람은 서로를 소중하게 안고 있는 연인의 체온과 눈물로 벅찬 해우를 만끽했다. 시간이 조금 지나고 지운이 얼굴을 볼 수 있는 거리로 희주를 조금 밀어냈다. 서로의 호흡이 느껴지는 가까운 거리에서 눈을 맞추고 그녀의 눈물자국을 닦아내며 비로소 웃음을 되찾았다. 그녀와 이마를 맞대고 부드럽게 미소 짓던 지운이 부드러운 목소리로 그녀를 불렀다.

"서희주."

"네."

"희주야."

"네."

"후후, 서희주."

"서희주 여기 있어요."

"너도 나 불러봐, 얼른."

"강지운 씨."

"응, 나도 여기 있어. 좋다. 네 대답 들을 수 있어서 너무 좋아. 이렇게 눈 맞추고 얘기할 수 있는 게 이렇게 좋은 일인 줄 몰랐다."

솔직하게 자신의 감정을 꺼내놓는 지운의 말에 흐뭇하게 웃고 있던 희주의 눈에 또다시 눈물이 차올랐다. 매사 당당하고 당황스러울 정도로 직설적이고 뒤로 물러설 줄 모르고, 그래서 이 사람의 사랑은 이만큼 솔직하고 강한가 보다. 희주는 지운의 얼굴에 손을 올렸다. 자신이 많이 사랑하는 사람, 자신만이 사랑하고 싶은 사람.

"사랑해요. 포기하지 않아 줘서 고마워요. 평생 당신 옆에 있을게요."

"내 옆에?"

"응, 당신 옆에, 다시는 바보 같은 선택으로 당신 슬프게 안 만들게. 지운 씨, 사랑……."

그녀의 고백의 말은 지운의 입속으로 흩어졌다. 부드럽지만 강하게 밀어붙이는 지운의 입술을 고스란히 받아들이며 냉큼 팔을 벌려 그의 목에 매달렸다. 콧속으로 밀려드는 그의 향취, 제 입술을 물고 늘어지는 아찔한 입술, 손 밑의 든든한 어깨, 마주 닿은 넓은 가슴, 모든 게 너무 반가웠다.

지운은 아찔하게 자신에게 매달리는 희주와 고개를 엇갈리며 더 깊이 그녀에게 파고들었다. 입 안으로 퍼지는 그녀의 숨결, 자신의 가슴을 쓰다듬는 그녀의 손길, 제 품에 있는 여자가 희주라는 사실이 미치게 좋았다. 뜨거운 키스를 끝낸 두 사람은 이마를 마주한 채 거칠어진 숨을 다스리고 있었다. 치미는 열기를 다스리기 어려운 것인지 중간 중간 그녀의 입술을 탐하고 거칠게 그녀의 몸을 만졌지만 더 이상의 도발은 없었다.

"하아, 하아, 지운 씨."

"움직이지 마, 잠깐만 이러고 있자."

지운은 꼬물거리는 희주를 움직이지 못하게 꼭 안았다. 아직 제대로 회복이 안 된 희주도 걱정이지만 뱃속의 아이가 신경 쓰여 마음대로 그녀를 안을 수 없었다. 남아 있는 인내심을 모조리 끌어올려 간신히 욕망을 누르며 그녀의 아랫배에 손을 올렸다.

희주는 아랫배에 와 닿는 그의 손에 아이의 존재를 깨닫는 순간 지금까지 잊고 있던 걱정들이 물 위로 떠오르며 그녀를 불안하게 했다. 죠세핀의 피가 섞여들었던 자신의 몸, 아이는 아무 이상 없이 무사한지 또 자신의 실체를 안 지운이 모든 걸 받아들일 수 있는 것인지 생각이 복잡해진 희주가 지운을 바라봤다.

"아기에겐 아무 이상 없는 건가요? 내가 한 짓도 때문에……."

"당신 의식 없을 때 초음파 했었는데 아이는 이상 없이 아주 잘 자라고 있데, 걱정하지 마. 엄마 된 거 축하하고 아이 고마워. 그 말 꼭 하고 싶었어."

지운의 고맙다는 말에 희주의 마음이 무거워졌다. 아이에 대해 잘 모르는 지운의 축하를 받아도 되는 건지 모르겠다. 망설이던 희주가 숨을 들이쉬고 어렵게 입을 열었다.

"내가 데이워커인 거 알죠? 그렇기 때문에 이 아이도 평범하지 못할 거예요. 이 아이도 나처럼 다른 아이보다 성장이 빠를 거고, 피를 마셔야 할 거고, 그래서 지금 당신이 가진 모든 걸 다 포기해야 할지도 몰라요. 우리가 당신 인생의 걸림돌이 될 거예요."

"그래서 아이를 포기하고 싶어? 또 도망갈래?"

아랫배를 팔로 감싼 희주가 크게 고개를 좌우로 흔들어 자신의 의사를 표시했다. 그 말을 듣는 것만으로도 눈에 눈물이 그렁해졌다.

"잘 들어. 내가 가진 것들 중 너랑 아이보다 더 소중한 건 없어. 내 사람들은 내가 지켜. 무슨 일이 있어도 포기하지 않아. 명심해, 이 아이는 내가 너만큼 사랑하는 내 아이야."

지운의 말에 희주의 눈에서 눈물이 툭 떨어졌다. 너무 큰 그의 사랑 앞에서 겁내고 도망치려고만 했던 자신이 너무 초라했다. 희주가 지운의 목을 꼭 끌어안았다.

"잘못했어요. 내가 잘못했어. 다시는, 다시는 당신 옆에서 떠나지 않을게. 다시는 그런 바보 같은 짓 안 해요. 당신 너무 사랑해. 당신도 우리 아기도 내 목숨보다 더 사랑해."

"날 사랑하는 만큼 네 자신도 사랑하는 거야. 알았지?"

"알았어요. 명심할게."

"근데 거짓말을 너무 잘해서 믿어도 되나? 앞으로 두고 본다. 약속은 지키라고 하는 거야."

그녀의 콧등을 손가락으로 톡 치며 하는 그의 농담에 희주의 마음이 다소간 편안해졌다. 희주가 미안한 마음에 새치름하게 웃자 지운이 그녀의 가슴으로 파고들며 눈을 감았다. 오늘만큼은 그녀에게 안겨 편히 쉬고 싶었다.

"자고 싶어. 네가 재워 줘."

다시 그를 찾은 밤, 희주는 잠든 지운의 등을 토닥이며 쉽게 잠들지 못했다.

지운의 셔츠를 입혀주던 희주가 눈이 동그래져 그의 왼쪽 날갯죽지의 점을 만졌다. 선명하고 커지기까지 했던 점이 지금은 거의 없어진 듯 자세히 보지 않으면 모를 정도로 희미해져 있었다.

"지운 씨, 이거 왜 이래요?"

"뭐가?"

"당신 호랑이 점이요. 희미해졌어, 크기도 작아졌고. 왜 이러는데? 그리고 여기 없던 상처도 생겼다. 이건 뭐예요? 얘기해봐요, 빨리."

"별거 아니야."

희주는 얼렁뚱땅 말을 얼버무리고 셔츠를 입는 지운의 팔을 잡아 자신을 보게 만들었다. 오랜만에 보는 희주의 엄격한 얼굴을 못 본 척 시선을 돌렸지만 순순히 넘어갈 그녀가 아니었다. 집요한 시선에서 꼭 설명을 들어야겠다는 확고함을 읽은 지운은 더 이상 빠져나갈 방법이 없다는 걸 깨닫고 머리를 긁적이며 최대한 담담하게 설명을 했다.

"나 장자 자리를 하운이에게 넘겼어."

"그게 무슨 뜻이에요?"

"말 그대로야. 이제 우리 집안 장자는 하운이고 나는 차남이 됐다는 거지."

제대로 이해가 안 돼 미간을 찌푸렸던 희주가 드디어 그 말의 뜻을 깨닫고 입을 쩍 벌렸다.

"그 말은, 설마 당신 그 힘을 포기했다는 거예요? 그 힘은 앞으로 세상을 위해 큰일을 할…… 당신, 미쳤어요?"

"하운이가 잘할 거야. 하운이에게도 똑같은 점이 있다는 건 꼭 내가 아니어도 된다는 거잖아. 장남도 부담스러워하는 세상에 종갓집 장자는 절대 좋은 결혼 상대는 아니니까 그런 면에서 당신 더 좋아해야 하는 거 아냐?"

희주는 농담 식으로 넘어가려는 지운을 보며 크게 한숨을 내쉬었다. 살면서 자신 때문에 이 사람은 얼마나 많은 것들을 포기해야 할지 생각하니 자꾸 용기가 없어졌다.

지운은 시름 가득한 얼굴로 축 처진 희주를 제 품에 안았다. 빠져나가려는 그녀를 움직이지 못하게 꼭 안고 자신의 입장을 차근차근 설명했다.

"별장에 갔던 날 그 힘을 가장 크게 느꼈었어. 널 구할 수 있어서 다행이긴 했지만 그 힘을 내 마음대로 조정할 수 없었어. 그 순간 사지四肢가 묶인 것처럼 그 힘에 지배당했고 난 좁은 방에 갇혀 울부짖는 짐승이 된 기분이었어. 당신이 아니었다면 난 죠세핀을 내 손으로 죽이고 어쩌면 너까지 내 손으로 해쳤을지도 몰라. 그 힘은 분명 너를 비롯한 죠세핀, 크리스토퍼 모두를 적으로 여겼으니까."

"지운 씨."

"너 때문 아니라 나 때문이야. 나는 나 잘난 맛에 사는 놈이고 아무리 좋고 훌륭한 일이라도 날 잃어버려야 한다면 그건 싫어. 그래서 놔버렸어. 이 말이 팩트야. 그러니까 너 때문이네 어쩌네 하면서 괴로워하지 마. 이건 순전히 날 위한 선택이었다."

희주는 지운의 허리를 꼭 끌어안았다. 외국 나가 살아보지 않겠냐고 하더니 그녀의 감정적 부담감을 덜어주기 위해서였나 보다. 모든 걸 그녀와 아이를 생각해 계획하면서도 전부 자신을 위한 일이라고 해주는 이 남자를 정말 사랑했다.

"고마워요. 정말, 고마워요."

"고마우면 혼인신고부터 하자."

"혼인신고?"

"응, 결혼식은 너 몸 좀 추스르고 하든가, 아니면 아이 낳고 해도 좋은데 우리 아이 생일만큼은 결혼기념일보다는 나중이었으면 좋겠어."

"나한테 딱 2주만 시간 줄래요?"

"2주? 뭐하게? 내일이라도 가자, 어른들께는 혼인신고하고 찾아뵙겠다고 미리 다 말해놨어. 할아버지 걱정도 이제 안 해도 돼."

"2주만 줘요. 2주 후에는 완벽하게 당신 아내 해줄게요."

예쁘게 웃으며 하는 희주의 말에 결국 알았다고 해줬다. 지운은 평생 그녀의 이런 얼굴에 질 수밖에 없을 거라는 생각을 했다. 그녀의 콧잔등에 가볍게 입을 맞춘 지운이 드레스 룸을 나가려다 그녀를 향해 돌아섰다.

"참, 혼인신고 증인으로 당신은 김종현이 데리고 와."

"은주 불러도 되는데."

"아니, 꼭 김종현 불러. 꼭! 명심해."

그가 왜 이렇게 종현을 부르라고 하는지 대충 짐작이 가는 희주는 나오려는 웃음을 간신히 참으며 고개를 끄덕였다.

-2주 후.

지운은 희주가 보내준 주소로 찾아가는 중이었다. 혼인신고까지 2주의 시간이 필요하다고 말한 희주는 결혼하기 전까지 처녀인 시간을 만끽하고 몸도 좀 만들어야겠다며 그날로 헬렌과 함께 자신의 집으로 돌아갔다.

'당신도 총각으로서의 마지막 시간을 즐겨요. 총각파티, 짜릿하잖아요.'

'넌 처녀파티는 생각도 하지 마. 임신까지 하고 무슨 처녀파티, 절대 안 돼.'

'음, 배는 아직 표시도 안 나고, 나 노는 거 좋아하는데, 우리가 처음 어디서 만났는지 잘 기억해보라고요.'

조금 조신해졌다고 생각했는데 혼인신고 얘기를 꺼낸 후 희주는 사고 전처럼 도도하고 잘난 척하던 모습으로 돌아갔다. 그게 반갑기도 했지만 너무 도도해져 만나주지도 않고 겨우 전화 통화에 문자만으로 연락을 해오니 그의 참을성이 점점 바닥을 드러내고 있었다. 오늘까지 만나주지 않음 무조건 쳐들어간다 생각하고 있는데 문자가 날아왔고 지운은 지금 그녀의 부름으로 열심히 달려가는 중이었다.

꽤 긴 시간 달려 그가 도착한 곳은 호숫가에 위치한 별장이었다. 하얀색의 2층 건물은 깔끔한 외관이었고 2층의 전면을 차지한 유리가 햇빛을 받아 아주 밝게 빛나고 있었다. 여름이 기대될 정도로 정원은 잘 조경 되어 있었으며 많은 나무들 사이에 징검다리처럼 박힌 돌을 밟고 걷다 보니 별장의 현관에 도착했다. 5개의 계단을 올라 도착한 현관문, 벨을 눌러도 문은 열리지 않았고 잠시 고민하던 지운은 핸드폰을 꺼내 그녀가 보낸 문자를 확인했다.

"#349708#이라, 이게 비밀번호인 모양이군."

지운이 그 번호를 차례대로 누르자 익숙한 소리를 내며 문이 열렸고 아무것도 구분할 수 없을 정도로 캄캄한 실내가 그를 반겼다.

지운은 현관에서 사물을 구분할 수 있을 정도로 시간을 보낸 후 신발을 벗고 거실로 올라갔다.

"아무도 안 계십니까? 희주야, 서희주."

지운이 그녀의 이름을 부르자 거실 한쪽에 은은한 노란 조명이 켜지며 진한 재색의 결혼 예복이 입혀진 디피용 마네킹이 보였다. 고급스러운 실크 원단으로 조끼에 나비넥타이까지 격식 있게 만들어진 예복을 보면서 영문을 몰라 고개를 갸웃거리고 있는데 또 한 번 띠링 하고 문자가 날아왔다.

-그 옷으로 갈아입어 주세요.-

희주가 보낸 문자, 무슨 의미인지 알 것 같기도 하면서 모를 것 같기도 하고, 아리송한 희주의 의도에 고개를 갸웃한 지운이 발밑에 있는 화살표를 따라 오른편 방문을 열었다.

"아하, 이곳에서 옷을 갈아입으란 말이군."

깔끔하게 정리된 방 안에 커다란 전신거울과 그 앞에 갈색 구두가 놓여 있는 걸 본 후 지운은 옷이 걸려 있는 디피용 마네킹을 번쩍 들어 방 안으로 들어갔다.

하얀색 실크셔츠, 커프스버튼, 디자인이 특이한 조끼와 재킷, 항상 조금 짧은 듯했던 소매 길이까지 딱 사이즈를 맞춘 양복은 보는 것보다 입고 난 후 만족감이 더 컸다. 거울 앞에 선 지운은 예복을 입은 제 모습에 만족하며 양복 깃을 손으로 쓸어본 후 방문을 열었다.

"그 옷 마음에 들어요?"

"서, 희주."

디피용 마네킹이 놓였던 자리에 하얀 공단 원피스를 입고 진주가 달린 하얀 레이스와 함께 머리를 땋아 내린 희주가 수줍게 서 있었다. 웨딩드레스를 연상시키는 그녀의 원피스 그리고 자신이 입은 예복, 신랑 신부가 연상되는 두 사람의 모습에 지운이 긴장했다. 긴장감으로 얼굴이 굳어가는 지운을 보며 볼이 발갛게 달아오른 희주가 어깨를 들썩일 정도로 크게 숨을 들이쉬고 그의 앞으로 한 걸음 다가섰다. 그의 가슴 부분을 한참 보며 서 있던 희주가 용기를 내 그와 눈을 맞추더니 떨리는 손으로 그의 양복 옷깃에 부토니아를 달았다.

"이 부토니아는 내가 당신한테 하고 싶은 말들을 담았어요. 보라색 튤립은 영원한 사랑을 말하고 그 옆에 산앵두 꽃은 오직 한 사랑이란 뜻이 있어요. 지금 못한 말들은 살면서 하나씩 할게요. 강지운 씨, 사랑해요. 나랑 결혼해 주시겠습니까?"

생각지도 못한 희주의 청혼에 뒤통수를 망치로 얻어맞은 것 같이 머리가 띵했다. 놀라고 당황스러워 할 말을 잃었는데 희주의 사랑을 가득 담은 눈동자가 그의 대답을 기다리며 반짝이고 있었다. 그 눈동자 속으로 지금까지 두 사람의 모습이 지나갔다. 처음 클럽에서 만났을 때를 시작해 우연한 재회를 한 백화점 회의실, 짧은 데이트를 즐겼던 스튜디오, 사랑을 나눴던 그녀의 집, 첫 데이트, 별장에서의 끔찍한 일까지 두 사람이 보낸 시간들이 하나하나 영화의 장면으로 지나가며 결국 자신이 청혼을 받는 지금으로 끝이 났다. 이 여자는 지금 자신이 얼마나 아름답고 그를 감동시켰는지 알까?

혹시 자신의 청혼이 마음에 안 드는 게 아닐까, 거절하면 어쩌지, 길어지는 그의 침묵에 희주의 초조함이 높아질 때 지운은 조용히 움직여 그녀의 한 손을 잡고 고개를 내려 부드럽게 입을 맞췄다. 목에 걸려 쉽게 나오지 않는 말 대신 지금 자신이 얼마나 행복하고 그녀의 청혼에 얼마나 감사하고 있는지 이 입맞춤으로 희주가 알아주길 바랐다. 그의 조심스럽지만 애정이 듬뿍 담긴 입맞춤에 희주의 입술이 슬며시 올라가며 웃음을 만들었고 그걸 느낀 지운이 고개를 들어 그녀와 눈을 맞췄다.

"사랑해요, 서희주 씨. 당신의 청혼을 받아들이겠습니다. 결혼하자, 우리."

지운의 좋다는 대답에 세상을 다 얻은 것 같은 환한 미소를 지은 희주가 그의 목에 매달렸고 그제야 지운도 소리 내 웃었다. 웃고 있는 두 사람 뒤로 박수소리가 들리며 그들을 아는 모든 사람들이 두 사람을 빙 둘러쌌다. 지운의 부모, 강 장관, 크리스토퍼와 헬렌, 친구인 종현과 은주 등이 모인 전부였지만 축복받은 자리 그들이면 충분했다.

"어떻게 여기까지……."

"이래서 뼈 빠지게 아들 키워봐야 소용없다니까. 희주가 연락했다. 우리 초대해서 식사 대접하고 여기 와 주십사 부탁하고 그동안 넌 뭐했니 아들?"

"지운 군은 저에게 연락해 한국으로 와 달라고 부탁을 했습니다. 아버지도 아니고 그저 대부일 뿐인데 이렇게 신경을 써줘서 얼마나 감사한지 모릅니다. 아이들이 양쪽 어른들에게 잘하는 모습이 보기 좋군요."

혜정의 구박에 크리스토퍼가 지운을 감싸고 나섰다. 크리스토퍼와도 이미 인사를 한 것인지 어른들끼리 대화하는 모습도 어색함 없었지만 대부라는 말에 혹시라도 희주가 마음을 다칠까 걱정한 지운이 그녀의 손을 꼭 잡았다. 그의 마음을 아는 희주는 자신은 괜찮다고 그의 손등을 톡톡 두드리며 작게 속삭였다.

"할아버지는 아세요."

"할아버지가? 별다른 말씀 없으셨어?"

"상처 줘서 미안했다고, 본마음 아니었다고 사과하셨어요. 그리고 당신 고집 세고 독선적인데 괜찮겠냐고 걱정하셨고요. 진짜니까 믿어요. 앞으로 거짓말 안 할게요."

"두고 볼 거야."

두 사람이 손을 꼭 잡고 속닥이고 있는데 불퉁한 종현의 목소리가 둘을 방해했다.

"뭐야, 사람 초대해 놓고 둘만 좋으면 그만인가? 서희주, 아는 척 좀 하자."

"종현아."

종현은 미안함을 가득 담아 자신을 향해 웃고 희주의 머리를 슬쩍 쥐어박았다.

"잘못한 거 알지?"

"잘못했어."

"또 그럴 거야?"

"아니."

"이리 와."

내내 인상을 쓰던 종현이 표정을 풀며 두 팔을 벌렸고 희주는 가볍게 그의 품에 안겼다. 별장에서 의식이 없던 때 종현이 어땠는지 이야기를 전해 들은 희주는 그에게 정말로 많이 미안했고 너무나 못되게 굴었는데 버리지 않고 여전히 친구로 남아준 게 정말로 고마웠다.

"고마워, 종현아."

"그래, 내 친구 서희주. 이젠 정말 잘 살아. 꼭 행복해야 한다."

"응."

희주는 이제 종현이 더 이상 그녀에게 남자로서 욕심이 없다는 걸 알았다. 그 마음을 버림으로써 한결 편안해진 종현이, 이젠 정말 둘도 없는 친구로 남을 수 있을 것 같아 다행이었다. 두 사람의 길어지는 포옹에 심술이 난 지운이 희주의 팔을 잡아당겨 제 옆에 세우고 허리에 팔을 둘러 제 여자라는 걸 과시했다.

"내 친구 눈에 눈물 나게 하면 가만 안 둘 겁니다."

"걱정 마십시오. 내 여자 눈에 눈물 나게 안 합니다."

"흐음, 당장 애 날 때부터 걱정해야 할 것 같은데, 그 말 지킬 수 있을지 두고 봅시다."

종현의 빈정대는 말에 인상을 팍 쓰면서도 은근슬쩍 걱정이 되는 지운이었다. 그의 표정 변화를 읽은 혜정이 뒤에서 쯧쯧 혀를 찼고 크리스토퍼는 그의 걱정이 충분히 이해가 된다는 얼굴이었다.

"근데 어머니 하운이는요?"

"요즘 일이 많다. 이곳으로 오다가 급한 사건 때문에 불려갔어. 따로 연락할 거다."

지운은 아버지, 강 검찰총장의 말에 이해된다는 듯 고개를 끄덕였다. 웬만히 중요한 일 아니면 이런 자리에 빠질 녀석이 아니었고 설명하는 부친의 얼굴도 많이 어두웠다. 잠시 걱정이 끼어들었지만 지운이 분위기를 바꿔 강 장관에게 다가갔다.

"할아버지, 저희 간단하게 결혼식 치러주세요. 지금, 여기서요."

"뭐?"

"중요한 분들 다 계시고, 저희 옷도 이렇고 안 될 거 없잖아요."

"어머, 애. 일생에 한 번밖에 없는 결혼식을 이렇게 얼렁뚱땅 치르 겠다고? 너 여자 마음을 너무 모르는 거 아니니? 희주야, 너 살면서 고생 많이 하겠다."

"어머니도 참. 혼인신고 하기 전에 잘 살겠다는 약속으로 오늘 간 단하게 식 올리고 제대로 된 식은 아이 낳고 다시 올려야죠. 오늘은 할아버지가 주례 봐주시면 되잖아요."

"나쁘지 않을 것 같군요. 어르신 어떠십니까?"

크리스토퍼의 동의에 강 장관이 잠시 머뭇거리며 희주를 봤다.

"그렇게 해주세요, 할아버님. 저도 하고 싶어요."

다소곳이 웃으며 하는 희주의 청에 강 장관도 온화한 미소로 그러 마 하고 대답했다. 두 사람의 풀어진 분위기를 보며 지운은 다소간 안심을 했고 급작스레 결정된 결혼식에 사람들이 바쁘게 움직이기 시작했다.

"내가 이럴 줄 알았어요. 갑자기 2주 전에 전화해서 옷 만드신다 고 이것저것 주문하실 때부터 오늘 아침 꽃 구해서 여기 올 때까지 모든 게 즉흥적으로 흘러갈 줄 알았다고요. 내가 선견지명이 있다니 까요. 실장님이 부탁한 꽃만 달랑 사왔으면 어쩔 뻔했냐고."

은주는 퉁퉁거리면서도 밝게 웃는 얼굴로 핸드폰으로 결혼식 음 악을 찾고 빠른 손길로 신부 부케를 만들고 남은 꽃을 뜯어 희주가 걸을 버진로드를 만들었다. 종현과 크리스토퍼는 서재에서 책상을 내와 강 장관 앞에 강단 대신 놓고 은주를 도와 일을 마무리했다. 버 진로드의 끝에 서서 희주의 손을 잡은 크리스토퍼는 그답지 않게 무 척이나 흥분한 얼굴이었다.

"이런 날이 오다니 믿어지지 않아. 나는 정말 기쁘구나."

"감사해요, 아버지."

"네 엄마는 하늘에서 나보다 더 기뻐할 거야."

부녀는 다정하게 이야기하며 지운 앞에 다다랐고 그에게 손을 넘겨주기 전에 크리스토퍼는 두 사람의 손을 겹쳐 잡았다.

"두 사람, 나처럼 후회하지 말고 최선을 다해 사랑해라. 내일이 없는 것처럼, 오늘이 마지막인 것처럼 그렇게."

크리스토퍼의 표정에선 후회가 넘쳐흘렀다. 그는 어리석은 선택을 했지만 희주와 지운은 남은 시간을 핑계로 서로에게 소홀하지 않길 바랐다. 두 사람은 크리스토퍼에게 진심을 담아 인사하고 강 장관 앞에 섰다. 강 장관은 모든 어려움을 뛰어넘어 결국 행복이라는 문 앞에 선 두 아이를 봤다. 아직 두 사람의 모든 시련이 끝났다고는 할 수 없지만 이 아이들이라면 잘 이겨낼 거라고 생각했다.

"내가 해줄 말은 하나다. 서로를 사랑하는 만큼 최선을 다하고, 그만큼 믿어라. 사랑하는 사이에 가장 나쁜 게 거짓말이라는 거 알지?"

강 장관의 익살스러운 말에 그 뜻을 너무 잘 아는 지운과 희주가 겸연쩍은 미소를 지으며 눈을 마주쳤다.

"너희 두 사람의 사랑이 더 많은 사람들을 위한 것이 되도록 노력해라. 이제 너희는 부부로 새로 태어났고 한가족이 돼서 무척이나 기쁘다. 두 사람을 축복하마."

희주는 강 장관의 인자함에 지운과는 또 다른 마음의 위로를 얻었다. 희주에게도 이 세상에 자신의 편이 되어줄 사람들이 생겼다는 벅찬 감동과 뱃속 아이는 물론 그들 때문에라도 열심히 제대로 살아야 한다는 걸 깨달았다.

지운은 자신의 어깨에 얹어진 새로운 책임의 무게를 느꼈지만 그건 기분 좋은 벅참이었다. 사랑하는 사람들이 자신의 그늘 안에서 자신의 책임으로 머문다는 건 그들을 보호해야 한다는 의무이기도 하지만 그들을 사랑할 수 있는 권리이기도 했다. 지운은 제 팔을 꼭 잡은 희주의 손에 자신의 손을 겹치며 정말 행복하게 웃었다.

"부부다, 우리. 나는 남편이고 당신은 아내."

"네. 당신은 남편 나는 아내."

"행복하자. 사랑해."

"사랑해요."

"자, 신랑은 신부에게 키스하세요."

강 장관의 외침에 사람들이 웃음을 터트렸고 지운은 기꺼운 마음으로 자신의 아내가 된 희주에게 키스를 했다. 마치 바람과 함께 사라지다의 한 장면처럼 아찔하게 휘어진 희주의 허리를 꼭 잡고 사람들의 야유를 들으며 긴 키스를 끝냈다.

이곳에 모인 모든 사람들은 행복하게 웃고 있었다. 세상을 무서워하고 등졌던 희주는 사랑 하나로 새로운 희망을 찾았고 지운은 자신의 것을 포기해도 행복할 수 있다는 사실을 깨달았으며 여기에 모인 모든 사람들 역시 그들을 보며 마음을 따뜻하게 해주는 새로운 기대를 품게 됐다.

이렇게 사랑으로 하나가 된 사람들 뒤로 밝았던 해는 근사한 노을을 남기며 자신의 의무를 다하고 사라졌지만 그 안에서 새로운 하루하루를 엮어갈 사람들은 지나가는 시간을 더 이상 아쉬워하지 않았다. 그들은 내일도 열심히 살아갈 것이고 옆에는 항상 믿고 의지하고 사랑하는 사람들이 있기에 절망해도 포기하지는 않을 것이다. 이것이 그들이 생각하는 사랑이었고 비슷한 생각으로 손을 꼭 잡은 두 사람은 아주 환하고 밝게 웃었다.

에필로그.

　임신 8개월째인 희주는 제법 부른 배로 편하게 지운에게 기대앉아 그가 읽어주는 동화책을 듣고 있었다. 이제는 아주 평범한 일상이 됐지만 그렇다고 그것에 대한 감사가 없어진 건 아니었다.

　죠세핀의 일이 있고서 두 사람에겐 많은 변화가 있었다. 임신을 하고 결혼을 했다는 환경적 변화도 있었지만 두 사람의 신체적 변화가 가장 두드러졌다.

　희주는 더 이상 피를 마시지 않게 됐고 뱃속 아이도 그녀가 의식을 되찾은 후부터 정상적인 속도로 자랐다. 아마도 그날 밤 희주가 잃었던 피 대신 지운의 피를 취한 것 때문인 것 같기는 한데 정확한 설명은 불가능했다. 흡혈을 그만둔 후 희주는 엄청나게 먹기 시작했는데 임신 때문에도 그랬지만 흡혈로 채워왔던 걸 인간의 음식으로 충족하기 위해서인 것 같았다. 이 변화를 가장 많이 반가워하고 즐기는 사람은 지운이었다. 지운은 항상 간식거리와 함께 퇴근을 했고 매일 밤 희주는 그 음식들을 맛있게 비워냈다. 그렇게 조금 더 인간적인 면이 두드러지면서 그녀가 가졌던 예민한 감각들은 둔해졌지만 사람들의 마음을 조정할 수 있었던 패시네이트 능력은 여전했고 희주는 그것에 대해 불평하지 않았다.

'물론 그 능력 때문에 더 빨리 더 많은 것들을 배울 수 있었고 일상생활에도 많은 도움을 받았지만 난 지금이 더 좋아요. 이제 나도 평범한 인간이란 징조 같아서 만족해. 패시네이트 능력도 같이 사라졌으면 좋았을걸.'

'답답하지 않아?'

'육체적 능력 때문에 당신한테 질 때는 화가 나기도 하지만 참을 만해.'

'이것 봐, 마누라. 남자와 여자의 육체적 차이는 어쩔 수 없는 거라고. 나는 너보다 키가 20센티나 크고 몸무게도 그만큼 더 나가잖아.'

'당신이 마초가 아니라 그나마 봐주고 있는 것만 알라고요. 난 지는 것에는 익숙하지 않으니까. 그 능력이 없어진 덕분에 나는 둔덩이가 됐으니까 뭐든 다 솔직하게 말해줘야 해요.'

'명심합지요, 부인.'

빙그레 미소 지은 지운은 희주의 턱을 잡고 가볍게 입술을 부딪치고 떨어졌고 그렇게 두 사람은 종종 토론 비슷한 말싸움을 하면서 아이가 커가는 그 시간을 충실하게 즐겼다.

변화는 지운에게도 있었는데 호랑이의 기운을 모두 하운에게 넘겨준 후 물리적 힘은 줄었지만 희주와 반대로 감각은 조금 더 예민해졌다. 그건 그가 잃어버린 힘을 보완하기 위해 스스로 만들어낸 변화 같은데 지운은 그게 꽤나 마음에 들었다. 희주의 얼굴만 봐도 무슨 생각을 하는지, 무슨 말을 하고 싶은지, 싫어하는지 좋아하는지 저절로 알게 됐고 덕분에 쓸데없는 다툼을 하지 않아도 됐다.

지운은 다시 회사로 복귀했고 그의 예민해진 감각은 일에도 꽤나 유용하게 사용됐는데 덕분에 많은 이익을 내고 있어서 회사로써는 굉장히 반가워했지만 자꾸만 많아지는 일 때문에 개인적으로는 불만이 많았다.

'나 먹여 살리려면 돈 많이 벌어요. 나 이제부터 사치할 거야. 그 동안 다른 사람들 꾸며주던 것들 이제 내가 가지고 싶어졌어요.'

'마음대로 해. 주식배당금 입금되는 통장도 다 너한테 줬잖아. 그리고 내년엔 유통 쪽 사장으로 승진하면 월급도 올라.'

'솔직하게 말해봐요, 진짜 안 불안해? 내가 막 이천만 원짜리 가방 사고 천만 원짜리 구두에 가격도 알 수 없는 옷들로 드레스 룸을 온통 도배할까 봐 안 불안하냐고요. 나 쇼핑에는 일가견 있는데.'

강아지처럼 뒤를 졸졸 쫓아오며 묻는 질문에 피식 웃음이 났지만 지운은 시큰둥한 얼굴로 재미없게 대답했다.

'가끔은 내 것도 하나씩은 사줘. 나 시계 좋아한다.'

'치, 재미없어. 나 당장 내일 나가서 명품 쇼핑할 거야. 아주 아주 비싼 것만 살 거야.'

입을 삐죽이는 희주의 볼을 한 번 꽉 꼬집고 지운은 서재로 들어 갔다. 말은 저렇게 하지만 희주는 정말 알뜰했다. 쇼핑에는 일가견이 있다는 말처럼 어떻게 하면 효율적으로 저렴하고 좋은 물건을 살 수 있는지 잘 알았다. 물건을 사러 가면 이것저것 따져보고 비교해보고 좋은 물건들을 구입하는데 정말 타고났지 싶었다. 꼭 필요한 물건은 가격을 따지지 않고 구매했는데 그런 건 거의 아이 물건이거나 지운의 물건일 때가 많았다. 여자치고는 보석 욕심도 없는 편이라 혼인신고 때 끼워준 다이아 반지가 아니면 변변한 보석도 없었다. 아마 도둑이 든다면 속 빈 강정, 겉만 번지르르했지 훔쳐갈 것도 없다고 이 집 남편은 부인에게 참 야박하다고 할 것이다.

시간이 지나며 희주와 지운이 같이 쓰는 태교일기에도 추억이 늘어갔다. 일기장 맨 앞에는 엄마, 아빠로 희주와 지운의 소개를 적고, 아이의 커가는 모습이 담긴 초음파사진들도 붙이고, 같이 들었던 첫 심장 소리, 첫 태동, 매번 병원에 갈 때마다 받은 검사 결과, 특별한 날에는 아이에게 편지를 남기기도 했다.

"지운 씨, 당신 피곤하면 오늘 일기 내가 대신 쓸까요?"

"아냐, 내가 써. 오늘 하루 어땠는지 도도한테 얘기해줘야지."

지운은 빙긋이 웃었다. 아이와 이야기하는 기분으로 일기를 써 내려가다 보면 아무리 피곤하고 힘든 일이라도 전부 잊을 수 있는 하루를 마무리하기엔 완벽한 시간이었다. 너무 큰 고비를 넘겨서인지 희주와 부부로 뱃속 아이를 키우며 소소하게 보내는 하루하루가 지운에게 무엇보다도 소중했다. 희주의 뱃속에 든 도도라는 태명의 아이도 그들이 감사하는 이런 평범한 날들처럼 무난하게 태어나 자라주길 바랐다.

"태명 좀 바꾸자니까."

"왜, 입에 딱 붙고 좋은데."

"아니 엄마가 도도하다고 아이 태명을 도도로 짓는 게 말이 돼요?

그리고 나 도도하다고 하는 사람 당신밖에 없거든."

"엄마 닮아 태어나라고. 난 당신 그 도도한 점이 제일 좋으니까."

엄마 닮으라는 말에 희주는 기분 좋으면서도 한편 불안했다. 아이가 정상적인 속도로 자라고 자신이 흡혈을 더 이상 하지 않음에도 불구하고 혹시나 하는 불안은 항상 그녀를 따라다녔다. 희주는 배 위에 있는 지운의 손과 손을 겹치며 별것 아닌 것처럼 고민을 털어났다.

"나는 이 아이가 나를 안 닮았으면 좋겠어요."

"왜?"

"혹시라도 날 닮아서 조금이라도 데이워커의 특징을 가지고 태어난다면……."

"날 닮아서 호랑이 점을 가지고 태어날 수도 있어."

"그건 최소한……."

"너와 나, 둘 다 똑같은 걱정을 하고 있겠지. 나도 그 생각을 하면 마음이 가볍지만은 않지만 아직 벌어진 일도 아니고 되도록 생각 안 하려고 해. 다행인 건 우린 최소한 아이에게 조언을 해줄 수 있는 경험이 있고 도와주실 분들도 많다는 거야."

지운 역시 희주와 마찬가지로 마음속 한구석에는 걱정들을 담아놓고 있었다. 호랑이 기운이라는 게 그저 옛날이야기처럼 들었을 땐 실감하지 못했지만 여러 번 경험하고 나니 결코 가볍게 받아들일 수 있는 문제가 아니었다. 그 힘이 정의와 이 세상을 위한 것이라고 해도 가진 것만큼 책임과 의무가 생기는 것인지라 지운은 조금 이기적일지 몰라도 자신의 아이가 그런 일에 연관되는 건 싫었다.

희주는 임신 중 뱀파이어가 되려던 사건과 자신의 태생적 특징 때문에 지운보다 걱정이 더 컸다. 조용히 흐르는 물이 바위를 만나 물

보라를 일으키는 것처럼 무난한 일상 속 자신의 특별했던 점이 툭 튀어 올라 그녀를 불안하고 불편하게 했다. 제발 아이가 평범하길 바랐지만 직접 눈으로 보기 전까지는 완전히 해결할 수 없는 불안이었기에 두 사람은 마음을 다스리며 잘 지내려고 노력하고 있었다.

"우리 아이를 믿자. 도도라면 자신이 처한 어려움은 충분히 이겨낼 수 있을 만큼 강할 거야. 당신이 불안하면 아이도 그래. 엄마 뱃속에서만이라도 편안히 있을 수 있게 해주자."

지운은 가슴에 기댄 희주의 머리에 키스를 하며 아이가 있는 배를 부드럽게 쓰다듬었다. 아이가 지극히 무난하고 범상한 아이길 바라지만 그렇지 못하더라도 세상 누구보다 큰 사랑을 주며 잘 키워볼 작정이다. 지운은 그녀의 긴 머리를 만지작거리며 희주가 걱정을 잊을 수 있게 화제를 돌렸다.

"아들인지 딸인지 궁금해."

"지금 와서? 물어보자고 해도 내내 싫다고 하더니."

"물어보고 싶진 않지만 궁금하긴 해. 아들이면 같이 목욕도 다니고 축구도 하고 야구장도 가고 그럴 거야."

"당신 딸이면 좋겠다면서? 딸이랑은 뭐하고 놀 건데?"

"솔직히 잘 모르겠어. 정말 딸이었으면 좋겠는데 여자애들은 손만 잘못 대어도 어떻게 될 것 같단 말이지. 여자애들이랑은 인형놀이 해주면 되나? 어릴 때 뭐하고 놀았어?"

희주는 뺨을 긁적이며 정말 난처한 얼굴로 고민스럽게 말을 하는 지운 때문에 웃음을 터트렸다. 뭐든 능수능란하게 잘해내는 남자가 이렇게 허술한 모습을 드러낼 때면 얼마나 귀여운지 모른다. 희주는 그의 입술에 가볍게 뽀뽀를 해줬다.

"지금부터 걱정하지 않아도 막상 닥치면 나보다 더 잘해낼 거야. 걱정하지 말아요."

"응."

그렇게 부부는 감사하고 행복해 하는 일상 속에서 출산일을 맞았고 희주에게 진통이 찾아온 날 병원으로 가는 대신 같이 지내던 헬렌이 집에서 그녀의 출산을 도왔다. 진통이 길지는 않았지만 거친 숨을 몰아내며 괴로워하는 희주를 보는 건 지운에겐 힘든 일이었다. 지운은 땀이 흥건한 희주의 이마를 닦아주며 그녀의 손을 부러질 듯 꼭 쥐었다.

"괜찮아? 견딜 만해?"

"하아, 조금 아프긴 하지만…… 하아, 괜찮아요."

"힘내, 조금만 더 힘내."

"걱정 말아요. 내가 울지는, 으윽, 안을게."

"서희주."

아픈 와중에도 자신에게 농담을 하는 희주의 손등에 입을 맞춘 지운은 웃을 기분이 아니었다. 진통이 강해질수록 희주의 안색은 창백해졌고 소리도 못 내며 몸을 뒤틀었다. 아파하는 희주보다 지켜보는 지운이 더 힘들어하자 헬렌이 참지 못하고 한마디 했다.

"미스터 강, 이 정도 진통은 심한 것 아닙니다. 20시간 넘게 진통을 겪는 산모들도 많아요."

"끔찍한 소리 마세요. 아가, 제발 빨리 나와라. 제발."

쉽게 볼 수 없는 초조해하는 지운의 모습에 두 여자가 눈을 맞추고 웃는 것도 잠시, 진통은 다시 찾아왔고 드디어 출산이 임박했다는 걸 느낀 헬렌은 바짝 긴장했다.

"지운 씨, 나가요."

"뭐? 말도 안 돼."

"얼른, 얼른 나가요. 제발."

지운은 자신을 쫓아내는 희주 때문에 어쩔 수 없이 방에서 나와야 했고 그렇게 10분 후 우렁찬 아이의 울음소리에 방으로 뛰어들었다.

"희주야, 괜찮아? 너 괜찮아?"

"지운 씨, 딸이에요. 우리 딸."

땀으로 흠뻑 젖은 희주의 품에는 강보에 싸인 작은 아기가 들려 있었고 아이를 안은 희주는 기쁜 얼굴로 눈물을 흘리고 있었다.

"우리, 우리 딸이네."

지운 역시 감격에 겨운 얼굴로 희주가 건네주는 작은 아이를 건네 받았다. 두 사람의 아이, 희주를 닮아 피부가 하얗고 입술도 통통했 지만 코는 그를 닮아 다소간 날카로워 보였다.

"너와 날 적절하게 아주 잘 닮았어. 어떻게 이렇게 예쁠 수 있지? 완벽해."

"지운 씨."

"정말이야. 아주 완벽해. 하하, 이 녀석 힘도 세. 내 손가락을 꼭 잡고 놓지를 않아."

눈물이 그렁그렁한 눈으로 지운이 자신의 손가락을 꼭 잡고 놓지 않는 딸아이를 헤벌쭉 바라보고 있었고 희주와 헬렌은 그런 지운이 웃겨 킥킥거렸다.

"미스터 강, 이리 주세요. 이제 첫 수유를 해야 한답니다."

"그렇군요. 그래요. 이 작은 아이도 음식을 먹는군요."

지운이 신기하다는 듯 아이의 볼을 손가락으로 부드럽게 쓰다듬었을 때 아이가 반짝하고 눈을 떴다. 밝은 갈색 눈동자에 붉은 테두리가 순간적으로 나타났다 사라졌지만 지운을 바라보는 눈동자는 분명 희귀한 색을 하고 있었다.

"지운 씨, 왜 그래요?"

"아니, 아무것도 아니야. 아이 받아."

지운은 얼른 당황한 표정을 지우고 아이를 희주의 품에 안겨줬다. 희주에게 넘겨줄 때 다시 확인한 아이의 눈동자는 다행히도 평범한 검은 눈동자였다.

'내가, 내가 잘못 본 거야. 그래, 잘못 본 거야.'

지운은 속으로 그렇게 생각했지만 잘못 본 게 아니란 걸 머리는 알고 있었다. 지운은 희주의 품에서 열심히 젖을 빨고 있는 아이를 봤다. 지금 막 세상에 태어나 부모가 아니면 의지할 사람이 전혀 없는 무기력한 아이, 지운은 그 곁으로 다가가 아이의 머리를 조심스럽게 쓰다듬었다.

'아이야, 네가 어떤 존재이건 난 널 사랑한단다. 내가 널 지켜주마.'

지운의 생각을 읽은 것처럼 아이는 눈을 떴고 정상적인 눈동자로 그와 눈을 맞추다 다시 눈을 감았다. 지운은 자신의 아이가 평범하지 않다는 사실을 받아들이며 웃음을 되찾았고 평범하지 않은 눈동자가 자신과 아이 사이의 비밀로 남은 것에 만족했다.

"우리 아이 예쁘죠?"

"너무, 너무나."

온화한 미소를 되찾은 지운은 희주와 눈을 맞추며 지금 이 순간을 만끽했다. 사랑하는 아내, 두 사람 사이에서 막 태어난 너무나 완벽한 아이, 행복하고 감사할 수 있는 충분하고도 넘치는 이유였다. 지운은 지금처럼 희주와 함께 사랑하는 아이를 키우며 매 순간 감사하며 지낼 수 있기를 기도했다.

- 데이워커 마침 -